Julia Schuck

Something only we know

Roman

PIPER

Mehr über unsere Autorinnen, Autoren und Bücher:
www.piper.de

Wenn Ihnen dieser Roman gefallen hat, schreiben Sie uns unter Nennung des Titels »Something only we know« an empfehlungen@piper.de, und wir empfehlen Ihnen gerne vergleichbare Bücher.

Wir produzieren nachhaltig
www.piper.de

ISBN 978-3-492-50640-3

Redaktion: Larissa Bendl
Satz auf Grundlage eines CSS-Layouts
von digital publishing competence (München)
mit abavo vlow (Buchloe)
Covergestaltung: Emily Bähr, www.emilybaehr.de
Covermotiv: Guenter Albers, Lauritta / Shutterstock;
KamranAydinov / Freepik
Printed in Germany

Für Papa, weil ich bei allem, was ich tue, weiß, dass du stolz auf mich bist.

Per mamma, perché so, mi copri sempre le spalle.

Playlist

Cornershop – Brimful of Asha
James TW – Different
Maroon 5 – Lost
Cornershop – Brimful of Asha
Marshmello & Anne-Marie – FRIENDS
Montez – Wenn ich du wäre
Provinz – Zimmer
Joel Adams – Coffee
Alexa Feser – Leben
Maroon 5 – Maps
LEA – Immer wenn wir uns sehn
A7S – Nirvana
Sido & B-Tight – Hol doch die Polizei
Josh. – Eskalation
George Nozuka – Talk to Me
Maroon 5 – Daylight
Montez – Auf & Ab
Rea Garvey – Is It Love?
Jason Mraz – Have It All
The Script – Superheroes
Tom Walker – Leave a Light On
Jason Mraz – More Than Friends
KLAN feat. Mia. – Nie gesagt
Harry Styles – Falling
Imagine Dragons – Demons
Olly Murs – Moves
Bausa – Mary

Bastille – Worlds Gone Mad
JP Saxe & Julia Michaels (Marian Hill Remix) – If the World Was Ending
Lina Maly – Schön genug
BANNERS – Someone to You
Eagle-Eye Cherry – Save Tonight
Keane – Somewhere Only We Know
Josh. – Reden
Maroon 5 – Won’t Go Home Without You
James TW – You & Me

1

Lenny

Ich schiebe die Fotos schnell in den Briefumschlag zurück, als Jess sich neben mich auf den Sitz fallen lässt, bin aber zu langsam.

»Was hast du da?«, fragt sie und schnappt ihn mir aus der Hand.

»Auch schön, dich zu sehen, Jessica.« Ich versuche gar nicht erst, ihr den Umschlag wieder abzunehmen, und verdrehe nur stumm die Augen, als sie ein liebreizendes »Ohhh« von sich gibt.

»Ist das Cassandra, dein Au-pair-Kind?«

»Du brauchst nicht gleich so rumschreien«, antworte ich mit gesenkter Stimme und werfe einen kurzen Blick über die Schulter. Die Reihen hinter uns füllen sich langsam mit Studierenden. »Außerdem ist sie meine Cousine.«

»Jaja, weiß ich doch. O Mann, sie ist so süß. Wie alt ist sie jetzt?«

»So ungefähr acht?«, antworte ich. Genau genommen, wird sie in zwei Wochen acht. Das Päckchen mit ihrem Geburtstagsgeschenk muss ich unbedingt zur Post bringen, keine Ahnung, wie lange das bis London unterwegs ist.

»Jetzt gib das wieder her.« Ich schnappe ihr den Umschlag aus der Hand, bevor sie noch den Brief von meiner Tante in die Finger kriegt.

»Ah, da ist ja die Staufenberg.« Jess zieht ihr Handy aus der Tasche.

Unsere Professorin lässt ihren Blick über die Reihen schweifen und nickt kurz, als sie mich in der Bank ausmacht. Dann tritt sie hinter das Pult und die Gespräche verstummen. Schnell stecke ich den Umschlag in meinen Rucksack und lehne mich im Sitz zurück.

»Ich heiße Sie im Namen des Kollegiums herzlich willkommen zur Auftaktveranstaltung. Mit *Familien stärken* starten wir in Köln heute ein einmaliges Kooperationsprojekt, das nicht nur die Zusammenarbeit der rechtswissenschaftlichen Fakultät unserer Universität mit der Fakultät für angewandte Sozialwissenschaften der Technischen Hochschule verbindet.«

Sie deutet auf die sechs Personen, die in der ersten Reihe Platz genommen haben, und lächelt. »Ich bin sehr stolz, dass wir Praxispartner aus dem Jugendamt und dem Familiengericht sowie Verfahrensbeistände für unser Projekt gewinnen konnten. Mit der Förderung durch die Landesregierung haben wir die Möglichkeit, dieses Modellprojekt für den Kinderschutz auf die Beine zu stellen.« Sie wartet den aufbrandenden Applaus ab, bevor sie weiterspricht. »Viele unterschiedliche Professionen arbeiten zum Wohl von Kindern und Jugendlichen zusammen, das geht nicht ohne Reibungspunkte. Hier setzt unser Projekt an. Wir machen es uns zur Aufgabe, die unterschiedlichen Akteure zusammenzubringen mit dem Ziel einer gelingenden Kooperation, die den Kinderschutz sicherstellen soll.«

Die harte Lehne drückt in meinen Rücken und ich lasse mich noch etwas tiefer in den Sitz sinken. In den Vorlesungssaal passen um die sechshundert Studierende. Ungefähr die Hälfte der Plätze ist belegt. Wenn die Studierenden der TH genauso genötigt wurden, wie es bei uns der Fall war, ist nur ein Bruchteil freiwillig hier.

Jess neben mir tippt auf ihrem Handy rum.

»So eine Zeitverschwendung«, murre ich. Professorin Staufenberg stellt gerade die Praxispartner persönlich vor und bedankt sich für deren Kooperationsbereitschaft.

»Olive oder Aubergine?« Jess dreht ihr Handy in meine Richtung. Ich werfe einen Blick auf ihr Display, auf dem sie mit dem Finger zwischen einem grünen und einem lila Kleid hin und her wischt.

»Wenn du Essen bestellen willst, bist du auf der falschen Seite.«

Sie blickt auf und sieht mich missbilligend an. »Lenny.«

Aubergine oder Olive? Ernsthaft?

»Sieht beides scheiße aus.«

Ich lasse den Blick über die Studierenden vor uns schweifen, damit es so aussieht, als wäre ich aufmerksam.

»Du bist so ein Arsch«, fährt Jess mich an.

Die Brünette zwei Reihen vor uns dreht sich um, aber ich beachte sie nicht.

»Selbst schuld, wenn du nach meiner Meinung fragst«, gebe ich spöttisch zurück.

»Ja, warum tue ich das eigentlich?«, murmelt sie und lässt das Handy in ihrer Tasche verschwinden.

»Mann, wie lang geht der Scheiß hier überhaupt noch?« Ich stöhne auf und merke zu spät, dass es inzwischen sehr ruhig im Saal geworden ist.

Viel zu viele Augenpaare sind auf mich gerichtet und dazu gehören auch die der Brünetten zwei Reihen vor uns. Sie durchbohrt mich praktisch mit ihrem Blick und hätte sie nicht so braune Rehaugen, könnte es vielleicht sogar einschüchternd sein.

»Haben Sie etwas beizutragen, Herr Hayne?« Professorin Staufenberg hat mich genau im Visier und ihr Blick ist leider nicht mehr so freundlich wie zu Beginn der Veranstaltung.

»Verzeihung, Professorin.« Ich presse die Lippen zusammen und richte mich etwas im Sitz auf. Ich bin mir sicher, dass sie meine Worte unmöglich verstanden haben kann, trotzdem ist es mir unangenehm, dass sie mich ermahnt hat. Bei jedem anderen wäre es mir egal, aber bei ihr bin ich auf der Hut, da sie sich etwas zu gut mit meiner Mutter versteht, die vor Jahren ebenfalls an der Universität unterrichtet hat.

Zum Glück wendet sich die Staufenberg wieder ihren Gästen zu, nur der Blick der Brünetten liegt nach wie vor auf mir. Ganz sicher eine von den Sozis. Ich starre grimmig zurück, bis sie nachgibt und den Blick senkt.

»Hat die Sozi-Tussi dich gerade mit ihrem Blick getötet oder ausgezogen?«, will Jess wissen.

»Wenn das eine Anmache sein sollte, muss sie noch üben.« Ich halte den Blick weiter nach vorn gerichtet, da ich mir keine zweite Ermahnung einholen will.

Jess lacht leise. »Gehen wir nachher zu dir?«

»Klar, von mir aus.«

»Und du hast den Schlüssel für heute Nacht?«, hakt sie nach.

Ich nicke und entspanne mich etwas. Endlich mal wieder Party, ganz nach meinem Geschmack.

»Geile Idee, hier 'ne Party zu schmeißen.« Pete haut mir auf die Schulter und gesellt sich dann zu Jess, die mit ihren Freundinnen auf ein paar zusammengeschobenen Tischen tanzt. Als sie Pete entdeckt, winkt sie ihn wild näher und balanciert mit ihren High Heels bis an die Kante. Er streckt die Hand aus, doch anstatt sie zu nehmen, lässt sie sich kreischend in seine Arme fallen, und er fängt sie gerade so auf. Kopfschüttelnd stellt er sie auf den Boden zurück, und ich lache, als sie mich über die Entfernung unschuldig anblinzelt.

In der letzten Stunde hat sich der Raum, den wir als Partylocation ausgewählt haben, schon geleert, aber das hat unserer Stimmung keinen Abbruch getan.

»Hier.« Das Mädchen mit den dunklen Locken und den scheinbar endlosen Wimpern reicht mir einen frischen

Drink. Alina, Aileen, keine Ahnung. Irgendjemand hat sie mitgebracht und seit einiger Zeit tänzeln wir umeinander.

»Danke.« Ich lächle sie an und nehme einen Schluck. Dann stelle ich das Glas ab und werfe einen Blick zu Jess. Sie hat sich auf einen Transportwagen gesetzt, der eigentlich in die Bib gehört, und animiert Pete, sie damit über die Tanzfläche zu fahren.

»Lass uns woanders hingehen«, schlage ich der Dunkelhaarigen vor.

Sie nickt und greift nach meiner Hand. Gemeinsam laufen wir den Gang entlang, und während die Musik leiser wird, merke ich, wie betrunken ich bin.

Weil ich eine kurze Pause brauche, bleibe ich stehen, und sie lehnt sich abwartend gegen die Wand. »Komm her«, sagt sie und ihre dunkle Stimme klingt in dem ruhigen Flur irgendwie intensiv. Ich mache einen Schritt auf sie zu und lege meine Hand in ihren Nacken. Sie stellt sich auf die Zehenspitzen und küsst mich, zuerst vorsichtig, doch als ich sie näher an mich ziehe, lässt sie die Zurückhaltung fallen.

Ich drücke sie gegen die Wand und für einen Moment erfüllt sie alle meine Sinne. Ich höre nichts, außer ihrem Seufzen, als meine Zunge über ihre Lippe gleitet, schmecke den fruchtigen Drink, den sie uns gemischt hat, und rieche ihr blumiges Parfüm, das trotz unserer Nähe unaufdringlich ist.

Als plötzlich lautes Lachen die Stille durchschneidet, ziehe ich sie ein Stück weiter, bis wir an einer Tür zu einem der kleinen Vorlesungsräume angekommen sind. Ich fummle den Schlüssel aus meiner Tasche, aber bekomme ihn auch nach zwei Anläufen nicht ins Schloss.

Sie kichert. »Lass mich mal.«

Ich reiche ihn ihr, und als sie die Tür öffnet, schiebe ich sie vor mir in den dunklen Raum. Hier wird uns so schnell niemand stören. Noch bevor ich die Tür hinter uns zugezogen habe, liegen ihre Lippen wieder auf meinen. Ich schließe die Augen, aber schlage sie sofort wieder auf, weil sich auf einmal alles dreht. Eine Welle der Übelkeit überkommt mich und ich löse mich abrupt wieder von ihr.

Sie öffnet ebenfalls die Augen und streicht sich die dunklen Locken hinters Ohr. »Was ist los?« Fragend sieht sie mich an, aber ich kann nicht antworten, weil mein Magen plötzlich rebelliert, und wenn ich jetzt nicht sofort den Rückzug antrete ... Gott. Alles dreht sich noch stärker.

Ich mache vorsichtig zwei Schritte und werde sicherer. Als ich von dem Zimmer zurück auf den Gang trete, versuche ich, mich zu orientieren.

»Lenny!«

Zum Glück, Jess.

Sie springt von dem Wagen, auf dem Pete neben ihr die leeren Alkoholflaschen aus dem Partyraum transportiert, und kommt auf mich zugelaufen. Bei mir angekommen packt sie mich am Oberarm. »Alles okay?«

Ich schüttle den Kopf und bereue es sofort, weil die Übelkeit zurückkommt. Ich halte mir schnell die Hand vor den Mund. »Bring mich raus«, presse ich hervor.

Hinter ihr tritt das Mädel mit den dunklen Locken aus dem Raum und erfasst die Situation mit einem Blick. Sie und Jess haken mich bei sich unter und ich höre noch, wie Pete irgendetwas zu Jess sagt, dann ziehen sie mich mit.

Als wir aus dem Nebeneingang treten, löse ich mich von ihnen. Jess will mir nachlaufen, aber ich halte sie zurück.

»Geh weg«, sage ich schroff und sie zögert kurz, dann geht sie in Richtung Bistro davon, wo die anderen bereits auf der Wiese chillen. Ich torkele in die entgegengesetzte Richtung zu den Parkplätzen, aber schaffe es gerade bis zur Weggabelung, dann entleert sich mein überwiegend flüssiger Mageninhalt im Gebüsch.

»Leonard Hayne!«

Die Stimme in meinem Rücken überschlägt sich beinahe vor Empörung, und mir ist sofort klar, dass ich in meinem aktuellen Zustand keine Chance habe, zu entkommen. Also richte ich mich auf, drehe mich langsam um und starre in die bitterbösen Augen von Frau Staufenberg. Meine Professorin.

2

Emily

»Füllst du bitte noch die Kaffeebohnen auf, Emily?«, ruft Aaron mir aus der Spülküche zu.

Ich lasse die Bohnen in den Einsatz rieseln und grinse ihn liebreizend an, als er an die Theke tritt.

»Sorry, ich vergesse manchmal, dass du schon bestens eingelernt bist.« Er tritt neben mich und fängt an, das Frühstücksangebot ins Glasbuffet einzuräumen.

»Ich arbeite seit sechs Monaten mit dir«, erinnere ich ihn und er zuckt die Schultern.

»Na ja, du weißt nicht, wie lange andere brauchen, bis die Handgriffe sitzen.«

Ich lache. Ich erinnere mich gut, wie er sich abends in der WG immer über die Neulinge beschwert hat, bevor ich selbst den Job in der *Cafébar* angenommen habe.

»Ich wurde eben vom besten Mitarbeiter eingelernt«, gebe ich zwinkernd zurück.

»Du willst dich doch nur einschleimen, damit du nicht die Tische wischen musst. Los, an die Arbeit.« Er schiebt den Eimer mit Spülwasser über die Theke.

Ich strecke ihm die Zunge raus, schnappe mir das Putzzeug und trete auf die Terrasse. Schon jetzt, um kurz nach halb acht, ist es angenehm warm, sodass ich die Bluse bis zu den Ellenbogen hochschiebe.

Gerade als ich den ersten Tisch gewischt habe, steuert eine kleine Gruppe junger Leute die *Cafébar* an. Ich richte mich auf und will ihnen schon zurufen, dass wir noch geschlossen haben, als ich sehe, dass die beiden Jungs, die ich schon von Weitem gesehen habe, einen dritten Jungen zwischen sich mitziehen. Er scheint kaum allein laufen zu können.

Nichts gegen eine gute Party, aber ich konnte es noch nie leiden, wenn man sich bis zum Realitätsverlust abschießt. Ich behalte lieber die Kontrolle.

Eines der Mädels, die mit ihnen unterwegs sind, sieht jetzt zu mir rüber und zieht dann am Rand der Terrasse einen Stuhl vom Tisch. Sie lassen den blonden Kerl darauf fallen und sein Kopf sackt leicht nach vorne. Na super.

Während die Gruppe sich dort breitmacht, stehe ich etwas unschlüssig am anderen Ende der Terrasse und wische alibimäßig ein paarmal über den Tisch vor mir. Eigentlich habe ich keine Lust auf Studierende, die sich die Nacht um die Ohren geschlagen haben und hier ihren Mief hinterlassen, andererseits machen wir ohnehin erst in zwanzig Minuten auf.

Ich nehme den Eimer und gehe zu ihnen an den Tisch. Eine Wolke Alkohol empfängt mich und ich rümpfe leicht die Nase. Der Blondschopf hat seine Stirn auf dem Tisch abgelegt, was nicht bequem sein kann mit der schwarzen Sonnenbrille, die er auf der Nase hat.

Die Gruppe habe ich im Café schon öfter gesehen, sie kommen gerne her, um zu lernen. Soweit ich weiß, studieren sie Jura.

»Guten Morgen zusammen. Wir öffnen erst um acht.«

»Ja, sorry. Wir brauchen ’ne Pause.« Eines der Mädels deutet auf den Kerl neben sich und wirft sich die langen Haare über die Schulter.

»Gab es in der Nähe keine Parkbank?« Ich lasse den Lappen in den Eimer fallen.

»Hättest du vielleicht etwas Leitungswasser für ihn?«, fragt sie mich unbeirrt.

Ich nicke und will mich schon abwenden, als einer der Jungs mich aufhält. Er hat eine kratzige Stimme und seine braunen Haare sind am Hinterkopf zu einem Minidutt geknotet.

»Und Kaffee wäre Wahnsinn«, sagt er beinahe flehend.

Ich sehe ihn einen Moment durchdringend an. »Ich schaue, was ich machen kann«, antworte ich dann und laufe los.

In meinem Rücken kichert eins der Mädels, aber ich drehe mich nicht mehr um.

Aaron sieht mich fragend an, als ich drinnen Tassen auf einem Tablett vorbereite und ein großes Glas am Wasserhahn fülle.

»Was ist da los?« Er blickt durch die Scheibe auf die kleine Gruppe, die sich zum Glück ruhig verhält und keinen Stress macht.

»Die haben sich die Nacht um die Ohren geschlagen und einer ist ziemlich raus.«

»Das mit dem Wasser ist nicht unbedingt eine gute Idee. Manche fangen davon erst recht an zu ... Du weißt schon.« Er macht ein Würgegeräusch und verdreht die Augen.

Ich lache und nehme das Glas. »Das traut er sich besser nicht auf unserer Terrasse.«

Während Aaron sich daranmacht, die Kaffees zuzubereiten, gehe ich zurück nach draußen.

»Wenn er hier hinkotzt, wischt er es selbst wieder auf, ich hoffe, das ist euch klar.«

Der junge Mann mit Dutt nimmt mir das Glas ab. »Keine Sorge, das hat er schon hinter sich.«

Alle lachen.

Keine Ahnung, warum sie das so witzig finden.

Ich will mich gerade abwenden, als der Typ das Glas mit Schwung umdreht und über dem Blonden auskippt.

»Pete!«, kreischt das Mädchen mit den langen Haaren und springt auf.

Der Blonde reißt den Kopf hoch. »Bist du völlig bescheuert?«, lallt er. »Ich schlafe.«

»Raff dich jetzt mal, Lenny«, sagt Pete unbeeindruckt und Lenny schiebt sich die klatschnassen Strähnen aus dem Gesicht.

Die Sonnenbrille sitzt etwas schief auf seiner Nase und die schwarze Lederjacke, die er über einem Hemd trägt, ist ein harter Kontrast zu den hellblonden Haaren.

Ich stehe immer noch am Tisch, obwohl ich hier nichts mehr zu tun habe, als der Blonde sich in den Sitz zurückfallen lässt, und mir zum ersten Mal das Gesicht zuwendet. Trotz der durchzechten Nacht sieht er verdammt gut aus. Sein angespannter Kiefer betont die Wangenknochen, und ich merke, dass er mich durch die Sonnenbrille beobachtet. Da sie fast voll verspiegelt ist, erkenne ich seine Augen zwar nicht, aber das ist auch nicht nötig.

Ich weiß genau, wie diese Augen aussehen, weil sie mich erst zwei Tage zuvor voller Arroganz gemustert haben, als ich mich bei der Auftaktveranstaltung des Kooperationsprojekts zu ihm umgedreht habe.

Die Juristen, die sich zu fein für Familienrecht sind. Ich wusste doch, dass sie mir bekannt vorkommen. Klar, dass ausgerechnet sie hier auftauchen.

»Gibt's hier auch Kaffee? Ich könnte was Starkes vertragen«, meldet er sich zu Wort und seine Aussprache ist nach wie vor extrem undeutlich. Sein laszives Lächeln ignoriere ich.

»Braucht er noch 'ne Ladung?«, frage ich und deute auf das Glas in Petes Hand.

Er lacht schallend und reicht es mir zurück. »Nein danke, ich glaube, das reicht.«

»Kaffee kommt gleich«, sage ich etwas milder in die Runde und mache mich daran, die restlichen Tische abzuwischen.

Am Dienstagnachmittag fahre ich mit der Stadtbahn zum ersten Treffen des Kooperationsprojekts. Meine Dozentin Frau Lübke, bei der ich einen Kurs in Pressearbeit belege, hat sich gefreut, dass ich mich freiwillig dafür gemeldet habe. Schon ihre Ankündigung in der Vorlesung klang vielversprechend und nach der Auftaktveranstaltung war ich sofort Feuer und Flamme für das Projekt. Das Thema Kinderschutz wurde in der Gesellschaft bisher viel zu wenig beachtet – dass jetzt das Land ein solches Projekt bezuschusst, ist für mich ein Zeichen, dass es langsam in der Politik ankommt.

Wir treffen uns in einem Raum an der Technischen Hochschule und ich bin froh, ein paar bekannte Gesichter zu sehen.

»Guten Tag, schön, dass Sie da sind. Wie Sie wissen, sind wir drei Gruppen mit je sechs Studierenden. Wir dachten, dass es sich in der kleineren Runde besser arbeiten lässt.«

Ich lasse den Blick über die Gesichter schweifen und sehe bei den meisten dasselbe Interesse, das auch ich verspüre.

»Ich würde vorschlagen, dass wir mit einer Vorstellungsrunde beginnen. Mein Name ist Professorin Marion Staufenberg, ich unterrichte seit vielen Jahren an der rechtswissenschaftlichen Fakultät in Köln. Gemeinsam mit der Kollegin Lübke bin ich von Professorinnenseite für das Projekt verantwortlich.«

Nachdem sich alle vorgestellt haben, informiert Frau Lübke uns, dass wir in Zweierteams arbeiten werden. Anscheinend bin ich die Einzige, die nicht bereits einen Partner hat. Unbehaglich sehe ich mich um.

»Frau Kehl«, wendet sich Frau Lübke an mich. »Professorin Staufenberg konnte heute noch jemanden aus den Rechtswissenschaften gewinnen. Herr Hayne wird ab nächster Woche zu uns stoßen. Sie können dann mit ihm zusammenarbeiten.«

Ich nicke und bin erleichtert. Schlimmer, als irgendeinem Unbekannten zugeteilt zu werden, wäre nur, allein übrig zu bleiben. Auch wenn ein Mädchen, das sich als Kati vorgestellt hat, einen überraschten Blick mit ihrem Sitznachbarn Simon tauscht. Anscheinend kennen sie meinen Arbeitspartner schon.

Wir besprechen den bisherigen Stand des Projekts und die weitere Planung. Erst kürzlich ist die Instagram-Seite online gegangen, aktuell versucht man noch, Follower zu gewinnen.

»Machen Sie gerne Werbung in Ihrem Freundes- und Bekanntenkreis, je mehr Menschen wir erreichen, desto besser«, bittet Frau Lübke.

Als es um den nächsten Termin geht, stelle ich fest, dass er sich mit einem Arzttermin überschneidet, den ich schon vor Wochen ausgemacht habe, doch Professorin Staufenberg scheint es gelassen zu sehen, dass ich schon beim zweiten Treffen fehlen werde.

»Das ist kein Problem, wichtig ist, dass die Teams beim ersten Treffen mit den Praxispartnern vollständig sind. Sie könnten für Herrn Hayne Ihre Kontaktdaten hinterlegen, dann können Sie sich nach dem nächsten Treffen austauschen, wenn Sie möchten.«

Rasch schreibe ich Namen und Handynummer auf einen Zettel und gebe ihn Frau Lübke.

Zu Hause in der WG berichte ich meiner Mitbewohnerin Linda begeistert von dem Projekt. Da sie weder mit sozialer Arbeit noch mit Jura etwas zu tun hat, ist sie nicht wirklich in der Materie, hört mir aber interessiert zu.

»Du bist echt engagiert, Emily. Ich frage mich, wie du das alles unter einen Hut bekommst. Ich bin schon mit dem Studium völlig ausgelastet und dann arbeitest du auch noch nebenher.«

Ich lache. »So schlimm ist es auch wieder nicht. Du weißt ja, dass mir das Thema am Herzen liegt. Außerdem ist mein Studium nicht so anspruchsvoll wie deins.«

Mathe und Russisch auf Lehramt wäre für mich eine völlig unvorstellbare Kombination. Was die Sprache angeht, hat sie allerdings Vorteile, da ihre Großeltern mütterlicherseits schon von klein auf mit ihr Russisch gesprochen haben.

»Ich bin so froh, wenn das endlich geschafft ist und ich mit dem Ref anfangen kann«, stöhnt sie.

»Glaube ich dir. Bei dem Projekt haben sie gesagt, ich arbeite mit einem Herrn Hayne zusammen, Jura. Sagt dir das was?«

Linda kennt viele Studierende aus der rechtswissenschaftlichen Fakultät, schließlich war sie bis vor einem halben Jahr mit einem Jurastudenten zusammen.

»Hayne? Das ist Lenny, den kennst du auch. Der blonde Angebertyp, der immer bei euch im Café rumhängt.«

Das darf doch nicht wahr sein. Vielleicht verwechselt sie da etwas? »Bist du sicher?«

Sie zieht eine Grimasse. »Fürchte schon. Ich kenne ihn nicht wirklich gut, aber ich würde sagen, er ist schon einer, der von sich selbst überzeugt ist.«

Vor meinem inneren Auge blitzt das Bild des blonden Kerls mit der schwarzen Sonnenbrille auf. Sein Lächeln.

»Lass dich davon nicht runterziehen. Wenn er bei dem Projekt mitmacht, kann er so übel nicht sein, oder?«

Als die anderen von ihren Vorlesungen nach Hause kommen, beginnen wir zu kochen. Caro hat sich ein Brett geschnappt und sich mir gegenübergesetzt. Einträchtig schnippeln wir das Gemüse.

David zieht unseren Putzplan von der Pinnwand. »Das Teil brauchen wir eigentlich nicht mehr, oder?«

Ich nicke. »Klappt auch so.«

Wir fünf kommen super miteinander aus und ich bin überhaupt nicht scharf darauf, das letzte freie Zimmer in der WG mit einer sechsten Person zu belegen. Seit Linda und ich vor anderthalb Jahren eingezogen sind, haben wir uns alle angefreundet und verbringen regelmäßig gemeinsame Koch- oder Spieleabende in der WG. Da ich in Köln vorher niemanden kannte, bin ich froh, dass wir uns so gut verstehen.

Aaron öffnet eine Flasche Wein und schenkt unsere Gläser voll. »Emily, ich habe ganz vergessen, dir was zu erzählen. Du hast am Samstag Eindruck gemacht.«

»Ach ja? Bei wem?« Linda sieht neugierig zwischen uns hin und her.

»Da waren so ein paar Studierende, die sich die Nacht um die Ohren geschlagen haben. Einer von denen kam später an die Theke und hat sich mehrmals für den Kaffee bedankt.«

Das war sicher nicht Lenny.

»Er meinte, es habe seinem Kumpel mal ganz gutgetan, dass ihm ein Mädchen Kontra gegeben hat.«

Ich fürchte, mein Lächeln misslingt mir. Wenn Lenny das nicht genauso sieht, kann ich die Zusammenarbeit gleich unter gescheitert verbuchen.

Wir lassen den Abend gemeinsam ausklingen und als ich abends im Bett liege, nehme ich mir vor, mir das Projekt nicht verderben zu lassen. Ich werde das Ganze einfach auf mich zukommen lassen.

3

Lenny

»Dieses Miststück.«

Entnervt lasse ich den Verschluss meines Biers aufspringen und mich wieder zurück aufs Sofa fallen.

Anthony zappt zwischen den Sendern hin und her, die Halbzeitanalysen gehen ihm auf die Nerven. »Meine Güte, krieg dich mal wieder ein. Ist ja nicht so, als müsstest du den Rest deines Lebens Familienrecht machen. Ich kapier das eh nicht. Was für ein Projekt ist das noch mal?«

»Er darf mit den Sozis von der technischen Hochschule ein Kooperationsprojekt zum Kinderschutz aufbauen.« Tom, der auf einem Stuhl neben dem Sofa sitzt, lacht laut auf. »Mit Öffentlichkeitsarbeit und allem. Ich hau mich echt weg, das ist zu geil.«

Ich verdrehe die Augen. Mit Tom zusammenzuwohnen, ist unkompliziert, aber er kann einem manchmal echt auf die Nerven gehen.

»Diese Party war nicht nur meine Idee, aber ich war zu dumm, rechtzeitig abzuhauen.«

Tony blickt gelangweilt von der Werbung auf, die gerade über den Bildschirm flimmert. »Weih mich ein, ich verstehe nur Bahnhof.«

»Du erinnerst dich, dass ich dir erzählt habe, dass wir abends in die Uni sind. Ich hatte den Schlüssel wegen eines Projekts. Jessy und ich haben ein paar Leuten geschrieben und haben uns um elf dort getroffen. Die Party ist etwas eskaliert.«

Tom schüttelt sich schon wieder vor Lachen. »Um es zu verkürzen: Lenny hat Professorin Staufenberg vor die Füße gekotzt und sie hat ihn dazu verdonnert, bei dem Sozialprojekt einzusteigen, weil denen noch freiwillige Juristen fehlen.«

»Eigentlich hatte sich die Party schon aufgelöst, wir waren praktisch schon weg, und dann kommt mir die Alte direkt vor die Nase gelaufen. Ich kotze gerade in dieses Blumenbeet neben der Seitentür und plötzlich steht sie hinter mir. Sie hat natürlich sofort gecheckt, was abging. Was will die auch um 6 Uhr morgens an der Uni? Es war Samstag.« Kopfschüttelnd lehne ich mich auf dem Sofa zurück und nehme einen Schluck Bier.

»Schalt mal zurück, das Spiel geht weiter«, wirft Tom ein.

Anthony wechselt den Sender und sieht mich an. »Der Anwaltssohn kotzt seiner Professorin vor die Füße. Ich finde, du hast es mit deinem Sozialprojekt noch ganz gut getroffen.« Er wendet seine Aufmerksamkeit wieder dem Spiel zu, das in diesem Moment angepfiffen wird.

»Auf diese ganzen Sozi-Tanten habe ich echt keinen Bock.« Es nervt mich, dass wir auch noch den Fußballabend damit verbringen, über dieses Projekt zu sprechen.

»Und wie kommen die darauf, Studierende einzubinden?«, fragt Tony.

»Wir sollten eigentlich nur bei der Auftaktveranstaltung anwesend sein, um einen guten Eindruck zu machen, und wer Interesse hat, konnte sich freiwillig melden. Die haben diese Kooperation echt groß aufgezogen«, erklärt Tom. »Da gibt's sogar Kohle vom Land. Die Bezirksjugendämter und das Familiengericht haben sich zusammengetan. Wahrscheinlich sollen die Studierenden dem Jugendamt ein bisschen Arbeit abnehmen.«

»Ja, Mann, und dem Familiengericht gleich noch dazu. Die sollen lieber ihren Job machen und mich damit in Ruhe lassen. Ich studiere doch nicht sechs Jahre, um mich am Ende mit streitenden Eltern rumschlagen zu müssen. Also echt.«

Wir prosten uns mit den Bierflaschen zu und richten unsere Konzentration wieder aufs Spiel.

Als ich am nächsten Morgen aufwache, habe ich einen schalen Geschmack im Mund und stelle mich erst mal unter die Dusche. Mit dem Handtuch um die Hüften öffne ich anschließend das Fenster, damit der beschlagene Spiegel klar wird.

Es ist höchste Zeit, mal wieder zum Friseur zu gehen. Jessy hat mich schon letzten Freitag beim Vorglühen damit aufgezogen, dass mir die Haare ständig ins Gesicht fallen. Eventuell schaffe ich es, heute in der Stadt kurz bei *Maylins* vorbeizufahren. Ich werfe einen weiteren prüfenden Blick in den Spiegel. Der Ansatz meines Sixpacks ist gut zu erkennen, das Training zahlt sich wenigstens aus.

Während ich das dunkelblaue Poloshirt überziehe und in meine Chino steige, sehe ich, dass Jess zwei Nachrichten geschickt hat.

Bist du Freitagabend am Start? 9:20
Vorglühen bei mir? 9:22

Ach ja, die Juristenparty im alten *Industrieschuppen*. Die Partys dort sind legendär und deshalb nicht nur bei Juristen beliebt, aber bei dem Gedanken an letzten Freitag hält sich meine Lust zu feiern in Grenzen. Immerhin sind es noch drei Tage.

Bin dabei. Solange Prof Staufenberg sich nicht blicken lässt …
10:02

Ach, komm. Davon lässt du dir doch nicht die Laune verderben, Len 😉 10:03

Ja, klar, du hast leicht reden. Du bist ja schön davongekommen. 10:03

Wann geht's los bei dir? 10:03

21 Uhr, sei pünktlich, Baby 10:05

🙄 10:05

Jessy kennt mich inzwischen lange genug, um zu wissen, dass ich selten unter einer halben Stunde Verspätung eintreffe. Tom hat sich angewöhnt, mir immer eine frühere Uhrzeit anzugeben, damit ich zumindest einigermaßen pünktlich bin. Er lästert schon, dass ich sogar zu meiner eigenen Gerichtsverhandlung zu spät kommen würde.

In der Küche brate ich mir schnell zwei Eier und scrolle, während ich esse, durch meinen Instagramfeed. In der Story haben schon einige Leute geteilt, dass sie bei der Party am Start sind. Sehr gut, Party mit den Jungs ist mir immer eine gern gesehene Abwechslung neben dem ganzen Lernen. Und mit Jessy wird der Abend eine gute Ablenkung von meinem Zwangsprojekt.

Heute muss ich aber erst mal einiges an Aufgaben für unsere Strafrechtübung vorbereiten. O shit, entweder geht meine Armbanduhr falsch, oder ich bin mal wieder zu spät. In zehn Minuten bin ich mit meiner Lerngruppe in der *Cafébar* verabredet.

Die *Cafébar* hat sich zu unserem Stammplatz etabliert. Abgesehen davon, dass immer viel los ist, kann man sich mit seinen Lernmaterialien ausbreiten und der Kaffee ist top. Außerdem ist es nicht schlimm, dass ich es meistens nicht schaffe zu frühstücken, denn es gibt täglich frische Sandwiches und unverschämt leckere Karamell-Brownies.

Tom ist schon seit neun mit seiner Lerngruppe da und hat mir vorhin getextet, dass ich sein Ladekabel mitbringen soll. Also hole ich das Kabel aus seinem Zimmer, verstaue es mit meinen Unterlagen und meinem Mac in meiner Tasche und verlasse das Haus.

Es ist erst halb elf, aber draußen herrscht reger Betrieb. Kein Wunder, die Sonne knallt bereits vom Himmel und die Stadt ist voller Touristen.

Sieben Minuten zu spät treffe ich im Café ein – für meine Verhältnisse praktisch überpünktlich – und halte Ausschau nach meiner Gruppe. Die *Cafébar* ist wie immer gut gefüllt, vor allem die Terrassenplätze vor dem Gebäude sind bis auf den letzten Stuhl von Studierenden besetzt.

Ich entdecke Tom und während ich mir den Weg zu seinem Tisch bahne, hebt Simon den Arm, damit ich auf die Gruppe aufmerksam werde. Ich zeige an, dass ich gleich da bin, und lege Tom das Kabel auf den Tisch.

»Danke, Mann, du rettest mir den Arsch. Noch zehn Prozent und ich brauch echt noch, bis ich hier fertig bin. Wie sieht's bei dir aus?«

Ich zucke mit den Schultern. »Strafrecht. Mal sehen, was so ansteht, habe noch nicht reingeschaut.«

Wir nicken uns kurz zu und ich laufe an der langen Theke vorbei zu meiner Gruppe. Bei ihnen angekommen, lasse ich meine Tasche auf den freien Stuhl fallen und grüße in die Runde.

»Ich hol mir erst mal 'nen Kaffee, braucht sonst jemand was?«

Allgemeines Kopfschütteln, alle haben sich bereits versorgt. Simon ist in eine Diskussion über eine der Aufgabenstellungen vertieft.

Als ich mich umdrehe, laufe ich beinahe in eine der Kellnerinnen und kann mich im letzten Moment stoppen. Sie scheint etwas von ihrem Job zu verstehen, denn die leeren Tassen und Gläser auf ihrem Tablett wackeln nicht einmal, als sie eine schwungvolle Ausweichbewegung macht. Ich hebe entschuldigend die Arme und blicke auf. Das Barista-Mädchen von Samstag, na klasse.

»Langsam solltest du wieder nüchtern sein, oder?«, fragt sie kühl und streicht sich mit der freien Hand eine helle Haarsträhne aus dem Gesicht, die sich bei der plötzlichen Bewegung aus ihrem Zopf gelöst hat.

War ja klar, dass sie einen blöden Kommentar abgeben muss. Da mein Erinnerungsvermögen mich, was Samstagmorgen betrifft, etwas im Stich lässt, halte ich sicherheitshalber die Klappe. Abgesehen davon, fällt mir auf die Schnelle auch keine schlagfertige Erwiderung ein. Also verziehe ich nur spöttisch das Gesicht. Soll sie sich doch um ihren eigenen Kram kümmern, sie ist nur die Barista.

Kurz sieht es so aus, als würde sie noch etwas sagen wollen, doch dann wendet sie den Blick wieder ab und geht einfach weiter, zurück hinter die Theke. Ich mache mich ebenfalls auf den Weg und bestelle bei ihrer Kollegin meinen Kaffee.

Wieder am Platz sieht Simon von seinen Unterlagen auf. Leider scheint er inzwischen mitbekommen zu haben, dass ich mich ›freiwillig‹ für das Sozialprojekt gemeldet habe.

»Ich bilde ein Team mit einer der Juristinnen und Kati wird mit einem Fünftsemester von der TH arbeiten. Die beiden sind total motiviert. Richtig cool, dass du auch dabei bist.«

Ich unterdrücke ein Stöhnen und nicke. Mein Lächeln muss leicht gequält aussehen, doch Simon achtet gar nicht darauf. Soweit ich weiß, studiert Kati im vierten Semester Soziale Arbeit; sie ist ganz süß und schon seit Ewigkeiten mit Simon zusammen. Die zwei sind so was wie das Traumpaar des Projekts, sie versinnbildlichen quasi die Kooperation. Ich schüttle den Gedanken ab.

»Keine Sorge, Lenny ist als ehemaliger Babysitter prädestiniert für so ein Projekt«, schaltet sich Pete ein und lehnt sich grinsend in seinem Stuhl zurück.

»Babysitter?« Simon sieht mich fragend an und ich werfe Pete einen wütenden Blick zu.

»Er war vor dem Studium Au-pair«, lässt Pete raus, bevor ich was sagen kann.

Simon reißt überrascht die Augen auf und Cara neben ihm grinst mich an.

»So süß«, sagt sie.

»Bla, bla, das interessiert keinen«, zische ich warnend, und zum Glück sind alle so schlau, es auf sich beruhen zu lassen.

Als ich mich nach meinem Kaffee umsehe, nickt Simon in Richtung des Barista-Mädchens, das gerade am anderen Ende des Cafés einen Tisch abräumt. »Kennt ihr euch schon?«, fragt er.

Pete lacht und reagiert, bevor ich nachhaken kann. »Sie hat ihm mal beim Duschen zugeschaut.«

Simons Mund klappt auf, doch statt etwas zu sagen, blickt er nur ungläubig zwischen Pete und mir hin und her.

»Du laberst so eine Scheiße.« Ich funkle Pete an und schüttle den Kopf in Richtung Simon. »Der Idiot hat mir ein Wasserglas über den Kopf gekippt und sie war dabei. Nicht mal im Ansatz das, was du denkst.«

Simon sieht immer noch reichlich verwirrt aus, aber die Unterhaltung wird zum Glück unterbrochen, als sich das Barista-Mädchen mit einem nachdrücklichen »Achtung« ankündigt und den dampfenden Kaffee neben meinen Unterlagen abstellt. Ich begegne ihrem Blick und für einen Moment entsteht ein unbehagliches Schweigen.

»Danke.« Ein bisschen spät vielleicht. Ich schenke ihr ein halbgares Lächeln.

Sie nickt, dann strafft sie die Schultern und geht wieder zurück in Richtung Theke.

Cara, die uns schweigend beobachtet hat, sieht mich fragend an. »Was war das denn?« Sie klappt ihr Buch schwungvoll zu und nimmt dann einen Schluck aus ihrem Cappuccino.

Ich zucke nur die Schultern und wende mich Simon zu. »Also ich wäre bereit für Strafrecht, wie sieht's aus?«

Simon murmelt zustimmend und schlägt einen der dicken Wälzer auf, die er aus der Bibliothek mitgebracht hat.

4

Lenny

Das Handy in meiner Tasche vibriert, als wir am Freitagabend draußen vor dem *Industrieschuppen* stehen und rauchen.

Wo bixst duu? <3 1:32

War nur kurz draußen, du? 1:36

Komm zur Baar Honeey 1:37

Ich verdrehe die Augen und drücke meine Kippe an dem Mülleimer aus. Tom tut es mir gleich und nickt in Richtung meines Displays.

»Jess mal wieder voll?«

»Sieht fast so aus ... Ich werde mal nach ihr sehen.«

»O ja, tu das, Tiger.« Tom lacht auf und verzieht anzüglich das Gesicht.

Ich winke ab und schüttle, ebenfalls schmunzelnd, den Kopf.

Im *Industrieschuppen* ist die Luft stickig. Ich dränge mich vorbei an tanzenden Menschen und muss dabei das ein oder andere Mal aus dem Weg springen. Die Party ist in vollem Gange.

An der Bar angekommen, halte ich Ausschau nach Jessy. Weil ich sie auf dieser Seite nicht entdecke, schiebe ich mich weiter zwischen den dicht gedrängten Leuten durch. Im Vorbeigehen rempelt mich ein Typ an, der noch größer ist als ich, was etwas heißen will. Wir heben beide entschuldigend die Hand. Als ich mich umdrehe, steht vor mir plötzlich das Barista-Mädchen. Ich erkenne sie sofort wieder, den abschätzigen Blick, ihre hellbraunen Haare; dieses Mal sind sie offen und fallen ihr über die unbedeckten Schultern.

»Hi«, rufe ich, um die Musik zu übertönen und weil mir nichts Besseres einfällt.

»Hey.« Sie deutet mit ihrem Finger auf die Bar in meinem Rücken. In der anderen Hand balanciert sie zwei Gläser. »Lässt du mich durch?«

Ich grinse. Ich stehe ihr mal wieder im Weg, aber ich bin nicht der Einzige. Vor der Bar drängen sich die Leute und die Barista ist mindestens einen Kopf kleiner als ich.

Ich beuge mich etwas zu ihr runter, damit sie mich besser versteht. »Lass mich das machen, ich komme leichter an die Bar.« Kann ja nicht schaden, den schlechten Eindruck abzuschwächen, den ich sicher bei ihr hinterlassen habe.

Doch sie lacht und ruft zurück: »Danke, ich komme schon klar.«

Schneller, als ich schauen kann, hat sie sich an mir vorbeigedrängt und winkt dem Barkeeper. Ich schüttle den Kopf über sie und muss wider Willen lachen. Dann halt nicht.

Da fällt Jessy in mein Blickfeld, ebenso wie ein Typ, der sich über sie gebeugt hat und seinen Arm an der Theke abstützt. Ich lasse sie nicht aus den Augen, während ich mir langsam den Weg durch die vielen Studierenden suche, die darauf warten, ihre Getränkebestellung loszuwerden.

Nicht, dass es mich interessieren würde, wenn Jessy mit einem Typen flirtet; wir führen nicht diese Art von Beziehung. Ich will sie nur im Auge behalten. In ihrem Zustand wäre es nicht das erste Mal, dass sie eine Entscheidung trifft, die sie am nächsten Tag bereut. Seit das mit uns läuft, hat sie immerhin nicht mehr ständig irgendeinen neuen Typen am Start.

Sie blickt etwas hilfesuchend um sich, und ich winke ihr zu, während ich mich die letzten Meter zu ihr durchdränge.

»Da bist du ja, ich habe dich schon vermisst.« Ich umfasse ihren Arm, was den Typen dazu bringt, seine Hand von der Theke zu nehmen und sie freizugeben.

»Lenny«, ruft sie, halb erfreut, halb erleichtert, und ich sehe an ihrem Blick, dass der letzte Drink definitiv einer zu viel war. Sie wirft sich mir an den Hals und der Typ, der sich eben noch Hoffnungen gemacht hat, grunzt etwas Unverständliches. Ihn scheint zu stören, dass ich ihm eine einfache Nummer versaut habe.

Ich drehe Jessy von ihm weg. »Ist nicht, los, such dir ein anderes Mädchen.«

Der Typ zieht zwar ab, jedoch nicht, ohne ein paar Flüche loszulassen, die ich aufgrund der Musik nicht genau verstehe, aber das ist vielleicht besser so. Jessy klebt mir immer noch am Hals und ich schiebe sie ein Stück zurück, um ihr ins Gesicht zu sehen.

»Ist alles okay?«

»Ahh, ja. Ich bin nur ... etwas betrunken.«

Ich nicke und halte ihren Blick fest. »Willst du gehen? Soll ich dich heimbringen?«

»Baby, nimmst du mich mit zu dir nach Hause?«, flötet sie und setzt dabei einen Blick auf, dem man nur schwer widerstehen kann.

Sie ist nur so drauf, wenn sie getrunken hat. Na gut, das ist sehr häufig der Fall. Ich bin nicht gerade der selbstlose Held, der sich freiwillig anbietet, betrunkene junge Frauen sicher nach Hause zu begleiten, aber es ist immerhin Jessy.

»Meinst du nicht, du schläfst heute lieber bei dir?«

Es wäre nicht das erste Mal, dass Jessy bei mir übernachtet, schon gar nicht, dass wir uns dabei näherkommen. Aber heute scheint sie mir nicht mehr in der Verfassung zu sein.

»Lenny ...« Ich spüre ihren Atem dicht an meinem Ohr, gleichzeitig schiebt sie ihren Körper wieder näher an meinen.

»Also komm«, sage ich und nehme ihre Hand. Mit der anderen ziehe ich mein Handy aus der Tasche und texte Tom, dass wir gehen.

Viel Spaß, schreib, wenn ich heimkommen kann 😏 2:12

Heute geht nichts mehr, bro 😉 2:12

Ich verstaue das Handy wieder in der Tasche und schiebe Jessy vor mir her durch die tanzende Menge. Als wir aus der Tür treten, ist Tom nicht mehr da, dafür stehen ein paar andere um den Aschenbecher herum und sind gerade dabei, ein Selfie zu machen.

Vom *Industrieschuppen* aus führt der Weg zu einem angrenzenden Park. Auch hierhin haben sich Feierwütige zurückgezogen, neben einigen Paaren, die auf der Suche nach einem ungestörten Ort für Zweisamkeit sind.

Ich glaube, die frische Luft tut Jessy gut. Als wir an der Stadtbahnhaltestelle ankommen, lässt sie sich auf den Sitz im Wartehäuschen fallen und streckt die Arme nach mir aus. Ich lasse mich von ihr heranziehen und sie grinst mich an.

»Geht's wieder?«, frage ich.

»Alles bestens.« Sie wirft ihre langen Haare zurück und lacht.

»Du solltest besser aufpassen, wenn du so viel trinkst.«

Sie lehnt sich gegen die Wand in ihrem Rücken und deutet auf mich. »Wieso? Du bist doch da und passt auf.«

Ich verdrehe die Augen. »Ja, Jess ... wie auch immer.« Ich nehme ihre Hände in meine und wuchte sie hoch, weil das Rattern der Bahn in unserem Rücken die Einfahrt ankündigt. »Los geht's, wird Zeit, dass du ins Bett kommst.«

»Du bist ein Spielverderber«, jammert sie, aber lässt sich von mir widerstandslos in die Bahn schieben.

Als ich am nächsten Morgen aufwache und auf den Wecker blinzle, ist es gerade mal kurz nach acht. Durch die Rollladenschlitze fällt Licht ins Zimmer und ich richte mich langsam auf. Ich versuche, Jessys Kopf möglichst so von mir herunterzuschieben, dass sie dabei nicht aufwacht, und habe Glück. Im Sitzen lasse ich meine Schulter vorsichtig kreisen und unterdrücke ein Stöhnen; mein Oberarm fühlt sich taub an. Jess hat sich zur Seite gedreht und streckt die Arme von sich.

Sie sieht friedlich aus, und einen kurzen Moment stelle ich mir vor, sie wäre meine Freundin. Bei dem Gedanken fällt mir Tom ein, der mich sicher wieder einmal befragen wird, ob wir jetzt endlich ein Paar sind. Nicht, dass er irgendwie der romantische Typ wäre, aber er ist der Meinung, wenn man eine Frau wie Jessy abbekommt, sollte man sich das nicht nehmen lassen.

Ich betrachte ihr Gesicht von der Seite, ihre sinnlich geschwungenen Lippen, die Augen mit den dunkeln Wimpern, an denen noch Mascarareste von gestern kleben. Aber abgesehen davon, dass ich aktuell absolut keine feste Freundin brauchen kann, sehe ich in ihr einfach nur Jessy. Die zugegeben äußerst attraktive Jessy, die für mich dennoch nicht mehr ist als eine gute Freundin, mit der man sehr viel Spaß haben kann.

Auch wenn es eine Weile her ist, dass wir darüber gesprochen haben, bin ich davon überzeugt, dass sich das auch für sie nicht geändert hat. Sie gibt ganz gerne mit mir an, das habe ich an der ein oder anderen Stelle schon mitbekommen. Dass sie es insgeheim auf eine ernsthafte Beziehung abgesehen hat, kann ich mir bei ihr nicht vorstellen.

Ich setze vorsichtig die Füße auf den Boden und schnappe mir auf dem Weg zur Tür die Hose, die ich gestern achtlos fallen gelassen habe, nachdem ich Jess ins Bett verfrachtet hatte. Ich schlüpfe rein und laufe zuerst in die Küche. Dort schalte ich die Kaffeemaschine ein und gehe solange ins Bad.

Vom Wäscheständer im Flur nehme ich mir ein frisches T-Shirt und werfe es über, dann setze ich mich mit der Kaffeetasse an die Küchentheke. Tom wird sicher nicht vor 12 Uhr aus seinem Zimmer kommen und auch bei Jess kann es dauern, bis sie aufwacht. Ich bin grundsätzlich kein Langschläfer, aber habe das Gefühl, dass ich umso eher morgens früh wach werde, wenn ich abends aus war.

Auf meinem Handy entdecke ich zwei verpasste Anrufe, beide von meiner Mum. Ich drücke die Benachrichtigung weg. Das kann ich jetzt nicht brauchen. Ich befürchte, dass sie von meinem Auftritt letzten Freitag gehört haben könnte, nachdem sie von ihrer Zeit an der Uni die halbe Fachschaft kennt. Ich unterdrücke einen Fluch. Eine Standpauke meiner Mutter ist das Letzte, auf das ich jetzt Bock habe.

Weil ich nicht weiß, was ich sonst tun soll, setze ich mich an meine Lernsachen. Als ich irgendwann keine Lust mehr habe, öffne ich Instagram und suche die Seite des Projektes *Familien stärken*. Es gibt noch nicht viele Postings, das erste ist eine allgemeine Info über die Kooperation und die Planungen. *Das Projekt hat zum Ziel, die Kooperation im Kinderschutz zu verbessern und effizient zu gestalten, um Schutz und Hilfe für das Kind und seine Familie zu gewährleisten.* Klingt ambitioniert. Ich scrolle weiter und lese, dass eine wissenschaftliche Gruppe das Projekt begleitet, um die Ergebnisse der breiten Öffentlichkeit zur Verfügung zu stellen. Eins muss man ihnen lassen, die nehmen das echt ernst.

Ich seufze. Ich habe eigentlich keinen Nerv dafür, meine studienfreie Zeit mit so was zu verbringen. Ich weiß nicht, was ich von der Social-Media-Präsenz von öffentlichen Einrichtungen halten soll. Erreicht man auf Instagram die richtige Zielgruppe?

Plötzlich öffnet sich die Tür in meinem Rücken und Jessy steht im Rahmen. Ihre langen Haare sind zerzaust und sie hält sich eine Hand vors Gesicht, um ihre Augen vor dem hellen Licht der Fensterfront abzuschirmen.

»Morgen«, sage ich und schließe schnell die Seite auf meinem Handy.

Jessy tritt hinter mich und legt mir ihre Arme über die Schultern. »Morgen. Aw, danke, dass du mich mitgenommen hast. War höchste Zeit.« Sie gähnt.

»Erinnerst du dich überhaupt noch an gestern Abend?« Ich schiebe ihren Arm von meiner Schulter und drehe mich um.

»Hallo, klar? Bis wir hier waren, war ich nahezu wieder nüchtern«, sagt sie mit gespielt empörter Stimme.

»O ja«, stimme ich ihr sarkastisch zu. »Deshalb musste ich dich praktisch ins Zimmer tragen und du bist innerhalb von zwei Sekunden eingeschlafen.«

Sie streckt mir die Zunge raus und läuft zur Küchenzeile.

»Willst du was frühstücken?« Ich schwenke meine Kaffeetasse.

»Nein«, antwortet sie, holt sich aber eine Tasse aus dem Schrank und schenkt sich den restlichen Kaffee aus der Kanne ein.

»Gut, ich befürchte, ich hätte auch nichts anbieten können.«

Sie lacht und verdreht die Augen. »Bin auch nichts anderes gewohnt bei dir.«

»Ich will dich ja nicht zu sehr verwöhnen.«

Ich ziehe ihr einen Stuhl ran und sie setzt sich zu mir.

»Richtig, Groupies bleiben nicht zum Frühstück«, kommentiert sie lachend und zitiert damit einen Film, den ich in einem meiner schwachen Momente mit ihr angeschaut habe.

Nachdem sie sich eine halbe Stunde später verabschiedet, raffe ich mich wieder auf und verbringe den Rest des Wochenendes mit Strafrecht.

5

Lenny

Am Montagmorgen machen Tom und ich einen kurzen Stopp in der *Cafébar* und trinken einen Espresso im Stehen. Bevor wir zur Uni aufbrechen, erreicht mich eine E-Mail von Professorin Staufenberg. Sie schreibt, dass die Mitglieder des Sozialprojekts sich morgen Nachmittag um 16.30 Uhr treffen. Langsam habe ich keine Lust mehr, mir davon die Laune verderben zu lassen, trotzdem zieht mich die Nachricht direkt runter.

Als wir mittags in der Mensa sitzen, öffne ich Instagram und sehe als Erstes den neusten Post der Projektgruppe. Darunter ist eine Diskussion über Sorgerechtsentzug entbrannt. Einige der Kommentatoren fordern strengere Umsetzungen des Entzugs. Die Stimmung ist hier definitiv zugunsten der Mütter ausgerichtet, die ihren Ex-Partnern das Sorgerecht entziehen wollen.

Ein Kommentar von EM_xx sticht mir ins Auge: *Das Elternrecht ist eins der höchsten Rechte in diesem Staat, und das hat Gründe. Einem Vater pauschal das Sorgerecht zu entziehen, nur weil es gerade praktisch ist oder einige Dinge vereinfacht, kann nicht im Sinne des Kindes sein. Zum Perspektivwechsel ist wohl keiner meiner Vorredner hier fähig* 😐.

Die wütenden Worte lassen mich auf persönliche Betroffenheit schließen und ich klicke auf das Profil.

Dieses Konto ist privat, teilt Instagram mir mit.

Auf dem kleinen Profilbild ist ein Oberkörper von hinten zu sehen, mit hellbraunen Haaren, die zu einem unordentlichen Knoten hochgebunden sind. Die Frau trägt ein tief geschnittenes T-Shirt, das den Blick auf ein Tattoo zwischen den Schulterblättern zulässt. Da man die Ansicht nicht vergrößern kann, kann ich nicht viel daraus schließen.

Ich scrolle noch durch ein paar Kommentare, denn völlig blank will ich auch nicht beim Projekt auftauchen. Tatsächlich scheint diese EM_xx eine der wenigen zu sein, die sich hinter die Väter stellt, was ihr einige bitterböse Bemerkungen von anderen Nutzern einbringt.

»Lenny, hallo?« Tom wedelt mit seiner Hand vor meinem Gesicht rum.

»Sorry, was?«

Verwirrt schaue ich zwischen ihm und Jessy hin und her.

»Was ist denn so spannend auf deinem Handy?«, fragt Jessy und streckt neugierig ihren Kopf zu mir rüber.

Ich mache mit meiner Hand eine abwehrende Bewegung in ihre Richtung.

»Ich wollte wissen, ob du morgen nach der Vorlesung mitkommst, wir lernen in der *Cafébar*«, wiederholt Tom seine Frage.

»Nee, Mann, morgen ist dieses Kacktreffen.« Ich senke meine Stimme. »Muss da um 16.30 Uhr aufkreuzen, und wer weiß, wie lange ich dort festsitze.«

»Oh, Lenny«, sagt Jessy mit mitleidiger Stimme und nimmt mich halbherzig in den Arm.

Tom verkneift sich einen Spruch, aber es ist ihm anzusehen, dass es ihm schwerfällt.

Später in der Vorlesung schweifen meine Gedanken wieder zu den Kommentaren unter dem Posting ab. Es liegt wohl in der Natur der Sache, dass die Emotionen bei solchen Themen schnell hochkochen. Anonyme Leute, die auf Social Media ihren Frust loswerden, fand ich schon immer abstoßend. Vor Gericht sind diese Großmäuler, die sich um Umgang oder Sorgerecht streiten, dann oft nur halb so laut, jedenfalls wenn ich meinem Vater Glauben schenke.

Vorerst bleibt mir nichts übrig, als mich zu fügen, aber vielleicht lässt Professorin Staufenberg nach ein paar Wochen noch mal mit sich reden. Ich bin überzeugt davon, dass ich nicht der Richtige für das Projekt bin. Familienrecht hat mich nie interessiert und die Sozis mit ihren pädagogischen Stellungnahmen finde ich anstrengend. Ich habe meinen Vater schon oft darüber fluchen hören. Die wenigen Jahre, die er Familienrecht gemacht hat, haben ihm mehr als gereicht.

Wie auch immer. Ich ziehe mein Handy aus der Tasche und schreibe Jessy.

Du und Cara schon was vor heute? Könnten zusammen essen, bei uns 😊 😘 15:41

Geht bei mir klar … Ich frag Cara kurz 😊 15:42
Wir sind dabei! Soll ich dich abholen und wir gehen einkaufen? 15:45

Alles klar, 16.35 Uhr am Parkplatz 🤗 15:46

Ich gebe Tom Bescheid und versuche, mich die letzte Dreiviertelstunde auf die Vorlesung zu konzentrieren.

Als ich auf den Parkplatz komme, steht Jessys Mini schon da. Ich werfe meine Tasche auf den Rücksitz und steige auf der Beifahrerseite ein.

»Hey«, sagt sie und haucht mir einen Kuss auf die Wange.

»Wollte Cara nicht gleich mitkommen?«, frage ich, während sie den Blinker setzt und Richtung Supermarkt losfährt.

»Nee, sie muss noch an einer Hausarbeit schreiben, sie meinte, sie kommt dann zum Essen.«

»Gut, und hast du dir schon überlegt, was wir machen wollen?«

»Hm, ich dachte an Pizza? Ich habe kürzlich ein klasse Rezept für Hefeteig gefunden, wollte das eh schon ausprobieren. Und wir könnten sie unterschiedlich belegen. Wie heiß kann man euren Backofen stellen?«

»Puh, du fragst mich Sachen. 270 Grad vielleicht? Find ich gut, Pizza geht immer. Und wir müssen nicht alle vegetarisch essen.« Ich grinse.

»Haha, ja, Mann, ich freue mich über jede Gelegenheit, nachdem wir in der WG nur noch veggie kochen.« Sie lacht und kneift die Augen zusammen, um die Ampelanlage zu erkennen; die Sonne strahlt noch grell vom Himmel. »Gib mir mal bitte die Sonnenbrille aus meiner Handtasche, die liegt hinter deinem Sitz.«

Ich drehe mich um und krame in der großen Tasche, bis ich die Brille ertaste. »Was ist das mit den Frauen und diesen schrecklichen Taschen?« Ich reiche ihr die Brille.

Sie zuckt nur die Achseln, setzt sie auf und fächelt sich mit der Hand Luft zu. »So warm heute.«

Sie trägt knappe Jeans-Hotpants und ein schwarzes Top, das unter dem Dekolleté locker fällt. Mit der Sonnenbrille sieht sie aus, als käme sie geradewegs vom Laufsteg.

Nur wenige Minuten später fährt Jessy in die Tiefgarage des Supermarkts. Wir schnappen uns einen Einkaufswagen und packen genügend Zutaten ein, damit jeder die Pizza nach seinem Geschmack belegen kann. Dann fahren wir zu unserer WG. Da man nicht direkt vor der Wohnung parken kann, schnappe ich mir die beiden Einkaufstüten, während Jessy neben mir herläuft und irgendeinen Sommerhit summt.

Tom öffnet uns die Tür und begrüßt Jessy mit einer Umarmung und einem anzüglichen Spruch, während er mir zuzwinkert. Ich stelle die Tüten an der Theke ab und verschwinde kurz in mein Zimmer. Dort frische ich mein Deo auf und wechsle das Shirt, dann gehe ich zurück in die Küche. Jessy hat schon angefangen, die Einkäufe auszupacken; Tom schneidet die Limetten, die wir für Drinks mitgenommen haben.

Unsere Küche ist für eine Jungs-WG gut ausgestattet, da sowohl Tom als auch ich Wert auf gesunde Ernährung legen und oft frisch kochen. Seit wir uns regelmäßig mit Cara und Jessy zum Kochen verabreden, besitzen wir sogar ein Handrührgerät, das ich samt Schüssel aus dem Schrank ziehe. Tom verbindet derweil sein Handy mit der Musikbox und reicht uns anschließend unsere Drinks.

Während der Teig geht und wir alles vorbereiten, unterhalten wir uns über die Uni und unsere Sommerpläne. Um 19 Uhr klingelt Cara und wir schieben die Pizza in den Ofen. Inzwischen sind wir bei unserem zweiten Drink und stoßen mit Cara an.

»Und, wie kommst du voran?«, fragt Tom sie.

Wir haben uns auf die zwei Sofas gesetzt, von wo aus wir die Küche und den Essbereich im Blick haben. Ich liebe es, dass bei uns alles offen ist, wir hatten mit der WG echt Glück.

»Es ist genauso furchtbar, wie ich es erwartet hatte«, stöhnt Cara. »Aber immerhin bin ich etwas weitergekommen. Wie sieht's bei dir aus, Lenny, habe gehört, morgen darfst du zu *Familien stärken*?«

»Jep. Keine Ahnung, mal sehen, was das wird. Simon kommt auch, für meinen Geschmack ist er echt zu begeistert. Aber immerhin bin ich da nicht völlig allein mit den ganzen Sozis.«

Ich nehme einen Schluck von meinem Getränk und zwirble mir nebenher eine von Jessys Haarsträhnen um den Finger. Sie sitzt direkt neben mir. Auf dem zweiten Sofa haben es sich Cara und Tom bequem gemacht. Jessy scrollt nebenher durch Instagram und verteilt willkürlich ein paar Herzen unter den Bildern.

»Du machst das bestimmt supi, du kannst doch mit Kindern.« Jess hebt ihr Glas und stößt es gegen meins, sodass es leise klirrt.

»Hör einfach auf mit dem Scheiß jetzt«, knurre ich und zupfe etwas fester an der Haarsträhne, bis sie mich anfunkelt.

Tom lacht und bevor wir das Thema weiter vertiefen können, klingelt der Timer und zeigt uns an, dass die Pizza aus dem Ofen sollte.

Als wir rüber zum Esstisch gehen, spüre ich den Alkohol deutlicher als erwartet. Toms Mische ist wie immer stark und das Mittagessen in der Kantine eine Weile her. Cara und Jessy sind ebenfalls aufgestanden und tanzen lachend zu der Musik aus Toms Box, während er die Pizza aus dem Ofen holt und auf dem Esstisch abstellt.

»Jemand noch was zu trinken oder können wir loslegen?«, fragt Tom, während wir Platz nehmen.

»Nein, o Gott, ich muss heute noch 'ne Nachtschicht einlegen«, sagt Cara und zieht sich ein Stück vom Pizzablech.

»Bin versorgt«, sage ich, und Jessy hebt ihr Glas, um zu zeigen, dass es noch halb voll ist.

Beim Essen unterhalten wir uns über den neusten Tratsch aus der Uni. Anschließend verabschiedet sich Cara, Jessy beschließt, noch zu bleiben, und wir gehen mit unseren Getränken auf unseren winzigen Balkon, der an das Wohnzimmer grenzt. Tom übernimmt den Abwasch und räumt die Küche auf.

Ich trete hinter Jessy und lege von hinten meine Arme um sie, weil ich weiß, dass sie das mag. Zu der leisen Musik, die von innen zu uns rausdringt, bewegt sie sich und schmiegt ihre Hüfte an meinen Körper. Ohne zu sprechen, beobachten wir die Straßen unter uns, die voller Menschen sind.

Die Sonne geht zwar langsam unter, aber es ist noch warm, sodass wir in unseren kurzen Sachen nicht frieren. Irgendwann dreht sie sich zu mir um und küsst mich. Ich lehne sie gegen das Geländer des Balkons und greife mit meiner Hand in ihre langen Haare. Sie schmeckt nach Toms Drink, und ich rieche ihr frisches Parfüm, dass sie sich morgens auf die Haut sprüht.

Im Hintergrund singt Montez, dass er im Gefühl hat, dass die Nacht gut werden könnte, und er spricht mir aus der Seele. Jess scheint das genauso zu sehen, und so lassen wir nach kurzer Zeit voneinander ab, um in mein Zimmer zu schleichen. Tom räumt gerade die Spülmaschine ein und beachtet uns nicht.

Mein Fenster steht weit offen, und ich ziehe den Vorhang so vor, dass man von draußen nicht reinschauen kann, aber immer noch Licht hereinfällt. Dann gehe ich zu Jessy und küsse sie wieder. Mit der Hand an ihrer Hüfte schiebe ich sie langsam rückwärts Richtung Bett. Als sie gegen die Kante stößt, wandern ihre Lippen von meinen weiter an meinen Hals und ich kriege trotz der Hitze eine Gänsehaut. Ich lege meine Hände an ihre nackten Oberschenkel und hebe sie hoch. Sie schlingt ihre Beine um meine Hüfte.

»Baby ...«, raunt sie an meinem Ohr und ich höre das Lächeln auf ihren Lippen.

»Du siehst mal wieder fantastisch aus, Jess«, murmle ich und bedecke ihr Dekolleté und ihren Hals mit Küssen.

Ich umfasse ihren Rücken und lasse sie langsam aufs Bett gleiten. Sie klammert sich an mich und legt sich dann zurück. Ihre Augen leuchten, als sie mich jetzt ansieht; vielleicht hat der Alkohol ihren Blick ein klein wenig glasig gemacht. Auch ich spüre in mir den leichten Nebel, aber es ist ein gutes Gefühl.

»Zieh dein Shirt aus«, sagt sie und ich lasse mich nicht zweimal bitten.

Sex mit Jessy ist nie geplant. An manchen Tagen sind wir beide in Stimmung, manchmal verbringen wir Stunden zusammen und küssen uns nicht einmal. Ich kenne Jess schon eine ganze Weile, doch erst bei einer der ersten WG-Partys im Studium hat es angefangen, dass mehr zwischen uns ging. Jessy und ich hatten uns mit einem Sitzsack auf den engen Balkon zurückgezogen und waren beide angetrunken. Irgendwann kam es zum Kuss und das war das erste Mal, dass wir miteinander schliefen. Dass sie meine beste Freundin ist und wir gleichzeitig hin und wieder das Bett teilen, hat uns bisher keine Probleme bereitet. Ich habe von Anfang an klargemacht, dass ich auf eine Beziehung keine Lust habe, und zum Glück sieht Jess das genauso unkompliziert.

Wir entledigen uns unserer Klamotten und ich ziehe ein Kondom aus der Schublade neben meinem Bett. Jess küsst meinen Hals und stöhnt leise, als ich mit der Hand über ihre Brust bis zu ihrer Taille streichle.

»Ich will dich spüren, Lenny«, raunt sie an meinem Ohr und ich reiße das knisternde Päckchen auf.

Als ich langsam in sie eindringe, schließt sie die Augen und zieht mich noch näher.

»Gut geschlafen?«, begrüßt mich Tom mit breitem Grinsen, als ich am nächsten Morgen noch leicht verpennt aus meinem Zimmer komme. Er sitzt über seinem Müsli und beobachtet, wie ich mir im Gehen mein Shirt überstreife und im Bad verschwinde. Als ich zurückkomme, grinst er immer noch.

»Was?«, frage ich und verdrehe die Augen, weil Tom immer so reagiert, wenn er mitbekommt, dass zwischen mir und Jessy was gelaufen ist.

»Ich finde, du solltest dir mal mehr Mühe geben! Glaubst du echt, du findest noch was Besseres als Jessica Ardin? Dein Selbstbewusstsein ist echt ein anderes Level, Junge.« Er schüttelt lachend den Kopf und widmet sich wieder seinem Müsli.

»Alter, nur weil sie gut aussieht und wir ab und zu mal im Bett landen, muss ich sie gleich heiraten?«

»Ihr seid einfach harmonisch. Seit das mit dir läuft, hatte sie keinen anderen Typen mehr und ist viel gechillter. Ich weiß nicht, was euer Problem ist, keine Verpflichtung?«

Tom scheint dieses Gespräch ernsthaft führen zu wollen, obwohl ich nicht verstehe, warum es ihn überhaupt so sehr interessiert.

Ich nehme mir eine Tasse Kaffee und setze mich zu ihm.

»Warum ist das wichtig? Man muss nicht gleich gefühlsduselig werden, nur weil man Spaß zusammen hat. Das muss ich dir doch nicht erklären.« Ich schaue ihn skeptisch an, denn auch Tom ist nicht unbedingt sparsam, was seine Affären angeht.

»Will vielleicht einfach nicht in meinen Kopf, dass ihr zwei das nicht gebacken kriegt. Ich weiß, ich weiß, ich bin nicht gerade ein Romantiker.« Er hebt beschwichtigend die Arme, als er meinen Blick sieht. »Aber wie sie dich anschaut, du hast sie echt gezähmt. Ich sag's ja nur.«

Er steht auf und bringt seine Schüssel in die Küche.

»Tom, nein, das Ding ist gelaufen. Was soll's, irgendwann findet sie 'nen hübschen vernünftigen Kerl und dann hat sich das erledigt zwischen uns. Ich habe keinen Kopf für 'ne Beziehung, ist mir alles viel zu stressig.«

»Deine Sache, Lenny.«

6

Lenny

Um 16 Uhr endet meine letzte Vorlesung.

»Schreibst du Tony noch wegen heute Abend? 19 Uhr, eine Runde FIFA?«, frage ich Tom.

»Geht klar. Wie sieht's aus mit Essen?«

»Wäre schon nicht schlecht. Pasta von Mauro?«

Immer wenn uns nicht nach Kochen zumute ist, bestellen wir uns Essen bei Mauro, er macht definitiv die beste Pasta in der Südstadt.

»Klingt nach 'nem Plan. Also dann, bis später und viel Spaß.« Er zwinkert mir zu und macht sich auf den Weg in die *Cafébar*, während ich in die entgegengesetzte Richtung zur Haltestelle der Stadtbahn laufe.

Zur Hochschule sind es etwa zwanzig Minuten Fahrt, aber ich schaffe es beinahe pünktlich und komme wenige Minuten nach halb an.

Die Besprechung findet in einem großen Raum statt. Im vorderen Bereich sind einzelne Arbeitsplätze mit Laptops und Telefonen eingerichtet, im hinteren Teil des Raumes gibt es eine Sitzecke mit Couchmöbeln, auf denen die Anwesenden Platz genommen haben. Alle Augenpaare richten sich bei meinem Eintritt auf mich und ich nicke in die Runde.

»Schön, Sie zu sehen, Leonard«, begrüßt mich Professorin Staufenberg.

Ich entdecke Simon und neben ihm Kati. Rechts von den beiden sitzt eine Studentin, die ich aus ein paar meiner Kurse kenne, demnach studiert sie ebenfalls Jura, und neben ihr lümmelt ein Typ in einer knallbunten Batikhose. Die anderen haben sich auf der Couch gegenüber ausgebreitet.

»Bitte, nehmen Sie Platz.« Professorin Staufenberg macht eine einladende Handbewegung und ich setze mich. »Frau Kehl ist heute entschuldigt, Herr Hayne, wir erklären Ihnen gleich, wie weit wir mit den Planungen sind. Sie werden mit Frau Kehl ein Team bilden, sie war bisher einmal da und hat noch kein Tandem.«

Marion Staufenberg hat automatisch wieder zu der förmlichen Ansprache gewechselt und wenn ich ehrlich bin, ist es mir beinahe lieber als mein Vorname, der ihr wesentlich geläufiger ist. Teamarbeit also. Ein mulmiges Gefühl breitet sich in meiner Magengegend aus, doch ich nicke.

»Gut.« Sie klatscht in die Hände. »Machen wir eine kurze Vorstellungsrunde, ich denke, einige kennen Herrn Hayne bereits.«

Simon und Kati nicken zustimmend.

Der Typ mit der bunten Hose zieht ein Bein auf die Couch hoch und lehnt sich ein Stück nach vorne. »Ich bin Moritz Kern, fünftes Semester Soziale Arbeit, ich bin von Anfang an dabei und mit Kati in einem Team.«

Dann wendet er sich dem Mädchen zu, das neben ihm sitzt, und sie lächelt mich kurz an. »Ich heiße Lena Kühnert, studiere Jura, wir kennen uns vom Sehen.«

»Lenny Hayne, ebenfalls Jura, Simon und ich sind in der gleichen Lerngruppe.«

Ich gebe an Simon ab. Nachdem sich auch der Rest der Gruppe vorgestellt hat, ergreift Professorin Staufenberg wieder das Wort.

»Schön. Mich kennen inzwischen alle, Frau Kehl wird dann nächste Woche wieder zu unserer Gruppe stoßen. Das Instagram-Profil ist inzwischen online gegangen und erfreut sich bereits reger Beteiligung. Das hat Frau Kühnert dankenswerterweise eingerichtet, und die Kooperationspartner haben ganze Arbeit geleistet, sodass das Profil schon aktiv bespielt werden kann. Frau Kühnert, vielleicht können Sie uns auf den aktuellen Stand bringen.«

Lena ergreift das Wort und berichtet, dass der Account seit etwa einem Monat aktiv ist und schon zweihundert Abos hat. Ich schätze, das ist gut.

»Es gab bisher zwei Fragerunden zu Themen, die unsere Abonnenten interessieren. Wir sind noch in der absoluten Experimentierphase. Ich denke, wenn wir vollständig sind, wäre es super, wir würden uns noch mal zu einem Brainstorming zusammensetzen und überlegen, wie wir die Angebote präsentieren, welche zeitlichen Abstände wir in die Postings bringen, und ...« Sie unterbricht sich, weil es an der Tür klopft.

»Ja?«, fragt Professorin Staufenberg.

Die Tür geht auf und eine junge Frau kommt voll beladen mit Unterlagen und einer großen Ledertasche über der Schulter herein.

»Ah, hier sind Sie. Bitte entschuldigen Sie die Verspätung, ich musste noch etwas mit meinen Studierenden besprechen.« Sie pustet sich den Pony aus der Stirn und kommt zu uns.

»Frau Lübke, schön, dass Sie es geschafft haben.«

Die Dozentin schaut in die Runde und streckt umständlich ihre Hand in meine Richtung, als sie mich erblickt. »Wir kennen uns noch nicht.«

Ich deute an aufzustehen und begrüße sie. »Lenny Hayne, Jura.«

»Melanie Lübke, ich unterrichte hier an der Hochschule Presse- und Öffentlichkeitsarbeit.«

Sie lächelt und greift schnell nach einer Mappe, die unter ihrem Arm durchzurutschen droht. Ich rücke ein Stück zur Seite, damit sie sich neben mich auf die Couch setzen kann. Sie ist ziemlich dick, achtet aber genau darauf, mich nicht zu berühren. Ihre Unterlagen legt sie vor sich auf den Beistelltisch.

»Frau Kühnert hat uns gerade einen Überblick über das Instagram-Profil gegeben, vielleicht können Sie mit Ihren Ausführungen fortfahren und dann ergänzen, was Sie sich bezüglich des weiteren Vorgehens gedacht haben, Frau Lübke.«

»Ich sagte gerade, dass wir fixe Zeiten für die Postings festlegen sollten. Die Regelmäßigkeit macht es den Leuten einfacher nachzuvollziehen, wann wir uns mit Themen beschäftigen, die für sie interessant sind.«

»Ja, sehr gut«, stimmt Frau Lübke ihr zu.

»Die Fragerunden wurden schon bei den ersten beiden Malen gut angenommen, dann haben wir bald auch ein Sammelsurium an Themen«, ergänzt Kati.

»Ich denke, es wäre wichtig, regelmäßig einen thematischen Post im Feed zu haben, insbesondere um positive Themen reinzubringen. Der darf auch gerne außerhalb des Kinderschutzthemas liegen. Die Fragen beziehen sich auf ganz unterschiedliche Themen«, antwortet Lena.

»Finde ich ein super Vorgehen. Ich habe ein unkompliziertes Regelwerk aufgestellt, damit wir einheitlich auftreten.« Frau Lübke nimmt aus einer der Mappen einen Stapel Blätter und verteilt sie an die Anwesenden. Allgemeines Gemurmel beginnt, während alle die Zettel überfliegen.

»Herr Hayne, vielleicht nehmen Sie gleich eins für Frau Kehl mit.«

Ich nicke und nehme zwei Exemplare vom Stapel.

»Ich werde nächste Woche den Raum vorbereiten, wenn wir uns mit den Praxispartnern treffen«, sagt Professorin Staufenberg.

Die anderen murmeln zustimmend.

»Ah, Frau Kehl hat mir ihre Handynummer aufgeschrieben, Herr ...?« Frau Lübke stockt kurz und durchstöbert ihre Unterlagen.

»Hayne«, ergänze ich.

»Genau, Herr Hayne, Sie arbeiten mit Frau Kehl zusammen? Ahh, hier.«

Sie zieht einen Zettel aus den Unterlagen, auf dem in kleinen, ordentlichen Buchstaben *Emily Kehl* geschrieben steht, darunter eine Nummer. Sie reicht mir das Papier.

»Alles klar, danke.«

Ich erfahre noch, dass die Praxispartner beim nächsten Treffen zugeteilt werden und wir uns in kleinere Projektgruppen splitten. Die Teams werden unterschiedliche Phasen der Kinderschutzverfahren bearbeiten. Um uns damit auseinanderzusetzen, haben wir mehrere Beispielverfahren ausgehändigt bekommen, mit denen wir uns bis zum nächsten Mal beschäftigen sollen. Als die Besprechung zu Ende ist, schwirrt mir der Kopf.

Zurück zu Hause will ich den Zettel mit der Handynummer ignorieren. Andererseits ist mir klar, dass es mir nicht hilft, mich davor zu drücken, denn um die Teamarbeit werde ich nicht herumkommen. Also mache ich es mir auf dem Balkon gemütlich und hole mein iPhone und den Zettel aus der Hosentasche.

Hey Emily. Habe deine Nummer von Frau Lübke, sie meinte, ich darf mich bei dir melden wegen dem »Familien stärken«-Projekt.
Grüße, Lenny 18:20

Hi Lenny, schön von dir zu hören. Dann bist du wohl mein Teampartner.
Erzähl mal was von dir! 😉 18:35

Was willst du wissen? 😅
Fang doch mal an … 18:36

Tja, wo beginne ich, aus meinem superspannenden Leben zu berichten …
Ich bin 21, studiere Soziale Arbeit im vierten Semester, glaube nicht an das Gute im Menschen, aber bin geneigt, allen eine Chance zu geben 😋 18:37

Wider Willen muss ich grinsen. Sie scheint ja immerhin locker drauf zu sein. Ich schließe einen Moment die Augen und genieße die abendlichen Sonnenstrahlen. In zwanzig Minuten kommt Tony, sodass ich noch ein wenig Zeit habe.

Warum glaubst du nicht an das Gute im Menschen, Sozi? 🙃 18:38

Hey, du bist dran mit Antworten, Mr. Law and Order 😝
Glaubst du etwa an das Gute im Menschen? Mit deinen Karriereaussichten? 18:38

Darüber habe ich noch nie nachgedacht 🤔
Meine Dame, ich teile Ihre Meinung nicht, aber ich würde mein Leben dafür einsetzen, dass Sie sie äußern dürfen. 18:39

Wow, klingt sympathisch. Und ganz schön schnell.
Hattest du überhaupt Zeit zu googeln? 😂 18:39

Du wirst die Wahrheit nicht erfahren … 18:39

Du kannst mich jetzt nicht hängen lassen! Schon nach 4 Minuten kennenlernen die erste Enttäuschung 🙄 18:40

Okay, okay, schreib mich nicht gleich ab.
Shame on me … Ein Dozent hatte das Zitat heute auf einer seiner Folien 😅 😅 18:40

Ahaha okay, sehr gut 😂😂

Und, findest du dich in dem Spruch wieder? 18:41

Deine Meinung, für die ich mein Leben geben soll, kenne ich noch nicht, die Frage ist mir zu heikel 😅 Aber grundsätzlich eher ja ... 18:42

Gut, dann eine weniger heikle Frage: Wie alt bist du? Und kommst du direkt aus Köln? 18:42

»Len?«, ruft Tom aus dem Inneren der Wohnung. Ich beuge mich von der Wand weg in die offene Balkontüre.

»Yes?«

»Ach, da bist du. Soll ich schon bestellen? 'Ne halbe Stunde dauert das mindestens, bis die liefern.« Tom kommt an die Balkontüre, den Flyer von Mauros Lieferservice in der Hand.

»Also von mir aus gern, ich habe schon ordentlich Hunger.«

»Perfekt. Tony nimmt eine Pizza, was willst du?«

»Pizza hatten wir gestern schon, ich nehme Rigatoni«, antworte ich und schiele auf mein Handy, das in meiner Hand aufleuchtet.

Hey, so kannst du das Gespräch nicht beenden, Lenny! 18:45

Ich grinse. Sie ist eine der ungeduldigen Sorte.

»Ja, gut, dann bestell ich mal. Was machst du hier draußen?«

»Nichts, ich chille nur in der Sonne.«

Ich lehne mich wieder an die aufgeheizte Wand. Auf dem engen Balkon sind Möbel überflüssig, deshalb haben wir hier draußen im Sommer eine kleine Matratze mit einigen Kissen liegen, das ist bequem und passt vom Platz her perfekt.

Tom geht nach drinnen, um mit Mauro zu telefonieren, und ich entsperre schnell mein Smartphone.

Tut mir leid, ich musste mir kurz Rigatoni bestellen 😅 18:47
Unsere WG ist in der Südstadt. Ursprünglich kommt meine Familie aus Paderborn, wir sind vor zehn Jahren nach Köln gezogen. 18:47
Meine Eltern haben ein Haus außerhalb der Stadt und eine Kanzlei in Köln ... Ach ja, und ich bin 22 😉 18:48

Rigatoni 😍 Bei Mauro? Beste Pizzeria in der Südstadt und super Pasta! 18:48
Klingt cool und ziemlich nice, dass du nicht bei deinen Eltern wohnen musst, obwohl die in der Nähe leben 18:49

Ich muss zugeben, dass die Nachrichten von Emily mich neugierig machen. Ich würde gerne fragen, wo sie herkommt und ob sie noch bei ihren Eltern wohnt, aber ich höre Tom in der Küche mit Geschirr hantieren und will ihn nicht alles allein machen lassen.

Klar, immer bei Mauro 🔥
Muss jetzt Schluss machen, n Kumpel kommt zum Fifazocken. Hab nen schönen Abend 😊 18:50

Ich stecke das Handy in die Tasche und gehe nach innen. Tom ist gerade dabei, Geschirr und Besteck zu richten, er hasst es, wenn man auf dem Sofa ohne Teller isst. Ich hole uns zwei Flaschen Bier aus dem Kühlschrank, als es klingelt. Anthony ist immer überpünktlich, ganz im Gegensatz zu mir.

Ich öffne ihm und wir begrüßen uns.

»Hey, Mann, na, alles klar?«, fragt er.

Ich drücke ihm mein Bier in die Hand, das ich bereits geöffnet habe, und hole mir noch eins aus dem Kühlschrank.

Tony folgt mir und lehnt sich an die Küchentheke. »Was geht, Jungs, wie war eure Party am Freitag?«

»Top, wie immer. Der DJ war neu, aber ich denke, er kam ganz gut an«, antwortet Tom.

»Ja, war cool. Ich war nicht so lang, Jessy hat sich abgeschossen. Hab sie heimgebracht.« Ich zucke mit den Schultern und nehme einen Schluck von meinem Bier.

»Haha, ja mit heimgenommen trifft es eher.«

Tom lacht und Tony und er stoßen an.

»Ja, aber wie schon gesagt, sie war besoffen. Das ist jetzt mal echt nicht mein Ding.« Ich lache ebenfalls und schüttle den Kopf.

»Du hast es gut, Mann, in meinem Bereich sehe ich oft wochenlang keine Frau.«

Auch wenn Tony als ITler in einem kleineren Unternehmen arbeitet, bin ich überzeugt, dass er übertreibt.

»Ach, komm, 'ne Frau kannst du an jeder Ecke treffen, dazu musst du nicht studieren.«

Wir gehen ins Wohnzimmer und Tom startet die Playstation.

»Ja, aber ich kann dir sagen, die Frau von der Ecke quatschst du nicht so einfach an wie deine Juragirls auf der Studierendenparty.«

»Da hast du wohl recht. Aber Lenny will sowieso keine Freundin, ist ihm zu stressig. Was ist bitte stressig an einem Mädchen, das man ohne anstrengendes Dating jederzeit treffen kann? Sex, wann man will, und keine dummen Fragen aus der Familie. Klingt gut für mich.«

»Deine Vorstellung von 'ner Beziehung erscheint mir auch ein bisschen veraltet. In welcher Welt sind Beziehungen unkompliziert?« Ich muss über Toms Wunschvorstellungen lachen.

»Du hattest wohl sehr rosarote Beziehungen bisher.« Auch Tony stimmt mit ein.

»Oder keine«, erwidere ich und Tom schnaubt empört.

»Jedenfalls weiß ich es zu schätzen, wenn sich mal ein hübsches Mädchen für mich interessiert.« Er zwinkert uns zu und startet das erste Match.

Bis auf etwas Pizzabrot haben wir alles aufgegessen, als Tony sich verabschiedet. Wir haben nach dem Spiel noch mit unserem Bier auf der Couch gechillt, Tom hat sich schon in sein Zimmer verzogen.

Wieder allein trete ich auf den Balkon und die abgekühlte Luft fühlt sich angenehm an. Mit einem Kissen im Rücken lehne ich mich an die Wand, die immer noch etwas Wärme abstrahlt, dann ziehe ich mein Handy aus der Tasche.

Dir ebenso einen schönen Abend, viel Spaß beim Spiel ☺
18:52

Hey, noch wach? 23:04

Die Frage ist rhetorisch, denn der WhatsApp-Status von Emily verrät mir, dass sie zuletzt vor acht Minuten online war. Was nicht heißt, dass sie Lust auf einen nächtlichen Chat hat. Die Befürchtung, keine Antwort zu bekommen, hat mich aber nicht davon abgehalten, die Nachricht dennoch abzuschicken. Der Chat heute Abend hat mir unerwartet Spaß gemacht, und es schadet nicht, diese Emily besser kennenzulernen, wenn mir schon nichts übrig bleibt, als dieses Projekt mit ihr durchzuziehen.

Um mich abzulenken, öffne ich ihr Profilbild, das mir bisher noch nicht angezeigt wurde, und stutze. Eine junge Frau von hinten, hellbraune Haare zu einem unordentlichen Knoten gebunden, ein Tattoo zwischen den Schulterblättern. Es handelt sich um ein komplexes Bohotattoo, detailliert und glasklar gestochen.

Zuerst bin ich überrascht. Ich öffne Instagram und suche unter den Kommentaren des letzten Projektpostings nach dem Profil. Plötzlich finde ich es doch nicht mehr so erstaunlich, dass ausgerechnet sie mir unter den Kommentaren aufgefallen ist. Sie scheint sich sehr einzusetzen, was auch erklärt, warum sie am Projekt teilnimmt. Ihre Art zu schreiben hat mich schon in den wenigen Zeilen, die wir heute Abend gewechselt haben, überrascht. Vielleicht werde ich bald erfahren, ob meine Einschätzung der persönlichen Betroffenheit richtig war.

Ich will schon aufstehen und das Handy für heute weglegen, als doch noch eine Nachricht aufleuchtet.

Und, wie war die Pasta? 23:10

Mein Mund verzieht sich wie automatisch zu einem Lächeln und ich öffne den Chat.

Überragend, wie immer. Wie war dein Abend? 23:10

Fantastisch, ich darf mich mit Gesellschaftstheorien beschäftigen. Noch gut drei Wochen bis zur Prüfung 23:10

Ouh, klingt … trocken 😕
Dann will ich dich gar nicht stören 😇 23:10

Ehrlich gesagt … bin ich schon seit einer halben Stunde nicht mehr bei der Sache. Ich glaub, für heute ist gut … Ich freu mich über etwas Ablenkung 😉 23:11

Cool 😊 also schlecht für die Theorien, aber gut für mich 😉
Wohnst du auch in der Südstadt? 23:11

Ja, in einer WG gegenüber von Mauro 😉 bin von Kettwig weggezogen, sobald ich konnte … 23:12

Gegenüber von Mauro 😍 Es würde kein Semester dauern und ich wäre völlig aus der Form 😂
Kettwig? Wer oder was ist das? 😂 23:12

Sag nicht, du bist so ein Fitnesstyp 😅

Es lohnt sich nicht, darüber zu schreiben, aber es ist ein Stadtteil von Essen, ich glaube, sogar der größte 😅 23:13

Gut, dann lassen wir das 😅
Nein, ich denke nicht, dass ich ein Fitnesstyp bin 😉 Früher habe ich mal Fußball gespielt, jetzt mache ich das nur noch ab und zu zum Spaß mit Kumpels. Sonst gehe ich ins Fitnessstudio … aber alles im Rahmen 😊 23:14

Okay, klingt vernünftig. Sport ist nicht so mein Ding 😉 23:14

Was ist dann dein Ding? 😉 23:14

Soziale Arbeit vielleicht 😉
Wie kommt es, dass du beim Projekt dabei bist? 23:15

Die letzten zehn Minuten sind schnell vergangen. Vom Balkon habe ich Blick auf zwei Cafés mit Außenbereich. Ein Kellner ist gerade dabei, Tische zu wischen. Ich überlege, was ich auf Emilys Frage antworte. Ich bin überzeugt, ich werde mein Desinteresse nicht vor ihr geheim halten können, wenn wir wirklich zusammenarbeiten sollen. Außerdem wird es ihr klar sein, sobald wir uns das erste Mal gegenüberstehen.

Die Wahrheit? 23:17

Es gibt mehrere Antwortversionen auf diese Frage? Ich bin interessiert 😉 23:17

Ähm, ich habe mich möglicherweise bei einer unerlaubten Sache erwischen lassen und wurde dann dazu verdonnert? 😅 😅 😅 23:18

Was, nein … 🙈 Was für eine Sache?! Du musst es mir erzählen 😂 23:18

Bitte, bitte! Belassen wir es dabei 😅 🙈 23:19

I can't! Hallo, du bist mein Teammitglied. Du sagst mir gerade, du wurdest dazu genötigt, mit mir zu arbeiten, ich muss das wissen 😕 😬 23:19
Lenny! Du hast schon angefangen, rück raus mit der Sprache 🙄 23:20

Ich konnte nicht wissen, dass ich mit einem charmanten Mädchen zusammenarbeiten werde, sei gnädig 😉 😇 23:21

Ooo nein! Einschleimen hilft dir nicht weiter, mein Freund 😌 23:21

Oh, oh, jetzt kommt die Sozialpädagogin in dir raus … 23:21

Lenny! 23:22

🙄 Wir haben eine Party im Unigebäude gefeiert, eine Professorin hat uns erwischt, als wir gerade am Gehen waren … 23:22

Das ist die Geschichte? 🤪
Also bitte, verarsch mich nicht … 😂 23:22

Du lässt echt nicht locker …
Ok, ich hab dich gewarnt! 23:22
Ich war sturzbetrunken, eine Freundin ist mit mir raus, ich hab sie weggeschickt, weil mir übel wurde … 23:23

Nein! 😱 😱 23:23

Ich bin um die Hausecke gelaufen und hab in die Wiese gekotzt. Genau in dem Moment kam die Staufenberg 😟 23:24

Oooo mein Gott 😨 23:24

Jap … 23:24

Und dann??? 23:25

Hab noch nie jemanden so empört meinen Namen sagen hören … 23:25
Sie hat mich angezischt, dass ich machen soll, dass ich nach Hause komme und dass wir uns Montag sprechen … 🙈 23:25

Du hattest keine gute Erklärung bis Montag … 23:26

Gibt es für so was eine gute Erklärung? 😂😂 23:26

Keine Ahnung … Du hast plötzlich Magen-Darm bekommen? 23:26

Ja genau. Ich sagte bereits, dass ich sturzbetrunken war … 😅
Leider ist die Frau nicht völlig bescheuert.
Na ja, jedenfalls wollte sie montags wissen, was abging. Hab natürlich nichts gesagt, hab mich entschuldigt, aber das hat ihr nicht gereicht … 23:28
Sie findet, ich müsse mir meiner Vorbildfunktion bewusst werden, und da könne eine Teilnahme am Projekt für mich hilfreich sein. Es war leider keine Bitte 🙄 23:29
Sorry, ich will das nicht abwerten. Ich bin wirklich nicht gerade bekannt für meine soziale Ader. Familiengericht wäre echt das Letzte, was ich mit meinem Examen anfangen würde … 23:30

Na super, und dann haben sie dich mir zugeteilt 😅
Wofür werd ich bestraft …? 23:31

Hab ich wohl verdient 😕 23:32

😉 Gut, genug für heute. Ich muss jetzt schlafen, muss morgen früh arbeiten. Gute Nacht 😇 23:32

Schlaf gut. 23:33

Es ist mittlerweile kühler geworden. Ich stehe auf und gehe ins Bad. Beim Zähneputzen gehe ich die Konversation in Gedanken noch mal durch. War es richtig, Emily die Wahrheit zu sagen? Eigentlich hat sie mir keinen Anhaltspunkt gegeben zu glauben, dass sie geschockt über meine Einstellung ist. Ihre letzte Frage klang ironisch. Sowieso kann es mir egal sein, was sie von mir hält, ich muss nur dieses Projekt mit ihr durchziehen. Doch noch während ich darüber nachdenke, merke ich, dass es mir nicht egal ist.

Ich schüttle den Gedanken von mir und gehe ins Bett.

7

Lenny

»Lenny?! Hast du verpennt?«

Es hämmert gegen meine Türe und ich schrecke auf. Ein Blick auf den Wecker zeigt mir, dass es Viertel nach acht ist. In fünfzehn Minuten sind wir in der *Cafébar* mit der Lerngruppe verabredet. Ich bin schlagartig wach.

»Fuck.«

Aus dem Kleiderschrank greife ich wahllos nach einem Hemd und suche mir eine helle Chino aus. Anscheinend habe ich vor lauter Chat vergessen, meinen Wecker zu stellen.

Als ich aus meinem Zimmer komme, steht Tom mit seinem Rucksack an der Garderobe und schlüpft in seine Schuhe.

»Ey, du hättest echt mal früher klopfen können …«, grummle ich in seine Richtung, obwohl mir klar ist, dass ich selbst schuld bin.

»Ja, stimmt, weil du sonst immer so überpünktlich bist«, antwortet er sarkastisch. »Kommst du nach?«

»Jaja, ich bin praktisch schon unterwegs.«

Er lacht und geht aus dem Haus.

Im Akkord springe ich unter die Dusche und mache mich fertig. Meine Haare müssen heute in der Sonne trocknen. Da ich immer noch nicht beim Friseur war, fallen mir die Strähnen auch mit Gel ins Gesicht, also was soll's. Jess schwärmt ständig von meiner Haarfarbe. Ich habe von Natur aus blonde Haare, laut ihr eine absolute Seltenheit. Sie selbst hat eher so einen verwaschenen Hellbraunton. Sie findet die

Kombination mit meinen grünen Augen eine Ungerechtigkeit der Natur. Ich grinse noch einmal prüfend in den Spiegel, dann gehe ich los.

In der *Cafébar* hat sich mal wieder die halbe Uni zum Lernen verabredet, es herrscht ein großer Trubel, vor allem im vorderen Bereich, wo auch noch das normale Frühstücksgeschäft läuft. Schon beim Herlaufen habe ich meine Gruppe außen auf der Terrasse sitzen sehen, was ungewöhnlich ist. Da die Sonne bereits wieder strahlend vom wolkenlosen Himmel scheint, hat Cara wohl entschieden, dass wir draußen bleiben.

Ich stehe vor der Theke in der Schlange und warte, bis ich mit meiner Bestellung dran bin. Als ich vorne bin, steht das Barista-Mädchen hinter der Theke. Sie lächelt unverbindlich, auch wenn ich sicher bin, dass sie mich wiedererkennt.

Ich fahre mir durch die feuchten Haare. »Einen Cappuccino, bitte. Und … das Bircher Müsli.«

»Alles klar, ist notiert. Welcher Tisch?«

»Ähm, wir sind draußen, ich glaube, Nummer sieben.«

»So langsam kenne ich dein Gesicht, ich finde dich schon.« Sie zwinkert mir zu und ich lache überrascht auf. Keine Ahnung, wie das nun wieder zu deuten ist. Ich bezahle und gehe wieder raus.

»Weißt du, Lenny, ich habe mir gedacht, wir passen uns heute Mal deinem Zeitplan an«, sagt Cara und schiebt mir den Stuhl hin.

Sie lehnt sich entspannt zurück und nimmt einen Schluck von ihrem Cappuccino, der schon zur Hälfte geleert ist.

»O ja, ich sehe, es kostet dich große Überwindung«, erwidere ich spöttisch.

»Der Tag ist einfach zu schön für Jura.«

Ungewohnte Töne von Cara, sie ist normalerweise sehr engagiert, was die Lerngruppe angeht. Auf Simon dagegen ist Verlass, vor ihm auf dem Bistrotisch liegt ein aufgeschlagenes Buch.

Kurz darauf bringt das Barista-Mädchen mein Frühstück und während ich das Bircher Müsli esse, versuche ich mich auf das zu konzentrieren, was Simon uns aus dem Skript erklärt.

Als ich nachmittags in der Vorlesung sitze, bekomme ich eine Nachricht von Emily. Ich lese sie zweimal, aber die Verwirrung bleibt.

Hey, wie war dein Cappuccino heute Morgen? 😉 15:38

Du warst auch dort? 15:39

Ja 😇 15:40

Warum hast du nichts gesagt? Das ist unfair 15:41

Ich dachte, ich schau mir den Typen, der mir zugeteilt wurde, mal aus der Nähe an und geb mich lieber nicht zu erkennen, sorry 😜 15:42

Was sie sagt ist auf jeden Fall ein Witz, denn sie kann nicht gewusst haben, dass ich heute Morgen in der *Cafébar* verabredet war. Überhaupt bin ich mir ziemlich sicher, das Café noch nie erwähnt zu haben. Ich schaue auf die Zeilen, als würden sie mehr preisgeben, wenn ich nur lang genug hinstarre, und bin belustigt und verwirrt zugleich.

Ich beginne gerade eine Antwort zu tippen, als es mir plötzlich wieder einfällt. Ich scrolle unseren Chatverlauf wenige Nachrichten nach oben und sehe es. *Muss morgen früh arbeiten*, hat sie geschrieben.

Du bist das Barista-Mädchen 😳 15:45

Ähm ja 😅 Emily, hi 15:46

Was für ein verrückter Zufall! Wir sind uns in letzter Zeit öfter über den Weg gelaufen … und ich wusste nicht, wie du heißt 😅 *15:47*

Barista-Mädchen klingt lustig 😂 *15:47*

Wusstest du gestern schon, wer ich bin? 😅 *15:47*

Ja … und spätestens, als ich dein Profilbild gesehen habe, hatte ich die Bestätigung 😉 *15:48*

Ich öffne mein eigenes WhatsApp-Profil, weil ich feststelle, dass ich keine Ahnung habe, welches Bild ich eingestellt habe. Dann wird mir klar, was sie meint. Es ist eine Nahaufnahme, die mindestens schon ein Jahr alt ist. Toms Schwester hat sie gemacht, sie ist Fotografin und wollte ihre neue Kamera ausprobieren. Auf dem Ausschnitt sieht man hauptsächlich meine Augen, die grün leuchten, weil sie die Aufnahme bearbeitet hat. Meine Nase ist nur halb zu sehen, am oberen Rand endet das Bild knapp über meinen Augenbrauen.

Ich erinnere mich an Emilys missbilligenden Blick bei der Auftaktveranstaltung und wie ich darüber gelästert habe, dass sie das Flirten noch üben müsse.

Haha, na dann … und ich dachte schon, dein Spruch hatte was damit zu tun, dass du mich auf der Party einfach hast stehen lassen 😉 *15:51*

Oh, oh, höre ich da etwa verletzten Stolz? 😉 *15:52*

Absolut nicht 🙄 *Ich wollte nur nett sein … an der Bar war es total überfüllt* 😬 *15:52*

Was sagt deine Freundin dazu, wenn du auf Partys nett zu anderen Mädels bist? 😉 *15:52*

Wie kommst du darauf, dass ich eine Freundin habe? 15:53

Ist sie nicht deine Freundin, das Mädchen von der Party, mit dem du gegangen bist? 😊 *15:55*

Du hast ja ganz schön gut aufgepasst, meine Liebe … dafür, dass du meine freundliche Geste abgelehnt hast 😉 *15:56*

Erwischt 😇 *Kam mir halt gleich komisch vor, dir da allein zu begegnen* 😉 *15:57*

Um mich herum steigt die Unruhe und ich merke, dass die Vorlesung sich dem Ende zuneigt. Die letzten zwanzig Minuten habe ich nichts mehr mitbekommen. Ich stecke das Handy schnell in die Hosentasche und klappe meine Unterlagen zu.

Auf dem Weg aus der Uni laufe ich Jessy in die Arme, ausgerechnet. Wir begrüßen uns mit Wangenkuss.

»Wie geht's dir?«, frage ich sie.

Sie strahlt. Ihr rotes Sommerkleid ist mit gelben Blumen bedruckt, der Ausschnitt betont ihre Brüste und verleiht dem süßen Kleid einen Hauch Sex-Appeal.

»Hier sind meine Augen, Baby.« Sie zeigt mit zwei Fingern zwischen ihren und meinen Augen hin und her und hat mich offensichtlich beim Starren erwischt.

Ich lache verlegen und sage nichts.

»Mir geht's gut und dir?« Sie streckt ihre Hand aus und streicht mir eine Strähne zurück, die mir immer wieder ins Gesicht rutscht.

»Gut, außer dass ich dringend einen Friseurtermin brauche.« Ich fahre mit der Hand durch meine Haare.

»Hast du was vor? Lass uns bei *Maylins* vorbeischauen, ich wollte sowieso das Blondspray kaufen, das sie mir letztes Mal empfohlen hat.«

Sie wirft ihre langen Haare zurück und hakt sich bei mir unter.

Als wir aus dem Friseur kommen, ist es halb sechs und die Straßen sind noch voller Leute. Ich streiche mir mit der Hand über den Hinterkopf und spüre die weichen Haare, die wieder auf acht Millimeter gekürzt sind. Perfekt.

Jessy zieht mich an der Hand voraus und ist mal wieder voller Energie. »Komm, lass uns ein Eis essen, ich habe heute noch keins gehabt und es hat über 25 Grad.«

Mit unserem Eis setzen wir uns auf eine kleine Mauer und beobachten die vorbeilaufenden Menschen.

»Wie war eigentlich dein Sozitreffen?«, fragt Jessy und grinst mich frech an.

»Ätzend, wie erwartet«, antworte ich genervter, als es gedacht war. »Keine Ahnung, ich hab's noch nicht durchschaut, aber meine Meinung darüber hat sich nicht geändert.« Von Emily sage ich lieber nichts. Ich habe das Gefühl, dass ich selbst noch nicht weiß, ob sie die Sache für mich angenehmer oder anstrengender macht.

»Ach, du machst das schon, Lennylein.« Sie lehnt ihren Kopf gegen meine Schulter und lächelt mich an.

»Nenn mich nicht so.« Ich verdrehe die Augen und sie lacht.

»Am Wochenende ist Party bei Cara angesagt, nicht vergessen.«

»Das ist Jessy, Mittwoch schon wieder an Freitag denken. Klar, bin am Start.«

»Cool, das wird gut. Wie hat denn die Staufenberg auf dich reagiert, hat sie noch mal was gesagt wegen dem Freitag?«

Ich schüttle den Kopf. »Nein, in der Hinsicht ist sie korrekt. Ich glaube nicht, dass sie vor den anderen etwas in die Richtung erwähnen würde.«

»Immerhin. Ich weiß nicht, ich finde sie ja eigentlich ganz süß. Und wie geschockt sie war, o Gott, sie hat mir irgendwie leidgetan.«

»*Sie* hat dir leidgetan? Spinnst du?«, frage ich empört.

»Du hast mir auch leidgetan, Süßer, aber es war auch lustig. Haha, ich bin dir so dankbar, dass du gesagt hast, ich soll gehen. Deshalb hat sie uns in Ruhe gelassen.«

»Jaja, gern geschehen. Ich wünschte, ich wäre mit dir zum Bistro gelaufen und hätte *dir* vor die Füße gekotzt.«

»Pf, also das ist jetzt aber nicht nett, Len. Immerhin hast du diesem Mädel nicht vor die Füße gekotzt. Die lässt dich wohl so schnell nicht mehr ran«, sagt sie grinsend.

Oje, sie hatte ich komplett verdrängt. Es war tatsächlich der erste Abend seit Langem, an dem ich mal wieder mit einer, die nicht Jessy ist, rumgemacht habe. Immerhin habe ich meinen bevorstehenden Zusammenbruch rechtzeitig selbst bemerkt, aber ich fürchte, sie hat mich trotzdem kotzen sehen, so wie ungefähr jeder auf dem Vorplatz.

»Mir egal. Um unser aller Ehre zu retten, opfere ich mich natürlich gerne für das Projekt«, erkläre ich überschwänglich. Dann klatsche ich in die Hände und stehe auf.

»So ist's brav.«

Jessy lässt sich von mir hochziehen und wir machen uns auf den Weg nach Hause.

Als ich in der WG ankomme, steht Tom in der Küche und es riecht nach Tomatensoße. Mein Smartphone zeigt keine neue Nachricht an, aber mir ist bewusst, dass ich Emilys Frage nicht beantwortet habe.

Sie ist nur eine Freundin, ich hab sie nach Hause begleitet …

☺ *18:02*

Sorry, du musst dich nicht rechtfertigen, das war nicht so gemeint. Ich hab das wohl falsch interpretiert ☺ 18:04

Schon ok, bist nicht die Erste, die das denkt. 18:05

8

Emily

Nach meiner Vorlesung habe ich mir eigentlich vorgenommen, meine Hausarbeit zu überarbeiten, aber meine Gedanken schweifen immer wieder zum Kooperationsprojekt ab. Und zu Lenny. Wenn ich an unseren Chat denke, stiehlt sich automatisch ein Lächeln auf meine Lippen. Während des Schreibens habe ich beinahe vergessen, dass er Lenny ist, der arrogante Juraschnösel, der einem das Gefühl vermitteln kann, dass man selbst seinen Blick nicht wert ist. In seinen Nachrichten wirkte er sympathisch, schlagfertig und witzig. Ich frage mich, was er wohl davon hält, mit mir zu arbeiten, und ob er sich in der *Cafébar* jetzt anders verhalten wird.

Das Klingeln meines Handys reißt mich aus meinen Gedanken und ich zucke zusammen. Es ist meine Mutter, was ungewöhnlich ist. Sie ruft mich selten an, vermutlich, weil sie weiß, dass ich mich über ihre Anrufe meist nicht freue.

»Ja?«

»Hallo, Emma«, ruft meine kleine Halbschwester ins Telefon.

Sofort schleicht sich ein Lächeln auf meine Lippen.

»Hey, Eliana, mit dir habe ich jetzt nicht gerechnet. Wie geht's dir, Süße?«, frage ich.

»Emma, kommst du zu meiner Einschulung? Du musst kommen«, legt sie sofort los.

»Okay, klar, ist das bald?«

»Mama«, ruft Eliana laut, sodass ich das Telefon erschrocken vom Ohr weghalte.

»Mama, sag Emma, wann die Einschulung ist«, fordert die Kleine und ich höre meine Mutter im Hintergrund murmeln.

»Hey, Emma«, sagt sie dann.

»Hi.«

»Am 15. Juli um 15 Uhr findet die Einschulungsfeier statt. Möchtest du, dass wir dir einen Platz reservieren?«

Ich schalte mein Handy auf Lautsprecher und öffne den Kalender. »Das ist in den Sommerferien, oder?«

»Ja, das macht man heute so, dann kann es im August gleich losgehen«, klärt meine Mutter mich auf.

»Okay. Also klar komme ich, ich trage es mir ein«, antworte ich und speichere den Termin.

»Schön. Geht's dir gut?«, fragt meine Mutter dann.

»Ja, alles gut. Und bei euch?«

»Ja. Eliana will dich noch mal sprechen.« Sie reicht das Telefon wieder weiter.

»Du kommst, Emma, oder?«, fragt sie und ich höre die Freude in ihrer Stimme.

»Natürlich komme ich, das verpasse ich doch nicht«, antworte ich überschwänglich und sie quietscht zufrieden.

»Nicht mehr lange, genieße lieber noch die Sommerferien«, rate ich meiner kleinen Schwester.

»Jaja, Jörg sagt das auch. Aber ich mag die Schule«, erklärt sie voller Überzeugung. Jörg ... der einzige Mann, den meine Mutter angeschleppt hat, der zu etwas zu gebrauchen ist. Nachdem er der Vater unserer jüngsten Schwester Tiffany ist, ist er so etwas wie mein Stiefvater. Seit ich weg aus Essen bin und in Köln studiere, ist mir das Familienleben meiner jüngeren Geschwister nicht mehr so präsent.

»Bestimmt, Mäuschen«, reagiere ich etwas verzögert.

Als ich aufgelegt habe, prüfe ich noch mal den Kalender. Mit der Hausarbeit bin ich gut in der Zeit und ich habe sogar schon begonnen, auf die Prüfungen zu lernen. Der Termin passt also gut, bis zur Einschulung ist es noch ein knapper Monat. Ich muss auf jeden Fall daran denken, ein kleines Geschenk zu besorgen.

Ich schließe die Datei mit der Arbeit und recherchiere stattdessen ein bisschen im Internet, was man zur Einschulung verschenkt, bis ich die Tür höre und Aaron nach Hause kommt. Zufrieden mit meinem Tagewerk klappe ich den Laptop zu. Ich werde Linda bitten, noch einmal Korrektur zu lesen, und dann kann ich abgeben.

»Hey«, begrüße ich Aaron, der gerade die Einkäufe in die Küche trägt.

»Ist Linda da?«, fragt er mich.

Ich nicke und klopfe an ihre Tür.

»Ich komme«, ruft sie.

Kurze Zeit später gesellt sie sich zu uns in die Küche.

»Ich habe gerade mit meinen Eltern telefoniert. Der Geburtstag meiner Oma ist am Sonntag, deshalb würde ich erst montags wieder zurückkommen«, berichtet sie uns.

»Und wann fährst du?«, fragt Aaron.

»Ich denke mal, am Donnerstag, Freitag habe ich sowieso keine Vorlesung mehr und Donnerstag kann ich nach der Prüfung los.«

»Klingt doch gut«, sage ich und schnappe mir ein Schneidebrett, um das Gemüse zu schnippeln.

Wenn ich wie Linda vier Stunden zu meiner Familie brauchen würde, wäre ich vermutlich noch seltener dort als ohnehin schon. Im Gegensatz zu Linda würde ich niemals freiwillig mehrere Tage dort verbringen, aber sie scheint sich sehr zu freuen.

Während wir das Essen vorbereiten, unterhalten wir uns über das kommende Wochenende.

»Hast du irgendwas vor?«, fragt Linda mich.

»Nicht wirklich, Samstag arbeite ich mit Aaron, aber ich glaube, Kim wollte am Freitag irgendwas starten. Ich muss mir noch überlegen, ob ich Lust habe«, berichte ich. Kim ist eine der ersten Menschen gewesen, die ich in Köln kennengelernt habe. Wir waren zufällig gleichzeitig bei einer WG-Besichtigung. Das Zimmer war eine absolute Katastrophe, also haben wir uns schon nach ein paar Sekunden abgesetzt und sind stattdessen etwas trinken gegangen.

»Na, also unsere Schicht am Samstag soll dich nicht davon abhalten. Wir sind erst um 14 Uhr eingeteilt.« Aaron wirft das Gemüse in eine Pfanne.

Linda und ich öffnen derweil einen Wein und lassen Aaron das Gericht fertig zubereiten. Ich lehne mich entspannt im Stuhl zurück und bin froh über die tollen Menschen, mit denen ich zusammenlebe.

Am Freitagmorgen schickt Kim mir eine Nachricht.

Heute Abend ziehen wir ne Runde um die Häuser. Kneipentour in Kalk 😉 Leonie und eine Freundin von ihr kommen auch mit 8:23

Okaay? Warum Kalk? 8:23

Süße, wir probieren mal was Neues. Leo sagt, auch auf der falschen Rheinseite gibt es geile Bars und die sind nicht so überfüllt 8:25

Na dann 😉 Ich bin dabei 8:32

Dann werden wir also die Kneipen unsicher machen. Schlecht ist die Idee nicht, denn Freitagabend sind die meisten Bars in der Innenstadt, zumindest jetzt im Sommer, völlig überlaufen, und es ist schwierig, irgendwo noch Platz zu finden. Kims Mitbewohnerin Leonie kenne ich von der ein oder anderen WG-Party und sie weiß, was das Nachtleben angeht, definitiv Bescheid.

Am Abend suche ich das neue weiße Shirt, das ich mir gekauft habe, aus dem Schrank. Es sitzt locker und hat einen schönen Ausschnitt. Ich kombiniere es mit einer engen Jeans und weil es später gegen Abend kühler werden soll, nehme ich meine Lederjacke mit.

Ich treffe Kim in der Bahn, sie steigt drei Stationen nach mir ein.

»Hey, Süße, du siehst scharf aus«, begrüßt sie mich.

Ich lache und verdrehe die Augen, dann nehme ich sie in den Arm.

»Ist nur 'ne Jeans und ein T-Shirt.«

»Ja, aber die bringt deinen Arsch zur Geltung.« Sie lacht dreckig.

»Wo ist Leo?«

»Sie war mit Aileen unterwegs, die beiden steigen in Deutz zu. Ist Linda denn schon angekommen?«, fragt sie.

»Ja, sie hat mir vor einer halben Stunde geschrieben, mit der Zugverbindung lief alles glatt.«

Wenige Stationen später gesellen sich Leonie und Aileen zu uns und wir stellen uns kurz vor.

»Ich kenne eine tolle Bar in der Nähe der Post, nicht weit von der Bahn. Wie wär's, wenn wir da starten?«, schlägt Aileen vor. Sie zupft an ihrem schwarzen Spitzenoberteil. Ihre Haare sind eine wilde Mähne, die sie jetzt von einer auf die andere Seite wirft.

Mit dem Vorschlag sind alle einverstanden, also steigen wir ein paar Minuten später aus. Als wir kurz darauf zusammen in der Bar sitzen, bin ich froh, dass ich mich den Mädels angeschlossen habe. Ein Abend wie heute hat mir gefehlt.

Kim und Aileen scheinen sich auf Anhieb blendend zu verstehen und machen in jeder Bar die heißesten Typen ausfindig, die sie dann überzeugen, unsere Drinks zu zahlen. In der dritten Bar gesellt sich eine Gruppe von attraktiven Männern zu uns, die uns nicht nur Getränke organisieren, sondern auch ihren Charme versprühen. Sie überreden uns, zum Absacker in eine Bar ans Rheinufer zu fahren, und da wir sowieso Richtung Deutz nach Hause müssen, stimmen wir schließlich zu.

Leonie scheint von dem dunkelhaarigen Typen mit Bart angetan zu sein. Sie hängt an seinen Lippen, und als er sie bei der Verabschiedung schließlich nach ihrer Nummer fragt, tippt sie ihre mit roten Wangen in sein Smartphone.

Als ich aufstehe, spüre ich einen kurzen Moment den Alkohol und muss mein Gleichgewicht ausbalancieren.

»Hoppla.« Der Typ mit den hellen Locken greift nach meinem Arm und will mich bei sich unterhaken, aber ich entziehe ihm meine Hand.

»Danke, ich komm schon klar«, sage ich und schiebe mich an ihm vorbei. Vor meinem inneren Auge blitzt Lenny auf, der gelacht hat, als ich ihn auf der Party neulich mit denselben Worten an der Bar habe stehenlassen. An diesem Abend hatte ich das Gefühl, dass er wirklich nett sein wollte, auch wenn er seine freundliche Seite sonst gut verbergen kann.

»Emily, kommst du?« Kim zieht mich mit sich und hält mir die Tür auf.

»Mädels, es schüttet!«, quietscht Aileen und drückt sich mit Leonie gegen die Hauswand.

»Wo geht es zur Bahn?« Kim sieht sich suchend um, während der Regen auf ihre Haare einprasselt. Sie sieht so verdutzt aus, dass ich unwillkürlich in Gelächter ausbreche und die anderen damit anstecke.

»Ich bringe euch hin, die Haltestelle Deutzer Freiheit ist gleich da hinten«, sagt Aileen. »Los geht's!«

Gemeinsam sprinten wir los, mitten durch den Regen, und ich bin mir sicher, ich hatte schon lange nicht mehr so viel Spaß.

9

Lenny

Ich laufe grob in die Richtung, in der ich die Bahn vermute. Es schüttet, was zu erwarten war, aber ich habe natürlich keinen Schirm, nicht mal eine Jacke. Mein helles Hemd klebt bereits an meinem Körper, meine Stimmung ist im Keller. Daran ist nicht nur der Regen schuld, sondern auch an dem Drama, das sich auf der Party ereignet hat.

Wir waren das erste Mal in Caras neuer WG, die zwar in Deutz und damit auf der falschen Rheinseite liegt, dafür aber echt groß ist, und eigentlich war die Stimmung gut. Neben den Juraleuten hat Cara auch ein paar andere Freunde eingeladen, unter anderem einen Typen, mit dem sie seit einiger Zeit was am Laufen hat. Blöd war nur, dass der junge Mann sich auf der Party plötzlich mehr für Jessy als für Cara interessiert hat.

Das Ganze fing harmlos an, aber irgendwann waren Jessy und der Typ verschwunden und Cara hat ihren ganzen betrunkenen Frust bei mir abgeladen. Zuerst dachte ich, sie heult sich nur ein bisschen aus, aber sie hat sich total reingesteigert und angefangen, mir Vorwürfe zu machen, dass ich nicht auf meine Freundin aufpasse.

Doch richtig los ging es, als Jessy mit dem Typen plötzlich aus einem der Zimmer auftauchte. Cara ist völlig ausgetickt und hat rumgeschrien, dass Jess mich hintergehe. Zuerst habe ich noch versucht, die Gemüter etwas zu beruhigen, obwohl ich mit der ganzen Sache nichts zu tun haben wollte.

Der Typ stand nur schweigend daneben und hat mich angeglotzt, als hätte er Schiss, dass ich ihm gleich eine zimmere. Jessy ging dagegen sofort in Verteidigungshaltung und begann ihrerseits, Cara Vorwürfe zu machen. Mir wurde es zu bunt und ich bin mit ordentlich verhagelter Stimmung abgehauen.

Ich kann gar nicht sagen, ob mich die Situation im Ganzen so gestört hat oder ob Cara doch recht hat und ich insgeheim eifersüchtig bin, weil Jessy sich direkt an den nächstbesten Typen rangemacht hat.

Vor mir kommt der Bahnsteig in Sicht, dort gibt es einen Unterstand.

Nein, ich hege keine Besitzansprüche gegenüber Jessy, von mir aus kann sie rummachen, mit wem sie will, das hat sie schon immer getan. Außerdem hätte ich die Situation nicht so eingeschätzt, wenn Cara nicht völlig ausgerastet wäre. Dieses Gezicke zwischen den beiden geht gar nicht.

An der Bahnstation versuche ich, meine Haare in Form zu bringen, aber ich bin völlig durchnässt. Immerhin ist es nach wie vor nicht besonders kalt. Ich ziehe mein Handy aus der Hosentasche und wische mit der flachen Hand den Regen weg. Sechs neue Nachrichten aus zwei Chats.

Len! Was war das bitte für eine Scheiße?! 01:12
Und warum haust du einfach ab? 01:15
Da lief nichts mit Dennis Wo bist du? 01:16
Lenny, melde dich, ich mach mir Sorgen! ☹ 01:30

Jessy. Ich schaue auf die Uhr, es ist 1.40 Uhr. Die anderen Nachrichten sind von Tom.

Was ist passiert? Wo bist du hin? 01:35
Mann, Lenny, was machst du? 01:38

Ich ignoriere die Nachrichten von Jess und tippe Tom eine Antwort.

Jetzt ist das also meine Schuld?! Ich hab nicht den Typen einer Freundin angebaggert … ganz ehrlich, lasst mich da einfach raus. 01:41

Sag ich doch nicht, aber Jessy ist vollkommen aufgelöst … 01:41

Bring sie bitte einfach heim, Tom. Ich bin schon auf dem Weg. Danke, bro 01:42

Alles klar. Bis dann 01:42

Ich bin ehrlich wütend über die Vorwürfe und rege mich schon fast auf, dass ich einfach gegangen bin. Aber genau das ist es, was ich Tom immer versuche zu erklären. Es ist nicht meine Sache, was Jessy treibt, und genauso wenig bin ich dafür verantwortlich, wenn sie sich in die Scheiße reitet und Stress hat. Trotzdem tut es mir leid, denn ich kenne sie lange genug, um zu wissen, dass sie sich vermutlich wirklich Sorgen um mich macht. Wer weiß, wie viel Glauben sie Caras Worten geschenkt hat.

Entnervt schiebe ich das Handy wieder in die Hosentasche, auch wenn es dort vor der Nässe nicht wirklich geschützt ist.

Was für ein beschissener Abend.

Gegenüber kommt eine Gruppe Mädels Richtung Haltestelle gerannt. Sie lachen und quetschen sich auf der anderen Seite der Gleise unter den kleinen Unterstand am Bahnsteig. Nachdem sie ein Selfie geschossen haben, verabschieden sie eins der Mädels, das zurück über den Bahnsteig davonsprintet und dabei schützend seinen Arm über seine Locken hält. Plötzlich löst sich ein weiteres Mädchen aus der Gruppe und schirmt seine Augen mit den Händen ab.

»Lenny?«, ruft sie sehr laut zu mir herüber.

Ich hebe grüßend die Hand, aber kann nichts erkennen, es ist dunkel, der Regen versperrt mir die Sicht, und das Mädchen auf der anderen Seite hat eine Lederjacke an und den Kragen aufgestellt.

»Was machst du hier allein?«

Das Gekicher der anderen beiden verstummt allmählich und sie beobachten die Szene neugierig.

Ich stehe von dem unbequemen Sitz auf und mache einen Schritt nach vorne, sodass ich gerade noch im Trockenen bin. Eins der Mädels sagt etwas zu ihr, aber ich kann nicht verstehen, was.

»Sorry, wer bist du?« Ich hebe entschuldigend die Arme.

Sie lacht, klappt den Kragen herunter und tritt vor an den Bahnsteig, springt aber schnell wieder zurück, als der prasselnde Regen auf ihre Haare trommelt.

Emily, denke ich im gleichen Moment, in dem sie mir ihren Namen zuruft.

»Ich komme von einer WG-Party«, rufe ich und merke selbst, dass der Wind meine Stimme wegträgt.

»Was?« Sie tritt erneut etwas weiter nach vorne.

Die Mädels haben ihr Gespräch wieder aufgenommen und beachten uns nicht mehr. Sie dreht sich kurz zu ihnen um, sagt etwas. Dann zieht sie den Kragen der Jacke nach oben und rennt los. Sie sprintet wie die andere zuvor den Bahnsteig entlang, nimmt den Überweg und rennt auf der anderen Seite, bis sie bei meinem Unterstand ankommt. Lachend zieht sie die Jacke herunter, die sie sich während des Rennens mit einer Hand über den Kopf gehalten hat.

»Hey«, begrüßt sie mich überschwänglich.

»Hey«, antworte ich zurückhaltender, überrascht, hier ausgerechnet auf sie zu treffen.

»Warum bist du hier so ganz allein, mitten im Nirgendwo?«

Ihr strahlendes Lachen wird schwächer, als sie merkt, dass meine Stimmung nicht so hervorragend ist wie ihre.

»Was ist los mit dir?« Sie legt mir eine Hand auf die Schulter, eine unerwartet vertraute Berührung, und sieht mir direkt in die Augen. Ihr Blick ist aufmerksam und sie hat den Kopf leicht schräg gelegt.

»Kein guter Abend.« Ich mache einen Schritt zurück und lasse mich wieder auf den Sitz plumpsen.

Sie setzt sich neben mich, zieht ein Bein auf die Bank hoch und dreht sich zu mir.

»Willst du darüber reden?«

Ich schaue sie prüfend an. Sie macht einen wachen Eindruck, auch wenn sie gerade noch kichernd mit drei anderen Mädels durch den Regen gerannt ist.

»Ich bin nicht betrunken, falls du das denkst.« Sie grinst frech.

Ich glaube ihr zwar nicht, aber zumindest weiß sie, was sie tut, und kann offensichtlich noch gerade laufen, wie sie bei ihrem Sprint bestens bewiesen hat.

»Nein, eigentlich nicht«, antworte ich auf ihre erste Frage und lehne mich gegen die Glasscheibe in meinem Rücken.

»Okay. Willst du lieber, dass ich wieder rübergehe?« Sie schaut mich ernst an.

»Nein, schon gut. Ich weiß nur nicht, ob ich gute Gesellschaft für dich bin. Mit deinen Mädels hast du sicher mehr Spaß.« Ich nicke nach drüben, wo die anderen die Köpfe zusammengesteckt haben und irgendetwas auf dem Handy ansehen.

Sie schüttelt lächelnd den Kopf und blickt nachdenklich auf ihre Hände.

Mir fällt auf, dass wir uns gerade zum ersten Mal persönlich sprechen, jedenfalls haben wir in der Vergangenheit nicht viel mehr als die Kaffeebestellung ausgetauscht. Und jetzt sitzt sie hier, als wäre es völlig normal, dass wir uns mitten im Unwetter unterhalten, und das, obwohl ich anfangs dachte, sie würde mich verabscheuen. Ich muss trotz der Situation schmunzeln.

»Was ist lustig?«, fragt sie.

Aufmerksam. So leicht lässt sich scheinbar nichts vor ihr verbergen.

»Ach, nichts. Es ist einfach so verrückt. Ich habe 'nen echten Scheißabend. Es schüttet aus Kübeln. Und dann läufst ausgerechnet du mir in die Arme. Hier in ... keine Ahnung, wo wir eigentlich sind.«

Ich schaue mich um. Dass kaum Autos unterwegs sind, könnte an der Uhrzeit liegen, andererseits weiß ich nicht, wie die Verkehrslage hier sonst so ist. Ich habe mich am Rhein orientiert, aber jetzt bin ich nicht mal sicher, ob ich auf dem richtigen Gleis stehe.

»Ja, ganz offensichtlich weißt du nicht, wo du bist. Wenn du zurück Richtung Südstadt willst, musst du jedenfalls auf der anderen Seite warten.« Sie grinst mich erneut an und zeigt auf die gegenüberliegende Seite des Bahnsteigs.

Eins der Mädchen drüben hebt die Hand und winkt ihr wild zu. »Gleich kommt die Bahn«, ruft es laut.

Emily hebt den Daumen nach oben, um anzuzeigen, dass sie ihre Freundin verstanden hat.

»Oh, wow. Mein Orientierungssinn war schon immer top ausgebildet.«

Emily lächelt und steht auf. »Lass uns rüber gehen, oder möchtest du die Nacht lieber hier verbringen?«

Sie streckt mir ihre Hand hin und ich ergreife sie, renne sofort los durch den Regen und ziehe sie hinter mir her. Überrascht lacht sie auf, aber dann rennt sie mit. Kaum sind wir am gegenüberliegenden Unterstand angekommen, fährt auch schon die Bahn ein.

10

Emily

Nachdem wir Leonie und Kim am Neumarkt verabschiedet haben und umgestiegen sind, ruft Lenny die App an seinem Handy auf und runzelt die Stirn.

»Wie heißt deine Haltestelle?«

»Ich kann in der Severinstraße aussteigen.« Ich deute auf den Punkt auf der Karte.

Lenny fährt sich durch die nassen Haare und nickt. »Ich fürchte, ich hätte eigentlich eine andere Bahn nehmen müssen.« Er schüttelt den Kopf und Wassertropfen fliegen aus seinen Haaren.

Ich lache. »Wenn du willst, kannst du mitkommen und, ähm ... erst mal trocknen? Wir haben was zu trinken und sicher finden wir auch ein paar Klamotten für dich.«

Ich habe nicht groß nachgedacht, bevor ich ihm das Angebot gemacht habe, und sehe an seinem überraschten Blick, dass er nicht damit gerechnet hat. Verlegen blicke ich zur Seite.

»Also, wenn es dir nichts ausmacht?« Er zuckt mit den Schultern und steht auf.

Als ich sitzen bleibe, streckt er mir die Hand hin, und ich lasse mich von ihm hochziehen und lächle ihn an.

»Okay?«

Ich nicke und warte mit ihm, bis die Türen sich öffnen. Erst als wir auf dem Bahnsteig stehen, merke ich, dass ich immer noch seine Hand halte, und lasse schnell los. Lenny steckt die Hände in die klammen Hosentaschen und schaut mich abwartend an.

»Hier lang.«

Ich ziehe den Kragen meiner Lederjacke wieder hoch und laufe los. Lenny folgt mir, und gemeinsam gehen wir durch den Regen zu unserer WG, die nur wenige Meter von der Haltestelle entfernt ist.

Als wir im vierten Stock angekommen sind, ziehen wir unsere Schuhe vor der Tür aus und laufen auf nassen Strümpfen den schmalen Flur entlang.

»Warte hier«, sage ich leise und klopfe bei Aaron.

Hoffentlich ist er noch wach. Ich meine, seine Stimme zu hören, und unter der Tür erkenne ich einen Streifen Licht. Kurz darauf steckt er seinen Lockenkopf durch die Tür.

»Hey, Emily, was gibt's?« Dann registriert er meine durchgeweichte Erscheinung und zieht die Tür weiter auf. »Was zur ...«, setzt er an, bricht aber ab, als er den triefnassen Lenny hinter mir bemerkt. Seine Augen werden noch größer.

Ich beiße mir auf die Lippe, um ein Grinsen zu unterdrücken. »Kannst du vielleicht meinem ... Bekannten hier ein paar Klamotten leihen?«

Lenny zieht eine Augenbraue hoch und ich strecke ihm schnell die Zunge raus. Aaron dreht sich wortlos um und kramt in seiner Schublade herum, bis er eine graue Jogginghose zutage fördert. Danach zieht er ein weißes T-Shirt und ein paar dicke Nike-Socken aus dem Schrank. Das alles streckt er mir entgegen.

»Passt das?«

Fragend drehe ich mich zu Lenny um und reiche ihm die Sachen.

»Ja, Mann, perfekt, danke.« Er grinst und fährt sich mit der freien Hand durch die nassen Strähnen.

»Okay, dann gute Nacht euch.« Aaron hebt die Hand und schließt die Tür hinter uns.

Lenny folgt mir über den dunklen Flur, bis wir vor meinem Zimmer stehen. Ich öffne die Tür und winke ihn rein.

»Wohnt das gesamte Personal der *Cafébar* hier?«, fragt er scherzhaft und ich lache auf.

»Nur wir zwei«, antworte ich grinsend. »Ich suche mir kurz ein paar frische Sachen und gehe ins Bad, du kannst dich hier umziehen.«

Aus der Kommode nehme ich zwei Handtücher und werfe ihm eins zu. Er reibt damit seine Haare trocken und lässt es neben sich auf den Boden fallen.

Während ich Leggins und einen kuscheligen Sweatpulli aus meinem Kleiderschrank ziehe, schaut Lenny sich in meinem Zimmer um, und ich folge seinem Blick.

Mein Zimmer ist nicht groß, dafür aber ziemlich voll. An der Wand neben der Tür, direkt neben dem Fenster, steht mein Schreibtisch, und gegenüber das große Himmelbett. Aus Platzgründen steht es direkt an der Wand, und im Eck habe ich eine Lichterkette aufgehängt, so ist es viel gemütlicher.

»Na ja, es ist überschaubar, aber für mich reicht es«, sage ich auf seinen neugierigen Blick hin.

Ich beuge mich über das Bett und knipse die Lichterkette an. Als ich mich umdrehe, hat Lenny sein Hemd aufgeknöpft und schält es von seinen nassen Schultern.

»Oh, also ich bin gleich wieder da.« Meine Stimme ist viel zu hoch. Schnell schnappe ich mir den Stapel mit Kleidung und verschwinde ins Bad.

Als ich zurückkomme, hat Lenny seine nassen Kleider über den Heizkörper gehängt, der zu dieser Jahreszeit aus ist. Die Jogginghose sitzt ihm tief auf der Hüfte, und ich sehe, dass er keine Boxershorts darunter trägt. Da er mit dem Rücken zu mir steht, gestatte ich mir einen kurzen Blick auf seinen nackten Oberkörper. Die Muskeln an seinem Rücken spannen sich an, als er sich zu dem weißen T-Shirt beugt und es über den Kopf zieht. Ich frage mich, was mich geritten hat, dass ich ausgerechnet ihn hierher eingeladen habe.

Er dreht sich zu mir um. »Hey, also, ich habe die Sachen mal hier aufgehängt.«

Er wirft mir ein schiefes Lächeln zu und ich nicke.

»Ja, das ist super, die Heizung ist zwar nicht an, aber vielleicht trocknet es trotzdem etwas. Gut, möchtest du was trinken?«

Ich bleibe ungefähr zwei Meter vor ihm stehen und warte auf seine Antwort. Als er zustimmt, bedeute ich ihm, mir in die Küche zu folgen. Das Deckenlicht lasse ich aus und schalte stattdessen das Licht über der Küchentheke ein. Lenny inspiziert neugierig die Leiste unter dem Küchenschrank.

»Ich liebe dieses Licht, von mir aus müsste es das an der Decke gar nicht geben.«

Ich lache und zucke mit den Schultern. Im Kühlschrank stehen noch einige offene Flaschen. Lenny gesellt sich zu mir und greift an mir vorbei.

»Darf ich?«, fragt er, und als ich nicke, nimmt er zwei Flaschen aus dem Kühlschrank.

Ich reiche ihm Gläser und durchforste das Gefrierfach nach Eiswürfeln. Dann ziehe ich einen Stuhl vom Küchentisch zu mir und setze mich. Von dort beobachte ich, wie Lenny konzentriert die Flüssigkeiten mischt und eine Limette aufschneidet. Es ist ungewohnt, ihn in diesem Aufzug zu sehen, noch dazu in meiner Küche. Immer wenn ich ihn gesehen habe, hat er entweder Hemden oder Poloshirts getragen. Außerdem fehlt der arrogante Ausdruck in seinem Gesicht, seit ich ihn an der Stadtbahnhaltestelle getroffen habe. Trotzdem bin ich skeptisch ... Mein erster Eindruck von ihm war alles andere als positiv, auch wenn der Chat mit ihm überraschend angenehm war.

Das weiße T-Shirt von Aaron steht ihm ausgesprochen gut; der ausgefranste Rand steckt rechts im Hosenbund, was lässig aussieht und vermutlich ungewollt ist. Wobei ... bei Lenny ist eher nichts unbeabsichtigt, was sein Äußeres betrifft. Er scheint mir mehr der eitle Typ zu sein, obwohl er auch super aussieht, wenn er in einen Sturm geraten ist.

Ich muss über meine eigenen Gedanken lachen und schüttle leicht den Kopf.

Lenny zwinkert mir zu und reicht mir mein Glas. »Danke für die Gastfreundschaft«, sagt er leise mit rauer Stimme.

Ich proste ihm zu und trinke einen Schluck, bevor ich mich zurücklehne und die Füße auf den Stuhl ziehe. Der Drink schmeckt angenehm erfrischend nach den Sprinteinlagen heute Abend.

Lenny setzt sich mir gegenüber und fährt mit seinem Finger über den Rand seines Glases. »Wie viele Leute wohnen hier? Ganz schön viele Türen auf dem Flur.« Er lässt den Blick über unsere Pinnwand an der Wand schweifen.

»Normalerweise sind es sechs Zimmer, aber aktuell sind wir nur zu fünft. Linda kennst du schon, glaube ich, und Aaron. Und dann wohnen noch Carolin und David hier.«

»Wow, fünf Leute, das klingt anstrengend. Da ist sicher immer was los. Ich bin froh, dass ich mich nur mit Tom rumschlagen muss.« Er legt den Arm über die Stuhllehne neben sich.

»Tja, also eine kleinere WG konnte ich mir nicht leisten und eigentlich bin ich ganz zufrieden. Vielleicht hatte ich Glück mit den Leuten hier.« Streitlustig erwidere ich seinen Blick, und da ist es, das spöttische Grinsen.

»Komm schon, du weißt genau, dass ich darauf nicht hinauswollte.«

Ich zucke die Schultern. »Dein Aussehen lässt nicht gerade auf einen sparsamen Lebensstil schließen.«

»Mein Aussehen?« Er sieht mich ungläubig an. »Oh, ich versteh schon. Weil meine Klamotten nicht vegan und aus dem Secondhandshop sind, passen sie dir nicht? Ich kann dich beruhigen, ich verdiene mein Geld, seit ich siebzehn bin, selbst.« Herausfordernd sieht er mich an und verschränkt die Arme vor der Brust.

»Vergiss es.« Ich weiß selbst nicht mal, warum ich das Thema angesprochen habe. Vermutlich, weil es mich tierisch nervt, dass dieser arrogante Typ mit seinem hübschen Aussehen mir beinahe den Kopf verdreht. Genug Alkohol für mich.

Ich nehme den Drink und will ihn schon wegleeren, besinne mich aber. Das wäre verschwenderisch. Also kippe ich den Rest runter und stelle das Glas an die Spüle.

Lenny steht ebenfalls auf und folgt mir in mein Zimmer. Er hält mich am Unterarm fest und bringt mich damit dazu, mich zu ihm umzudrehen. »Du fährst mich an und bist dann beleidigt? Emily?«

Lenny wartet, bis ich ihn anschaue. Er sieht nicht wütend aus, aber blickt mich erwartungsvoll an. Aus der Nähe ist sein Blick unglaublich intensiv. Als ich mich von seinen Augen losreiße, gibt er meinen Arm frei.

»Ich ... ich wollte dich nicht angreifen. Ich reagiere vielleicht manchmal etwas allergisch auf Geld«, lenke ich ein.

»Ich finde nicht, dass du mir nachsagen kannst, dass ich dir gegenüber irgendwas habe raushängen lassen.« Er hat die Arme wieder verschränkt. »Du kennst mich nicht und selbst wenn du etwas über meine Familie gehört haben solltest, bleibe ich dabei.«

Ich seufze und setze mich auf die Bettkante. »Du hast recht. Anscheinend habe ich mich mehr von meinen Vorurteilen leiten lassen, als ich zugeben will. Aber du kennst mich auch nicht.«

Ich klinge immer noch trotzig, doch er scheint besänftigt zu sein und setzt sich ans Kopfende.

»Ich weiß, dass ich sicher keinen perfekten Eindruck bei dir hinterlassen habe ...«

Ich lache trocken auf. Da hat er wohl recht.

»... weder bei der Auftaktveranstaltung noch ... an dem Samstag nach der Party. Aber wie du sagst, wir kennen uns nicht und vielleicht sollten wir das ändern«, schlägt er schulterzuckend vor.

»Du meinst, wir sollten uns richtig kennenlernen?«

Er nimmt noch einen Schluck von seinem Getränk, bevor er es auf meinem Nachttisch abstellt.

»Wieso nicht. Oder hast du eine bessere Idee? Es ist 2 Uhr nachts, die beste Zeit für ein bisschen Deep Talk oder nicht?« Er zwinkert mir zu und ich muss lachen.

»Puh, ich bin normalerweise nicht so der Typ Mädchen, der sein Herz einfach so einem Kerl ausschüttet.«

Ich weiß auch nicht, wie er sich das vorstellt. Soll ich jetzt meine Lebensgeschichte vor ihm ausbreiten? Ganz sicher nicht.

»Haha, und bist du dann der Typ Mädchen, der nachts um zwei tropfnasse Kerle aufgabelt und sie mit in sein Schlafzimmer nimmt?«

Ich pruste los, aber trete ihm gleichzeitig gegen das Schienbein. Er jault auf und reibt mit der Hand darüber.

»Na, du weißt dich immerhin zu wehren«, moniert er.

Ich zucke die Achseln und grinse ihn an. »Und, wie ist das jetzt? Hast du einen Fragenkatalog vorbereitet?«

Ich lache, als er eifrig nickt. Dann nehme ich mir zwei der großen Kissen und mache es mir gemütlich.

»Kennst du nicht diesen Psychologen mit den Fragen? Du bist doch der Sozi von uns beiden.«

Er wehrt meinen Fuß ab, als ich ihm erneut einen Tritt verpassen will, und grinst.

»Okay, okay. Ich glaube, ich habe das kürzlich auf Instagram gesehen. Es gibt einen Psychologen, der ein Fragenset entwickelt hat, um sich in kurzer Zeit gut kennenzulernen oder so.«

Er zieht nachdenklich sein iPhone aus der Tasche der Jogginghose und tippt mit flinken Fingern.

»Habe ich noch nie gehört, keine Ahnung, was du meinst.«

»Hier, ich hab's«, ruft er plötzlich und dreht sein Handy in meine Richtung.

Ich lese *36 Fragen in 90 Minuten.*

»Wow, das klingt sportlich. Also sind es kurze Fragen? Scheint mir nicht gerade viel Zeit zu sein, oder?«

Ich versuche auszurechnen, wie viele Minuten pro Frage bleiben, aber Lenny kommt mir zuvor.

»Perfekt für uns, es ist schließlich mitten in der Nacht. Zweieinhalb Minuten pro Frage. Bereit?« Er grinst und schnappt sich ein Kissen, dass er sich hinter den Kopf schiebt.

»Okay, bereit.«

11

Emily

»Gut, Set eins, Frage eins. Given the choice of anyone in the world, whom would you want as a dinner guest? Verstehst du genug Englisch oder muss ich übersetzen?«

Er lacht, als ich eine Grimasse ziehe.

»So viel verstehe ich noch«, unterbreche ich ihn, als er gerade dazu ansetzen will. »Was für eine langweilige Auftaktfrage, lass mich nachdenken ...« Ich breite die Kissen vor mir aus und lege mich auf den Bauch, stütze mein Kinn in die Hände und grüble über die Frage.

»Emily, zweieinhalb Minuten, los«, treibt Lenny mich an und ich verdrehe die Augen.

»Ich würde meine Schwester nehmen.«

Lenny will schon einhaken, als ich ergänze: »Ich würde meine Schwester einladen, sie ist sechs. Ich würde ihr zeigen, wie ich jetzt wohne, und würde mit ihr kochen. Ihr Lieblingsessen ist Spaghetti Bolognese, und vielleicht würden wir einen Nachtisch machen und dabei Musik hören, und später würde ich ihr vorlesen.«

Ich habe mich auf die Ellenbogen gestützt und merke erst, als ich aufhöre zu sprechen, wie aufgeregt ich klinge.

Lenny lächelt mich an. »War sie ... also, war sie noch nie hier?«

»Nein, meine Mutter will ... Sie war noch nie hier.« Ich schüttle den Gedanken an Eliana ab und frage zurück. »Und du?«

»Meine Oma«, sagt er wie aus der Pistole geschossen.

»Deine Oma?«

»Ja, o Mann.« Er lacht nervös und fährt sich mit der Hand durch die Haare. »Sie ist die einzig normale in meiner Familie. Aber genau deshalb habe ich sie auch seit Jahren nicht gesehen. Ich würde natürlich nur mit ihr Abendessen wollen, wenn sie kocht.« Wieder lacht er leise.

»Wohnt sie hier in der Nähe?«

»Ungefähr eine halbe Stunde von hier.«

»Und seit wann hast du sie nicht mehr gesehen?«

Er zieht grüblerisch seine Unterlippe zwischen die Zähne und kaut darauf herum. »Ich schätze, seit ungefähr vier, fünf Jahren? – Was, schau mich nicht so an.«

Er wirft das Kissen, das er im Nacken hat, nach mir, und ich kann nicht schnell genug die Arme unter dem Körper rausziehen, um es abzufangen. In diesem Augenblick geht der Wecker seines Handys los.

»Zweieinhalb Minuten sind um.« Ich rapple mich auf und werfe das Kissen zurück, dann strecke ich die Hand nach seinem Handy aus. »Los, dieses Mal fängst du an, immer abwechselnd.«

Er gibt mir das Handy und ich lese vor: »Would you like to be famous? In what way?«

»Famous ... ich weiß nicht. Nein, ich denke nicht. Früher wollte ich wohl bekannt werden – als Anwalt. Aber ich denke nein.«

»Warum nicht? Ist es nicht per se erstrebenswert, als Anwalt einen gewissen Bekanntheitsgrad zu erreichen?«

»Ich weiß nicht mal, ob ich noch Anwalt werden möchte.«

Ich reiße überrascht die Augen auf. »Was, aber ...«, setze ich an, doch er winkt ab.

»*Du* bist dran, meine Liebe.«

Ich verdrehe die Augen und antworte. »Nein, in no way.«

»Okay, gut, das war kurz.«

Lenny lächelt und beugt sich rüber zum Nachttisch. Er nimmt den letzten Schluck aus seinem Glas und lehnt sich wieder zurück. Ich reiche ihm das iPhone und er liest die nächste Frage.

»Before making a telephone call, do you ever rehearse what you are going to say? Why? – Rehearse heißt proben, nur falls du das nicht wusstest.« Er verzieht die Lippen zu einem schiefen Grinsen.

Ich wusste es tatsächlich nicht, aber das würde ich im Leben nicht gestehen.

»Also bei normalen Telefongesprächen mache ich das natürlich nicht. Aber ich muss zugeben, dass ich vielleicht das ein oder andere Telefonat geübt habe. Das macht doch jeder, oder?«

Lenny rutscht mit seinem Rücken nach unten, bis nur noch sein Kopf auf dem Kissen liegt, und macht die Füße lang. Das iPhone balanciert er auf seinem Bauch, das T-Shirt ist ihm aus dem Bund gerutscht und entblößt seinen Hüftknochen. Ich konzentriere mich schnell wieder auf seine Augen, als er die Arme hinter dem Kopf kreuzt und noch mehr Haut zeigt.

»Oooo nein, ich habe ganz sicher noch nie ein Telefonat geübt. Warum sollte ich das tun? Zweifelst du an meinem Charme? Ich überzeuge die Menschen, ohne dafür geübt zu haben.«

Er grinst mich an und ich muss unwillkürlich schmunzeln.

»Ah ja, aber eingebildet bist du gar nicht, oder?«

Er schüttelt empört den Kopf.

Ich schnappe mir das Handy von seinem Bauch. »What could constitute a ›perfect‹ day for you?« Herausfordernd sehe ich ihn an und starte den Timer.

»Der perfekte Tag, lass mich nachdenken. Ich kann morgens ausschlafen und wenn ich aufstehe, trinke ich einen Kaffee auf unserem kleinen Balkon. Oder vielleicht treffe ich mich auch mit meinen Freunden in dem Café, in dem du arbeitest. Dann bestell ich mir noch einen von diesen furchtbar ungesunden Blaubeermuffins, verdammt, die sind so gut.«

»Haha, klingt ja wie jeder deiner Tage.«

»Ich beginne meinen Tag eben gerne mit gutem Kaffee und dem Lächeln eines hübschen Barista-Mädchens.«

Ich spüre meine Wangen glühen und verstecke schnell den Kopf hinter dem Kissen.

Lenny lacht und zieht das Kissen weg. »Nur nicht rot werden.« Er stupst mich an und ich nehme die Hände langsam runter.

»Ich denke, ich würde den restlichen Tag einfach mit meinen Freunden verbringen, im Sommer vielleicht ins Freibad gehen, Volleyball spielen, Hauptsache, keine Sekunde in diesem furchtbaren Unigebäude verbringen. Und abends würde ich mit Tom auf eine WG-Party gehen, ohne Dramen, aber mit viel Alkohol.«

Er sieht zufrieden aus bei der Vorstellung, dann beginnt der Timer zu klingeln.

»O nein, wir müssen die Zeit verlängern, ich will unbedingt deine Antwort hören.«

Er nimmt mir das Handy aus der Hand und blickt mich erwartungsvoll an. Ich setze mich auf und rutsche an die seitliche Wand, sodass ich mich anlehnen kann.

»Ein perfekter Tag, das wäre für mich ein Tag am See. Ich war als kleines Mädchen mal an einem. Wir ... also es gab ein Picknick. Die Sonne schien, es war so eine schöne Stimmung, und später am Tag gingen wir im See schwimmen. Es war ... perfekt.« Bei der Erinnerung muss ich lächeln. Ich habe seit Jahren nicht daran gedacht, aber jetzt erinnere ich mich, als wäre es gestern gewesen. Ein perfekter Tag, bevor alles so furchtbar wurde.

»Das klingt tatsächlich ganz schön. – Hey.«

Lenny reißt die Augen auf und setzt sich auf. Und bevor ich reagieren kann, legt er seine Hand sanft an meine Wange und wischt die Träne weg. Ich habe nicht einmal gemerkt, dass mir Tränen in den Augen stehen, und blinzle sie hektisch weg. Dabei zucke ich etwas zurück, sodass mein Kopf gegen die Wand stößt.

Lenny zieht erschrocken die Hand weg. »Entschuldige, oh, ich wollte nicht ...«

Unwillkürlich muss ich lachen und reibe mir den Hinterkopf. »Gott, wie bescheuert.« Ich fasse es nicht, dass ich angefangen habe zu weinen und mir vor lauter Schreck über seine Berührung den Kopf gestoßen habe. »Noch schlimmer kann es jetzt nicht mehr werden«, murmle ich mehr zu mir selbst, aber Lenny kniet immer noch vor mir und sieht mich mit großen Augen an. Wow, er hat Strahleaugen.

»Alles in Ordnung?«, fragt er leise und sieht mir forschend in die Augen.

»Ja, es tut mir leid. Alles okay. Wo ist das Handy?« Suchend schaue ich mich auf der Matratze um.

Lenny hebt die Kissen hoch und zieht es darunter hervor. »Willst du noch mehr Fragen?« Er lächelt mich vorsichtig an.

Ich hätte ihn überhaupt nicht so sanft eingeschätzt, wie er sich jetzt zeigt.

»Na klar, wir sind doch erst am Anfang.«

»Also gut«, sagt er und lehnt sich direkt neben mich an die Wand. »When did you last sing to yourself? To someone else? Na, bist du eine heimliche Opernsängerin?« Er stößt mich mit dem Ellbogen an.

»Klar. Okay, also für mich gesungen, das war, würde ich sagen, vorgestern. Wobei für mich vielleicht zu viel gesagt ist, ich habe mitgesungen. Für andere, keine Ahnung. Wahrscheinlich in der Grundschule oder so, kann mich nicht erinnern. Und du?«

»Für mich habe ich heute im Auto gesungen, ich hatte das Radio an und es kam dieser furchtbare Ohrwurm, *you're my nirva-na-na-na* ...« Er lacht. »Man kann nicht nicht mitsingen, oder? Und für andere, oh no. Ich erinnere mich tatsächlich und es ist noch nicht ganz so lange her, wie ich mir wünschen würde. Wir waren in einer Bar hier in der Gegend, wir wussten es vorher nicht, aber dort war Karaoke Night. Wir haben uns so lange bequatschen lassen, bis wir hochgegangen sind und was gesungen haben. Es war so peinlich.« Er schüttelt den Kopf bei der Erinnerung.

»Haha, ich kann mir dich absolut nicht in einer Karaokebar vorstellen. Was hast du gesungen?« Ich habe mich ihm zugewandt und muss mich zusammenreißen, um bei der Vorstellung von Lenny mit Mikrofon nicht loszuprusten.

»Nein, zwing mich nicht, das zuzugeben ...«, er vergräbt den Kopf dramatisch in der Armbeuge.

»Doch, o Gott, du musst es mir sagen.« Ich rüttle aufgeregt an seinem Arm.

»Es war *Cordula Grün* und zu meiner Verteidigung, Tom hat das ausgewählt, wir haben zusammen gesungen. Ich sage ja, es war furchtbar.«

»Was würde ich dafür geben, das zu sehen.« Ich lache und er blitzt mich aus seinen grünen Augen an.

In diesem Moment springt der Timer wieder an und Lenny entsperrt das Gerät. »Verräterisches Ding, hätte auch ein paar Sekunden früher klingeln können. Well, if you were able to live to the age of 90 and retain either the mind or body of a 30-year-old for the last 60 years of your life, which would you want?«

Ich liebe, wie er die englischen Sätze ausspricht. Ob er diesen britischen Akzent nur in der Schule gelernt hat?

»Ich würde den Körper nehmen. Mein Verstand entwickelt sich hoffentlich immer weiter, während mein Körper weiterhin in seiner recht passablen dreißigjährigen Figur bleiben könnte. Wahnsinn.« Ich werfe mir übertrieben die Haare zurück und zwinkere kokett mit den Augen.

»100 Punkte, was zur Hölle will ich mit einem jungen Geist, wenn ich auch einen jungen Körper haben kann, haha. Nein, im Ernst. Ich sehe das wie du. Ich behalte lieber meine Muskeln. Ist das ’ne Fangfrage oder so?« Er zuckt die Schultern und reicht mir das Handy wieder.

»Ach du Scheiße, ich glaube, jetzt wird es creepy. Do you have a secret hunch about how you will die? Warte mal, hast du ’ne Übersetzerapp oder weißt du zufällig, was hunch heißt?«

»Ähm, das müsste so was wie Ahnung sein, also eine Ahnung, wie du sterben wirst. Wow, echt creepy. Wahrscheinlich mit fünfunddreißig, besoffen mit ’ner Kippe im Mundwinkel.« Er lacht, als er meinen entsetzten Blick sieht. »Nein, ich hoffe nicht. Vielleicht werde ich ja steinalt und falle einfach tot im Garten meines wunderschönen Anwesens um. Was weiß ich schon.«

»Rauchst du?«, frage ich, denn ich stelle ihn mir unwillkürlich mit der Zigarette zwischen den vollen Lippen vor.

»Mehr als ich sollte, meistens wenn ich unterwegs bin. Du nicht?«

Ich schüttle den Kopf. »Nein, ich konnte es noch nie leiden, auch wenn ich verstehe, was die Leute cool daran finden. Und ... um auf die Frage zurückzukommen. Ich habe keinen blassen Schimmer und ganz ehrlich, wer will sich mit Anfang zwanzig darüber Gedanken machen. Los, nächste Frage.«

»Name three things you and your partner appear to have in common – aha, diese Frage können wir also zusammen beantworten. Erste und einfachste Antwort: Wir sind Teil dieses bescheuerten Uniprojekts. Sorry.«

Er hebt die Hand, als er meinen strengen Blick bemerkt, und ich antworte: »Wir lieben beide den Kaffee aus der Cafébar.«

»O ja, guter Punkt. Wir scheinen beide ein schwieriges Verhältnis zu unseren Eltern zu haben, ist doch so, oder?«

»Ja, dann stimmt das wohl. Nicht allzu leicht zu verbergen bei einem solchen Spiel«, stimme ich grüblerisch zu. »For what in your life do you feel most grateful?«

»Hm, ich glaube, darüber habe ich mir noch keine Gedanken gemacht. Ganz schön tiefsinnig, dieser Fragenkatalog. Ich würde sagen, für all das.« Er macht eine großzügige Geste mit den Händen.

»Das ist mein Zimmer.«

»Ja, ich meine nicht das hier, sondern mein Leben, wo ich stehe, und dass es mir gut geht, dass ich Geld habe und gut aussehe, haha.«

Ich verdrehe die Augen.

»Ich gebe nicht gerade viel auf meine Herkunft, aber weiß genau, dass es schätzenswert ist. Dafür bin ich dankbar.«

Ich nicke zufrieden und denke selbst über die Frage nach. »Ich bin dankbar für meinen Studienplatz und dass ich es geschafft habe, hier auf eigenen Beinen zu stehen, unabhängig. Das ist es wohl, was ich aktuell am meisten schätze.«

»Darauf kannst du stolz sein, das stimmt. Wie oft arbeitest du im Café?«

Weil es mich langsam fröstelt, ziehe ich mir die Tagesdecke über die Beine und kuschle mich in die Kissen ein, bevor ich antworte.

»So zwei- bis dreimal in der Woche. Der Dienstplan ist zum Glück sehr flexibel, sodass ich die Arbeit an die Vorlesungen anpassen kann. Mittwochs arbeite ich immer, da habe ich keine Vorlesungen.«

»Klingt ganz schön anstrengend, neben dem Studium so viel zu arbeiten.«

Ich zucke die Schultern. »Ja, schon, manchmal, aber ist mir lieber als … Also, genau genommen habe ich keine große Wahl und der Job macht mir wirklich Spaß. Das Team ist cool, ich habe den Job über Aaron bekommen. Er studiert Sport und arbeitet schon seit dem ersten Semester dort.«

Der Timer reißt mich aus der Erzählung, und ich stelle ihn schnell ab und reiche Lenny das Handy. Als sich unsere Finger berühren, merke ich, dass seine Hände eiskalt sind.

»Frierst du?«, frage ich und berühre besorgt seinen nackten Arm. Er hat nach wie vor nur das T-Shirt an.

»Es geht schon, aber wenn du bereit wärst, diese übergroße Decke mit mir zu teilen, sag ich nicht Nein«, antwortet er verschmitzt, woraufhin ich sie über unsere Beine ziehe.

»Manchmal sind diese vollgestopften Mädchenbetten doch für was gut, tausend Kissen und Decken. Ich bin froh, wenn ich mal nicht nur mit Bettbezug schlafe«, erklärt er lachend.

»Du schläfst nur mit dem Bettbezug? Warum?«

»Na ja, normalerweise friere ich nachts nicht, jedenfalls die meiste Zeit des Jahres nicht. Dann reicht das und ich muss nicht ständig neu beziehen.«

Er lacht wieder über mein staunendes Gesicht.

»Ich gebe zu, es klingt nicht völlig bescheuert.«

»Na, schönen Dank. Nächste Frage.« Er scrollt weiter nach unten, bevor er liest. »If you could change anything about the way you were raised, what would it be?«

Ich ziehe eine Grimasse, unschlüssig, wie ehrlich ich sein soll.

»Wir kennen uns vielleicht nicht besonders gut, aber dir ist hoffentlich klar, dass ich nichts von dem hier irgendjemandem erzählen werde, oder?«

Er scheint zu merken, dass ich nervös bin, und ich zwinge mich aufzuhören, meine Finger zu kneten.

»Ja, das Gleiche gilt für mich auch. Ich ... also ich würde gerne die Jahre streichen oder besser ändern, in denen wir mit Elianas Vater zusammengelebt haben.«

Ich hebe den Blick nicht von meinen Händen.

»Was ist passiert?«, fragt er leise. Mein Stimmungsumschwung scheint ihm nicht verborgen zu bleiben.

»Eliana war klein, und in seiner kranken Welt hat er sie wohl geliebt und sie deshalb nicht angerührt. Aber das hat mich nicht vor ihm geschützt. Er war ein gewalttätiger Säufer, mehr gibt es über ihn nicht zu sagen.«

Ich schaue auf und als ich seinen Blick erwidere, habe ich das Gefühl, er sieht mit seinen tiefgrünen Augen direkt in mein Innerstes.

12

Emily

Ich habe vor langer Zeit aufgehört, mich von dieser Sache mit Ricardo runterziehen zu lassen, ich werde nicht heute wieder damit anfangen.

Lenny greift nach meiner Hand und ich senke den Blick einen Moment auf unsere verschränkten Finger. Seine sind immer noch kalt, aber nicht eisig, trotzdem spüre ich ein Kribbeln, als er mit dem Daumen über meinen Handrücken fährt.

»Das klingt echt übel«, sagt er rau.

Ich nicke, löse meinen Blick nicht von seinem. »War's auch, ja. Aber hier bin ich und er ist weg. Zumindest weit genug, dass ich ihm nicht mehr über den Weg laufe, wenn ich nicht will, und Teufel, ich will nicht.«

Ich lächle ihn vorsichtig an und er lächelt zurück.

»Jetzt du«, sage ich und nicke ihm zu.

Er hält immer noch meine Hand auf meinem Oberschenkel fest, scheint in Gedanken versunken. Und für diesen Moment fühlt es sich okay an, nein, es fühlt sich gut an, und ich entziehe mich ihm nicht.

»Ich würde mir Freiheit wünschen.«

Der Timer klingelt zwischen uns, und ich nehme meine rechte Hand und stoppe ihn, bevor Lenny reagieren kann.

»Freiheit?«

»Mein ganzes Leben habe ich mich eingeengt gefühlt in diesem furchtbar spießigen Angeberleben, das meine Eltern für sich und mich gewählt haben. Ich weiß schon, es wirkt, als hätte ich es ganz gut angenommen mit meinem, wie hast du gesagt? Meinem Aussehen …«

Er löst seine Hand von meiner und fährt sich durch die blonden Haare, die inzwischen wieder vollständig trocken sind, aber wesentlich wilder aussehen, als er sie normalerweise stylt, wenn er nicht gerade durch einen Regenguss gerannt ist.

Ich reibe mit meiner rechten über die Stelle, die er berührt hat, und ziehe meine Beine in den Schneidersitz.

»Ich meine, klar, beschwere ich mich vielleicht über das Geld oder die Dinge, die ich hatte und habe? Nein, ich will nicht sagen, dass ich undankbar bin.« Er lacht rau, zieht ebenfalls ein Knie an den Körper und stützt sich darauf. »Aber auch dieses Leben hat seinen Preis. Und ich habe nicht das Gefühl, dass ich jemals eine echte Wahl hatte. Jetzt bin ich eben hier mit meinen Hemden und dem Jurastudium, und es läuft nicht mal schlecht.«

Er zupft an dem weißen T-Shirt rum.

»Ganz schön reflektiert für einen reichen, schnöseligen Juristen«, sage ich, um ihm ein Lächeln zu entlocken, und es gelingt zumindest einigermaßen, als er müde einen Mundwinkel hochzieht.

»Ja, vielleicht habe ich ja doch was hinbekommen.« Er grinst mich an und nimmt dem Ganzen damit die Ernsthaftigkeit.

Als ich das Handy wieder in die Hand nehme, ist der Bildschirm ausgegangen. »030899«, sagt er und ich tippe schnell mit, überrascht, dass er mir einfach so den Code nennt.

»Geburtstag«, lacht er über meinen Gesichtsausdruck und streckt die Beine wieder aus. Dann nimmt er sich eins der großen Kissen, schiebt es ins Eck und lehnt sich zurück.

»Klassiker, bei mir auch so ähnlich. Okay, take 4 minutes and tell your partner your life story in as much detail as possible«, lese ich vor.

Ich öffne den Timer und verlängere die Zeit.

»Du fängst an«, sage ich und nicke ihm zu.

»Okay, okay, so viele Details wie möglich. Geboren wurde ich, wie gesagt, am 3. August 1999 in einer privaten Klinik in Paderborn. Meine Mutter saß nach drei Wochen wieder am Schreibtisch der Kanzlei, meine Eltern waren gerade am Durchstarten. Ich will nicht sagen, dass ich ungelegen kam, aber es war von Anfang an klar, dass meine Mutter nicht zu Hause hocken und ihrem Baby beim Wachsen zusehen würde. Trotzdem war ich natürlich bestens versorgt. Meine Eltern haben inzwischen eine Villa mit riesigem Grundstück in Hahnwald.«

Er verzieht gedankenverloren das Gesicht, bevor er weiterspricht.

»Meine Eltern steckten mich in eine dieser superspießigen Privatschulen, aber das ging gerade mal bis zur fünften Klasse gut. Ich war eine Vollkatastrophe, habe nur Scheiße gebaut, bis sie es irgendwann akzeptiert und mich auf eine staatliche Schule gesteckt haben. Ich bin ziemlich schnell an ein paar Chaoten geraten und die Probleme hörten nicht wirklich auf. Nicht, dass meine Eltern viel davon mitbekommen hätten, sie waren viel zu sehr in ihre Arbeit vertieft.

In der Oberstufe in Köln lernte ich Jess kennen. Sie hat ebenfalls ganz schön versnobte Eltern, kommt mit ihnen aber wesentlich besser klar als ich mit meinen. Trotzdem verstanden wir uns gut, da wir den gleichen Druck von zu Hause kannten.

Bis ich siebzehn war, war meine Oma mütterlicherseits Teil der Familie, auch wenn es immer wieder Streit gab. Sie hielt meiner Mutter ständig vor, dass sie sich nicht genug um die Familie kümmere, und als ich dann siebzehn war, kam es zum Bruch. Seither habe ich sie nicht mehr gesehen. Jess und ich gingen dauernd aus, ich war nur noch wenig zu Hause und als ich endlich das Abi in der Tasche hatte, packte ich meine Sachen und ging.«

»Was, du gingst? Wohin?« Das ist eine Wendung, die ich nicht vorhergesehen habe. Schließlich ist er jetzt wieder hier, in Köln.

»Ich war ein Jahr in London, bei der Schwester meines Vaters. Sie lebt dort schon seit vielen Jahren mit ihrem Mann und meiner Cousine.«

Ich bin baff. Mir wird klar, woher sein britischer Akzent kommt und warum er so selbstverständlich Englisch spricht, aber ich bin trotzdem beeindruckt.

»Ja, sie haben mich als Au-pair aufgenommen und ich habe überwiegend auf meine Cousine aufgepasst. Sie wird in ein paar Tagen acht. Ich weiß nicht, ob dieses Jahr mich weitergebracht hat in dem, was ich für mich will. Immerhin sitze ich jetzt hier und studiere Jura und erfülle das Ziel, das meine Eltern schon immer für mich gesteckt haben. Jedenfalls bin ich also wieder zurückgekommen und habe mich an der Uni beworben. Und jetzt studiere ich hier mit Jess und Tom. Ihn habe ich erst an der Uni kennengelernt und bin mit ihm dann in die Wohnung gezogen. Ach, und weil ich meiner Professorin quasi vor die Füße gekotzt habe, sitze ich jetzt hier mit dir.«

»Wow, romantisches Ende.« Ich lache.

Der Timer geht los und reißt ihn aus seinen Gedanken.

»Mein Leben in vier Minuten. Gar nicht mal schlecht für eine uneinstudierte Geschichte.«

Ich applaudiere und er macht eine überschwängliche Geste mit der Hand.

»Und jetzt du«, fordert er und stützt sich auf beide Ellenbogen auf, um mich besser ansehen zu können.

Ich atme laut aus und erzähle einfach, was mir in den Sinn kommt.

»Gut, geboren bin ich am 13. Dezember 2000 und lebte die ersten fünf Jahre mit meiner Mutter in einer Hochhaussiedlung. Mein Erzeuger war schon vor meiner Geburt wieder weg. Ich vermute ja, es war einfach ein One-Night-Stand, aber meine Mutter hat das nie zugegeben, sondern behauptet, er habe sie sitzen lassen, dabei haben sie eine gemeinsame Zukunft geplant.

Mit fünf zogen wir in einen anderen Stadtteil, die Wohnung war klein, aber wenigstens war die Nachbarschaft nicht ganz so heruntergekommen. Dort lernte sie dann Elianas Vater kennen, schon damals ein unsympathischer Typ mit Aggressionspotenzial, aber er hat immerhin nicht gesoffen. Das kam erst, als er bei uns einzog. Es war so eine On-off-Geschichte, furchtbar, sie haben sich angeschrien, sind aufeinander losgegangen, aber lange hat sie ihn nie rausgeschmissen. Als ich elf war, hat er mir zum ersten Mal eine Ohrfeige verpasst. Du kannst dir vorstellen, dass es nicht einfach war, als ich in die Pubertät kam, aber gibt ihm das vielleicht das Recht, mich zu schlagen?«

»Scheiße, nein«, stößt Lenny aus und schüttelt fassungslos den Kopf.

»Als ich vierzehn war, kam Eliana auf die Welt. Ich weiß noch genau, es war der 13. Juni und das Wetter war furchtbar, es hat gewittert. Als die Wehen losgingen, ist er mit meiner Mutter ins Krankenhaus. Ab da hat er sich doch tatsächlich für ein halbes Jahr zusammengerissen. Aber für mich war die Sache gelaufen. Ich war nächtelang nicht zu Hause und nur sporadisch in der Schule. Zu meinem sechzehnten Geburtstag hat er mich dann verprügelt, die Nachbarn haben die Polizei gerufen und damit war es vorbei. Im Nachhinein hat meine Mutter wohl nur ernst gemacht, weil sie schon einen neuen Typen am Start hatte, aber anfangs habe ich mir noch eingeredet, dass sie es mir zuliebe getan hat.«

Ich weiche Lennys entsetztem Blick aus. Mir ist klar, dass die Geschichte ziemlich verstörend klingen muss, vor allem, wenn ich an seine zwar spießige, aber doch wohlbehütete Kindheit denke. Andererseits habe ich schon lange aufgehört, für meine Familie zu lügen.

»Tja, zwei Jahre später kam Tiffy auf die Welt. Sie wird demnächst zwei. Ich schätze, ihr Vater ist okay, meine Mutter und er sind nach wie vor zusammen, aber ich bin nach der Inobhutnahme nicht mehr zurück. Über das Jugendamt konnte ich in eine Jugendwohngruppe, bis ich nach ein paar Umwegen dann das Abi hatte. Von dort bin ich hierhergekommen. Seit ich hier bin, kann ich diese ganze Scheiße hinter mir lassen und für die meisten bin ich wohl einfach das nette Barista-Mädchen, das soziale Arbeit studiert. Und das ist auch gut so«, erkläre ich lächelnd.

Lenny hat sich wieder aufgesetzt. Er hebt die Mundwinkel, doch das Lächeln erreicht seine Augen nicht. Der Timer hat irgendwann geklingelt, ich weiß nicht wann, Lenny hat ihn gestoppt. Ein paar Sekunden schweigen wir beide, bevor er tief Luft holt.

»Ich weiß nicht, was ich sagen soll, Emily.« Er verzieht das Gesicht.

»Bereust du es, dieses Spiel begonnen zu haben?«, frage ich ernsthaft, doch er schüttelt sofort den Kopf.

»Nein, ich glaube, ich habe noch nie so viel über mein eigenes Leben nachgedacht wie in der letzten knappen Stunde mit dir. Und ich bin ... mehr als beeindruckt von deiner Geschichte. Und deiner Offenheit.«

Er sieht mich direkt an, als er spricht, und ich bereue es ebenfalls keine Sekunde, ausgerechnet ihm davon erzählt zu haben. Bevor ich etwas dazu sagen kann, vibriert sein Smartphone, zwischen uns zweimal und unterbricht unseren Blickkontakt und den Moment.

13

Emily

Ich ziehe das Handy zwischen uns hervor und eine Nachricht leuchtet auf. Da steht *Jess*, doch die Nachricht ist nicht sichtbar. Ich gebe es Lenny und bevor er weiterliest, sehe ich, wie er die Nachricht ungeöffnet zur Seite schiebt.

»Die letzte Frage des ersten Sets«, sagt er und liest vor. »If you could wake up tomorrow having gained any one quality or ability, what would it be?«

»Oh, ich weiß etwas. Ich wollte schon immer ein Instrument spielen, am liebsten Gitarre. Wenn ich also ohne Aufwand eine Fähigkeit dazugewinnen könnte, ich würde mich dafür entscheiden. Ich liebe Musik«, erkläre ich.

»Wer nicht? Und welches Lied würdest du spielen?«, fragt Lenny.

Ich muss nicht lange darüber nachdenken. Er reicht mir das iPhone, auf dem er Apple Music geöffnet hat, und ich suche mein Allzeit-Lieblingslied.

»*You & Me* von James TW. Ich mochte den Song von Anfang an und die Akkustikversion ist superschön. Es müsste nur jemand anderes dazu singen.« Ich grinse ihn an und lasse den Song anlaufen. Die ersten Gitarrenriffs erklingen aus den Lautsprechern.

»Ohne dich besser zu kennen, hätte ich sicher gedacht, dass du auf so was stehst. Nach deiner Geschichte hatte ich etwas Angst, jetzt Ultrahardrock hören zu müssen«, sagt

Lenny lachend und trommelt den Rhythmus des Refrains auf seinem Bein mit.

»Haha, o nein, ich habe trotz allem schon immer eher ruhigere Musik gehört. Du kennst das Lied?« Ich bin überrascht.

»Es ist eine Schnulze, aber ja, ich kenne es. Und der Refrain ist zumindest vom Rhythmus her wirklich eingängig. Manchmal höre ich so Singer-Songwriter-Sachen sogar ganz gern. Ich zeig dir mal was, das hättest du sicher nicht von mir gedacht.« Er nimmt mir das Handy wieder aus der Hand, sucht kurz in der Albumliste und spielt ein Lied an.

Die Stimme und vor allem der Dialekt des Sängers kommen mir gleich bekannt vor, aber den Song kenne ich nicht. Wir sitzen schweigend nebeneinander und hören zu, wie der Sänger davon singt, dass er seine Melodie verloren hat.

Lenny tut so, als würde er mitsingen, und legt sich in einer übertriebenen Geste die Hand aufs Herz.

Ich lache laut los. »Das meinst du nicht ernst! Ich bin geschockt.«

»Gut, ja, ich übertreibe vielleicht ein bisschen, Josh hat nicht nur so Zeug, er spielt auch schnellere Sachen.«

Und da kommt es mir.

»Sprichst du gerade von dem Interpreten von *Cordula Grün*? Das Lied, zu dem du dich in der Karaokebar angeblich so blamiert hast?«

Ich muss noch mehr lachen und er stimmt ein.

»Ich schwöre, es war so, und ich kannte davor kein einziges Lied von ihm. Aber dann habe ich zu Hause das Album entdeckt und mir die anderen Sachen angehört. *Cordula Grün* ist wirklich das schlimmste, und mal ehrlich, selbst das ist einfach ein Scheißohrwurm.«

Das nächste Lied beginnt. Josh singt »*Du bist die Einzige, die echt jeden Scheiß von mir wirklich weiß*«, und Lenny zwinkert mir verschwörerisch zu.

»Hey, jetzt bist du aber dran, wir kommen hier völlig vom Thema ab«, schimpfe ich und zeige anklagend auf das Handy, denn offensichtlich hat er vergessen, den Timer zu stellen.

»Ups, ja, tut mir leid.« Er stellt die Musik nicht ab, aber macht sie leiser. Dann sagt er: »Ich glaube, ich würde mir irgendeine Sprache aussuchen, auch wenn einem das faktisch doch wieder nichts bringt. Aber ich hätte Bock, einfach ohne Anstrengung zum Beispiel Spanisch oder so zu sprechen.«

»Ja, kann ich nachvollziehen. Und obwohl dir lernen zu anstrengend ist, studierst du Jura? Bist du gut?«, frage ich neugierig.

Ich halte ihn für intelligent und auf den ersten Eindruck wirkt er auch nicht gerade faul, seine Partymentalität scheint mir aber nicht unbedingt förderlich für ein anspruchsvolles Studium wie Jura zu sein.

»Hm, ja, geht schon. Also ehrlich gesagt, konnte ich schon immer auswendig lernen, und na ja, die meiste Zeit ist Jura nichts anderes. Wahrscheinlich wurde mir der Scheiß doch schon in die Wiege gelegt, was letztendlich wohl der Grund dafür ist, dass ich's tatsächlich durchziehe.«

»Na dann.« Klingt einleuchtend für mich.

»Bist du noch fit genug für Set zwei?«, fragt Lenny und schaut auf seine Armbanduhr, die ohne sein übliches Hemd etwas zu protzig aussieht.

Ich gähne und er lacht.

»Nein, ich bin eigentlich gar nicht so müde, bin schon drüber.« Und das stimmt wirklich, obwohl ich es in meinem Bett gemütlich finde und wahrscheinlich schnell einschlafen würde, wenn ich es darauf ankommen lassen würde.

Er reicht mir das Handy und ich scrolle weiter.

»If a crystal ball could tell you the truth about yourself, your life, the future or anything else, what would you want to know? Uff, schwere Frage. Was sagst du?«

Plötzlich fängt das Handy in meiner Hand an zu vibrieren. Lenny zieht eine Augenbraue hoch und sieht mich fragend an. Ich drehe es so, dass er den eingehenden Anruf von Jess sehen kann, und er nimmt es mir aus der Hand.

»Gib mir ne Minute«, sagt er und richtet sich auf. Er steigt aus dem Bett und geht zum Fenster, bevor er den Anruf annimmt. »Jess?«

Ich kann nichts verstehen, aber es ist deutlich zu hören, dass sie aufgeregt und ziemlich schnell spricht.

»Jess, jetzt beruhig dich mal. Nein. ... Nein, ich bin nicht zu Hause. ... Bitte, lass einfach gut sein jetzt, Tom bringt dich heim. ... Ja. Ich ruf dich morgen an.«

Er wirft mir über die Schulter einen Blick zu, den ich nicht deuten kann. Er stöhnt auf und fährt sich nervös durch die Haare, eine Reaktion auf einen aufgelösten Redeschwall am anderen Ende der Leitung.

»Jess. Wir sprechen morgen, ich hab jetzt keinen Bock auf den Scheiß. ... Gut. Gute Nacht«, schließt er sanfter und legt auf. »Sorry«, sagt er und dreht sich zu mir um.

Ich betrachte immer noch konzentriert meine Nägel und blicke erst auf, als er wieder vor dem Bett steht.

»Manchmal ist sie einfach so eine Dramaqueen«, sagt er, als würde das alles erklären.

Ich zucke mit den Achseln, und er klettert wieder auf das Bett und zieht an der Decke, bis ich sie ihm rübergebe.

»Wenn die Kristallkugel mir sagen könnte, was genau ich dann nach dem Jurastudium mit mir anfangen soll, wäre das ja schon mal ein Anfang. Bisher weiß ich nur ziemlich genau, was ich nicht will.« Er lacht trocken, ohne weiter auf das Telefonat einzugehen.

»Na ja, das ist auch wichtig«, sage ich und denke selbst über die Frage nach. Gibt es etwas, das ich gern über die Zukunft wissen würde? »Was mein eigenes Leben angeht, weiß ich lieber nicht vorher Bescheid«, fange ich an. »Was meine Schwestern betrifft, würde mich ein Blick in die Zukunft vielleicht schon reizen«, gebe ich zu.

Lenny nickt, kommentiert meine Erklärung aber nicht. Er sieht nachdenklich aus. Ich will ihn schon fragen, da klart sein Blick auf und er entsperrt das Handy wieder.

»Is there something that you've dreamed of doing for a long time? Why haven't you done it?«

»O ja, da gibt es etwas«, sage ich träumerisch und lächle. »Ich würde unglaublich gerne meinen Rucksack packen und mit dem Zug los und durch Italien touren. Ich war nur ein einziges Mal dort, aber seither liebe ich das Land. Es gibt so viele malerische Orte, die ich gerne sehen würde. Ich würde einfach losgehen, ohne großen Plan, und genau dort landen, wo ich eben landen soll.«

Lenny lächelt und seine grünen Augen strahlen mich an, als er fragt: »Und warum machst du es nicht? Klingt sehr cool und nicht allzu kompliziert innerhalb von Europa, oder nicht?«

Ich lächle immer noch, als ich seine Frage beantworte, auch wenn ich das Thema mit ihm lieber nicht weiter vertiefen würde.

»Ich habe dir erzählt, dass ich mit meinem Job im Café über die Runden komme, aber ich kann nicht gerade behaupten, dass am Ende des Monats viel übrig bleibt. Geschweige denn genug, um einen Urlaub zu finanzieren, noch dazu über mehrere Wochen.«

Er senkt verlegen den Blick und will etwas sagen, doch ich komme ihm zuvor. »Es muss dir nicht leidtun und schon gar nicht, dass dir diese Art von Problemen unbekannt sind. Ich bin nicht unglücklich mit meinem Leben, es gibt eben einfach ein paar Dinge, auf die ich notgedrungen verzichten muss, aber geht es nicht den meisten Menschen mal so?«

Dass wir aus zwei verschiedenen Welten kommen, war mir schon seit unserer ersten Begegnung bewusst, aber es ist sicher nichts, was ich unbedingt betonen will, und schon gar nicht will ich ihn damit in Verlegenheit bringen.

»Ja, wahrscheinlich. Ich denke schon. Meine Antwort hört sich jetzt vielleicht ein bisschen bescheuert an.« Er zupft an der Decke herum. »Ich habe lang davon geträumt, meinen Eltern mal richtig deutlich zu sagen, was ich von ihrem ganzen Scheiß halte, den sie immer wieder von sich geben. Dass ich es zum Kotzen finde, dass sie immer noch meinen, sie können über mich bestimmen. Dass sie meinen, ich muss in ihre bescheuerte Kanzlei einsteigen, dass sie mir sagen, mit wem ich mich abgeben soll und mit wem nicht. Ich hasse ihre Überheblichkeit und ich hasse es, dass sie mich immer wieder dazu bringen, mich genauso zu verhalten.«

Angestrengt fährt er sich wieder durch die zerzausten Haare und lässt die Hand dann auf die Decke zurückfallen.

»Warum machst du es nicht?« Ich bin wirklich neugierig auf seine Antwort. Ich hätte nicht gedacht, dass Lenny mit solcher Art Emotionen hinter dem Berg hält.

»Wenn du meine Mutter kennen würdest, wüsstest du warum. Man kann mit ihr nicht diskutieren, sie ist so anstrengend.« Er stöhnt und verdreht die Augen. »Sie lässt nichts gelten. Vergiss nicht, sie hat den Kontakt zu ihrer eigenen Mutter komplett abgebrochen. Ich denke, ich bin einfach immer besser gefahren, wenn ich in diesen Dingen meinen Ärger runtergeschluckt und keine Diskussion angezettelt habe. Also nicht, dass ich das als Jugendlicher nicht getan hätte, glaub mir, ich habe die Erfahrung mehr als einmal gemacht. Inzwischen bin ich einfach nur noch genervt und lasse mich zu Hause gerade so häufig blicken, wie es eben notwendig ist.«

Ich nicke. Was das angeht, sind wir uns ähnlicher, als ich angenommen hatte. Nur dass mein geringer Kontakt daherrührt, dass ich immer alles sage, was mir in den Sinn kommt, und mir nicht im Traum einfallen würde, meiner Mutter irgendetwas durchgehen zu lassen.

Das coole Gehabe, das Lenny zeitweise an den Tag legt, scheint mir mehr und mehr eine Maske zu sein. Jedenfalls kann ich ihn, wie er jetzt hier auf meinem Bett sitzt, nicht damit zusammenbringen.

Er reicht mir das Handy und ich lese die nächste Frage.

»What is the greatest accomplishment in your life?«

Er beantwortet meinen fragenden Blick, ohne zu zögern.

»Das Größte, was du in deinem Leben erreicht hast, die größte Leistung«, übersetzt er. Er macht eine kurze Pause und spricht dann weiter. »Ich schätze, das war mein Abi, so bescheuert es klingt. Ich habe vorhin gesagt, dass ich gut auswendig lernen konnte. Aber ich habe zu der Zeit einfach scheiße wenig gelernt. Und dass ich das irgendwie hinbekommen habe, das wundert mich manchmal selbst.«

Er lacht und ich antworte sofort.

»Unterschreibe ich zu 1000 Prozent. Was das angeht, scheinen sich unsere Lebensläufe zu decken. Allerdings habe ich mir in den letzten zwei Jahren echt den Arsch aufgerissen. Sonst hätte ich es nie geschafft. Und einige der ganz üblen Noten spielen zum Glück für soziale Arbeit keine wirkliche Rolle, sodass es nicht ganz so tragisch war, dass ich den Notenschnitt ziemlich versaut habe.«

Er grinst mich an und ich lächle zurück. Es scheint ja doch auch Gemeinsamkeiten zu geben. Er nimmt das Handy und stellt die nächste Frage.

»What do you value most in a friendship? Ah, das ist ne interessante Frage. Schieß los«, fordert er mich auf.

»Ehrlichkeit«, sage ich, ohne nachzudenken. »Und Zuverlässigkeit.«

Beides Werte, die mir nicht nur in Freundschaften, sondern allgemein enorm wichtig sind.

»Aus meiner Sicht bringen Lügen einen nicht weiter, deshalb bin ich für gnadenlose Ehrlichkeit, auch wenn es wehtut. Und wenn ich mit jemandem befreundet bin, möchte ich mich auf die Person verlassen können, und zwar immer. Das ist wahrscheinlich auch der Grund, warum ich nur sehr ausgewählte Freundschaften habe.«

»Klingt ganz schön anstrengend. Absolute Ehrlichkeit, hm?«, frage er skeptisch.

Ich zucke die Achseln und nicke. »Ja. Angefangen habe ich damit sicher nicht um des Wertes willen, sondern weil ich wie wild um mich geschlagen habe. Im übertragenen Sinne versteht sich. Ich habe einfach jedem meine Wut um die Ohren gehauen, ob sie es hören wollten oder nicht. Ich hatte die Schnauze voll davon, mit meinen Gefühlen hinter dem Berg zu halten, schätze ich. In der Therapie habe ich dann gelernt, das für mich zu nutzen. Nicht nur meine Wut und meinen Frust damit auszudrücken.«

Ich bin selbst verwundert, wie unverkrampft ich mit Lenny über all diese Dinge spreche. Es ist nicht so, als würde ich ein Geheimnis um meinen Lebenslauf machen, trotzdem wissen nur sehr wenige Menschen über diesen Teil meines Lebens Bescheid. Lenny jedenfalls sieht beeindruckt aus.

»Ich gestehe ehrlich, dass ich das nicht kann. Ich meine, Ehrlichkeit, cool, klar. Aber ich denke, ich habe zu lange in einer Welt gelebt, die ohne die großen und kleinen Lügen im Alltag überhaupt nicht auskommt. Noch dazu ist meine Familie nicht gerade bekannt dafür, viel über Gefühle zu diskutieren, und so hatte ich wohl auch keinen Anlass dazu. Mit einer kleinen Lüge lebt es sich oft so viel einfacher«, sagt er nachdenklich.

»Ja, das mag schon stimmen. Aber es ist und bleibt eine Lüge. Und aus einer werden meistens mehr und dann bist du mittendrin in einem Konstrukt aus Lügen und kommst nicht mehr raus. Die Wahrheit geht nach und nach verloren.«

Ich merke selbst, dass es geschwollen klingt, und Lenny verdreht die Augen. »Jaja, klingt für mich trotzdem nach einer Utopie. Jedenfalls ist dieses Spiel vermutlich eine gute Übung, um mich in Wahrheiten zu üben«, sagt er und zwinkert mir zu.

Ich muss lachen und dann fällt mir auf, dass er selbst die Frage noch gar nicht beantwortet hat. »Ich glaube, ich weiß, warum für die Antworten diese Fristen gesetzt wurden, ohne Wecker kommt man einfach viel zu leicht vom Thema ab. Also, was ist deine Antwort?«, dränge ich.

»In erster Linie erwarte ich mir von Freundschaften Spaß. Deshalb hänge ich mit Leuten ab, mit denen ich mich gut verstehe, die den gleichen Humor haben und mit denen es ... ja, Spaß macht. Es liegt mir nicht so viel daran, mit anderen über meine Probleme zu reden.«

Er sagt es nicht, als wäre es etwas Schlechtes, aber trotzdem klingt seine Argumentation total oberflächlich. Und das soll alles sein?

»Spaß, hm? Also gute Zeiten ohne schlechte Zeiten?«

»Ja, schon. Warum sollte ich schlechte Zeiten mit Freunden haben wollen?«, fragt er herausfordernd und zieht wieder die Augenbraue hoch.

»Ich sag ja nicht, dass du es wollen sollst. Aber kann ja passieren. Oder läuft bei dir immer alles nach Plan?«, frage ich provokativ.

»Quatsch, ich mache die Dinge eben lieber mit mir selbst aus«, sagt er und macht eine wegwerfende Handbewegung.

»Deshalb bist du also vorhin wütend durch den Regen gerannt und deine Freunde müssen dir hinterhertelefonieren?« Es geht mich vielleicht nichts an, aber schließlich sitzt er jetzt hier bei mir, warum soll ich nicht fragen dürfen?

»O bitte, fang du nicht auch noch damit an. Ja, mag sein, vielleicht renne ich lieber wütend allein durch den Regen, als irgendwelche Probleme zu diskutieren, die aus meiner Sicht keine sind. Aber jetzt bin ich ja schließlich hier und erzähle dir meine verdammte Lebensgeschichte, also verurteilst du mich?« Zwischen seinen Augenbrauen hat sich eine Falte gebildet und seine Augen blitzen mich an.

Ich lache trocken. »Kritik kennst du wohl nicht, was?« Keine Ahnung, warum ich es nicht gut sein lasse.

»Ist das diese Ehrlichkeit, von der du grade gesprochen hast? Falls ja, finde ich sie jetzt schon ätzend. Ich komme mit ein paar Lügen schon klar, wenn du mir dafür nicht auf die Nerven gehst.« Seine Stimme ist ruhig, aber es klingt trotzdem fies.

Irgendwie gewinne ich den Eindruck, dass wir beide nicht gerne nachgeben.

»Toll, überrascht mich nicht. Das meintest du wohl damit, dass du nur Spaß haben willst.«

»Gut erkannt«, erwidert er bissig und ich verdrehe die Augen. »Ich muss mal«, sagt er dann und macht Anstalten aufzustehen.

»Dritte Tür links.« Ich ziehe mein eigenes Handy aus der Tasche.

Plötzlich bin ich genervt von diesem Typen, der sich scheinbar immer dann rauszieht, wenn es unangenehm wird. Wahrscheinlich hätte ich es wissen können, schließlich steht er dem Projekt mit genau derselben Abneigung gegenüber. Sein hübsches Aussehen und die Nachrichten haben mich wohl darüber hinweggetäuscht, dass er die Dinge so handhabt, wie er will, oder eben gar nicht. Typisch.

14

Emily

Ich habe keine neuen Nachrichten und scrolle gelangweilt durch Instagram, als Lenny wieder zurückkommt. Ohne aufzuschauen, werfe ich das Handy neben mir in die Kissen. Er bleibt vor dem Bett stehen und wartet, bis ich den Kopf hebe und ihn doch ansehe.

»Zicke.« Er hat die Arme verschränkt, aber grinst mich frech an.

»Idiot«, werfe ich zurück und wir lachen beide los.

»Lass uns dieses Scheißding zu Ende bringen, langsam geht mir die Geduld aus«, sagt er und wirft sich aufs Bett.

Ich schmunzle. Keiner zwingt uns, diesen Fragenkatalog durchzuarbeiten, aber irgendwie sind wir beide angefixt. Er fischt das Handy zwischen den Kissen hervor und reicht es mir.

Ich suche die aktuelle Position und lese. »What is your most treasured memory?«

Er muss nicht lange nachdenken. »Als ich im Flugzeug nach London saß. Ich war scheiße froh, den ganzen Stress hinter mir zu lassen. Die Schule war fertig, ich würde ein ganzes Meer zwischen meine Eltern und mich bringen und freute mich einfach auf alles, was dort kommen würde.« Er nimmt mir das Handy ab und öffnet die Galerie. Kurz scrollt er hin und her, dann findet er, was er gesucht hat. Er dreht das Display zu mir um.

Es ist ein Foto vom Flughafen, das vermutlich Lennys Tante geschossen hat, als er gerade aus der Gepäckrückgabe kommt. Er trägt ein weißes Poloshirt und helle Chinos, seine Haare sind länger als jetzt. Mit der einen Hand zieht er einen großen Koffer hinter sich her, in der anderen hat er eine Tasche aus hellbraunem Leder. Das Auffälligste an diesem Bild aber ist seine Mimik. Er grinst über das ganze Gesicht und seine grünen Augen strahlen im Kontrast zu dem Weiß seines Shirts.

»Es ist ein Schnappschuss, aber ich mag es, weil meine Tante genau zum richtigen Zeitpunkt abgedrückt hat. Direkt danach habe ich mit ihr geschimpft, weil sie einfach so ein Foto von mir macht. Ich hasse das normalerweise, aber inzwischen finde ich es gut, weil es genau dieses Gefühl ausdrückt, das ich damals hatte.« Er grinst mich verschmitzt an, und ich lächle und gebe ihm das Handy zurück. »Was ist es bei dir?«, fragt er, während er wieder die Seite mit den Fragen aufruft.

»Als ich den Mietvertrag für die WG unterschrieben habe. Ich war nicht unglücklich in der Wohngruppe, das war schon okay. Aber es kann einem auch richtig auf die Nerven gehen und ständig gibt es Ärger, also seine Ruhe hat man nie. Als ich den Mietvertrag unterschrieben habe, hatte ich das Gefühl, endlich mit meinem Leben anfangen zu können. Als die Zusage für das Studium kam, war ich überglücklich und habe sofort angefangen, nach WGs zu suchen.«

Er lächelt und blickt sich wieder im Zimmer um. »War ja auch eine gute Entscheidung, die WG ist echt cool.« Dann liest er die nächste Frage und schaut mich wieder an, bevor er spricht. »What is your most terrible memory?«, fragt er, und ich höre die Unsicherheit in seiner Stimme.

»Kennst du schon«, sage ich betont locker. »Ich kann es dabei belassen.« Ich will ihn mit der Geschichte nicht belasten.

»Nein, ist schon gut, wenn es dir nichts ausmacht, höre ich gerne zu.« Er nickt bekräftigend.

»Mein sechzehnter Geburtstag. Ich bin gegen zwei heimgekommen, bin den ganzen Tag mit Freunden unterwegs gewesen. Sie haben mich sogar nach Hause gebracht, aber es konnte ja niemand wissen, dass die Gefahr nicht auf den dunklen Straßen, sondern in der Wohnung wartete. Elianas Vater war besoffen, er saß im Wohnzimmer, es sah aus wie ... egal. Der Fernseher lief, aber als ich reinkam, richtete er seine Aufmerksamkeit sofort auf mich. Er musste natürlich den Macker raushängen lassen und hat mich sofort dumm angemacht, wo ich war, warum ich jetzt erst komme und überhaupt. Ich schätze, er war einfach froh, an irgendwem seinen Frust rauslassen zu können. Als ich ihn von mir gestoßen habe, ist er ausgerastet. Meine Mum kam aus dem Schlafzimmer gestürzt, als sie hörte, wie ich zu Boden ging, und hat ihn angeschrien, aber er war überhaupt nicht ansprechbar. Die Zeit, bis die Polizei kam, kam mir vor wie eine Ewigkeit, dabei waren es nur wenige Minuten.«

Lenny hat den Blickkontakt nicht unterbrochen, während ich gesprochen habe, und tut es auch jetzt nicht.

»Einfach Wahnsinn«, flüstert er.

Ich nicke zustimmend. »Aber ich habe diese Erfahrung verarbeitet. Ich bin froh, dass ich heute hier sitzen und darüber sprechen kann. Weißt du, was ich meine?«

»Ja, das ist wirklich beeindruckend, Emily. Ich weiß jetzt gar nicht, ob ich mit meiner Geschichte rausrücken soll. Gegen das, was du da erzählt hast, wirkt es wohl lächerlich«, sagt er mit ernstem Gesicht.

»O nein. Man kann Schmerz nicht mit Schmerz vergleichen. Deine Erinnerung ist nicht weniger wert oder weniger schlimm, nur weil meine sich furchtbar anhört.« Und das meine ich aus vollem Herzen.

»Danke, dass du das sagst. Also meine schlimmste Erinnerung haben wir tatsächlich auch schon angesprochen. Es war der Tag, als meine Mutter mit ihrer Mutter gebrochen hat. Es war ein furchtbarer Streit, sie haben sich üble Dinge an den Kopf geworfen. Ich war siebzehn, aber das hat mich echt geschockt. Es war das erste Mal, dass ich erlebt habe, wie meine Mutter die Beherrschung verliert. Ich habe keinen Ton gesagt und irgendwann bin ich einfach aufgestanden und abgehauen. Du findest es sicher komisch, dass ich seitdem keinen Kontakt mehr mit meiner Oma habe, aber ich hatte, glaube ich, einfach das Gefühl, es gäbe nur eine Ganz-oder-gar-nicht-Entscheidung. Schätze, ich habe mich einfach nicht getraut, und irgendwann war es dann zu spät, mich bei ihr zu melden.« Seine Stimme verliert sich.

»Es ist nie zu spät, oder?«, frage ich, als sich unsere Blicke kreuzen.

»Sie hat jahrelang nichts von mir gehört, ich kann wohl nicht erwarten, dass sie auf meinen Anruf wartet.«

»Nein, da hast du recht. Aber sicher sein kannst du dir nicht. Ich weiß ja nicht, um was es in diesem Streit ging, aber ist es nicht viel mehr eine Sache zwischen deiner Mutter und ihrer Mutter als zwischen dir und deiner Oma?«

»Schon möglich. Diese Perspektive hat mir lange gefehlt. Wer weiß, vielleicht irgendwann«, sagt er und ich stimme zu.

Er reicht mir das Handy rüber und ich spüre deutlich, wie die Anspannung von uns beiden abfällt. Dieses Fragespiel ist viel anstrengender, als ich angenommen hatte. Trotzdem ist es witzig, wie wir beide daran festhalten und es nicht einfach abbrechen.

»If you knew that in one year you would die suddenly, would you change anything about the way you are now living? Why?«

Lenny lacht und sagt: »Harmlose Fragen kennt dieses Set wohl nicht.« Mit abwesendem Blick faltet er die Handflächen vor den Lippen und denkt nach. »Nein«, sagt er dann schlicht.

Überrascht blicke ich auf. »Wie, das war's?«, hake ich nach.

»Ja. Vielleicht sollte ich ja etwas ändern, aber was? Selbst wenn ich morgen sterben würde, würde ich genau hier sitzen bleiben und die ganze Nacht reden.«

Ein Lächeln stiehlt sich auf meine Lippen und sein Blick trifft meinen.

»Lieber noch eine letzte Nacht meine Seele offenbaren, als ... nichts tun und schlafen?«, ergänzt er und lächelt ebenfalls.

Ich spüre ein warmes Kribbeln im Bauch. »Ja, schlafen wäre wohl wirklich die schlechteste Variante, wenn wir morgen nicht aufwachen würden.« Ich würde auch hier sitzenbleiben. Aber wenn ich noch mehr Zeit hätte ... »Ich weiß nicht. Vielleicht würde ich ja doch noch meinen Rucksack packen und losfahren. Kellnern kann man schließlich überall auf der Welt und was bringt mir ein Studium, wenn ich nicht mehr die Chance bekäme, das Gelernte einzusetzen«, sage ich nachdenklich.

»Argument.« Er nickt. Dann ruft er die nächste Frage auf und stöhnt auf. »O nein, nicht schon wieder dieses Thema.« Er schneidet eine Grimasse und liest dann vor. »What does frindship mean to you?«

Ich lache. »Na ja, nachdem es mit meiner Familie nicht so gut läuft, waren mir Freundschaften schon immer sehr wichtig. Wie gesagt, ausgewählte Menschen, mit denen ich mich wirklich verstehe, auf die ich mich verlassen kann. Ein paar enge Freundschaften können eine ziemlich gute Ersatzfamilie sein.«

»In der Hinsicht sind wir uns einig. Ich genieße es, viele Kontakte zu allen möglichen Menschen zu haben, aber am meisten trifft man mich wohl mit meinen engsten Freunden an. Das Leben ist einfach lockerer mit ein paar guten Leuten an der Seite«, stimmt er zu.

»War doch gar nicht so schlimm«, necke ich ihn und er wischt sich mit übertriebener Geste imaginären Schweiß von der Stirn.

Ich boxe ihn spielerisch gegen den Arm und er lässt sich zur Seite fallen. Dabei schnappt er sich ein Kissen und wirft es im Fallen nach mir. Dieses Mal reagiere ich schneller und fange es ab, bevor es mir gegen den Kopf fliegt.

»Wagst du es, mich mit meinen eigenen Kissen zu bewerfen?«, drohe ich lachend und schmeiße es wieder zurück.

Er dreht sich schnell um, sodass es ihn am Hinterkopf trifft, und jault auf. »Gnade, Gnade«, ruft er, als ich mir das nächste Kissen schnappe.

Wir lachen beide ausgelassen und erst, als ich das Klopfen höre, wird mir klar, dass wir ganz schön laut waren.

»Was war das?«

In der plötzlichen Stille kommt mir meine beschleunigte Atmung unnatürlich laut vor, doch dann fällt mir auf, dass Lenny genauso außer Atem ist wie ich.

»Ich glaube, David hat gegen die Wand gehauen, ups«, flüstere ich und muss kichern.

Er beißt sich auf die Lippe, um nicht loszulachen, und sagt dann: »Okay, wir sollten vielleicht wieder mehr auf die Lautstärke achten ...« Er streckt sich, um ans Handy zu kommen. »Gleich halb vier«, sagt er, und ich reiße überrascht die Augen auf. Die Zeit ist wie im Flug vergangen.

»Ob wir wohl heute noch fertig werden ... Sechsunddreißig Fragen hat sich überhaupt nicht so lange angehört«, stöhne ich und strecke mich neben ihm im Bett lang. Mein Rücken tut langsam weh.

»Na ja, da wussten wir auch noch nicht, dass die Fragen nicht einfach nur auf Lieblingsdies und Lieblingsdas abzielen«, sagt er und ich nicke zustimmend. »Also bereit?« Lenny streckt mir das Handy rüber.

»Gut, ja.« Ich nehme es und lese die nächste Frage. »What role do love and affection play in your life?«

»Keine Große würde ich sagen. Ich habe ein schlechtes Verhältnis zu meiner Familie, keine Freundin, also, um auf die Frage von vorher zurückzukommen: Freundschaft spielt definitiv eine größere Rolle.«

»Ja, nachvollziehbar. Einerseits geht's mir wahrscheinlich ähnlich, andererseits möchte ich Liebe und Zuneigung in meinem Leben nicht missen. Und auch wenn ich aktuell keinen Freund habe, wünsche ich mir auf jeden Fall irgendwann eine feste Beziehung«, sage ich ehrlich.

Er runzelt nachdenklich die Stirn. »Ja, ich schätze, ich auch, langfristig. Wobei ich in der Sache unentschlossen bin.«

Irritiert sehe ich ihn an. »Du willst dein Leben lieber als Single verbringen?« Ich meine, dass er das aktuell genießt, geschenkt, aber wer möchte denn für immer single bleiben?

»Na ja, so meine ich das nicht unbedingt. Aber bevor ich mich auf etwas einlasse, was mich nur einschränkt und nervt ... bleibe ich lieber allein und genieße mein Leben«, sagt er und zwinkert mir zu.

Ich verdrehe die Augen. »Deine Sicht der Dinge.«

Es ist definitiv zu spät ... oder zu früh am Tag, um einen weiteren Streit anzuzetteln, also belasse ich es dabei. Und es ist mir, abgesehen davon, auch egal, oder?

»Alternate sharing something you consider a positive characteristic of your partner. Share a total of 5 items. Hm, also du fängst an«, sage ich.

»Ich schätze deine Offenheit. Wenn ich heute Nacht etwas über dich gelernt habe, dann ist es das.« Lenny hat sich auf die rechte Seite gelegt, einen Arm unter den Kopf gestützt und sieht mich direkt an.

»Ich mag, dass du sagst, was du denkst, auch wenn es vielleicht nicht unbedingt das ist, was ich hören möchte. Wenn ich raten müsste, würde ich sagen, ich lerne dich heute Abend unverstellt kennen«, sage ich leise.

»Denkst du, ich verstelle mich üblicherweise?«, fragt er.

»Vielleicht.« Ich erwidere seinen Blick.

»Na dann ... Dein Gerechtigkeitssinn.« Er lächelt, als ich ihn fragend anschaue.

»Woraus leitest du das ab?«

»Ich weiß nicht, ich schätze, ich habe einfach den Eindruck gewonnen, dass du dich einsetzt für die Dinge, die du für richtig hältst. Du verteidigst deinen Standpunkt und du ermunterst andere, es ebenso zu tun, so was«, erklärt er, und ich spüre, wie ich rot werde.

Schnell wende ich den Blick ab und beiße mir auf die Lippe. Ich mag das Bild, das er mit seinen Worten von mir zeichnet, auch wenn ich dem nicht immer entspreche. Lenny liegt entspannt neben mir und wartet auf eine Reaktion.

»Okay, ich kann da mitgehen.« Ich nicke bekräftigend. »Du kannst gut zuhören und du vermittelst mir nicht das Gefühl, Mitleid zu haben. So würde es vermutlich den meisten gehen, aber du hörst einfach zu und ...« Ich weiß nicht, wie ich es erklären soll. Jedenfalls habe ich mich nicht unwohl dabei gefühlt, ihm von mir zu erzählen.

Er fängt meinen Blick auf. »Du bist aufbrausend.« Bei meinem Gesichtsausdruck lacht er und fügt hinzu: »Auf gute Art. Du gibst nicht nach und ich habe nicht den Eindruck, dass du um des lieben Friedens willen auf deine Position verzichtest.« Er lacht wieder und ich denke darüber nach, was er gesagt hat.

»Ich bin mir nicht sicher, ob ich das als positive Eigenschaft beschreiben würden«, doch er nickt und formt mit den Lippen *unbedingt*, »... aber es ist okay, wenn du das so siehst.« Ich lächle ihn an. »Auch wenn du so ein supercooler Typ bist, lachst du sehr viel, das mag ich.«

Wie zur Belohnung grinst er schief und sagt: »O ja, ich *bin* supercool. Das ist auf jeden Fall eine meiner positiven Charaktereigenschaften.«

Ich hebe den Zeigefinger. »O nein, das habe ich nicht gesagt. Ich sagte, dass ich es mag, dass du viel lachst. Also nenne es wegen mir deine fröhliche Ausstrahlung.«

Er schmollt kurz, dann grübelt er weiter. »Du bist liebenswert, ohne darauf Wert zu legen. Wie du deine Stirn runzelst, wenn du mit etwas nicht einverstanden bist.« Er zeigt amüsiert auf mein Gesicht. »Wie temperamentvoll du bist, wenn du über etwas sprichst, das dir wichtig ist. Und wie du rot wirst, wenn meine Worte ins Schwarze treffen.« Er gluckst und ich drehe mein Gesicht kurz ins Kissen, bevor ich ihm die Zunge rausstrecke.

»Danke«, sage ich dann, weil es mich wirklich freut, dass er das so sieht. »Ich bin überrascht, wohin das heute geführt hat.« Bevor er mich unterbrechen kann, hebe ich die Hand. »Warte, ich weiß, ich bin erst bei vier. *Du* hast mich überrascht. Du bist interessiert, sogar neugierig, und hast Humor. Ich hätte nie gedacht, dass du dich auf so was hier einlässt.« Ich wedle mit den Händen in der Luft herum.

Lenny dreht sich auf den Rücken und verschränkt die Arme hinter dem Kopf. »Ja, das überrascht mich selbst am meisten.« Ich sehe, dass seine Mundwinkel sich heben, und er ergänzt: »Aber ich hatte, nein, ich *habe* viel Spaß heute Nacht. Hätte ich nicht zu hoffen gewagt, nachdem der Abend wirklich mies begonnen hat.«

»Ich auch.« Ich strecke mich und unterdrücke ein Gähnen.

»Okay, als Letztes ...« Er zögert und sagt dann: »Deine Offenheit ist wirklich beeindruckend.« Er schaut zu mir rüber und ich erwidere seinen Blick skeptisch.

»Sagtest du schon ...«

»Habe ich auch so gemeint«, gibt er zurück und grinst. »Mir fällt gerade nichts mehr ein, ich finde, das war schon ganz gut dafür, dass wir uns erst wenige Stunden kennen.« Er zwinkert mir zu.

»Na gut, einverstanden. Machen wir mit der nächsten Frage weiter, sonst werden wir nie fertig.« Ich schnappe mir das Handy und öffne den Fragenkatalog. »How close and warm is your family? Do you feel your childhood was happier than most other people's?« Ich verdrehe die Augen.

»Ich habe langsam den Eindruck, dieser Fragekatalog ist dafür gedacht, gut gesittete, warm behütete Menschen einander in ihren schönsten Kindheitserinnerungen schwelgen zu lassen, damit sie so ihre zahlreichen Gemeinsamkeiten kennenlernen. Definitiv ungeeignet für zwei verkorkste Typen wie uns.« Er verzieht keine Miene, als er das sagt, und ich pruste los.

»O ja, wir sind nicht geeignet für dieses Spiel. Aber der Vollständigkeit halber, willst du antworten?«

»Nein. Also als Antwort auf den zweiten Teil der Frage. Ich denke das nicht. Und close und warm wären nicht unbedingt die Adjektive, die mir in den Sinn kommen, wenn ich an meine Familie denke. Eher kühl und perfektionistisch.« Er sagt es locker, als würde er erzählen, was er zu Mittag gegessen hat.

Anscheinend haben wir uns schon daran gewöhnt, miteinander über diese Dinge zu sprechen. Er signalisiert mir, dass er fertig ist.

»Die Antwort auf den zweiten Teil der Frage ist klar, nein. Der erste Teil ... ist schwieriger. Ich vermisse Eliana und ich freue mich, sie zu sehen. Tiffy ist noch so klein, aber ja, auch sie ist meine Schwester. Meine Mutter versucht schon immer, ihre Familie zusammenzuhalten, aber sie macht es eben auf ihre kranke, kaputte Art. Ich fange damit nichts an. Von daher muss ich wohl sagen, teils, teils.«

Er nickt verständnisvoll und ich reiche ihm das Handy zurück.

»Okay, ich glaube, Set zwei war der Familienteil, jetzt habe ich das auch verstanden. Letzte Frage des Sets. How do you feel about your relationship with your mother?«

Ich lache auf. »Habe ich sozusagen gerade schon beantwortet. Sie gibt sich viel Mühe und es hat sich schon einiges verändert und verbessert. Aber ich kann einfach nicht zurückkommen, ohne immer wieder daran erinnert zu werden, was alles passiert ist. Deshalb tut mir der Abstand hier gut und ich denke, es ist auch besser für die Beziehung zwischen meiner Mutter und mir.«

»Ja, das klingt einleuchtend. Ich kann leider nicht sagen, dass meine Mutter sich Mühe gibt. Vielmehr versucht sie nach wie vor, ihre Sicht der Dinge durchzudrücken, und möchte ihre Erwartungen erfüllt haben. Sie schafft es auch einfach nicht, um des Friedens willen mal Ruhe zu geben. Das ist auch der Grund, warum ich nur noch dort bin, wenn es sich nicht vermeiden lässt.« Er zuckt mit den Schultern.

Auf einmal fühle ich mich müde und irgendwie seltsam. Am liebsten würde ich meinen Kopf an Lennys Schulter lehnen, kann mich aber gerade noch bremsen. Ich glaube, die vielen persönlichen Fragen haben mich geschafft und sentimental gemacht. Ich linse zu Lenny und sehe, dass auch er in Gedanken versunken ist und seine Finger knetet. Das Handy liegt unberührt neben ihm.

Als er meinen Blick bemerkt, schaut er auf und sieht mir ein paar Sekunden in die Augen. Kurz denke ich, dass er etwas sagen möchte oder vielleicht dasselbe verrückte Bedürfnis hat wie ich, doch dann wendet er den Blick ab und nimmt das Handy in die Hand.

»Was meinst du«, frage er und räuspert sich. »Schaffen wir die letzten zwölf Fragen noch?«

Ich rutsche jetzt doch neben ihn und strecke mich aus. Kurz blickt er überrascht auf, dann hebt er die Tagesdecke etwas und lässt mich darunter schlüpfen. Wir berühren uns nicht, aber ich spüre die Wärme seines Körpers auch so und schmiege mich in das Kopfkissen.

»Ich bin bereit«, murmle ich.

Er lächelt mich an. »So siehst du aus.«

15

Emily

Lenny hebt das Handy und liest vor. »Make three true ›we‹ statements.«

»Wir sind beide hundemüde, aber zu ehrgeizig, um das Spiel einfach abzubrechen«, sage ich und er schmunzelt.

»Wäre doch gelacht, wenn wir das nicht zu Ende bringen. Hm, also ein Statement. Wir haben beide eine abgefuckte Familiengeschichte.«

Ich schnaube und nicke zustimmend. Während ich über ein weiteres Statement grüble, zupfe ich an der Decke herum.

Lenny dreht sich zu mir. »Es ist für uns beide das erste Mal, dass wir mitten in der Nacht einer nahezu fremden Person unsere Lebensgeschichte erzählen.«

Ich nicke stumm und bestätige seine Aussage. Wir schauen uns einfach nur an und ich bin völlig gebannt von dem Grün seiner Iriden. Es ist wirklich schwer, ihn nicht anzusehen, das ist mir schon im Café aufgefallen. Die Blicke der Frauen folgen ihm einfach. Seine ausgeprägten Wangenknochen, die blonden Haare, die so perfekt zerzaust sind, und die grünen Augen, deren neugieriger Blick auch mein Gesicht mustert.

Aus der Nähe fühlt es sich anders an, ihn anzusehen, intensiver. Ich schnappe nach Luft und merke, dass ich den Atem angehalten habe. Ein leichtes Keuchen kommt mir über die Lippen, aber Lenny zuckt kaum mit der Wimper.

Ich frage mich, was er sieht, wenn er in mein Gesicht blickt. Ich bin zufrieden mit meinem Aussehen, auch wenn meine Augen braun und damit ziemlich durchschnittlich sind. Meine Haare nerven mich oft, sodass ich sie meistens im Pferdeschwanz trage, ich würde sie aber nie abschneiden. Als ich heute Abend aus dem Haus ging, war ich zufrieden mit meinem Look. Die Augen hatte ich etwas geschminkt und goldenen Rouge aufgetragen, der einen schönen Kontrast zu meiner leicht gebräunten Haut bildet.

Aber vermutlich ist es nicht meine Schminke, die Lenny mein Gesicht mustern lässt. Obwohl es bestimmt einige Sekunden sind, in denen wir uns einfach nur ansehen, ist es nicht unangenehm.

Ich wende den Blick zuerst ab und nehme das Handy. Lenny folgt meiner Bewegung mit seinen Augen und nimmt dann ein weiteres Kissen, damit er etwas höher liegt.

»Complete this sentence: ›I wish I had someone with whom I could share …‹« Ich lasse das Handy langsam sinken und schaue ihn wieder an.

Dieses Mal erwidert er meinen Blick nicht, sondern sieht Richtung Fußende des Bettes ins Dunkle. »… someone with whom I could share more moments like this, chat the whole night through, without worrying about time or even the next day.«

Ich bin mir nicht sicher, ob er bemerkt hat, dass er die Frage nicht auf Deutsch beantwortet hat.

Unwillkürlich muss ich lächeln und denke kurz daran zurück, dass es einen Moment heute Nacht gab, an dem ich ihn am liebsten vor die Tür gesetzt hätte. Da hätte ich ganz schön was verpasst.

Und weil er so ehrlich war, nehme ich meinen Mut zusammen. »Es gibt Tage, da fühle ich mich hier sehr allein. Natürlich sind da meine Freunde und ich weiß durch meine Mutter nur zu gut, wie Beziehungen laufen können. Trotzdem, I wish I had someone with whom I could share lonely nights.« Das Englisch klingt hölzern aus meinem Mund, aber Lenny blickt auf und lächelt mich an.

Er nickt, sieht aber immer noch nachdenklich aus. Dieses Gefühl, nachts einsam zu sein, hat er vermutlich nicht, wenn er nicht möchte. Sicher gibt es immer genug Frauen, die gerne bereit sind, das Bett mit ihm zu teilen.

Er nimmt das Handy, bevor ich noch etwas sagen kann, und öffnet die nächste Frage. »If you were going to become a close friend with your partner, please share what would be important for him or her to know.«

»Was für eine komische Frage, jetzt, nachdem wir uns in den ersten zwei Sets unsere Leben offenbart haben. Eigentlich hat die Frage zur Freundschaft diese schon beantwortet. Du müsstest wohl wissen, dass ich erwarte, dass ich mich auf dich als Freund verlassen kann. Dass du nicht wegrennst, wenn es ungemütlich wird.« Ich hebe vielsagend die Brauen und er verdreht prompt die Augen. »Und, dass ich dir vertrauen kann.«

Wenn ich so darüber nachdenke, frage ich mich, ob Lenny und ich wirklich »close friends« sein könnten. Auch wenn es sich nach diesen vielen Fragen und den offensichtlichen Gemeinsamkeiten, die wir entdeckt haben, so anfühlt, als wäre es selbstverständlich, habe ich meine Zweifel. Es ist immer noch Lenny. Was ich bisher von ihm kenne, ist zwar unweigerlich attraktiv, aber nicht gerade das, was ich mir unter einer verlässlichen Freundschaft vorstelle. Er erscheint mir doch mehr der Typ zu sein, der eben Spaß hat, Scheiße baut, unverbindlich und vielleicht sogar manchmal überheblich ist.

Und noch als ich diesen Gedanken habe, blitzt das spöttische Grinsen wieder in seinem Gesicht auf.

»Du müsstest jetzt wissen, dass ich nicht auf komplizierte und anstrengende Freundschaften stehe, aber das sagte ich ja bereits. Das soll nicht heißen, dass ich nicht der Typ sein kann, dem du dein Vertrauen schenken kannst, schließlich tust du das, glaube ich, gerade schon. Aber ich denke, du müsstest deine Erwartungen an Freundschaft bei mir etwas runterschrauben.«

Obwohl er sagt, dass er meinen Erwartungen in dieser Sache nicht entsprechen würde, klingt es nicht, als würde er sich abwerten, sondern viel mehr danach, als wären die Ansprüche zu hoch.

Ich überlege kurz, ob ich mich auf eine erneute Diskussion einlassen soll, aber ich will es einfach wissen. »Warum kannst du nicht der Mensch sein, auf den ich zählen kann?«

Wir liegen immer noch unter der Decke, aber ich habe mich leicht aufgerichtet, um ihn besser ansehen zu können.

»Wer sagt denn, dass ich das nicht kann? Ich finde nur, es klingt furchtbar ... anstrengend, wie du das ausdrückst.« Er streicht sich kurz durch die Haare und fährt dann fort. »Warum kann man nicht einfach eine gute Zeit zusammen verbringen? Ich gehe solche Dinge eben nicht gerne verkopft an. Ich bin auch sicher nicht derjenige, bei dem man sich ausheult, wenn man Herzschmerz oder Sorgen hat.« Er zuckt mit den Achseln.

»Komisch, ich hatte nicht das Gefühl, dass man dir nichts erzählen kann.« Ich bin selbst verwundert über die Enttäuschung, die ich bei seinen Worten empfinde.

Er fährt sich erneut durch die Haare, ein deutliches Zeichen dafür, dass er damit ringt, sich richtig auszudrücken. »Heute ist anders, Emily. Ich habe so was noch nie gemacht, das kannst du mir echt glauben. Und dass es auch noch meine Idee war.« Er lacht und ich blicke ihn erschrocken an. Ist das sein Ernst?

Als er meinen Blick bemerkt, verstummt er sofort und sagt dann schnell: »Nein, ich meinte damit nicht, dass es falsch war oder so. Aber ich bin normalerweise nicht so. Du hast mich heute getroffen, weil ich mich verhalten habe wie immer, und ja, vielleicht hast du das vorhin schon exakt beschrieben. Ich habe Spaß und wenn ich ihn nicht mehr habe, gehe ich. Wahrscheinlich habe ich einfach gelernt, dass man sich auf die Menschen um einen herum nicht so sehr verlassen sollte.«

Ich weiß nicht, was ich darauf erwidern soll, und lasse seine Worte deshalb auf mich wirken.

»Und mit wem redest du? Mit wem reden deine besten Freunde, wenn sie jemanden brauchen? Von engen Freunden erwarte ich, dass ich sie anrufen kann und dass sie für mich da sind. Natürlich will ich Spaß und eine coole Zeit haben. Aber ich erwarte auch, dass sie sich zu mir setzen, wenn ich am Boden bin. Nicht, dass sie weglaufen.«

Er seufzt und dreht sich noch mehr in meine Richtung, und ich spüre sein Knie an meinem Oberschenkel.

»Ich weiß nicht, bisher bin ich ganz gut klargekommen. Weißt du was?« Er stupst mich mit der Hand an und ich schaue ihn an. »Gib mir eine Chance. Heute Nacht hat es doch auch geklappt? Vielleicht kann ich dir beibringen, etwas mehr Spaß in Freundschaften zu haben, und du mir, darin verlässlicher zu sein.« Er zwinkert mir zu und ich muss lächeln.

»Und wie stellst du dir das vor?«

»Lass mich ehrlich sein, es hat Spaß gemacht, aber ich bin fertig. Ich schlaf hier echt gleich ein unter dieser Decke. Lass uns die restlichen Fragen auf das nächste Mal vertagen, wenn wir uns als ›close friends‹ treffen.« Er hebt die Hand und ich schlage erleichtert ein.

»Das geht klar. Mir fallen auch jeden Moment die Augen zu.« Prompt muss ich gähnen und halte mir schnell die Hand vor den Mund.

Für einen Moment flackert Unsicherheit in Lennys Blick auf, dann schlägt er die Decke zurück und zieht sein Handy zwischen den Kissen hervor.

»Also, dann gehe ich mal besser.«

»Was? Wo willst du denn jetzt hin?« Ich bin überrascht, ja, verwirrt, dass er tatsächlich Anstalten macht zu gehen.

Ich weiß nicht, was ich davon halten soll. »Wann fährt überhaupt die nächste Bahn?«, frage ich und richte mich ebenfalls auf.

»Keine Ahnung, ich dachte nur …« Es ist süß, wie er dasteht und beinahe schüchtern aussieht.

Ich unterbreche ihn. »Nein, was soll das, mach dich nicht lächerlich. Bleib einfach hier, das Bett ist groß genug. Oder hast du damit ein Problem?«

Er grinst. »Und du?«

Ich verdrehe die Augen. »Ist nicht das erste Mal, dass ich neben einem Mann schlafe.«

Seine Mundwinkel werden noch breiter und er zieht eine Augenbraue hoch. »So?«

Ohne auf eine Antwort zu warten, lässt er sich wieder neben mich fallen.

Ich strecke mich und gähne noch mal, bevor ich schlicht »Ja« sage und zurückgrinse.

Ich ziehe die Tagesdecke unter ihm hervor und werfe sie aus dem Bett. Dann ordne ich die Kissen an der Wand und reiche ihm eins zum Schlafen.

»Ich würde noch kurz ins Bad gehen, wenn du möchtest, gibt es sicher noch eine frische Zahnbürste.«

Er nickt. »Das wäre super.«

Solange Lenny im Bad ist, checke ich mein Handy, aber wie zu erwarten, habe ich keine neuen Nachrichten. Deshalb hänge ich das Gerät an den Strom und suche mir stattdessen ein frisches Shirt aus dem Schrank. Kurz darauf ist Lenny zurück und ich gehe nach nebenan. Während ich meine Zähne putze und mich abschminke, lasse ich die Nacht in Gedanken Revue passieren. Im Leben nicht hätte ich erwartet, dass der Abend so enden würde.

Ich werfe noch einen kurzen Blick in den Spiegel, fahre mir durch die Haare und gehe zurück ins Schlafzimmer. Lenny steht am Fenster und hat jetzt nur noch die Jogginghose an. Seine Muskeln zeichnen sich ab, was ihn einfach unverschämt gut aussehen lässt. Wer hätte gedacht, dass dieser Mann heute Nacht schon das zweite Mal ohne Oberteil in meinem Zimmer stehen würde.

Ich muss beinahe kichern über meine Gedanken und kann es mir gerade noch verkneifen, als sich Lenny zu mir umdreht. Ich verschränke meine Arme vor der Brust, denn ich trage nur noch ein weißes T-Shirt und mir ist sehr bewusst, dass meine Brüste durch den dünnen Stoff schimmern. Die Leggings habe ich angelassen und gehe schnell zum Bett rüber, wo ich unter die Decke krabble.

Lenny folgt mir und ich rutsche etwas zur Wand, um ihm Platz zu machen. Die Decke ist so groß, dass wir bequem darunter passen, ohne uns zu nahe zu kommen.

Es stimmt natürlich, dass es nicht das erste Mal ist, dass ich mit einem Mann im Bett liege, aber trotzdem spüre ich ein leichtes Kribbeln in meiner Magengegend. Lenny hat einen Arm hinter den Kopf gelegt, die Decke bis knapp unter die Brust gezogen. Ich lasse mich neben ihm ins Kissen zurücksinken.

Lenny wendet sich mir zu. »Danke, dass ich hierbleiben darf.«

»Kein Problem« murmle ich.

Seine grünen Augen funkeln mich ein letztes Mal an, dann drücke ich den Schalter der Lichterkette und es wird dunkel.

Ich liege ruhig da und bin plötzlich wieder wach. Auch Lenny liegt entspannt neben mir; ich höre ihn gleichmäßig in die Stille atmen. Als sich meine Augen an die Dunkelheit gewöhnt haben, erkenne ich an seiner Silhouette, dass er immer noch in meine Richtung gewandt liegt.

Ich fühle mich aufgewühlt. Über einiges, über das ich heute gesprochen habe, habe ich schon eine ganze Weile nicht mehr so intensiv nachgedacht. Aber es war okay, es mit Lenny zu tun. Es berührt mich, dass er es geschafft hat, mich dazu zu bringen, mich zu öffnen, obwohl er doch nicht müde wird zu betonen, dass er nur für die schönen Seiten einer Freundschaft zu haben ist.

»Hey, weinst du?«, flüstert er neben mir und ehe ich reagieren kann, streckt er die Hand rüber und streicht mir hauchzart über die Wange. Erst da registriere ich die einzelne Träne und atme zitternd aus.

»Nein, ich ... Ich war gerade nur ... überwältigt«, flüstere ich zurück.

Die Matratze bewegt sich, als er das Gewicht verlagert und sich auf dem rechten Arm aufstützt. Seine plötzliche Besorgtheit rührt mich, und ich muss mir das zweite Mal an diesem Abend alle Mühe geben, die aufsteigenden Tränen zurückzudrängen. Was ist nur los mit mir? Die Nacht war eindeutig zu lange.

»Hey, komm her«, sagt Lenny und streckt den Arm aus. Er zieht die Decke weiter nach oben und ich rutsche mit dem Kopf auf seine Brust, sodass ich halb auf der Decke, halb auf seiner nackten Haut liege.

Er zieht mich näher zu sich und seine Wärme und der leichte Duft seines Parfums oder Deos entspannen mich sofort. Ein paar Haarsträhnen sind mir ins Gesicht gefallen und Lenny streicht sie vorsichtig mit seinen Fingern zur Seite. Ich höre seinen ruhigen, starken Herzschlag und spüre, wie sich auch mein flatterndes Herz beruhigt.

»Das war wohl ziemlich viel heute«, sagt er kaum hörbar an meinem Kopf.

Ich nicke leicht.

»Es tut mir leid«, flüstert er in mein Haar und ich rücke etwas von seinem Körper weg.

»Nein, nein.« Ich räuspere mich, mein Hals fühlt sich trocken an. »Es ist einfach eine Weile her, dass ich ...«, setze ich erneut an und Lenny nickt, als wüsste er, was ich sagen will.

Er zieht mich wieder näher zu sich und dieses Mal lasse ich es zu und lege meinen Arm ganz vorsichtig über seinen Körper, sodass meine Hand an seiner Hüfte liegt.

Meine kalten Finger berühren seine warme Haut und er zieht scharf die Luft ein. Ich ziehe die Hand zurück, doch Lenny hält mein Handgelenk fest.

»Schon gut, entspann dich«, sagt er, und das tue ich.

Ich spüre die Gänsehaut an seinem Oberkörper und versuche, mich nicht darauf zu konzentrieren ... oder darauf, wie warm und weich sich seine Haut anfühlt. Ich schließe die Augen. Die Bilder, die mir in den Kopf schießen, bringen mein Herz zum Pochen, und ich bin froh, dass es dunkel ist und Lenny nicht sieht, wie mir die Röte in die Wangen steigt. Doch die Müdigkeit ist schließlich stärker als meine Hormone und ich schlafe einfach ein.

16

Lenny

Als ich aufwache, muss ich mich zuerst orientieren. Ich bin schläfrig und entspannt, habe keinerlei Zeitgefühl. Ich schlage die Augen auf und sehe einen hellbraunen Haarschopf, der auf meiner Brust liegt. Emily hat ihren Arm um meinen Oberkörper geschlungen, ihr Knie ruht auf meinem Oberschenkel. Sofort fällt mir alles wieder ein.

Heilige Scheiße, was für eine Nacht.

Ich schiebe ihren Kopf vorsichtig auf das Kissen neben mir und dehne meinen Hals. Gar nicht so schlimm wie erwartet, sie ist zum Glück ein echtes Fliegengewicht. Ich strecke den Arm nach meinem Handy aus.

8.35 Uhr. Na ja, immerhin viereinhalb Stunden Schlaf. Ich habe eine Nachricht von Jess und einen verpassten Anruf von Tom. Vermutlich sollte ich schauen, dass ich heimkomme.

Emily regt sich im Schlaf und dreht sich, sodass ihre Hand von meinem Oberkörper rutscht. Ich erschauere. Es wird definitiv Zeit zu gehen. Ich bin nur unsicher, ob ich Emily wecken oder einfach verschwinden soll. Ich wache nicht gerade zum ersten Mal morgens neben einem Mädchen auf, andererseits habe ich selten Interesse daran, die Beziehung zu vertiefen, sondern mache mich normalerweise so schnell wie möglich auf den Heimweg.

Ich frage mich, was Emily sagen wird, wenn ich einfach gehe. Andererseits hatten wir ja nichts, sie hat mir nur einen Schlafplatz angeboten. Dass ich sie im Arm gehalten habe, nachdem sie von dem Abend so aufgewühlt war, kommt mir bei Tageslicht surreal vor. Was soll's, ich kann ihr einfach später eine Nachricht schicken.

Leise stehe ich auf. Dann nehme ich meine Sachen von der Heizung, doch bevor ich zur Tür gehe, werfe ich einen Blick zurück. Emily schläft tief und fest, ihre Haare sind wie ein Fächer um ihren Kopf ausgebreitet. Ihr Mund ist leicht geöffnet und durch das dünne Shirt zeichnen sich ihre Brüste ab. Sie ist hübsch. Viel mehr, als ich das in der *Cafébar* bisher wahrgenommen habe.

Fuck, ich verhalte mich wie ein Spanner, wie ich hier mitten im Zimmer stehe und sie anglotze. Schnell öffne ich die Tür und verschwinde leise im Bad, wo ich mich anziehe und die Kleidungsstücke von Aaron in den Wäschekorb stopfe. Schließlich verlasse ich die WG, ohne jemandem zu begegnen.

Auf dem Weg zur Bahn rufe ich Tom an. Nach dem sechsten Klingeln geht er ran und klingt verpennt.

»Wo steckst du?«, fragt er stöhnend und gähnt.

»Ich stehe an der Bahn, in zwei Minuten kommt die nächste, die durchfährt, also bin ich so in fünfzehn Minuten da, schätze ich. Setz schon mal Kaffee auf, du Schlafmütze.« Ich lache und er stöhnt noch mal.

»Weißt du, wann ich heute Nacht ins Bett gekommen bin, du Trottel? Und das alles nur, weil du deine Liebesdramen nicht selbst klären kannst«, sagt er mürrisch.

»Meine Güte, ich weiß nicht mal, dass ich Liebesdramen habe, also hör bloß auf mit dem Scheiß.«

»Du solltest deine Süße trotzdem dringend anrufen, wenn du weiter das Bett mit ihr teilen willst«, wirft Tom frotzelnd ein.

Ich verdrehe die Augen und vergrabe die Hand in meiner Hosentasche. Leider ist die Hose noch klamm, was sich ziemlich unangenehm anfühlt, aber für die nächste Viertelstunde wird es wohl gehen.

»Ich rufe sie ja an, aber zuerst brauche ich Kaffee, also los. Erbarm dich für den besten Mitbewohner«, flehe ich.

In diesem Moment fährt die Bahn ein und ich verstehe den Fluch, den Tom ausstößt, nicht mehr, sondern höre nur noch, wie er »Hab was gut bei dir« sagt. Lachend lege ich auf. Ich öffne die letzte Nachricht von Jessy.

Lenny! 😭 Du lässt mich einfach hier sitzen, was sollte das alles? Cara spinnt komplett, ich hab nichts gemacht! 02:43

Hey Süße, tut mir leid, dass ich einfach weg bin. Ich hatte nur keinen Bock auf Stress, du kennst mich doch. Lass uns später reden. 08:47

In der Bahn bleibe ich trotz vieler freier Plätze stehen, denn ich will mich mit der klammen Hose nicht hinsetzen. Während ich aus dem Fenster schaue, geistert mir die letzte Nacht durch den Kopf. Was für eine abgefuckte Idee mit diesem Fragespiel. Ich weiß nicht einmal mehr, wie ich darauf gekommen bin. Irgendwie ist mir dieser Instagrampost eingefallen, als sie den Fragenkatalog angesprochen hat. Ich kann mich nicht daran erinnern, wann ich das letzte Mal so viel Persönliches über mich erzählt habe. Keiner meiner Freunde weiß diese Dinge. Jess vielleicht, weil sie die ein oder andere Sache live miterlebt hat, aber sonst? Und das ist auch gut so.

Was soll's, keiner zwingt mich, dieses alberne Fragespiel zu Ende zu führen, und außerdem habe ich ja gesehen, wie das Ganze Emily belastet hat, also ist es wohl besser so. Ein leiser Zweifel beschleicht mich, als mir mein Versprechen einfällt, das ich ihr kurz vor dem Einschlafen gegeben habe, aber ich schiebe ihn schnell beiseite.

Bis ich in der WG ankomme, hat Tom es tatsächlich aus dem Bett geschafft und reicht mir eine Tasse Kaffee, nachdem ich mich aus meinen feuchten Klamotten geschält habe. In kurzer Sporthose und T-Shirt setze ich mich zu ihm auf die Couch und nehme einen Schluck.

»Alter, das war echt ne Scheißaktion von euch beiden gestern«, sagt Tom, nachdem wir ein paar Sekunden sitzen.

»Wenigstens gibst du nicht mir allein die Schuld«, murre ich. »Du weißt genau, dass ich keinen Bock auf diese Eifersuchtsspiele von Jess habe. Wenn sie rumficken will, dann soll sie das machen. Ich renne ihr aber nicht jedes Mal hinterher und rette ihren Arsch oder leg mich wegen ihr mit Leuten an.« Ich bin echt angepisst und versuche meine Wut zu zügeln.

Tom stellt die Tasse vor sich und stützt sich mit beiden Armen auf den Knien ab. »So ist sie aber nicht mehr, seit das mit euch läuft. Sie hat gesagt, da war nichts.«

»Mag sein, sah für Cara anders aus. Aber ihr könnt trotzdem mal drauf klarkommen, dass Jess und ich einfach Freunde sind.«

»Lenny, mal ehrlich. Findest du es so überraschend, dass die Leute euch als Paar sehen? Dass sie erwarten, dass es dir nicht scheißegal ist, was sie macht?«

Tom überrascht mich. Er ist zwar einer meiner besten Freunde an der Uni, aber solche Gespräche führen wir normalerweise nicht. Anscheinend wollen gerade alle über Gefühle reden, kommen aber nicht damit klar, wenn man ihnen die Wahrheit sagt.

»Nein, vielleicht nicht, was weiß ich. Aber warum zur Hölle muss sich jeder einmischen? Du weißt genau, wie ätzend Jess sein kann, und sie ist höllisch anstrengend. Das gestern ist doch nur der Beweis dafür, dass es nie etwas Ernstes sein könnte.«

Ich verdrehe die Augen und nehme noch einen Schluck Kaffee. Dass ich mich ausgerechnet vor Tom rechtfertige. Jess hatte nie ein Problem mit Sex, weil sie ihn genauso nutzt wie ich, nämlich um den Kopf freizukriegen und um unverbindlich Spaß zu haben. Ja, sie ist auch eine Dramaqueen, aber bisher hat sie sich immer damit zufriedengegeben, dass ich nie mehr wollte als das.

»Vielleicht ist gestern aber auch der Beweis dafür, dass es *genau* so sein soll. Jess war echt fertig heute Nacht, ich schätze, du bedeutest ihr mehr, als sie zugeben will. Aber das scheint mir ein Problem von euch beiden zu sein. Ich will mich nicht einmischen, ich wollte nur sagen, dass ich das nicht mehr machen werde. Ich bade nicht deine Scheiße aus, man lässt sein Mädchen nicht einfach auf einer Party stehen und haut ab, nur weil es mal wieder Stress gibt.«

Ich will schon darauf reagieren, halte mich aber gerade noch zurück. Wütend starre ich in meinen Kaffeebecher, als Tom aufsteht und Richtung Küche geht.

Als er wieder zurückkommt, fragt er: »Wo warst du überhaupt heute Nacht?«

Ich habe nicht vor, ihm das auf die Nase zu binden, und winke deshalb ab. »Scheiß drauf.«

»Wenn du meinst.« Er zuckt mit den Achseln. »Ich hau mich noch mal aufs Ohr. Ruf Jess an«, sagt er und geht in sein Zimmer.

Frustriert ziehe ich mein Handy aus der Tasche. Es ist inzwischen halb zehn. Wer hätte gedacht, was für einen Stress mein Abgang bei der Party nach sich ziehen würde. Unschlüssig scrolle ich durch Instagram. Jess pennt sowieso noch. Oder sie ist inzwischen so wütend, dass sie nicht mit mir sprechen will, was mir das unangenehme Gespräch erst mal ersparen wird.

Aber aufgeschoben ist nicht aufgehoben, eine Weisheit meiner Oma. Ich erinnere mich, wie sie mich damit immer zum Vokabelnlernen angetrieben hat, weil es sonst keiner getan hat.

Bevor ich noch weiter in Erinnerungen versinke, suche ich Jess' Namen in den Kontakten und rufe sie an. Sie geht beim zweiten Klingeln ran, scheint aber nicht auf das Display gesehen zu haben, denn sie meldet sich mit einem neugierigen Unterton in der Stimme. »Ja?«

»Jess, ich bin's. Alles klar?«, frage ich lahm.

»Oh, Lenny. Mein Handy ist mit der Anlage verbunden, warte mal kurz.«

Ich höre, wie sie im Hintergrund auf irgendwelche Tasten tippt. Dann ist sie wieder dran.

»Also, was gibt's?«, fragt sie scheinheilig. Sie weiß genau, dass ich das hasse.

»Können wir reden?«

»Was hast du zu sagen?«

»Können wir das vielleicht persönlich machen?« Den genervten Tonfall kann ich nicht unterdrücken. Ich überlege, wo wir hingehen könnten.

»Willst du ins Café?«, kommt sie mir zuvor, und ich verziehe bei dem Gedanken, dort womöglich Emily zu treffen, das Gesicht. Das wäre jetzt unpassend.

»Nee, lass mal. Lass uns einfach in den Uni-Park gehen«, schlage ich schnell vor.

Da sie schon fit ist und trotz des erstaunlichen Alkoholpegels von letzter Nacht keinen Kater zu haben scheint, verabreden wir uns in zwanzig Minuten.

Von der WG aus ist es nicht weit, also schaffe ich es, noch kurz zu duschen und mich in Chino und ein sauberes dunkelblaues Polo zu werfen. Dann warte ich an der Straße, bis Jess in einem knallgelben Kleid, weißer Strickjacke und Sonnenbrille aus der Bahn steigt. Sie sieht scharf aus mit ihren langen Haaren, die sie zu einem hohen Zopf gebunden und eingedreht hat. Man würde nicht draufkommen, dass sie letzte Nacht kaum Schlaf hatte.

Als sie näher kommt, setzt sie die Sonnenbrille ab. Ihre Augen sind doch ganz schön verquollen, das konnte sie auch mit ihrem Make-up nicht überdecken.

Sie küsst mich auf die Wange und ich nehme sie kurz in den Arm. Dann laufen wir Richtung Uni-Park, der nur wenige hundert Meter von der Haltestelle entfernt beginnt. Obwohl es noch früh ist, scheint die Sonne, und die Lederjacke, die ich übergezogen habe, brauche ich eigentlich gar nicht. Da ich aber keine Lust habe, sie rumzutragen, behalte ich sie an.

Für einen Samstagvormittag ist viel los. Auf der Höhe des Spielplatzes sind es vor allem Familien, die sich mit Picknickdecke und Fußball ausgerüstet niedergelassen haben, um den sonnigen Tag zu genießen.

Während ich noch mit mir kämpfe, weil ich nicht weiß, wie ich anfangen soll, wendet sich Jess mir zu.

»Es tut mir leid, Lenny.« Sie sieht zu mir rüber. »Ich weiß, ich habe Scheiße gebaut.«

Ich stöhne jetzt schon innerlich auf. Ich bin völlig unbrauchbar für solche Gespräche. Trotzdem versuche ich mich zusammenzureißen.

»Nein, Jess, ich weiß nicht, hast du? Es ist mir egal, was du wann mit wem tust, aber erwarte bitte nicht von mir, dass ich dir jedes Mal aus der Klemme helfe. Ich bin nicht dein Babysitter und schon gar nicht habe ich Bock, den eifersüchtigen Pseudofreund zu spielen, den inzwischen jeder von mir erwartet. Ist Cara nicht deine Freundin?«

Sie zieht ein Gesicht und kaut dann nachdenklich auf ihrer Unterlippe. »Ja, aber da war nichts. Cara ist völlig zu Unrecht ausgetickt. Ich habe außerdem nicht erwartet, dass du Partei ergreifst. Ich brauche deine Hilfe nicht, aber ich bin auch nicht dein Spielball. Wenn es dir grade passt, bin ich gut genug, und wenn du keine Lust mehr hast, dann soll ich mir wieder jemand anderen suchen. Vielleicht denkst du, es ist mir egal, weil ich sowieso schon mit einigen Männern zusammen war, aber nein, ist es nicht. Es geht mir echt auf die Nerven, dass du immer abhaust, wenn es mal nicht nach dir geht.« Sie atmet laut aus.

Ich ignoriere, dass bei diesen Worten Emily vor meinem inneren Auge aufblitzt, und nutze die Gelegenheit, um dazwischenzugrätschen. »Ach ja? Du brauchst meine Hilfe nicht? Cara war nicht die Einzige, die mich darauf hingewiesen hat, dass ›meine Freundin‹ sich gerade in betrunkenem Zustand an ihren Typen ranmacht.«

Ich versuche, mir nicht vorzustellen, was die zwei in dem Zimmer gemacht haben. Besser, ich habe keine Bilder im Kopf.

»Weil die anderen im Gegensatz zu dir vielleicht merken, dass ich mich gar nicht mit ihm abgeben würde, wenn du einfach mal da wärst. Aber dir ist ja alles scheißegal.« Sie sieht mich wütend an und verschränkt die Arme vor der Brust.

»Du weißt ganz genau, dass ich nicht der Typ für Eifersuchtsszenen bin, also was soll das? Aber tut mir leid, dass ich dich nicht verteidige, wenn du meinst, mit dem Typen deiner Freundin rumzuschieben.« Ich kapier dieses Mädchen nicht.

»Deine Worte gestern haben mich verletzt, Leonard«, sagt sie aufgebracht und ich schnaube wütend, weil sie diesen Namen benutzt. Wer ist sie, meine Mum? »Entscheide dich mal, was du willst. Wahrscheinlich hat Tom recht und du schnallst es anders nicht. Wir sind kein Paar, okay, aber wir verbringen seit Monaten ständig Zeit miteinander, wir schreiben Tag und Nacht, gehen auf jede Party gemeinsam.« Sie senkt ihre Stimme. »Wir haben Sex und verhalten uns wie ein Pärchen. Aber du stößt mich von dir, nur weil es dir gerade passt, und behauptest, es sei dir egal, mit wem ich sonst so rummache. Dieses Hin und Her fuckt mich ab.«

Sie ist stehen geblieben und ich drehe mich um, da ich das zu spät gemerkt habe. Sie schließt zu mir auf und bleibt dicht vor mir stehen.

»Ich habe nie mehr von dir erwartet, habe nie erwartet, dass du mich als deine Freundin siehst, auch wenn es faktisch genau danach aussah. Aber wenn du das nur nicht willst, damit du mich ohne Konsequenzen stehen lassen kannst, wann immer es dir gerade in den Kram passt, dann habe ich darauf keinen Bock mehr.« Sie steht so dicht vor mir, dass ich ihren heißen Atem spüre, obwohl sie nicht laut gesprochen hat.

Und ich muss zugeben, dass sie mich mit ihrer Ansage überrumpelt. Wir haben seit dem ersten Mal nicht mehr darüber gesprochen, was das zwischen uns ist. Und ich weiß natürlich, dass es stimmt, was sie sagt.

Jess war eben das Mädchen, das immer da war, und ich habe das nur zu gerne angenommen. Schon damals in der Oberstufe war es so, auch wenn wir da noch nichts miteinander hatten. Das ging erst los, als ich aus London zurück war.

»Du weißt genau, dass ich recht habe«, sagt sie leise lächelnd, als hätte sie meine Gedanken gelesen, und überwindet die restliche Distanz zwischen uns, indem sie ihre Lippen sanft auf meine drückt.

Keine Ahnung, wie sie das Blatt jetzt zu ihren Gunsten gedreht hat, aber ja, sie hat recht. Wenigstens habe ich nie geleugnet, ein Arsch zu sein, aber vielleicht ist es langsam Zeit, etwas zu ändern.

Ich lege meine Hand sanft in ihren Nacken und löse mich von ihr. Sie sieht mich erwartungsvoll an.

»Du hast recht damit, dass ich mich wie ein Arschloch verhalten habe.« Ich atme tief durch, bevor ich weiterspreche. »Ich wollte keinen falschen Eindruck vermitteln. Es hat sich nichts daran geändert, dass ich keine Beziehung möchte.«

»Ich will keine Liebesschwüre, Lenny, es reicht, wenn du mich respektvoll behandelst und mich nicht jedes Mal hängen lässt, wenn es dir gerade in den Kram passt.« Sie sieht mich mit ihren grauen Augen skeptisch an, den Kopf leicht schräg gelegt.

»Ich weiß, ich weiß. Es tut mir leid, Jess.« Ich seufze und lasse die Hand von ihrem Nacken an ihrem Arm heruntergleiten. Sie verschränkt ihre Finger mit meinen und drückt leicht zu.

»Das lief besser als erwartet«, sagt sie selbstzufrieden und ich verdrehe die Augen als Reaktion auf ihr Grinsen. »Anscheinend kannst du mit Ansagen besser umgehen.«

Ich schnaube und will meine Hand wegziehen, doch sie hält mich fest.

»Du bist wirklich anstrengend, Lenny.«

Sie läuft los und zieht mich hinter sich her, und ich schüttle lächelnd den Kopf über dieses sture Mädchen.

»Wo warst du eigentlich heute Nacht? Tom hat mich angerufen und gesagt, dass du noch nicht daheim warst, als er ankam.«

Dieser Verräter. Ich runzle die Stirn und bin froh, dass sie mich nicht ansieht, sondern die Aufmerksamkeit auf ein kleines Mädchen gerichtet hat, das sie mit ihrem Roller fast über den Haufen fährt.

»Nirgends. Ich bin nur nicht direkt heimgegangen«, sage ich und bin erleichtert, dass sie es dabei belässt.

17

Emily

Ich schrecke auf, weil nebenan plötzlich ein lautes Poltern gefolgt von unterdrücktem Fluchen ertönt, und bin sofort wach. Es ist kurz vor zehn und ich strecke mich. Dann stelle ich fest, dass Lenny nicht mehr neben mir liegt, und setze mich auf. Fast muss ich lachen. Wenn einer der Typ dafür ist, sich aus dem Bett zu schleichen und ohne ein Wort zu verschwinden, dann ist es Lenny.

Was für eine verrückte Nacht. Ob es ihm peinlich war, neben mir aufzuwachen, und er deshalb einfach gegangen ist?

Ich ziehe mir schnell einen BH unter das Shirt und streife Strümpfe über, dann verlasse ich das Zimmer, um dem Lärm auf die Spur zu gehen. In der Küche steht Aaron inmitten eines Scherbenhaufens, und als wäre das nicht genug, ist der Fußboden voller Kaffee.

»Ist dir was passiert?«, frage ich erschrocken, aber Aaron winkt nur ab.

»Hi. Sorry, dass ich dich geweckt habe. Mir ist die blöde Tasse aus der Hand gerutscht.«

Ich mache einen großen Schritt über die Sauerei und ziehe Handfeger und Schaufel aus dem hinteren Küchenschrank. Gemeinsam wischen wir das Chaos auf und setzen frischen Kaffee auf.

Da wir heute beide die 14-Uhr-Schicht in der *Cafébar* haben, bleibt mir noch Zeit für eine Dusche und ein Frühstück, bevor ich mich mit der Hausarbeit in Sozialgeschichte auseinandersetze.

»Ist dein *Bekannter* schon weg?«, fragt Aaron neugierig und kippt die Scherben in den Mülleimer.

»Ja, ist er.« Dann fällt mir ein, dass er sich gestern Nacht Klamotten von Aaron geliehen hat, und ich runzle die Stirn. »Warte«, sage ich und laufe zurück in mein Zimmer.

Lennys Sachen sind alle weg, er hat sie also von der Heizung genommen, auch wenn sie bestimmt noch nicht trocken waren. Ich gehe ins Bad und sehe, dass er Aarons Klamotten in den Wäschekorb gestopft hat. Na gut, immerhin.

Zurück in der Küche gebe ich Aaron Bescheid.

»Läuft da was bei euch? Du hast noch nie jemanden mit hierhergebracht«, fragt er weiter und reicht mir die Kaffeetasse.

Ich muss über seine Neugier schmunzeln, schüttle aber den Kopf. »O nein, es war nur Zufall, dass wir uns getroffen haben. Dann haben wir uns verquatscht und bis eine Bahn gefahren wäre ... Keine große Sache.«

Aaron hebt vielsagend die Augenbrauen, aber lächelt mich freundlich an. Wir unterhalten uns noch ein wenig, während wir unseren Kaffee trinken, und anschließend gehe ich duschen.

Als ich vor meinem Laptop sitze, ist es kurz nach elf und ich nehme mir vor, mindestens die nächsten anderthalb Stunden meine Literatur durchzuarbeiten. Schon nach einer Stunde vergeht mir die Lust, aber ich beiße die Zähne zusammen und konzentriere mich noch mal, sodass es Viertel vor eins ist, als ich den Laptop schließlich zuklappe.

Ich habe es sogar geschafft, einen Text zur Einschätzung gewichtiger Anhaltspunkte einer Kindeswohlgefährdung für das Projekt zu lesen, was gut ist, da das erste Treffen mit den Praxispartnern schon am Montag stattfindet und Lenny sicher nicht auf dem Laufenden ist. Da ich keine Lust auf Versteckspiele habe, tippe ich ihm eine kurze Nachricht.

Hey, alles klar? Vergiss das Treffen am Montag nicht. 12:47

Ich hänge ihm ein Foto des Textes an, denn ich werde gar nicht erst anfangen, die Arbeit für uns beide zu machen. Er hat sich das Projekt schließlich selbst eingebrockt. Bei dem Gedanken, wie er seiner Professorin quasi vor die Füße gekotzt hat, muss ich lachen, obwohl ich die Geschichte nur aus seiner Erzählung kenne. Nach heute Nacht habe ich aber ein besseres Gefühl, das Projekt ausgerechnet mit ihm zu angehen. Ich mache mir nicht vor, dass Lenny plötzlich beginnen wird, seine Wochenenden statt mit Party mit Texten zum Kinderschutz zu verbringen. Aber vielleicht finden wir trotzdem einen Weg, dass die Zusammenarbeit erfolgreich wird.

Ich gähne und werfe einen Blick auf die Uhr. Noch eine knappe Stunde, bis ich arbeiten muss. Meine Schicht im Café geht heute bis 22 Uhr und da ich nicht verabredet bin, kann ich den Schlaf nachholen, der mir von letzter Nacht noch fehlt, auch gut. Morgen habe ich frei, das bedeutet, ich kann vielleicht noch etwas Sonne abbekommen, denn das Wetter soll gut bleiben. Schon jetzt ist von dem nächtlichen Regenguss keine Spur mehr zu sehen.

Eine Aussage von heute Nacht geistert durch meinen Kopf. Ich hatte Eliana in den Pfingstferien schon versprochen, dass sie herkommen darf. Letztes Wochenende war sie mit ihrer Vorschulgruppe auf einem Abschlusswochenende, aber soweit ich weiß, ist in den Sommerferien nichts Größeres mehr geplant.

Bevor ich es mir anders überlegen kann, öffne ich die Kontakte auf meinem Handy und rufe meine Mutter an. Sie geht schon nach dem dritten Klingeln dran, was ungewöhnlich für sie ist.

»Emma, hallo?«, fragt sie mit ihrer kratzigen Stimme, die vom vielen Rauchen immer so klingt, als wäre sie gerade erst aufgewacht oder hätte eine starke Erkältung … oder eine Mischung aus beidem.

»Ja, hallo.«

»Ah, wie geht's dir? Ist alles gut?«

Sie klingt nicht wirklich besorgt, schließlich bin ich persönlich an der Leitung, aber da ich so selten anrufe, geht sie immer automatisch davon aus, dass irgendetwas nicht in Ordnung ist, wenn ich mich dann mal melde.

»Ja, alles gut. Ich würde Eliana morgen abholen. Ich kann so gegen …« Ich überlege kurz, wie lange ich mit der Bahn brauche. »… so gegen zehn da sein.«

Ich wechsle die Hand und drücke das Handy an das andere Ohr, damit ich auf meinem Block rumkritzeln kann, der vor mir liegt.

»Morgen? Ist das nicht ein bisschen kurzfristig, ich hatte gedacht …« sagt sie, aber beendet ihren Satz nicht.

»Ja, morgen, sie könnte auch bis Montag bleiben, ich kann sie vor der Vorlesung zurückbringen.«

»Übernachten? Ich weiß nicht, ob das so eine gute Idee ist, Emma, sie schläft doch nicht so gerne woanders.«

Ich drücke den Stift in das Papier und mache versehentlich ein Loch hinein. Dann wechsle ich wieder das Ohr und fange an, durch das Zimmer zu tigern. »Mutter, wie wäre es, wenn wir sie einfach fragen, ob sie möchte?«

Ich kann ihre Skepsis regelrecht durch das Telefon spüren. Sie hat mir nie einen wirklichen Grund genannt, warum Eliana nicht kommen kann, ich habe aber eine Vermutung. Dass ich damals ausgezogen bin, war für sie nicht einfach, und ich nehme an, dass sie mit aller Kraft versuchen wird zu verhindern, dass auch Eliana sie irgendwann verlässt. Wahrscheinlich denkt sie, ich könnte die Kleine in dieser Hinsicht beeinflussen, aber das würde ich nie tun. Solange es ihr dort gut geht, ist es für mich in Ordnung.

Im Hintergrund höre ich plötzlich Elianas aufgeregte Stimme.

»Mama, ist das Emma? Ich will ihr Hallo sagen, Mama!«

Meine Mutter seufzt. »Also gut, Emma, ich geb dir jetzt kurz Eliana, schreib mir bitte die Verbindung, zu der du sie abholst. Ich schicke sie dann zum Bahnhof.«

Ich verdrehe die Augen, weil es typisch ist, dass sie die Kleine nicht hinbegleitet. Wenigstens ist es nicht weit von der Siedlung, in der sie leben, sonst müsste ich mal wieder einen Streit anzetteln. Ich bin also still, denn ich will ja was von ihr.

»Emma«, ruft Eliana schon aufgeregt ins Telefon und ich muss unwillkürlich lächeln.

»Hallo, Süße. Ich wollte dich fragen, ob du mich gerne morgen besuchen würdest. Ich habe mir überlegt, dass ich dir zeigen könnte, wo ich wohne, dann machen wir uns Spaghetti Bolognese und suchen uns einen schönen Film aus, den wir zusammen anschauen. Und am Montagmorgen bringe ich dich wieder zurück. Was sagst du dazu?«

Ich höre Elianas freudiges Quietschen. »Ja, ja. Ich will gerne, Mama, Mama, darf ich?«

Meine Mutter murmelt etwas im Hintergrund, aber sie scheint einverstanden. »Okay, Eliana, hörst du mich?«

»Ja«, sagt sie brav.

»Du brauchst was zum Schlafen, deine Zahnbürste und irgendwas, das du gerne anziehen magst. Ich warte dann am Bahnhof auf dich. Schaffst du das?«

»Na klar, ich bin doch kein Baby mehr«, sagt sie lachend und gibt meiner Mutter das Telefon zurück.

»Schaust du bitte danach, dass sie alles einpackt, was sie braucht?«, erinnere ich sie sicherheitshalber.

»Ja, natürlich. Also gut.«

Nach einer kurzen Stille frage ich: »Wie geht es euch und Tiffy?«

»Uns geht's gut. Frau Sanddorn war vor dem Wochenende noch mal hier, aber ich denke, es ist alles in Ordnung.«

Sie klingt etwas verunsichert. Frau Sanddorn ist die zuständige Sozialarbeiterin des Jugendamts, sie hat damals die Inobhutnahme durchgeführt.

»Echt, was wollte sie?« Ich drücke das Handy ein bisschen fester an mein Ohr.

»Ach, du weißt schon. Das war so ein Kontrolltermin. Wollen wohl sichergehen, dass alles in Ordnung ist, wegen Tiffy und so.« Sie klingt mürrisch; sie hasst es, Fremde in die Wohnung zu lassen.

Ich nicke, bis mir auffällt, dass sie das nicht sehen kann. »Okay, also ich muss jetzt arbeiten. Ich schicke dir noch die Verbindung«, sage ich, und als sie sich verabschiedet hat, lege ich auf.

Ich öffne die Bahn-App und entscheide mich für den Zug um 8.47 Uhr. Dann werde ich um kurz vor 10 Uhr ankommen und wir können den Zug um 10.07 Uhr zurücknehmen. Hoffentlich klappt das mit den Verbindungen.

Ich schicke meiner Mutter den Screenshot und hole dann meine Arbeitskleidung aus dem Schrank. Meine Haare flechte ich an der Seite und schminke mich dezent, zumindest so, dass meine Augenringe nicht mehr sichtbar sind. In der Küche mache ich ein schnelles Sandwich für Aaron und mich, der kurz nach mir in einer schwarzen Jeans und dem weißen Hemd mit unserem Logo reinkommt.

»Oh, super, danke«, sagt er und beißt herzhaft in das Sandwich, das ich ihm reiche.

Wir haben uns angewöhnt, vor der Spätschicht etwas zu essen, da sonst unser Konsum im Café zu hoch ist. Als wir fertig sind, machen wir uns gemeinsam auf den Weg zur Bahn.

Ich arbeite gerne mit Aaron, weil er professionell ist und auch im größten Stress die Ruhe bewahrt, gleichzeitig hat er immer Spaß bei der Arbeit und steckt mich mit seiner guten Laune an. Heute ist Roman in der Küche; auch mit ihm verstehen wir uns gut und sind ein eingespieltes Team. Deshalb vergehen die ersten Stunden wie im Flug.

Das Café ist gut gefüllt, das warme Wetter lockt die Menschen in Massen aus den Häusern, viele holen sich unsere Eiskaffeespezialitäten und schlendern damit durch die Straßen.

Um halb fünf entdecke ich Tom, Lennys Mitbewohner, vor dem Café. Er steht vor dem Aufsteller mit dem Menü und scheint sich nicht entscheiden zu können.

Mit dem Tablett in der Hand bleibe ich kurz stehen und wie vermutet taucht hinter ihm Lenny auf. Ich habe überhaupt nicht mehr auf mein Handy geschaut und weiß deshalb nicht, ob er meine Nachricht gesehen oder etwas geantwortet hat.

Kurz überlege ich, ob ich Aaron fragen soll, damit er übernimmt und ich auf die Toilette verschwinden kann. Doch dann schüttle ich den Kopf, um mich davon abzuhalten. Es muss mir nicht peinlich sein, und Lenny weiß schließlich, dass er mich hier treffen kann, also scheint er damit auch kein Problem zu haben.

Erhobenen Hauptes gehe ich zurück zur Theke und nehme die nächsten To-go-Bestellungen entgegen. Aaron ist gerade damit beschäftigt, den Milchbehälter zu wechseln, als Lenny und Tom schließlich an der Reihe sind.

»Hi, Emma, richtig?«, fragt Tom und ich lächle ihn freundlich an.

Im ersten Moment registriere ich gar nicht, dass er nicht meinen richtigen Namen sagt, da ich die Abkürzung Emma schon so lange nutze, auch wenn mich an der Uni niemand so nennt. Bevor ich reagieren kann, schaltet sich Lenny ein, stößt Tom an und sagt »Emily«. Er grinst mich an.

»Was darf's sein für euch?«

Sie bestellen beide einen großen Cappuccino und zusätzlich einen Eiskaffee mit Vanilleeis und sehen sich dann suchend im Café um.

Ich drehe mich zu Aaron um, der den Milchkanister inzwischen aufgefüllt hat.

»Ganz schön voll, siehst du noch irgendwo einen Platz?«, fragt Tom. »Wo ist überhaupt Jess schon wieder?« Er schaut in Richtung Türe.

Lenny zieht seinen Geldbeutel aus der Tasche. »Sie hat draußen irgendjemanden getroffen, sie kommt gleich«, erklärt er und streckt mir das Geld entgegen. Er macht mir ein Zeichen, dass ich den Rest behalten kann, und zwinkert mir zu.

Ich verdrehe die Augen und Aaron stellt die beiden Cappuccinos vor ihm auf die Theke. Lenny erkennt ihn und grüßt ihn freundlich. Zum Glück sagt Aaron nichts wegen der Klamotten, das wäre peinlich hier mitten im Café.

Er wendet sich wieder ab, um den Eiskaffee zu machen, und Lenny sieht mich an. »Deshalb hast du also nicht mehr auf meine Nachricht reagiert. Ich wusste nicht, dass du heute arbeitest.«

Er reicht Tom die beiden Heißgetränke und dieser macht sich auf den Weg zu einem Tisch am Fenster, der gerade frei wird.

»Ja, sorry, ich dachte nur, ich erinnere dich sicherheitshalber an deine Pflichten«, kontere ich und er stützt sich mit den Unterarmen auf der Theke ab.

»Ich habe mich gefragt, ob es nicht genügt, wenn einer von uns beiden die theoretischen Inhalte kennt.« Er grinst mich frech an. »Ich finde, es ist Strafe genug, dass ich mich zu diesen Treffen quäle.«

Ich schüttle missbilligend den Kopf und nehme Aaron den Eiskaffee ab. »O nein, denk nicht mal dran. Du kannst deine Arbeit schön selbst machen.«

In diesem Moment stößt eine junge Frau dazu, die wohl Jess sein muss, und strahlt Lenny an. Er richtet sich schnell wieder auf, und ohne mich weiter zu beachten, nimmt sie mir den Eiskaffee aus der Hand.

»Danke fürs Bestellen, kommst du?« Sie zieht ihn am Arm weg von der Theke und Lenny wirft mir einen kurzen Blick zu, bevor er sich ebenfalls abwendet und ihr folgt.

»Was war das denn?«, fragt Aaron, woraufhin ich zu ihm rüberschaue.

Doch mehr als ein Schulterzucken habe ich nicht für ihn übrig, denn die nächsten Kunden warten schon darauf, bedient zu werden. Jedenfalls scheinen Lenny und Jess ihren Krieg der letzten Nacht beendet zu haben.

Gegen halb sechs leeren sich die meisten Plätze. Erfahrungsgemäß wird der nächste Ansturm noch mal gegen 20.30 Uhr kommen, wenn die ein oder andere Studierendengruppe eintrudelt, bevor sie sich auf den Weg zur nächsten Party macht. Wir verkaufen hier zwar keinen harten Alkohol, Bier und Wein gibt es aber und die meisten kommen vorbei, um sich eine gute Grundlage für einen langen Abend zu schaffen. Dafür sind unsere kleinen Gerichte perfekt geeignet. Neben klassischen Sandwiches gibt es verschiedene Bowls, die Roman mit viel Liebe zum Detail zubereitet. Das führt häufig dazu, dass unsere Schicht am Wochenende nicht pünktlich endet, weil die Leute über ihren Getränken und Snacks vergessen weiterzuziehen.

Lenny, Jess und Tom sitzen immer noch an ihrem Platz, Laptops und Bücher zwischen sich ausgebreitet. Als hätte er meinen Blick gespürt, hebt Lenny den Kopf und lächelt mich kurz an. Die Limogläser, die Aaron ihnen vor einer halben Stunde gebracht hat, sind noch gut gefüllt. Auch Tom sieht von seinem Gesetzbuch auf und folgt Lennys Blick. Doch ich wende mich schnell ab und verschwinde in der Spülküche.

Während ich die Spülmaschine ausräume und anschließend wieder belade, macht Aaron im Café eine Runde und wischt die Tische. Um kurz nach sechs kommt Roman aus der Küche und bringt uns zwei Teller mit Sandwiches und einer kleinen Salatportion. Mein Magen knurrt und ich bedanke mich überschwänglich. Ich trage die beiden Teller zu einem Tisch in der Nähe der Theke, sodass wir im Blick haben, wenn neue Gäste kommen sollten. Aaron gesellt sich zu mir und wir machen uns über das leckere Essen her.

Auf der anderen Seite des Raumes packen Lenny, Tom und Jess ihre Sachen zusammen und verlassen das Café. Tom wünscht uns einen guten Appetit und Lenny winkt uns kurz zu. Mehr Verabschiedung bekomme ich von ihm nicht.

Gegen Abend wird es wie vermutet noch mal voll, aber unsere Schicht endet unerwartet pünktlich für einen Samstagabend, und als wir um 22.30 Uhr das Café verlassen, sind wir erschöpft, aber zufrieden mit dem Tag.

»Fährst du zurück zur WG?«, fragt Aaron mich und ich nicke.

»Letzte Nacht war definitiv zu kurz, um heute etwas anderes zu unternehmen als schlafen.«

In diesem Moment fällt mir ein, dass ich ihm noch gar nicht Bescheid gesagt habe, dass Eliana morgen kommt. Ich kläre ihn kurz auf.

»Alles klar, dann bin ich ja mal gespannt auf die Kleine. Linda kommt erst am Montag wieder, oder? Also sind Caro und David da. Die zwei haben sicher nichts dagegen. Caro sehe ich grade gar nicht mehr, die ist voll im Prüfungsstress.«

»Ja, stimmt. Vielleicht sehe ich die beiden heute Abend noch, dann sage ich ihnen Bescheid.«

»Okay, soll ich dich noch begleiten? Ich würde anschließend zu einem Freund gehen, aber ich kann mit dir mitfahren, wenn du willst«, bietet er an.

»Nein, das ist lieb, danke. Ist ja nicht so weit«, sage ich und er nickt.

Wir verabschieden uns und ich mache mich allein auf den Weg zur Bahn.

Als ich kurz darauf in der WG ankomme, höre ich Stimmen aus der Küche. Caro und David sitzen an dem kleinen Esstisch und unterhalten sich.

»Hey, Emily«, begrüßt mich Caro und ich lächle die beiden an.

»Hi, na, was macht ihr?«, frage ich und stelle meine Tasche ab.

David hebt sein Colaglas. »Lernpause.«

Ich werfe einen Blick auf die Uhr neben dem Kühlschrank. »Ernsthaft? Ihr müsst doch auch mal irgendwann Feierabend machen. Es ist gleich elf.«

Caro zuckt mit den Schultern und rührt mit dem Teebeutel in ihrer Tasse. »Also, was mich angeht, ich habe abends einfach mehr Ruhe zum Lernen, deshalb ist es die perfekte Zeit für mich.«

David brummt zustimmend. »Wo ist Aaron?«, fragt er mich und deutet auf mein Arbeitsoutfit. Vermutlich weiß er, dass wir uns heute die Schicht geteilt haben.

»Wollte noch zu einem Freund. Übrigens, bevor ich's vergesse: Ich hole morgen meine Schwester. Sie wird bis Montag bei mir bleiben.«

Caro nickt und sagt: »Cool, was habt ihr vor?«

Da ich den beiden noch nie von meiner Familie erzählt habe, warten sie neugierig auf meine Antwort.

Ich lache. »Sie ist sechs. Also irgendwas, das kleine Mädchen begeistert, mal sehen. Ich würde abends Bolognese kochen. Wenn ihr Lust habt, können wir das zusammen machen?«

»Gute Idee«, sagt Caro.

David wirft einen Blick auf meine Tasche. »Warst du schon einkaufen?«

Erschrocken reiße ich die Augen auf. »Das habe ich vor lauter Café völlig vergessen, Mist. Spaghetti müssten noch da sein, aber ich brauche auf jeden Fall Hackfleisch und Tomaten.« Wie ärgerlich.

David blickt ebenfalls zur Uhr an der Wand. »Der Laden am Zülpicher Platz hat bis zwölf geöffnet, das schaffen wir, ich fahr dich.«

Ich werfe ihm einen dankbaren Blick zu. »O Mann, David, du rettest mich, das ist super.«

Caro lacht. »Na ja, er rettet uns auch ein hoffentlich leckeres Abendessen morgen, von daher.« Sie steht auf und nimmt ihre Tasse. »Ich bin in meinem Zimmer, falls ihr noch was braucht.«

Ich wünsche ihr schon mal eine gute Nacht und wende mich dann an David. »Lass mich kurz was anderes anziehen, dann komme ich.«

David selbst trägt eine dicke Jogginghose und ein enges T-Shirt, das über seiner Brust spannt. Soweit ich weiß, ist er regelmäßig im Fitnessstudio, und das ist ihm deutlich anzusehen.

Als ich aus dem Zimmer komme, wartet er bereits im Flur; über das T-Shirt hat er eine Sweatjacke geworfen und er hat Sneakers angezogen. Schnell schlüpfe ich ebenfalls in meine Schuhe und hole die Handtasche aus der Küche.

Im Laden ist nicht viel los, denn er schließt in einer guten halben Stunde. Wir holen frische Tomaten und nehmen sicherheitshalber noch zwei Packungen Spaghetti mit.

»Dosentomaten, damit wir auch ein bisschen Soße zusammenkriegen, und Hackfleisch.«

David nickt und schiebt den Wagen weiter. Die Fleischtheke hat schon geschlossen, aber in der Auslage gibt es Biofleisch, damit bin ich zufrieden.

»Lass uns noch Wein mitnehmen, in eine gute Tomatensoße gehört doch Rotwein. Und außerdem können wir den dann dazu trinken.« David lacht und zeigt Richtung Alkoholabteilung.

Wir entscheiden uns für einen italienischen, schließlich soll er auch zum Essen passen.

»Wir sollten für Eliana einen Traubensaft mitnehmen, damit sie nicht als Einzige nur Wasser trinken muss«, bemerke ich und David stimmt mir zu.

Er schiebt den Wagen und ich will ihm gerade folgen, als von hinten zwei Hände meine Schultern packen und jemand freudig »Emily« ruft.

Erschrocken drehe ich mich um und auch David ist stehen geblieben. Ich blicke direkt in zwei glasige tiefgrüne Augen.

Lenny. Was macht er denn hier? Und vor allem in diesem Zustand. Er ist offensichtlich mal wieder betrunken.

»Hey, Emily. Was für ein Zufall«, tönt er lautstark und lacht. Seine Aussprache klingt verwaschen.

David wirft mir einen Blick zu, nach dem Motto *Soll ich?*

»Alles gut«, sage ich in seine Richtung, bevor ich mich wieder Lenny zuwende.

»Ja, wow, was für ein Zufall. Du bist betrunken, was machst du hier?«, frage ich und senke meine Stimme, denn auch wenn nicht mehr viel los ist, sind wir nicht die Einzigen im Laden.

»Wir feiern. Und wir brauchen Nachschub.«

Lenny interessiert es augenscheinlich nicht, dass er nicht der einzige Kunde ist.

»Schh, die schmeißen dich noch raus, wenn du hier so rumbrüllst«, sage ich eindringlich und drücke seinen Arm.

Er grinst mich schief an und fragt dann: »Wo ist Tom?«

»Woher soll ich das wissen?«, erwidere ich und schaue hilfesuchend zu David. Erstaunlich, dass Lenny nach der letzten Nacht schon wieder fit genug für Party ist.

David läuft ein Stück zurück an uns vorbei und wirft einen Blick in die Gänge. Dann signalisiert er jemandem, den ich nicht sehen kann, zu kommen.

Tom tritt aus einem der Gänge und sagt: »Ahh, Emily, hallo. Hier bist du.« Er verdreht die Augen. »Also Lenny, meine ich«, korrigiert er sich, als er meinen verwirrten Blick bemerkt.

»Warum nimmst du ihn mit zum Einkaufen? Er ist völlig betrunken.«

Lenny steht einfach nur zwischen uns und lacht.

»Keine Sorge, er ist harmlos.« Tom lacht ebenfalls und haut seinem Kumpel auf die Schulter. »Wir sind in der Nähe auf einer WG-Party, aber die sind alkoholtechnisch schlecht vorbereitet gewesen, wenn ihr versteht, was ich meine.« Er zwinkert mir zu und David zieht eine Augenbraue hoch.

»Könnte auch an ihm liegen«, kommentiert er. »Na, dann habt mal noch einen schönen Abend. Ich würde aufpassen, dass dein Kumpel dir nicht ins Auto kotzt«, fügt er mit einem Blick auf Lenny hinzu.

Der starrt schon wieder mich an. »E-mi-ly. War schön, dich wiederzusehen.« Er umfasst erneut meine beiden Schultern, aber David schaltet sich ein.

»Ist gut jetzt, Mann.« Er schiebt Lenny zurück. Ein Wunder, dass der überhaupt noch gerade laufen kann.

Tom packt Lenny am Arm und zieht ihn mit.

»Los, wir müssen. Also, ciao, Leute, man sieht sich«, sagt Tom locker und die beiden verschwinden im nächsten Gang.

Ich starre David entgeistert an.

»Der war ja vielleicht voll. Der sollte auch besser ins Bett als Nachschub kaufen.« Er schüttelt den Kopf. Ich stimme ihm zu.

Schnell holen wir noch den Traubensaft für Eliana und machen uns auf den Weg zur Kasse.

Zurück in der WG bedanke ich mich nochmals bei David fürs Fahren und verstaue die Einkäufe in der Küche. Dann gehe ich in mein Zimmer, schlüpfe in meine Schlafsachen und lasse mich ins Bett fallen. Erst jetzt schaffe ich es, auf mein Handy zu schauen.

Wie wär's mit einer Zusammenfassung der Texte? 13:16

Das war die Antwort von Lenny auf meine Nachricht von heute Vormittag. Das könnte ihm so passen. Ich kann mir nicht verkneifen zurückzuschreiben.

Du könntest lesen, statt dich zu betrinken, das würde helfen 😉 00:03

Natürlich kommt nichts zurück, womöglich hat er in seinem Zustand sein Handy längst irgendwo verloren, aber das ist nicht mein Problem.

Bevor ich zu müde werde, stehe ich noch mal auf und gehe ins Bad. Morgen muss ich pünktlich sein, damit alles klappt. Als ich ins Zimmer zurückkomme, leuchtet mein Handy auf.

Träum weiter, Süße 💭🍻 00:11

Frech, dieser Typ. Ich beschließe, das nicht weiter zu kommentieren, stelle mir stattdessen den Wecker für morgen und lege mich schlafen.

18

Emily

Ich stehe pünktlich am Bahnhof und wie versprochen scheint die Sonne alles zu geben. Nachdem die letzten Tage etwas kühler waren, ist es heute schon jetzt so warm, dass ich meine Strickjacke über die Handtasche gelegt habe. Für die Zugfahrt habe ich mir noch ein paar Texte für das Projekt mitgenommen. Morgen wird entschieden, welche Gruppe welche Themenbereiche übernehmen wird. Dementsprechend werden zum ersten Mal auch Vertreter aus der Praxis da sein. Ich hoffe, dass Lenny sich wenigstens einen Teil der Unterlagen angesehen hat.

Während der Fahrt vertiefe ich mich in die Texte und merke gar nicht, wie die Zeit vergeht. Schließlich ist es so weit, an der nächsten Station muss ich aussteigen. Der Zug ist pünktlich, sodass wir keine Probleme mit dem Anschluss haben werden.

Als ich aussteige, sehe ich Eliana sofort. Sie steht mit ihrem kleinen roten Koffer in der Nähe der Treppe und sieht sich nervös um. Als sie mich entdeckt, winkt sie aufgeregt und will schon losrennen, als ihr der Koffer einfällt und sie ihn umständlich mit sich zieht. Ich muss lachen und laufe ihr entgegen.

»Hey, meine Süße«, rufe ich und hebe sie hoch, um sie richtig in die Arme zu schließen.

Sie befreit sich aus meiner Umarmung und ich lasse sie wieder zurück auf den Boden.

Sie strahlt mich an. »Emma, hast du gesehen, ich habe richtige Zöpfe.«

Sie dreht sich einmal im Kreis und bringt damit ihren Rock zum Schwingen. Sie trägt ein hellblaues Strickkleid mit gelben Blümchen darauf und es sieht zuckersüß an ihr aus. Ihre hellbraunen Haare sind ordentlich in zwei kleine Zöpfe geflochten, die sie mir jetzt stolz präsentiert.

»Wow, hat Mama die gemacht?«, frage ich beeindruckt.

Sie nickt zufrieden und streicht mit ihren Händen die Zöpfe entlang. Ich kann mich nicht erinnern, dass meine Mutter mir jemals Zöpfe geflochten hat. Ein bittersüßer Hauch von Sehnsucht überfällt mich, während ich meiner kleinen Schwester sanft über die Haare streiche. Sie ist das liebste Kind, das ich kenne, und ich kann ihr unmöglich übel nehmen, dass unsere Mutter es anscheinend schafft, für sie die Mama zu sein, die ich gebraucht hätte. Wenn mein sechzehnter Geburtstag für irgendetwas gut gewesen sein soll, dann wenigstens dafür, dass Eliana nicht länger mit Ricardo aufwachsen muss.

»Super«, antworte ich mit leichter Verzögerung. »Okay, wir müssen jetzt rüber zum anderen Gleis, gleich kommt nämlich unser Zug«, sage ich und sie greift eifrig nach ihrem Koffer. An den Treppen nehme ich ihn ihr ab und wir laufen gemeinsam auf die andere Seite.

Während der Fahrt plappert sie ununterbrochen von ihrem Feriencamp, dem Kindergartenabschluss und ihrer Einschulung, die in zwei Wochen stattfinden wird. Ihre Begeisterung ist ansteckend.

»Du kommst zu meiner Einschulung, oder Emma?«

»Natürlich komme ich, habe ich mir direkt nach eurem Anruf im Kalender eingetragen«, antworte ich lächelnd.

»Wie lange dauert es noch, bis wir bei dir sind?«, fragt sie schließlich.

Ich schaue auf die Uhr. »Noch fünfundzwanzig Minuten. Wir gehen erst mal zu mir und stellen deinen Koffer ab. Und dann können wir ein bisschen durch die Stadt bummeln. Heute haben zwar die meisten Geschäfte geschlossen, aber in dem Café, in dem ich arbeite, gibt es immer superleckeres Eis.«

Sie strahlt mich an und nickt begeistert. »Und heute Abend essen wir Spaghetti?«

»Ja, das machen wir. Mein Mitbewohner David ist extra gestern Abend noch mit mir einkaufen gefahren, damit wir auch alles dafür dahaben. Es macht dir doch nichts aus, wenn wir alle gemeinsam kochen, oder?«

Eliana schüttelt den Kopf. »Wie viele Leute wohnen bei dir?«, fragt sie neugierig.

»Also insgesamt sind wir fünf Leute, aber Linda, die gleichzeitig mit mir eingezogen ist, ist gerade bei ihren Eltern zu Hause. Dann wohnen noch Carolin, David und Aaron da. Sie sind alle sehr nett.«

Sie nickt und beginnt, mit den Beinen zu schaukeln, die vom Sitz aus nicht ganz bis zum Boden reichen.

Vom Bahnhof an nehme ich wieder ihren Koffer und Eliana sicherheitshalber an die Hand. Als wir am Haus angekommen sind, zeige ich von unten auf die Fenster unserer WG.

»Siehst du, da oben ist unsere Wohnung. Im vierten Stock, also müssen wir viele Stufen laufen. Bist du bereit?«, frage ich und schließe die Haustür auf.

Sie lacht und fängt an, die Stufen mitzuzählen, gibt aber schnell wieder auf. Oben zieht sie ihre Schuhe aus, während ich die Wohnungstür öffne.

»Hallo«, rufe ich in den leeren Flur und kurz darauf öffnet sich Carolins Tür und sie späht in den Flur.

»Hi, Emily, hey, Eliana.« Sie winkt Eliana zu und die lächelt sie schüchtern an. »Ich bin Caro.«

Ich schiebe Eliana vor und stelle ihren Koffer vor meiner Zimmertür ab.

»Aaron ist noch bis 14 Uhr im Café«, sagt Caro zu mir und ich blicke überrascht auf.

»Aaron arbeitet heute?«

»Ja, sie haben ihn heute Morgen angerufen, irgendjemand ist krank. Deshalb ist er eingesprungen.«

Ich nicke. »Gut, Eliana, ich zeige dir mal die Wohnung.«

Ich führe sie in die Küche, die zwar nicht besonders groß ist, aber sich trotzdem zu dem Raum entwickelt hat, indem wir uns am meisten aufhalten. An den Tisch passen immerhin sechs Personen und an sich ist es der Raum, der am gemütlichsten eingerichtet ist, abgesehen von unseren Zimmern. Das Wohnzimmer besteht hauptsächlich aus zusammengestückelten Möbeln unserer Vorgänger und ist daher nicht sehr beliebt.

Ich schenke uns Wasser ein und reiche es ihr. Dann gehen wir ins Wohnzimmer.

»Das hier ist der Raum für alle zusammen, aber meistens sind wir in der Küche«, erkläre ich ihr und sie mustert neugierig die Einrichtung.

Als wir zurück in den Flur gehen, kommt gerade David aus dem Bad. Er trägt eine Jeanshose, aber kein Oberteil und erschrickt entsprechend, als er Eliana und mich entdeckt.

»Ups, hi«, sagt er und verschwindet schnell in sein Zimmer.

Ich lache und Eliana sieht David erstaunt hinterher.

»Das war David, ich glaube, er war gerade duschen.«

Eliana grinst mich an, und ich öffne die Tür zu meinem Zimmer und schiebe den kleinen Rollkoffer hinein. Staunend kommt Eliana mir nach und sieht sich um.

»Ist das Zimmer für dich ganz allein?«, fragt sie mich und reißt die Augen auf.

»Ja ... das ist mein Reich.« Auf einmal habe ich einen Kloß im Hals und wende den Blick ab. Inzwischen habe ich mich an mein neues Zuhause gewöhnt und denke immer seltener an das kleine Zimmer in der Wohngruppe in Essen ... oder an die Zeit davor. Elianas Reaktion ruft mir in Erinnerung, dass es nicht selbstverständlich ist, was ich mir hier aufgebaut habe, und dass trotz allem die Zukunft ungewiss ist. Meine, aber vor allem die meiner beiden Halbschwestern.

»Das ist ja riesig.« Eliana klettert auf das Himmelbett und streckt sich der Länge nach auf der Tagesdecke aus. Ich lächle, als sie von unten zu mir heraufschaut.

»Na klar, ich brauche ja auch viel Platz«, erwidere ich und Lenny blitzt vor meinem inneren Auge auf.

Ich beuge mich schnell zu Eliana runter, um sie zu kitzeln. Sie quiekt und setzt sich wieder auf.

»Also, bist du bereit für ein Eis oder möchtest du noch hierbleiben?«, frage ich meine kleine Schwester.

Sie entscheidet sich für das Eis und gemeinsam gehen wir zurück in den Flur.

In der Küche sitzen Caro und David inzwischen über den Laptop gebeugt und diskutieren über irgendwelchen Lernstoff.

»Wir sind in der Stadt unterwegs, bis später«, gebe ich kurz Bescheid.

»Okay, viel Spaß euch«, wünscht uns Caro und David winkt uns zu.

Wir machen uns mit der Bahn auf den Weg zur *Cafébar*. Zum Glück habe ich meine Sandaletten angezogen, denn inzwischen ist es richtig heiß draußen. Meine weiße, ärmellose Bluse und die weit sitzenden Shorts sind perfekt für diese Temperaturen.

Wie erwartet ist die Terrasse der *Cafébar* auch heute bis auf den letzten Platz gefüllt. Als wir eintreten, läuft uns Aaron gerade mit einem vollen Tablett in den Armen entgegen.

»Hey, Emily, lass mich das hier kurz rausbringen, dann bin ich sofort für euch da.«

Er lächelt mich an und wir laufen weiter zur Theke. Während Eliana die Eissorten hinter dem Trennglas inspiziert, schaue ich mich um und entdecke Steffi, die gerade im hinteren Bereich die Tische abwischt. Heute ist hier drinnen weniger los als gestern, vermutlich möchten die Leute lieber draußen die Sonne genießen, obwohl es im Café angenehm kühl ist.

Hinter uns kommt Aaron zurück und stellt das Tablett neben der Kaffeemaschine ab. »So, jetzt bin ich für euch da.« Er strahlt Eliana an.

»Eliana, das ist mein anderer Mitbewohner Aaron.«

Sie nickt und sagt Hallo.

»Welche Sorte hast du dir ausgesucht?«, frage ich sie und sie zeigt auf das Himbeereis.

Aaron schnappt sich den Portionierer und auf seine Frage hin entscheidet sie sich für einen Becher. Über die große Portion kommen noch ein paar Streusel und eine kleine Waffel. Dann reicht er Eliana das Eis. Sie bedankt sich mit leuchtenden Augen und macht sich gleich darüber her.

Ich bestelle für mich einen Eiskaffee mit Vanilleeis zum Mitnehmen und packe uns noch eine Flasche Wasser ein. Aaron trägt unsere Bestellung in der Liste für Mitarbeiterverzehr ein.

»Danke. Kommst du nach der Arbeit heim?«, frage ich ihn.

»Klar, irgendjemand hat mir für heute Abend Spaghetti Bolognese versprochen«, sagt er lachend und zwinkert Eliana zu.

»Perfekt, also dann bis später.« Ich winke ihm zum Abschied zu.

Draußen schlendern wir durch die Stadt Richtung Rheinufer und laufen am Wasser entlang. Schließlich kommen wir an einem großen Spielplatz an, bei dem wir Halt machen. Eliana überredet mich, ihr auf das Klettergerüst zu folgen, und als wir oben ankommen, erkenne ich an ihren strahlenden Augen, dass sie nicht damit gerechnet hat, dass ich den Spaß mitmache. Es braucht so wenig, um sie glücklich zu machen, und mir wird erst jetzt bewusst, wie sehr ich es vermisst habe, mit ihr Zeit zu verbringen.

Nach zwei Stunden kommen wir wieder in der WG an und nicht nur Eliana ist von der Hitze erschöpft. Sie legt sich in mein Bett und ist innerhalb kürzester Zeit eingedöst. Ich gehe so lange ins Bad, um mich frisch zu machen.

In der Küche hat sich meine WG versammelt und ich setze mich dazu.

»Hey, na, ist die Kleine durch?«, fragt Aaron.

Ich nehme die Cola aus dem Kühlschrank und schenke mir ein Glas ein.

»Ja, absolut, und ich ehrlich gesagt auch«, erkläre ich lachend.

»Linda hat mir vorhin geschrieben, dass sie um 11 Uhr morgen ankommt. Ich bringe Eliana morgen früh wieder heim, habe um 13.30 Uhr Vorlesung und um 17 Uhr Projekt. Ich komme also erst um halb acht nach Hause. Wie sieht's bei euch aus?«

»Das passt perfekt, Caro und ich haben morgen noch einen späten Kurs und werden dann vermutlich noch etwas mit unserer Lerngruppe arbeiten, sind also auch nicht zum Abendessen da«, erklärt David.

»Ich mach morgen noch mal Spätschicht«, wirft Aaron ein und prostet mir mit seiner Cola zu.

»Wow, Aaron, du bist ja gerade täglich im Café.« Er entwickelt sich noch zum Workaholic.

»Ja, hat sich irgendwie so ergeben, aber danach mach ich mal wieder ein paar Tage frei. Irgendwann sollte ich auch noch lernen«, sagt er und grinst.

»Na ja, dann bin ich wohl das einzige späte Empfangskomitee für Linda.« Ich ziehe mein Handy aus der Tasche.

»Ja, morgens bin ich auch in der Vorlesung«, bestätigt Aaron.

Ich tippe Linda eine kurze Nachricht mit der Info, dass wir morgen alle aus dem Haus sind.

»Wann wollt ihr denn kochen?« David wirft einen Blick auf seine Armbanduhr.

»Ich dachte, wir könnten so gegen sechs anfangen, oder was meint ihr?«, frage ich in die Runde.

Aaron und Caro nicken zustimmend.

»Perfekt, dann würde ich noch kurz eine Runde joggen gehen.« David steht auf.

»Joggen, bei den Temperaturen?« Caro sieht ihn entgeistert an, doch David zuckt nur die Schultern.

»Komm doch mit, das tut gut und macht den Kopf frei nach der ganzen Lernerei.«

Sie zeigt ihm den Vogel und wir lachen.

»Selbst schuld«, erklärt David und zwinkert ihr zu. Dann geht er in sein Zimmer, um sich umzuziehen.

Damit Eliana heute Nacht schlafen kann, gehe ich ebenfalls in mein Zimmer, um sie zu wecken. Sie ist zum Glück gleich motiviert, als ich ihr vorschlage, dass wir im Wohnzimmer in den Schrank schauen, von dem ich weiß, dass einige Gesellschaftsspiele darin zu finden sind.

Caro und Aaron gesellen sich zu uns, und als David vom Joggen zurückkehrt und unter der Dusche war, kommt er ebenfalls dazu.

»Na, wie sieht es aus? Ich wäre so weit«, erklärt er und blickt Aaron in die UNO-Karten.

»He, nicht dass du Leni noch mein Blatt verrätst«, schimpft er und versteckt die Karten theatralisch.

Eliana lacht und legt ihm eine 4+.

»Also hör mal, Kleine, das ist aber nicht nett«, beschwert er sich und zieht schmollend vier Karten vom Stapel.

Nach der fünften Runde, in der Eliana uns alle abgezogen hat, teilen wir uns in der Küche die Aufgaben. Caro macht einen kleinen Salat als Beilage, Aaron schneidet Zwiebeln und Knoblauch für die Tomatensoße und David hilft Eliana, das Wasser aufzusetzen. Als wir schließlich gemeinsam am Tisch sitzen, stoßen wir mit unseren Weingläsern an. Wie erwartet freut sich Eliana über ihren Traubensaft, den wir ihr in ein Weinglas geschenkt haben.

Das Essen ist super, ich bin immer wieder begeistert, wie lecker eine einfache Bolognese schmecken kann. Anschließend übernehmen Caro und ich den Abwasch und räumen die Küche auf, während Aaron und David noch eine Runde UNO mit Eliana spielen. Am Ende des Tages fällt meine kleine Schwester glücklich ins Bett.

»Emma?«, fragt sie, als ich mich neben sie kuschle und die Decke hochziehe.

»Ja?«

»Deine Freunde sind sehr nett«, sagt sie und lächelt.

»Ja, das sind sie. Und ich glaube, sie mögen dich auch.« Ich streiche ihr die Haare aus der Stirn.

»Bald möchte ich wieder zu Besuch kommen.«

Ich nicke. Diesen Wunsch erfülle ich ihr nur zu gerne. »Aber zuerst komme ich zu dir, zu deiner Einschulung.«

Dann drücke ich den Schalter der Lichterkette, damit wir schlafen können.

19

Emily

Am nächsten Morgen weckt mich das Klingeln des Weckers. Um 10.50 Uhr soll der Zug zurückgehen, mit dem ich Eliana heimbringen werde. Ich bereite Müsli für uns beide zu und danach richten wir Elianas Tasche.

Pünktlich verlassen wir das Haus. Als wir in der Bahn zum Hauptbahnhof sitzen, spüre ich mein Handy vibrieren. Ich ziehe es aus der Tasche, ein eingehender Anruf von Linda.

»Ja?«

»Emily? Seid ihr schon am Bahnhof?«, ruft sie ins Telefon. Im Hintergrund ist lautes Stimmengewirr zu hören, sodass ich sie kaum verstehe.

»Nein, gerade auf dem Weg.« Ich versuche, meine Stimme nicht so sehr zu erheben, schließlich sitzen wir in der Bahn.

»Reinste Katastrophe. Ich glaube, es gab hier eine Totalsperrung. Bei mir geht gar nichts mehr.«

Jetzt beginnt auch noch das Telefon zu rauschen und ich nehme kurz den Hörer vom Ohr, um den Empfang zu prüfen. Voller Ausschlag, an mir liegt es nicht. Besorgt nehme ich das Gespräch wieder auf.

»Totalsperrung? Wo bist du denn?«, frage ich nervös.

»Irgendwo kurz vor Düsseldorf. Bisher gibt es keine Informationen, vielleicht habt ihr ja am Hauptbahnhof mehr Glück«, ruft sie.

Wir legen wieder auf und ich spüre die Anspannung in mir aufkeimen. Meine Zeitplanung ist zwar nicht schlecht, aber es ist schon wichtig, dass alles gut geht. Nervös öffne ich die Bahn-App und erhalte prompt eine Warnung.

Im selben Moment fahren wir auch schon in den Hauptbahnhof ein, sodass ich Elianas Gepäck nehme und mit ihr an der Hand die Bahn verlasse.

»Wir müssen mal herausfinden, ob mit dem Zug alles klappt. Linda hat mich gerade angerufen und erzählt, dass ihr Zug nicht weiterfährt.«

Mit großen Augen sieht Eliana zu mir auf und ich lächle sie beruhigend an.

»Keine Sorge, wir kriegen das schon hin«, muntere ich sie auf.

Der Bahnhof ist voller Menschen, was grundsätzlich nicht ungewöhnlich ist. Für einen Montag in den Sommerferien kommt es mir jedoch ausgesprochen voll vor. Wir quetschen uns an einer großen Touristengruppe vorbei und stehen schließlich am richtigen Gleis. Hier prangt auch schon groß die Info: *Dieser Zug entfällt.* Na super. Ich sehe mich nach einem Infostand um und entdecke ein paar Meter weiter zwei junge Männer in Bahnuniform.

»Entschuldigen Sie, meine Schwester und ich wollten den Zug um 10.50 Uhr nehmen. Gibt es einen Ersatzzug?«, spreche ich die beiden an.

Einer der beiden wendet sich mir zu, der andere tippt weiter auf seinem Tablet herum.

»Tut mir leid, es scheint ein größeres Problem zu geben. Wir haben selbst noch keine genauen Informationen.«

Er schiebt die Hände in die Taschen und blickt zu seinem Kollegen mit dem Tablet. Dieser sieht auf und mustert erst uns, dann die Anzeigetafel, auf der in diesem Moment eine neue Nachricht erscheint.

»Es scheint einen Großbrand in einem Bahnhof vor Düsseldorf zu geben. Da hier eine Schnittstelle der meisten Verbindungen besteht, fallen zunächst alle Züge aus, bis ein Ersatzverkehr eingerichtet werden kann. Das kann aber dauern wegen der Großbaustelle am Autobahnkreuz.« Er richtet den Blick sofort wieder auf sein Gerät.

»Echte Katastrophe«, sagt der Erste mit entschuldigender Miene.

»Ach herrje ... Was machen wir denn jetzt?«, frage ich mehr mich selbst als ihn.

Eliana sieht mit großen Augen zwischen ihm und mir hin und her. Ich nehme sie an die Hand, presse ein »Danke« hervor und wende mich ab.

»Viel Erfolg«, ruft er mir noch hinterher.

Vor dem Bahnhof bleiben wir stehen.

»Und jetzt?«, fragt Eliana und ihr Blick wandert zu den beiden Domspitzen.

Inzwischen ist es kurz vor elf. Ich öffne den Browser und tatsächlich gibt es erste Fotos des Unglücks. Was ich sehe, sieht echt übel aus. Der Bahnhof ist weiträumig abgesperrt, Flammen lodern in die Luft und erste Einsatzkräfte versuchen, den Brand unter Kontrolle zu bekommen.

»Ich denke, wir müssen mal Mama anrufen, ob sie dich abholen kann«, sage ich düster.

Meine Mutter hat keinen Führerschein, sie persönlich fällt also aus. Bleibt nur Tiffanys Vater. Meine Mutter geht beim fünften Klingeln dran.

»Ja, Emma?«, ruft sie mit ihrer Reibeisenstimme und räuspert sich erst mal.

»Hallo. Wir haben ein Problem. Der Zugverkehr ist lahm, es fährt nichts.«

Sie fängt gleich wieder an zu husten.

»Wie bitte? Emma, wie stellst du dir das vor, was soll ich jetzt tun?«, fragt sie energisch.

»Mutter, ich kann dir auch nur sagen, was wir gerade am Bahnhof erfahren haben. Es gibt einen Großbrand und es ist nicht absehbar, wann ein Ersatzverkehr eingerichtet werden kann. Was ist mit Jörg, kann er seine Stieftochter nicht abholen?«, frage ich angestrengt.

»Nein, Emma, zufällig kann er das nicht. Jörg hat Spätschicht und muss um 14 Uhr in der Firma sein«, sagt sie und ich merke deutlich, dass ihr Stresslevel steigt.

Ich ignoriere das Rascheln, als sie eine Zigarette aus der Packung fummelt.

»Ja, gut, ich finde eine Lösung. Ich ruf wieder an«, sage ich und lege auf.

»Und?«, fragt Eliana mit großen Augen.

»Jörg muss arbeiten. Wir müssen uns also etwas anderes überlegen. Am besten fahren wir erst mal zurück nach Hause, es bringt ja nichts, hier rumzustehen«, beschließe ich und wir machen uns zurück auf den Weg zur Stadtbahn.

In der WG angekommen treffen wir auf Caro und David, die sich gerade fertig machen.

»Hey, was macht ihr denn wieder hier?«, fragt David, während er in seine Schuhe schlüpft.

»Komplettes Bahnchaos, es fährt gar nichts.«

»Oh, scheiße«, sagt er und Caro legt die Stirn in Falten.

»Was hast du jetzt vor?«, will sie wissen.

»Ich weiß nicht, ich muss nachdenken. Ich fürchte, meine Vorlesung muss ich absagen. Wenn sich bald eine Ersatzmöglichkeit ergibt, kann ich sie vielleicht noch selbst heimbringen, aber heute Abend habe ich das Projekt, da kann ich nicht fehlen«, grüble ich.

»Oje. Was ist mit Linda? Steckt sie etwa auch fest?«

Ich nicke. Sie hat mir geschrieben, dass sie inzwischen in einem Café gestrandet ist, weil auch bei ihr nicht absehbar ist, wann es weitergeht.

»Wir müssen jetzt leider los, hoffentlich klappt es noch irgendwie«, sagt David, nimmt die Autoschlüssel und seinen Rucksack.

Ich winke den beiden zum Abschied.

In der Küche schenke ich Eliana ein Glas Orangensaft ein und checke erneut die Bahn-App. Es wird um Verständnis gebeten, dass zum aktuellen Zeitpunkt noch keine Alternative organisiert werden konnte. Gleichzeitig werden Reisende gebeten, ihre Fahrt nach Möglichkeit zu verschieben.

»Ich muss mal kurz meinen Vorlesungsplan checken, Süße«, sage ich zu meiner kleinen Schwester.

In meinem Zimmer ziehe ich den Plan aus dem Rucksack. *Sozialwissenschaft* und *Methodisches Arbeiten*. Nicht optimal das zu verpassen, aber was soll's. Ich werde mir die Unterlagen hinterher von meinen Kommilitonen holen. In fünf Stunden muss ich beim Projekt sein. Zum aktuellen Zeitpunkt kommt es mir äußerst unwahrscheinlich vor, dass ich davor eine Lösung finde.

Es wird mir nichts übrig bleiben, ich muss Lenny die schlechte Nachricht mitteilen, dann hat er wenigstens noch Zeit, sich vorzubereiten.

Ich lasse es so lange klingeln, bis die Mailbox abnimmt, und lege das Handy frustriert auf den Schreibtisch. Dann stütze ich das Kinn in die Handfläche und seufze. Es ist einfach ärgerlich, dass das schöne Wochenende von diesem Chaos getrübt wird.

Das Handy fängt an zu vibrieren und ich sehe, dass Lenny zurückruft. Wenigstens ist er schnell.

»Hey, Lenny«, sage ich und er grüßt zurück.

»Du hast angerufen?«

»Ja.« Ich überlege, was ich sagen soll.

»Und, was ist los?«, fragt er, nachdem er ein paar Sekunden gewartet hat.

»Tut mir leid, ich bin etwas durch den Wind. Ich wollte meine Schwester heimbringen, aber es ist totales Bahnchaos und ich kann heute nicht zum Projekt kommen, weil niemand da ist, bei dem ich sie lassen könnte«, rattere ich alle Infos herunter.

»Was, Moment, ich komme überhaupt nicht mit. Deine Schwester? Bahnchaos? Was soll das heißen, du kommst nicht zum Projekt? Du musst heute kommen, du, das ... Also, ich kann da nicht allein hin«, stottert er entsetzt.

»Ich habe meine Schwester am Sonntag zu Hause abgeholt und wollte sie heute wieder zurückbringen. Jetzt gibt es aber einen Großbrand und alle Verbindungen fallen auf unbestimmte Zeit aus. Selbst wenn in ein bis zwei Stunden eine Verbindung möglich wäre, würde ich es nicht mehr rechtzeitig zurückschaffen bei diesem Chaos«, erkläre ich.

»Okay, ich verstehe. Aber es kommt nicht infrage, dass du nicht zum Projekt kommst, Emily. Ich kann dort unmöglich allein auftauchen, du weißt, dass ich nicht repräsentativ für unser Team bin. An jedem anderen Tag kannst du von mir aus fehlen, aber nicht heute«, sagt er aufgebracht.

»Lenny, ich weiß selbst, dass es eine Vollkatastrophe ist, nachdem du nicht nur der unmotivierteste Student des Projekts bist, sondern es auch nicht für notwendig hältst, dich auf irgendetwas vorzubereiten. Aber ich kann es nicht ändern, und du hast jetzt immerhin noch Zeit, dich vorzubereiten.« Wenn ich bisher noch nicht genervt war, spätestens jetzt ist es so weit.

»Das meinst du nicht ernst«, sagt er, und ich sehe regelrecht vor mir, wie er bleich wird. »Emily, ich habe Vorlesung. Wie stellst du dir das vor?«, fragt er mit erhobener Stimme.

»Ich weiß es nicht, Lenny, dir fällt schon was ein. Falls ich eine andere Lösung finde, rufe ich dich an.« Ohne seine Antwort abzuwarten, lege ich auf.

Ich weiß, er wird es nicht akzeptieren, und ich könnte noch zwei Stunden mit ihm diskutieren, aber es ändert nichts. Ich stecke das Handy in die Tasche und gehe zurück zu Eliana in die Küche.

Inzwischen hat sich Aaron zu ihr gesellt, der von seiner Vorlesung zurück ist und sich ebenfalls ein Glas Orangensaft eingeschenkt. Eliana berichtet gerade lebhaft von dem Chaos am Bahnhof, und Aaron hört ihr staunend zu und zieht die Augenbrauen hoch, als er mich in die Küche kommen sieht. Obwohl gerade mal Mittag vorbei ist, bin ich schon total fertig, mein ordentlicher Zopf hat sich aufgelöst und die Strähnen fallen mir immer wieder ins Gesicht.

»Oje, Emily, du siehst nicht gut aus«, kommentiert Aaron prompt, als ich mich auf den Stuhl am Kopfende fallen lasse.

Das Handy in meiner Tasche vibriert schon wieder. Ich ziehe es raus, es ist natürlich Lenny, der sich nicht abwürgen lassen will. Ich schalte die Vibration aus und lege es mit dem Display nach unten auf den Tisch.

»Jaaa, o Mann, ausgerechnet heute. Lenny bringt mich um wegen des Projekts.« Ich verdrehe die Augen und Aaron blickt fragend zwischen dem Handy und mir hin und her.

»Lenny, der Typ vom Projekt und ... der Typ von neulich ...« Er formt mit den Lippen das Wort *Nacht* und wirft einen Blick auf Eliana, die mit einem Schmierblock beschäftigt ist, auf den sie mit Kugelschreiber kleine Schmetterlinge malt.

»Ja«, antworte ich und er macht »Ahaaa«, als würde das jetzt irgendeinen tieferen Sinn ergeben.

Um kurz vor zwei macht Aaron sich auf den Weg in die *Cafébar*. Ich rufe meine Mutter erneut an und schiebe die zwei verpassten Anrufe von Lenny zur Seite. Ich habe zwar ein schlechtes Gewissen, weil ich ihn so hängen lasse, aber es ist schließlich nicht meine Schuld, dass er das Projekt nicht ernst nimmt.

»So, wie es aussieht, habe ich keine Gelegenheit, Eliana vor heute Abend heimzubringen. Ich schicke dir dann die Verbindung, wenn es so weit ist«, sage ich.

»Ja, gut, mach das. Ich bin heute Abend mit Tiffy zu Hause. Begleitest du Eliana vom Bahnhof aus bis zu uns? Die Kleine schläft dann vermutlich schon.«

»Ja, natürlich, ich bringe sie. Ich melde mich, ja?«

»Gut, bis später.«

Sie scheint zufrieden zu sein. Typisch, schließlich hat sie überhaupt keinen Stress mit der ganzen Sache.

Eliana ist gerade im Wohnzimmer und baut irgendetwas mit den Figuren der Gesellschaftsspiele. Ich will gerade wieder zu ihr gehen, als zum hundertsten Mal das Handy in meiner Hand aufleuchtet. Es ist natürlich Lenny. Da das schlechte Gewissen an mir nagt und er vielleicht Fragen wegen des Projekts hat, gehe ich doch ran.

»Hallo?«

»Emily, hi«, sagt er aufgeregt. »Hör zu, was ist mit den Leuten in deiner WG? Kann nicht dieser Aaron so lange auf die Kleine aufpassen? Es wäre ja nicht für lange.«

Ich schüttle stumm den Kopf. »Lenny, glaubst du denn, dass ich da nicht schon selbst daraufgekommen bin? Meine WG ist heute nicht da, und zwar keiner von denen. Es gibt niemand anderen, ich bin doch auch nicht begeistert davon«, versuche ich zu erklären.

»Okay, okay, habe ich mir ja gedacht. Aber was wäre, wenn *ich* auf sie aufpasse?«, schlägt er vor und mir wird klar, dass das der Grund für seinen Anruf ist.

»Was?«, frage ich entgeistert. »Du? Nein, du musst zum Projekt, Lenny, was hast du nicht verstanden, mein Gott –«, fahre ich aus der Haut, aber er unterbricht mich.

»Warte, Emily, warte. Wenn *ich* auf die Kleine aufpasse, dann kannst *du* zum Projekt, und wir wissen beide, dass es wesentlich besser wäre, wenn du hingehen würdest.«

Ich bin baff. Was für ein verrückter Vorschlag. Aber könnte ich Eliana mit Lenny allein hierlassen? Bei Aaron oder Linda hätte ich keine Sekunde gezögert, aber Lenny kenne ich selbst noch nicht lange.

»Hast du schon mal auf ein Kind aufgepasst?«, frage ich skeptisch.

»Emily, ich war ein Jahr Au-pair, schon vergessen? Außerdem ist sie doch kein Baby. Was sagtest du, wie alt sie ist, sechs? Ich kann das schon. Ich kann sogar Sandwiches zum Abendessen machen, wenn es sein muss«, erklärt er spöttisch.

»Vorsicht, halt dich zurück. Warum sollte ich mich darauf einlassen? Du kannst genauso gut zum Projekt gehen und ich passe selbst auf Eliana auf«, gebe ich zurück.

»Nein, kannst du nicht. Es ist dir viel zu wichtig, als dass du den heutigen Abend mir überlassen würdest, wenn du doch weißt, dass du es selbst viel besser machen wirst.«

Ich verdrehe die Augen, aber natürlich hat er recht. Mir wird ganz schlecht, wenn ich daran denke, dass er, überheblich und unvorbereitet, mit dem Praxisteam aufeinandertrifft.

»Hm. Und wann könntest du da sein?«

Ich höre sein breites Grinsen, als er antwortet, und überlege es mir beinahe anders.

»So in einer Stunde? Dann können wir uns noch kurz wegen des Projekts besprechen und deine Schwester hat Zeit, sich an mich zu gewöhnen.« Er lacht.

»Lach nicht, ich bin wirklich supergereizt wegen der ganzen Sache«, sage ich mit zusammengekniffenen Augen, auch wenn er die nicht sehen kann. »Eine Stunde ist okay«, stimme ich widerwillig zu.

Als wir aufgelegt haben, gehe ich zu Eliana und erkläre ihr, dass ich um fünf einen wichtigen Termin habe und ein Freund mit ihr hierbleiben wird.

Sie blickt kaum von ihren Spielfiguren auf. »Okay.«

Ich zucke die Schultern. Gut, wenigstens sie wird keine Probleme machen. »Ich muss mich noch kurz etwas vorbereiten«, erkläre ich ihr. »Ich bin in meinem Zimmer, wenn etwas ist, ja?«

Sie lächelt mich an. »Okay.«

Ich lese die E-Mail von Frau Lübke noch mal, in der sie ankündigt, dass das Projekt in verschiedene Gruppen aufgeteilt wird. Das eine Team wird mit den Verfahrensbeiständen arbeiten, ein Team mit den Richtern und ein Team mit den Sozialpädagogen des Jugendamtes. Wir werden die unterschiedlichen Aufgaben im Kinderschutzverfahren bearbeiten und präsentieren, um eine bessere Zusammenarbeit und eine gegenseitige Sensibilisierung der verschiedenen Professionen zu erreichen.

Ich war zwar erst bei einem Treffen, aber ich finde die Idee mit der Kooperation super. Es ist ein absolutes Vorzeigeprojekt, etwas Vergleichbares gibt es in keiner anderen Stadt. Dass sich eine renommierte Professorin wie Marion Staufenberg dem Projekt angenommen hat, sorgt allein deshalb für das Interesse der Öffentlichkeit.

Ich breite die Texte, die wir zur Vorbereitung bekommen haben, auf dem Schreibtisch aus. Da es Lenny sowieso egal sein wird, in welchem Team wir arbeiten, kann ich vermutlich selbst entscheiden. Ich vertiefe mich ins Lesen und merke gar nicht, wie die Zeit vergeht.

Irgendwann kommt Eliana in mein Zimmer und balanciert zwei Gläser in den Händen.

»Emma, hier.« Sie stellt beide vorsichtig auf dem Schreibtisch ab und schiebt eins zu mir rüber.

»Oh, das ist aber lieb von dir, danke«, sage ich überrascht und trinke.

»Ich habe einen riesigen Zoo im Wohnzimmer gebaut, kommst du?«, fragt sie lieb und ich nicke.

Ich streiche ihr übers Haar und stehe auf. Als wir ins Wohnzimmer kommen, staune ich nicht schlecht. Eliana hat eine Packung Zahnstocher gefunden und daraus verschiedene Gehege für ihre Tiere gebaut. Als Tiere hat sie das Zoo-Memory genommen und die Spielfiguren als Besucher in ihrem Park verteilt.

»Wow, das hast du ja echt toll gemacht.«

Sie grinst bis über beide Ohren und will gerade ansetzen, mir alles zu erklären, als es an der Tür klingelt.

»Oh, das ist bestimmt schon Lenny.«

»Au ja, dann kann er auch gleich meinen Zoo sehen«, jubelt sie und läuft flink voraus zur Tür.

Während ich noch im Flur bin, reißt sie die Wohnungstür auf, trippelt dann aber nervös von links nach rechts, während sie Lenny die Stufen hochsteigen hört. Ich stelle mich hinter sie und schon kommt Lenny ums Eck.

»Die Stufen bringen mich noch um. Hi«, sagt er zur Begrüßung.

»Hallo.« Eliana winkt ihm schüchtern zu.

Lenny schlüpft aus seinen Schuhen und wischt sich über die Stirn. »Es ist so eklig draußen, richtig schwül, dabei scheint nicht mal mehr die Sonne.«

Ich winke ihn rein und Eliana springt voraus Richtung Wohnzimmer. »Womöglich gibt es noch ein Sommergewitter, ich habe mal wieder den Wetterbericht nicht gecheckt«, kommentiere ich. »Wir sind gleich da«, rufe ich Eliana hinterher und gehe mit Lenny in die Küche.

20

Lenny

Als ich ankomme, fühle ich mich schon total verschwitzt, obwohl ich nur von meiner WG zu Emilys gefahren bin. Das Auto habe ich in der Nähe geparkt, vor dem Gebäude war alles zugeparkt. Die Sonne ist verschwunden, aber trotzdem herrscht eine furchtbare Hitze, ich tippe auf ein Sommergewitter. Ich klingle und kurz darauf ertönt der Summer.

Jetzt auch noch vierter Stock, na danke. Ich höre, wie oben die Wohnungstür aufgeht, und versuche ruhig zu atmen, damit ich nicht völlig außer Puste ankomme.

»Die Stufen bringen mich noch um«, bekenne ich mit einem Stöhnen und schiebe schnell ein »Hi« hinterher.

Die Kleine steht direkt in der Wohnungstür und sieht mich mit großen Augen an.

»Hallo«, sagt sie und ein Lächeln stiehlt sich auf ihre Lippen. Sie winkt mir kurz zu.

Während ich die Schuhe ausziehe und sie neben die von Emily und ihrer Schwester stelle, kommentiere ich die anstrengenden Temperaturen draußen. Emily teilt meine Theorie mit dem Sommergewitter; vom Wetterbericht scheint sie genauso viel zu halten wie ich.

Die Kleine flitzt schon Richtung Wohnzimmer und ich folge Emily in die Küche. Dort wasche ich mir wenigstens mit dem kühlen Wasser die Hände und nehme dankend ein Glas entgegen.

Als wir ins Wohnzimmer kommen, hat Eliana sich bereits inmitten eines beachtlichen Bauwerks niedergelassen und breitet stolz die Arme aus.

»Lenny, schau, das ist mein Zoo«, sagt sie stolz und wirkt gar nicht mehr so schüchtern wie eben noch an der Tür.

»Der ist ja ganz schön ... riesig«, gebe ich beeindruckt zurück und beuge mich etwas hinunter. Eliana erklärt zufrieden, wo sich welches Gehege ihrer Tiere befindet, und Emily steht schmunzelnd im Türrahmen und beobachtet uns.

»Okay, Süße, darf ich Lenny noch mal eine halbe Stunde entführen?«, fragt Emily. »Wir müssen uns noch kurz über meinen Termin unterhalten.«

Ich gebe Eliana ein Zeichen, dass sie Nein sagen soll, aber sie grinst mich nur schief an.

»Okay?«, sagt sie dann in Richtung Emily und die streckt mir die Zunge raus.

Ich richte mich auf und folge Emily in ihr Zimmer. Sie hat alle Unterlagen auf ihrem Schreibtisch ausgebreitet und sich Notizen gemacht.

Stöhnend lasse ich mich in ihren Schreibtischstuhl fallen. »Ich hasse deinen Arbeitseifer, habe ich das schon mal erwähnt?«

Sie setzt sich neben mir auf die Schreibtischkante und schnappt sich ihren Block. »Also, hast du dir Gedanken gemacht wegen der Teams?«

Ich lehne mich im Stuhl zurück und verschränke die Arme. »Tja, wenn wir uns das strategisch überlegen ... Die Juristen sind raus, weil ich bin nur gezwungenermaßen Teil dieses Teams«, ich deute zwischen ihr und mir hin und her, »und Familienrecht ...« Ich winke ab.

Emily sieht mich mit hochgezogenen Augenbrauen an. »Hast du dir die Unterlagen angeschaut?«

Ich zucke die Achseln und sie deutet auf die Blätter auf ihrem Tisch.

»Das mit den §8a Verfahren habe ich gelesen, das war ja sogar halbwegs interessant«, sage ich und grinse über Emilys skeptischen Blick. »Die Rolle der Verfahrensbeistände war mir bisher nicht so klar, aber das Konzept, dass Kinder sozusagen ihren eigenen Anwalt im Verfahren haben, ist super.«

Emily lächelt mich an und ich habe den Eindruck, sie ist mit meiner Aussage zufrieden. »Also ist das unser Team?«

»Verfahrensbeistände? Ja ... eher als die anderen beiden, wenn es dich interessiert?«

Sie zuckt mit den Achseln. »Ja, wieso nicht. Immerhin sind wir ein gemischtes Team.« Sie wirft mir einen Blick zu, den ich nicht deuten kann. »Soweit ich weiß, sind die meisten anderen Teams nicht gemischt, die Juristen sind unter sich und die Sozis auch. Eigentlich wäre es doch am sinnvollsten, man würde genau wechselseitig belegen. Die Sozis mit den Richtern, die Juristen mit dem Jugendamt und wir mit den Verfahrensbeiständen. Könnte ein Konzept sein.«

Ich nicke. »Ist nur die Frage, ob die studentischen Teams den Transfer in den anderen Bereich wirklich sinnvoll hinbekommen. Ich bin mir nicht sicher, ob die Einblicke aus dem Studium reichen, um den eigenen Bereich gegenüber der fachfremden Praxis zu vertreten.«

Emily packt den Block zur Seite und legt den Kopf schief. »Ja, das kann schon sein, aber dafür haben wir ja den theoretischen Input. Ich bin mir auch nicht sicher, ob es nicht besser wäre, alle Teams zu mischen.« Sie zieht mit einer Hand ihren Zopf nach. »Na ja, das wird man heute Abend noch diskutieren.«

»Ja, ich verlass mich ganz auf dich«, antworte ich und zwinkere ihr zu.

Sie gibt dem Stuhl mit dem Fuß einen Tritt, sodass er sich dreht und beginnt wegzurollen. Sie lacht los, während ich mit den Armen rudere, um erstens nicht das Gleichgewicht zu verlieren und zweitens nirgends dagegen zu fahren. Doch bevor ich es verhindern kann, saust der Stuhl in die Kommode hinter mir an der Wand.

Emily prustet los und hält sich die Hand vor den Mund, und auch ich muss lachen, als das blöde Teil zum Stehen kommt.

»Das«, sage ich und deute mit dem Zeigefinger auf sie, »war nicht nett.«

Sie stößt sich mit der Hüfte vom Schreibtisch ab und ist mit zwei schnellen Schritten vor mir. Dann legt sie beide Hände an die Lehnen des Stuhls und zieht ihn mit einem kräftigen Zug von der Kommode weg.

»Und du«, sie und beugt sich zur mir runter, sodass ich direkt in ihre Augen sehen kann, »hast nichts anderes verdient.«

In diesem Moment geht die Tür auf und Emilys kleine Schwester kommt hereingelaufen.

»Emma!«

Emily zuckt zusammen und richtet sich auf. Ich blicke verwirrt zwischen Eliana und Emily hin und her.

»Was ist, mein Schatz?«, fragt Emily und macht noch einen Schritt zurück.

»Ich habe Hunger.«

»Oh, ja, wir hatten kein richtiges Mittagessen, das stimmt. Am besten schauen wir gleich mal, was noch da ist. Ich sollte in einer halben Stunde los.«

Sie rafft die Unterlagen auf dem Schreibtisch zusammen und schiebt sie in ihren Rucksack. Ich erhebe mich derweil von meinem Stuhl und folge Eliana in die Küche.

»Sag mal, kannst du mir erklären, was das für ein Ding mit dem Namen deiner Schwester ist? Heißt sie nicht Emily?«, frage ich die Kleine neugierig und sie kichert.

»Doch, sie heißt Emily. Und Emma heißt sie auch. Alle sagen nur Emma.« Sie zuckt mit den Achseln.

»Ach ja?«, antworte ich skeptisch. »Hier sagt niemand Emma.«

Sie setzt sich auf einen Stuhl und lässt die Beine baumeln, während ich mich an die Küchentheke lehne.

»Tja, dann kennt ihr sie vielleicht nicht richtig.«

Emily kommt in die Küche und geht zum Kühlschrank. »Also, wir hätten frische Tomaten, Salat, Eier, Sahne …« Sie bricht ab.

»Klingt nach 'ner interessanten Mischung.«

Eliana lacht und ich zwinkere ihr zu.

»Lass mich mal.« Ich trete neben Emily und schaue in den Kühlschrank. Danach öffne ich den Vorratsschrank und sehe Nudeln, Zwiebeln, Knoblauch, Sandwichtoast … genug, um ein passables Essen für eine Sechsjährige zu zaubern.

Ich ziehe die Brotscheiben aus dem Schrank und suche aus dem Kühlschrank alles zusammen, was wir für ein leckeres Sandwich brauchen.

»Eliana, deine Aufgabe ist es, die Tomaten und die Gurke zu waschen, schaffst du das?«, frage ich.

Die Kleine stößt ein Schnauben aus. »Na klar, ich bin doch schon sechs.«

Emily lacht mich aus und reicht mir ein Sieb, in das ich zwei Tomaten und die Gurke gebe, bevor ich es an Eliana weiterreiche.

Während Eliana und ich in der Küche werkeln, richtet Emily ihre restlichen Sachen und packt sich eine Flasche Mineralwasser und einen Apfel ein.

»Mir reicht es leider nicht, um mit euch zu essen, ich sollte los. Eliana, pass gut auf, dass Lenny keinen Quatsch macht.« Sie macht ein strenges Gesicht und wuschelt ihrer Schwester durch die Haare.

Ihre eigenen hat sie wieder zu einem ordentlichen Pferdeschwanz gebunden und statt des T-Shirts eine helle Bluse übergeworfen. Eliana grinst uns an und ich werfe Emily einen spöttischen Blick zu.

»Komm, geh zu den anderen Strebern«, sage ich todesmutig, doch sie verbeißt sich jeden Kommentar, vermutlich ihrer Schwester zuliebe.

Ich lache und sie lässt die Tür extra laut ins Schloss fallen.

Damit Eliana die Gurke in Scheiben schneiden kann, habe ich ihr einen Stuhl an den Herd gestellt, während ich selbst ein paar Zwiebeln karamellisiere und nebenher die Sandwichscheiben von beiden Seiten anröste. Sandwiches gehen zum Glück immer, und ich nehme an, dass ich damit auch eine Sechsjährige überzeugen kann. Ich habe nicht viel Erfahrung mit Kindern in dem Alter, aber Eliana scheint mir sehr selbstständig zu sein. Vermutlich ist sie es gewohnt, sich um viele Dinge zu kümmern.

»Warum hast du Zucker zu den Zwiebeln? Wird es ein süßes Essen?«, fragt sie mich mit großen Augen und zeigt auf die Pfanne, in der ich die Zwiebeln schwenke.

»Wenn du ein bisschen wartest, siehst du, was passiert.«

Eliana beugt sich leicht nach vorne über die Pfanne.

»Schau, jetzt wird der Zucker braun. Das schmeckt ein bisschen süß und nach Karamell, aber nur ganz leicht. Ich bin gespannt, wie du es findest«, sage ich, während sie weiterhin fasziniert den Kochvorgang beobachtet.

Ich muss ein paar Schränke öffnen, bevor ich das Geschirr finde, und dann decken wir gemeinsam den Tisch. Im Kühlschrank gibt es noch etwas Käse, den wir auf den heißen Sandwichscheiben schmelzen lassen. Eliana füllt unsere Gläser mit Mineralwasser und setzt sich dann an den Tisch.

Als ich so zu ihr hinüberblicke, frage ich mich, wie ich hier reingeraten konnte. Auch wenn man nach der Nacht mit Emily meinen könnte, ich kenne sie besser, so sind es doch erst wenige persönliche Treffen gewesen, und jetzt sitze ich hier und passe auf ihre kleine Schwester auf. Nicht nur das, ich koche ihr sogar etwas in Emilys WG. Was Jess wohl dazu sagen würde?

Ich schiebe den Gedanken schnell beiseite und gebe etwas Salz über das Gemüse, bevor ich die Sandwiches fertig belege.

»Guten Appetit.« Ich beobachte Eliana unauffällig, als sie einen ersten Bissen nimmt.

Es scheint ihr zu schmecken, jedenfalls verzieht sie nicht das Gesicht und nimmt gleich darauf den nächsten Happen. Wir essen mehr oder weniger schweigend, bis Eliana ihr Sandwich auf den Teller senkt und mich anschaut.

»Und wo ist deine Frau heute?«, fragt sie unvermittelt.

Ihre Frage überrumpelt mich und ich nehme erst mal einen Schluck Wasser. »Wie kommst du darauf, dass ich eine Frau habe? So alt bin ich auch noch nicht«, füge ich hinzu und sie grinst mich an.

»Dann hast du keine Frau?«, bohrt sie nach und ich muss beinahe lachen über dieses kleine, forsche Mädchen.

»Nein, ich habe keine Frau, höchstens eine ...« Ich überlege, wie ich meine Beziehung mit Jess am ehesten bezeichnen würde, aber dann wird mir klar, dass es völlig egal ist, was ich diesem Kind erzähle, und lasse es sein.

Sie isst weiter und scheint über meine Antwort nachzudenken.

»Oh, und heiratest du dann Emma?«, fragt sie irgendwann mit leuchtenden Augen, woraufhin ich unwillkürlich lachen muss.

»Was?« Ich schüttle grinsend den Kopf. »Du stellst ja ganz schön komische Fragen.«

»Warum? Magst du Emma nicht?« Sie legt den Kopf schief.

»Doch, klar«, sage ich locker und lehne mich in meinem Stuhl zurück. »Aber man muss ja nicht gleich heiraten, nur weil man befreundet ist, oder? Du hast bestimmt auch ein paar Freunde im Kindergarten.«

Sie nickt. »Ja, ganz viele, und weißt du, bald komme ich in die erste Klasse. Aber Mama sagt, Emma sollte sich einen Mann suchen, der Geld verdient, so wie Tiffys Papa. Dann muss sie auch nicht so werden wie Frau Sanddorn. Aber ich mag Frau Sanddorn.«

Ich bin baff, vor allem über den Redeschwall. Solche Dinge bespricht Emmas Mutter mit ihrer sechsjährigen Tochter?

»Oh. Ich habe den Eindruck, Emily kommt ganz gut zurecht, findest du nicht?«

Eliana sieht sich in der Küche um und nickt dann. »Ja, Emma wohnt mit ganz vielen Leuten in der Wohnung. Wenn ich groß bin, will ich auch so eine Wohnung mit allen meinen Freunden«, sagt sie begeistert.

»Das ist doch mal ein gutes Ziel«, schließe ich und stehe auf, um das Geschirr abzuräumen.

Nach dem Essen packt Eliana ihre Bücher aus ihrem kleinen Koffer, den sie mitgebracht hat, und breitet sie auf Emilys Bett aus.

»Lenny, kommst du? Kannst du mir vorlesen?«

»Hm, ich weiß nicht. Ich glaube, ich habe noch nie vorgelesen«, sage ich wahrheitsgemäß. Jedenfalls nicht auf Deutsch.

»Du kannst es versuchen«, bittet sie und streckt mir ein Buch entgegen. »Danach lese ich dir meine Lieblingsgeschichte vor.« Ihre Begeisterung ist echt süß.

»Also gut«, gebe ich nach und setze mich zu ihr.

Der Abend verläuft gut, besser als ich erwartet habe. Eliana ist mit meinen Vorlesekünsten zufrieden und blättert dann mit mir in ihrem Lieblingsbuch, dessen Inhalt sie mir auswendig vorträgt.

Irgendwann klickt das Schloss. »Emily?«, ertönt eine Frauenstimme aus dem Flur.

Eliana blickt zur mir auf und zeigt mit dem Finger zur Tür.

»Moment, ich schaue kurz, das ist bestimmt eine von Emilys Mitbewohnerinnen«, erkläre ich. Ich steige aus dem Bett und streiche mein Polo glatt.

Im Flur kommt mir Linda entgegen, die überrascht stehen bleibt, als sie mich erblickt.

»Lenny?«, fragt sie und sieht leicht geschockt aus.

»Hey, alles okay?« Ich fahre mir durch die Haare.

»Äh, ja, also nein, o Mann. Was für ein Scheißtag. Meine Bahn ist irgendwo im Nirvana gestrandet«, stöhnt sie und lässt ihr Gepäck fallen.

Sie verschwindet für einen Augenblick im Bad und kommt zurück, beide Hände in den Haaren, die sie sich zu einem unordentlichen Knoten bindet.

»Wo ist Emily?« Sie mustert mich neugierig, dann geht sie weiter in die Küche. Ich stecke meine Hände in die Taschen meiner Chino, folge ihr und lehne mich an den Türrahmen.

»Emily ist beim Projekt«, beantworte ich ihre Frage.

Ganz offensichtlich versteht Linda weiterhin nicht, was vor sich geht, aber ich habe Spaß daran, sie nicht aufzuklären.

»Und was machst *du* hier?«, fragt sie völlig entgeistert. »Wo ist überhaupt die Kleine? Emily meinte, sie könne nicht zum Projekt, weil sie bei ihr ...«

Anscheinend geht ihr ein Licht auf und ich grinse in mich rein, während sie versucht, ihre Gedanken zu sortieren. Sie schenkt sich ein großes Glas Wasser ein und trinkt es halb leer.

In diesem Moment tritt Eliana neben mich in die Tür und zupft an meinem Shirt.

»Lenny, wo bleibst du?«

Dann entdeckt sie Linda und blickt zwischen mir und ihr hin und her.

»Hey, wow. Du musst die Schwester von Emily sein, ich bin Linda, ihre Freundin und Mitbewohnerin«, stellt sie sich vor und lächelt die Kleine strahlend an.

Eliana lächelt vorsichtig zurück, aber ich sehe an ihrem skeptischen Blick, dass sie etwas beschäftigt. Oder ... ich bilde mir das nur ein, ist ja nicht so, als würde ich das Mädchen besonders gut kennen.

Eliana zupft wieder an meinem Shirt und weil sie mich so intensiv anschaut, beuge ich mich etwas zu ihr hinunter.

»Bist du sicher, dass sie Emmas Freundin ist? Sie hat *auch* Emily gesagt«, flüstert sie verschwörerisch.

Linda reißt erstaunt die Augen auf, weil sie natürlich jedes Wort verstanden hat. Ich beiße mir auf die Lippe, um mein Schmunzeln zu verbergen, und bücke mich noch ein bisschen tiefer.

»Weißt du, vielleicht wollte Emma in der neuen Stadt mal ihren anderen Namen ausprobieren«, flüstere ich zurück und sehe, wie sie diese Möglichkeit in Betracht zieht.

Schließlich zuckt sie die Achseln und sagt: »Ja, vielleicht.«

Ich lächle sie an und richte mich wieder auf.

»Also, korrigiere mich, wenn ich falschliege. Emily«, Linda wirft einen vorsichtigen Blick zu Eliana und fährt dann fort, »hat Eliana bei *dir* gelassen, um zum Projekt zu gehen.« Ihr Gesicht ist ein einziges Fragezeichen.

»Wenn du das so sagst, klingt es völlig abwegig«, sage ich spöttisch und verschränke die Arme.

»Kennt ihr euch überhaupt? Ich meine Emily und du?«, fragt Linda neugierig.

»Eliana, geh mal dein Buch weiterlesen. Emily kommt gleich nach Hause, okay?« Ich stupse die Kleine an.

Sie trottet brav von dannen und ich überlege, was ich Linda antworte. Ob Emily ihr erzählt hat, dass ich am Freitagabend bei ihr war?

»Es war niemand da, der auf Eliana hätte aufpassen können. Schätze, wir kennen uns gut genug, dass sie mir ihre kleine Schwester anvertraut«, antworte ich, und es klingt überheblicher, als ich es meine.

»Aha«, sagt Linda und mustert die restlichen Sandwichscheiben auf der Küchentheke. »Hast du das gemacht?«

»Ja, ich denke, du kannst die Reste essen.«

Linda nimmt sich einen Teller und richtet sich ein Sandwich. »Und läuft da was zwischen euch?«, fragt sie und blickt mich von der Seite an. Sie wirkt fast ein bisschen beleidigt.

»Warum fragst du das nicht deine Freundin?«, gebe ich zurück.

Linda will schon ansetzen, etwas zu erwidern, als das Türschloss klickt.

»Hallo«, ruft Emily durch den Flur und bevor Linda oder ich reagieren können, kommt Eliana aus dem Zimmer gerannt.

»Emma!«, ruft sie.

Ich trete aus der Tür und sehe, dass Emily ihre kleine Schwester hochnimmt. »Na, wie war dein Abend?«

»Super«, quietscht Eliana und strampelt, um wieder auf den Boden zu kommen.

Linda tritt jetzt neben mich in die Türe.

»Hey, Linda, du hast es geschafft«, sagt Emily freudig und kommt auf uns zu, während Eliana wieder in ihrem Zimmer verschwindet.

Sie lächelt mich kurz an und schließt dann Linda in die Arme.

»Hey«, antwortet diese. »Du hast vielleicht vergessen, ein kleines Detail zu erwähnen«, murrt sie und deutet mit dem Daumen auf mich.

Ich verdrehe die Augen und Emily löst sich aus der Umarmung.

»Es tut mir leid, der Tag war einfach purer Stress, ich habe nicht mehr dran gedacht zu erzählen, dass ich doch zum Projekt gehe.«

»Das habe ich zwar nicht gemeint, aber gut.« Linda wirft mir einen schrägen Blick zu.

Ich hebe beide Arme und schüttle den Kopf, als Emilys Blick mich trifft.

Linda geht wieder zurück in die Küche und setzt sich mit ihrem Teller an den Tisch.

Ich ziehe mein Handy aus der Tasche. Es ist halb acht und ich habe zwei Nachrichten von Jess. Natürlich ist sie immer noch schadenfroh, dass ich zum Projekt beordert wurde, aber sie fragt, ob ich danach vorbeikomme. Ich habe ihr nicht erzählt, dass ich, statt dorthin zu gehen, babysitten war, und das wird sich auch nicht ändern. Aber ich habe keinen Grund, heute Abend nicht trotzdem noch zu ihr zu gehen.

Ich schaue auf. Emily steht immer noch mir gegenüber im Türrahmen und beobachtet mich. Linda hat zwar begonnen, ihr Sandwich zu essen, aber ihr Blick ruht aufmerksam auf uns. Dieses neugierige ...

Ich greife nach Emilys Ellenbogen und ziehe sie aus der Tür weg.

»Und, wie war's?«

Sie zuckt mit den Achseln. »Alles gut, schätze ich. Wir sind bei den Verfahrensbeiständen«, sagt sie und lächelt, als sie meine Erleichterung bemerkt.

»Was ist jetzt dein Plan wegen Eliana?«, frage ich mit gesenkter Stimme, weil ich nicht will, dass Linda lauscht.

»Es fahren wieder Züge und für den gesperrten Abschnitt gibt es einen Ersatzverkehr mit einem Bus. Ich werde zwar erst nach Mitternacht wieder zurück sein, aber ich kann es mir nicht leisten, morgen noch einen Tag zu verpassen«, erklärt sie. »Danke, dass du auf Eliana aufgepasst hast, auch wenn du es nicht für mich gemacht hast.«

Ich schlucke. »Hey, warte mal. Was soll das heißen? Ich habe es auch für dich gemacht«, widerspreche ich und stecke das Handy weg.

»Na gut, egal, danke jedenfalls.«

»Kein Ding, Emma ... ich meine, Emily.« Ich sollte gehen. Doch bevor ich groß darüber nachdenke, fahre ich fort. »Ich könnte euch fahren. Die Straßen sind um diese Zeit leerer, wir wären viel schneller.« Ich wundere mich selbst über den Gedanken, aber immerhin hat Emily mich heute um die Teilnahme am Projekt gebracht, worüber ich weiß Gott nicht böse bin.

»Was, meinst du das ernst?«, fragt sie und sieht mich überrascht an.

Ich zucke mit den Achseln und fahre mir durch die Haare. *Es ist keine große Sache, ich habe schon hundertmal irgendwelche Leute irgendwohin kutschiert, was ist also dabei?*, beruhige ich mich selbst.

»Ja, wenn es dir hilft, gerne«, wiederhole ich also mein Angebot.

Erst als Emily einwilligt, fällt mir Jess' Nachricht wieder ein und dass ich sie noch nicht beantwortet habe. Während Emily und Eliana ihre Sachen holen, tippe ich eine kurze Nachricht.

Sorry, bin müde. Morgen vielleicht. 20:13

Die Lüge fällt mir leichter, als sie sollte, aber ich bin es wohl einfach zu sehr gewohnt, niemandem Rechenschaft schuldig zu sein, und eigentlich will ich das auch nicht ändern. Jess wird es verkraften, sie kennt mich lange genug und weiß, worauf sie sich einlässt, oder nicht?

»Okay, wir sind so weit«, erklärt Emily.

Linda tritt zu uns in den Flur, sagt aber nichts.

»Also dann, tschüss, Linda.« Ich hebe die Hand zum Gruß.

Sie winkt zurück, woraufhin ich die Tür öffne und meine Schuhe anziehe.

»Lenny fährt uns«, höre ich Emily auf Lindas Frage antworten.

Eliana kommt raus zu mir und schlüpft ebenfalls in ihre Schuhe.

»Nein, nach Essen. Wir reden wann anders, ja?«, sagt Emily wieder.

O Mann, diese neugierigen Frauen.

»So, bist du bereit?«, frage ich Eliana und sie nickt.

»Was für einen Kindersitz hast du? Zu Hause habe ich einen mit Winnie Pooh.«

Ich erschrecke. »Emily?«

»Ja?« Sie hat ihre Schuhe bereits an und zieht die Wohnungstür hinter uns zu.

»Wir brauchen einen Kindersitz.«

Sie zieht kurz die Stirn in Falten. »Keine Sorge, im Erdgeschoss wohnt eine Familie, die sind supernett. Bestimmt leihen sie uns einen«, erklärt sie dann zuversichtlich.

Wir laufen die Treppen nach unten, und während Emily mit den Nachbarn spricht, warten Eliana und ich vor dem Eingang. Es hat angefangen zu regnen, wie erwartet, deshalb bleiben wir hinter dem Windfang.

»Ich mag keinen Regen im Sommer«, erklärt Eliana und streckt ihre Hand darunter hervor.

»Ich auch nicht.« Ich vergrabe die Hände in den Hosentaschen.

Es ist merklich kühler geworden und ich spüre eine leichte Gänsehaut meine Arme hochkriechen. Na ja, so wird wenigstens kaum Verkehr sein.

Eliana zeigt auf das Haus gegenüber. »Schau mal, eins, drei, wie mein Geburtstag.«

Ich mustere die Hausnummer. »Dreizehnter?«

»Juni«, erklärt Eliana stolz.

»Das ist ja noch gar nicht lange her«, stelle ich fest.

Sie grinst mich an.

Hinter uns kommt Emily aus der Tür getreten.

»Die Kinder haben tatsächlich keinen Kindersitz mehr, aber der Vater holt uns den alten aus dem Keller«, triumphiert sie.

»Glück gehabt, sonst hättet ihr doch noch Bahn fahren müssen«, sage ich lachend und blicke in den Himmel, der grau in grau ist.

»Ja, heute ist so ein Tag, da kommt mal wieder alles zusammen.« Emily seufzt.

Als der Nachbar uns den Sitz überreicht, bedankt sie sich überschwänglich und wir laufen los. Eliana läuft neben uns her, während Emily und ich mit großen Schritten zum Auto gehen. Dort angekommen, setzt sich Emily schnell auf den Beifahrersitz und Eliana rutscht auf die Hinterbank. Bis ich den Kindersitz installiert habe, bin ich wieder einmal ziemlich durchnässt. Das scheint so ein Ding zu sein mit Emily und mir.

Ich sprinte schnell um den Wagen und lasse mich auf den Fahrersitz fallen. Grinsend schüttle ich den Kopf, und Emily beschwert sich lautstark und hebt die Hände, um die Tropfen abzuwehren.

»Warum sind die Abende mit dir immer so feucht?« Sie wischt sich lachend über das Gesicht.

»So, so«, kommentiere ich, und sie wird knallrot, als ihr die Zweideutigkeit ihrer Bemerkung auffällt.

»Unfassbar«, murmelt sie, aber ich lache nur und drehe die Musikanlage auf. Noch bevor wir auf der Autobahn sind, ist Eliana eingeschlafen, und auch Emily scheint müde zu sein. Nach wenigen Minuten hat sie den Kopf gegen die Scheibe gelehnt.

21

Emily

Der Regen hämmert auf die Windschutzscheibe und der Scheibenwischer fährt rhythmisch von rechts nach links und wieder zurück. Irgendwie beruhigt mich das nach diesem anstrengenden Tag. In der zufälligen Playlist, die Lenny gestartet hat, läuft ein Akustikalbum von Tom Walker, und der ruhige Sound mit der tiefen Stimme führt dazu, dass ich mich langsam entspanne.

Mein Kopf lehnt am Fenster, Eliana ist hinter mir eingeschlafen. Ich bin immer noch überrascht von Lennys Angebot, aber ich bin ehrlich, ich habe es nur zu gerne angenommen. Die Vorstellung, mir heute Abend noch bis in die Nacht hinein diese Bahnfahrt zu geben mit der zusätzlichen Belastung des Ersatzverkehrs und des Regens, nein danke.

Lenny lehnt entspannt in seinem Sitz, einen Arm hat er am geschlossenen Fenster aufgestützt, seine Hand liegt locker auf dem Lenkrad. Sein Poloshirt ist an den Schultern nass, aber seine Haut ist wieder getrocknet, nachdem er das Gebläse anfangs etwas höher eingestellt hatte. Beinahe fühlt es sich an wie ein trüber Herbstabend, dabei ist es gerade Juni.

Ich befürchte, dass ich Linda Rede und Antwort stehen muss, wenn ich zurück bin. Sie war eindeutig ein bisschen verschnupft, weil ich Lenny bisher außerhalb des Projektes nicht erwähnt habe. Aber es gab auch keinen Anlass dafür und seit Freitagabend hatte ich sie schließlich nicht gesehen. Sie denkt sowieso, dass da viel mehr ist, als tatsächlich der

Fall ist. Ihre Neugierde ist grenzenlos, wenn es um das Thema Männer geht; für ihren Geschmack bin ich viel zu verschwiegen.

Ich blicke erneut zu Lenny rüber. Ich muss mir eingestehen, dass ich ihn wirklich attraktiv finde. Seine hellen Haare, die ihm leicht in die Stirn fallen, die schmalen Hände, mit denen er das Lenkrad festhält. Nicht fest genug, dass sich seine Muskeln abzeichnen würden, dennoch sieht man seinem Oberarm das regelmäßige Training an.

Er sieht zu mir rüber und erwidert für einen Moment meinen Blick, dann richtet er die Augen wieder auf die Straße.

»Alles okay?«

Sogar der tiefe Klang seiner Stimme ist attraktiv. Ich bin überrascht von mir selbst und meiner Reaktion auf ihn. Nie im Leben hätte ich bei unseren ersten Begegnungen im Café und auf der Party erwartet, dass ich ihn derart anziehend finden würde.

Lenny wirft mir erneut einen Blick zu und mir fällt auf, dass ich noch gar nicht auf seine Frage geantwortet habe.

»Ja, alles gut«, sage ich schnell. »Ich bin nur ganz schön fertig und komme gerade ein bisschen runter«, schiebe ich hinterher.

»Okay.«

Langsam wird es dunkel, weshalb ich mich aufrichte, um nicht einzuschlafen. Das wäre mir peinlich.

»In zwei Wochen haben wir einen Termin mit unserer Projektgruppe«, kläre ich Lenny auf, um ein Gespräch in Gang zu bringen.

»Mhm, und wann genau?«

»Dienstagabend, besser gesagt -nachmittag. Die schicken noch eine Umfrage wegen der Uhrzeit«, berichte ich.

»Okay, und um was soll es bei diesem Treffen gehen?«, fragt er und streicht sich die Haare aus der Stirn.

»Am Donnerstag findet ein Verfahren statt, bei dem eine der Verfahrensbeiständinnen eingesetzt ist. Wir dürfen bei der Anhörung dabei sein. So eine Gelegenheit bekommt man im Familienrecht nicht oft. Das werden wir dann zum Anlass nehmen, um die Aufgaben im Verfahren zu erarbeiten. Bei der Abschlussvorstellung wird der Fokus neben den §8a Verfahren noch auf Verfahren nach §1666 BGB liegen.«

Lenny nickt und wirft mir dann einen Blick zu. »Was war das noch mal?«

»Gerichtliche Maßnahmen bei Kindeswohlgefährdung, darunter laufen die Verfahren zum Sorgerechtsentzug«, erkläre ich und bin über sein Interesse überrascht.

»Aha. Und das ist nächste Woche?«

Ich nicke.

»Ich glaub echt nicht, dass ich mir das antue«, stöhnt Lenny wieder einmal. So viel dazu.

»In Selbstmitleid bist du wirklich gut, hat dir das schon mal jemand gesagt?«, frage ich und schmunzle.

Lenny grinst. »Okay, wir wollen den Abend doch entspannt beenden, lass uns nicht weiter über das Projekt reden.«

»Ja, das ist wieder typisch für dich.« Aber gut, ich tue ihm den Gefallen. »Wie war dein Wochenende?«, frage ich, und er grinst erneut.

»Spielst du auf unser Treffen im Supermarkt an?« Er schneidet eine Grimasse.

»Niemals«, flöte ich.

»Tja, feuchtfröhlich würde ich sagen«, beantwortet er die Frage. »Diese Stadt ist erstaunlich klein. Zuerst treffe ich dich am Freitag an der Haltestelle, dann am Samstag im Café« – ich verdrehe die Augen, weil das nicht sehr überraschend war – »dann am Samstagabend im Supermarkt und am Montag häng ich schon wieder bei dir zu Hause rum.«

Er sagt es, als wäre es irgendwie bahnbrechend, und ich lache auf. Hinter mir regt sich Eliana, schläft aber weiter.

»Ich glaube, David war kurz davor, dich zu boxen«, schimpfe ich, und er schüttelt erstaunt den Kopf.

»Ah, das war David. Dabei war ich doch total *nett.*«

»Ja, Lenny, wow. Nächstes Mal, wenn du mich betrunken im Supermarkt triffst, ignorier mich einfach, ich nehm's dir nicht übel.«

»Pah, Frechheit. Dabei war ich so erfreut über unser spontanes Treffen.« Es klingt ironisch, aber er lächelt.

»Gilt das hier jetzt eigentlich als offizielles Close-friends-Date?«, frage ich und beobachte ihn.

Er konzentriert sich auf die dunkle Straße vor uns, aber hat offensichtlich gute Laune, denn er trommelt mit den Händen aufs Lenkrad.

»Hätte nicht gedacht, dass das so schnell kommt«, bemerkt er.

»Mir war gleich klar, dass du dich drücken wirst«, sage ich kopfschüttelnd. »Du bist ja mehr so der Typ für Spaß und Party.«

»Entschuldige mal, ich habe die Hälfte meiner Vorlesung sausen lassen und den Abend mit deiner kleinen Schwester verbracht, ich will also nichts hören«, kontert er.

Er hat natürlich recht, aber es macht Spaß, ihn zu ärgern.

»Klingt nach einem spannenden Doppelleben. Braver Student, der abends babysitten geht, und am Wochenende Absturz und Feiern«, necke ich ihn.

Er geht nicht weiter darauf ein, und kurz denke ich, er hat mir das übel genommen, dann antwortet er doch.

»Also komm, wir sitzen eh noch 'ne Weile hier drin, bringen wir die Fragensache zu Ende.«

Bei seinem Tonfall muss ich beinahe wieder lachen, doch ich verkneife es mir und ziehe mein Handy aus der Handtasche.

»Wie finde ich das jetzt?«, frage ich und öffne den Browser.

»Ähm, ich hatte die Seite über einen Post bei Instagram aufgerufen, aber du findest es bestimmt über Google. Gib am besten Mal irgendwas mit 36 Fragen ein.«

Ich tippe *36 questions* ein und erhalte direkt Google-Vorschläge. Ich bestätige die Suche und erhalte einen New-York-Times-Artikel an erster Stelle. *36 Questions That Lead to Love*, lese ich. Ich schaue zu Lenny rüber, der auf die Straße blickt und darauf wartet, dass ich die Seite finde.

»Und?«

Ich scrolle weiter. *36 Questions to Fall in Love. 36 Questions Increasing Closeness.* Ich bin irritiert.

»Ich ... ich weiß nicht«, setze ich an und mir klopft plötzlich das Herz.

Ich klicke irgendeinen Link an und tatsächlich erscheint der Fragenkatalog. Ich wundere mich über die Überschriften, aber als ich Lennys fragenden Blick sehe, nicke ich.

»Ja, ich glaube, ich hab's.«

Ich scrolle weiter bis nach unten und nehme mir vor, diesen Psychologen zu googlen, wenn ich wieder allein bin.

»Wir waren bei close friends«, sage ich und lächle.

»Okay, ließ vor«, fordert er mich auf.

»Tell your partner what you like about them; be very honest this time saying things that you might not say to someone you've just met.«

Lenny hat die Musik leise gedreht, sodass ich den Regen aufs Dach prasseln höre, als ich aufhöre zu sprechen.

»Ich mag, wie normal sich alles mit dir anfühlt«, sagt er. »Du willst niemanden beeindrucken, du bist einfach, wie du bist, und aus irgendeinem Grund vermittelt es mir das Gefühl, dass ich auch sein kann, wie ich gerade bin.« Er sieht kurz zu mir rüber.

»Wow, das hast du aber nett gesagt.« Mit so etwas habe ich nicht gerechnet.

»Ich kann eben auch charmant.«

Er wirft einen Blick in den Rückspiegel und fährt dann von der Autobahn ab. Wir haben das Navi aktiviert, da ich den Weg mit dem Auto nicht kenne und wir im Dunkeln auf Nummer sicher gehen wollen.

»Du bist dran«, sagt er.

»Ich mag, dass du dich nicht verstellst. Ich habe einen anderen Typen erwartet, als ich dich die ersten Male erlebt habe. Aber überraschenderweise gefällt es mir, mit dir abzuhängen«, gestehe ich.

Er lächelt. »Überraschenderweise finde ich es mit dir auch gar nicht so übel«, scherzt er. »Und mit deiner kleinen Schwester.« Er wirft einen Blick in den Rückspiegel.

»Danke«, flüstere ich und meine nicht nur die Aussage, sondern den ganzen Abend.

Eliana scheint jedenfalls zufrieden mit seiner Fürsorge gewesen zu sein. Ich konzentriere mich wieder aufs Handy.

»Share with your partner an embarrassing moment in your life. Hm, das ist einfach, noch nicht allzu lange her. Als ich im Café angefangen habe, es war einer meiner ersten Tage, habe ich so 'nem Typen einen Latte über den Schoß gekippt. O mein Gott. Sein Date hätte mich, glaube ich, beinahe getötet, jedenfalls war es knapp«, erinnere ich mich.

Lenny lacht los. »Echt jetzt, so richtig?«

»Jaaa.« Ich werde noch bei der Erinnerung rot. »Das war echt übel, der Arme musste mit klatschnasser, kaffeetriefender Hose das Café verlassen. Aaron hat den beiden natürlich einen Gutschein ausgestellt und so weiter, aber es war furchtbar.« Ich schlage die Hände vors Gesicht und lache.

»Na ja, meinen Glanzmoment kennst du schon. War definitiv die Krönung und an Peinlichkeit nicht zu überbieten, meiner Professorin vor die Füße zu kotzen. Der Abend war echt 'ne Katastrophe. Aber hey, so ist es eben. Manchmal bin ich auch witzig und cool und mache nur irgendwelche Girls im Supermarkt an«, sagt er grinsend.

»So, irgendwelche Girls also.«

Ich frage mich, ob dieses Dauergrinsen in meinem Gesicht mir irgendwie peinlich sein sollte, aber wenn ich so darüber nachdenke, steht es auch Lenny im Gesicht. Anscheinend haben wir beide Spaß an diesem Flirt. Denn das ist es doch, was wir hier machen ...

Ich lese schnell die nächste Frage vor.

»When did you last cry in front of another person? Hmpf. Unangenehm, das jetzt sagen zu müssen, aber die Antwort kennst du ja leider auch.« Ich blicke zum Fenster hinaus. Inzwischen ist es richtig dunkel geworden.

»Halb so schlimm, oder?«, antwortet Lenny.

Ich zucke mit den Achseln. »Ja, halb so schlimm. Du?«

Ich bin mir sicher, die Antwort zu kennen, und behalte recht.

»Ich kann mich nicht erinnern, muss ewig her sein. Zuletzt vor jemandem geweint habe ich wahrscheinlich als Kind.« Er kneift die Augen zusammen und lehnt sich leicht nach vorne. »Muss ich hier links vor dem Haus oder rechts?«, fragt er, und ich konzentriere mich ebenfalls auf die Straße.

Ich kenne die Umgebung, es ist nicht mehr weit.

»Links. Das Navi zeigt das hier immer so komisch an, weil es früher das Haus nicht gab und die Kreuzung erst später kam«, erkläre ich.

»Eine Frage schaffen wir noch, würde ich sagen«, meint Lenny und nickt in Richtung Navi.

Ein paar Minuten bleiben noch bis zum Ziel. Ich lese vor und stutze bei der Frage.

»Tell you partner something that you like about them already.«

Auch Lenny sieht kurz rüber, bevor er fragt: »Hatten wir so was nicht gerade erst?«

»Ja, ich ...« Ich scrolle wieder ein Stück zurück. »Vermutlich ging es bei der ersten Frage mehr um das, was man normalerweise nicht gleich ansprechen würde«, vermute ich.

»Also gut, Emily. Was mag ich an dir ... already.« Er macht eine kurze Pause und dann blickt er zu mir und nimmt gleichzeitig die rechte Hand vom Lenkrad. Er zeigt mit dem Finger auf mich. »Dieses Lächeln, das du ständig draufhast. Das ist es«, sagt er und lächelt ebenfalls.

Ich verdrehe die Augen, aber meine Mundwinkel verraten mich. Ich lehne mich im Sitz zurück und drehe mich zum Fenster.

»Du bist dran«, drängt Lenny und biegt in die Straße ab, in der meine Mutter mit meinen beiden Schwestern und Tiffys Vater wohnt.

»Ich mag, dass du mich zum Lächeln bringst«, sage ich, bevor ich es mir anders überlegen kann.

Als er bremst, wende ich den Blick vom Fenster ab und drehe mich zu ihm. Die Atmosphäre im Auto kommt mir plötzlich total aufgeladen vor. Für einen Moment sieht Lenny mich einfach an und ich erwidere seinen Blick.

Dann zieht er den Schlüssel aus der Zündung und das Licht über uns geht an. Seine grünen Augen reflektieren den Lichtschein.

»Na, dann sind wir uns ja einig.«

Mein Hals fühlt sich trocken an, und ich räuspere mich, drehe mich dann zu Eliana um, die immer noch schläft. Anscheinend hat der Ausflug zu mir sie echt geschafft.

Lenny öffnet die Tür und geht um das Auto herum. Auch ich steige aus und öffne die hintere Türe. Ich habe gar nicht bemerkt, wann es aufgehört hat zu regnen.

»Sollen wir sie wecken oder soll ich sie rausheben?«, fragt Lenny.

»Am besten wecken wir sie, sie will sich bestimmt verabschieden«, sage ich und beuge mich über sie.

»Hey, Eliana.« Ich stupse sie vorsichtig an.

Nach einer kurzen Orientierungsphase wird sie wach und lässt sich abschnallen. Ich helfe ihr, aus dem Auto zu steigen, und sie reibt sich die Augen.

»Na, Mäuschen, bist du müde?«, frage ich sie und streiche ihr die Haare aus dem Gesicht.

Sie nickt.

»Na komm, dann bring ich dich rein.«

Lenny geht in die Hocke. »War schön, dich kennenzulernen, Eliana.«

Sie lächelt ihn an und verabschiedet sich. Ich nehme ihre Hand und gehe mit ihr den Weg bis zu dem Block, in dem meine Mutter wohnt. Von außen sind die Wohnkomplexe nicht gerade schön, aber innen ist es wirklich passabel. Ich klingle und als der Türsummer ertönt, werfe ich einen Blick zurück zum Auto. Lenny hat sich dagegen gelehnt und schaut uns nach. Eliana winkt ihm noch mal zu und er winkt zurück, bevor wir reingehen.

»Na, da seid ihr ja«, begrüßt uns meine Mutter an der Türe.

»Ja, tut mir leid, früher ging nicht. Eliana hat schon im Auto geschlafen.«

Meine Mutter gibt ihr einen Kuss auf den Kopf und schiebt sie in die Wohnung. Sie will sich schon umdrehen und erwartet scheinbar, dass ich reinkomme.

»Mein, ähm, also, der Freund, der uns gefahren hat, wartet draußen«, erkläre ich.

»Ach so, dann gehst du gleich wieder?«, fragt sie.

»Ja, ich denke, das wäre am besten, ist ja schon spät.« Ich trete verlegen von einem Fuß auf den anderen.

»Also gut, wir sehen uns aber zur Einschulung, richtig?«, hakt sie nach.

»Ja, ich komme natürlich.«

»Eliana, komm, sag deiner Schwester tschüss«, ruft meine Mutter mit gedämpfter Stimme.

Ich nehme an, dass Tiffy bereits schläft. Gut, dass sie vom Klingeln nicht aufgewacht ist, sonst wäre meine Mutter sicher nicht so entspannt.

»Tschüss, Emma, es war schön bei dir. Du kommst mich bald wieder besuchen?« Eliana schlingt ihre dünnen Arme um meine Taille und drückt mich.

»Natürlich, Kleine, ich komme doch zu deiner Einschulung, schon vergessen?« Ich gebe ihr einen Stups auf die Nase und sie grinst mich an.

»Lenny kann ja auch mitkommen«, bietet sie großzügig an und ich lächle.

»Weißt du, er hat viele Termine. Ich denke, nächstes Mal komme ich dann allein, okay?«

Sie zieht zwar einen kurzen Schmollmund, aber umarmt mich dann noch mal. »Ich sage ihm viele Grüße von dir, ja?«, sage ich und trete einen Schritt zurück. Sie nickt und lehnt sich an unsere Mutter.

»Dann kommt mal gut heim, Emma«, sagt diese.

»Danke, bis bald.«

22

Emily

Als ich aus der Tür trete, steht Lenny nach wie vor an das Auto gelehnt. Er stößt sich ab, während ich auf ihn zulaufe.

»Fühlt sich gut an die Luft, oder?«, sagt er und legt den Kopf in den Nacken.

»Ja, tut sie, auch wenn ich friere, wenn ich dich hier im Polo stehen sehe.«

Es hat merklich abgekühlt, aber zumindest hier hat es aufgeklart.

»Gerade fand ich es angenehm, aber es ist schon frisch. Lass uns zurückfahren«, schlägt er vor und geht um das Auto herum.

»Ja, unbedingt, ich muss endlich was essen.« Bisher habe ich meinen leeren Magen gar nicht so wahrgenommen, aber jetzt spüre ich ihn knurren.

»Ach shit, du hast nichts gegessen?« Lenny bleibt neben der Fahrertür stehen.

»Na ja, den Apfel, den ich mitgenommen habe, halt, aber das hat nicht so weit gereicht.« Ich lache.

»Wir könnten irgendwo auf dem Weg anhalten und was holen? Es gibt doch sicher einen Pizza Hut oder so auf dem Weg.«

Ich denke über den Vorschlag nach. »Ja, aber ich habe sowieso schon ein schlechtes Gewissen, dass du mich hin und her kutschierst, ich halt's schon aus bis nach Hause.«

Ich steige in den Wagen.

Lenny steigt ebenfalls ein und wendet sich mir zu. »Quatsch, Emily. Also bitte, darauf kommt es jetzt echt nicht an und ich habe nichts mehr vor außer schlafen.«

»Ja, gut, okay. Es gibt in der Nähe ’nen Laden, wo man Pizza holen kann.«

Lenny startet den Motor und ich lotse ihn durch die altbekannten Straßen. Früher bin ich oft hier gewesen; die Wohngruppe lag nur wenige Straßen von der Pizzeria entfernt und wir haben uns regelmäßig etwas für gemeinsame Filmabende geholt.

In der Pizzeria angekommen, bestellen wir eine Pizza Salami mit Champignons und Käse, und Lenny verspricht, auch etwas davon zu essen.

»Wirklich, die Pizzen sind riesig, wie soll ich das allein schaffen?«

Natürlich lässt es sich Lenny nicht nehmen zu bezahlen, obwohl ich ihm mehrfach erkläre, dass er das nicht muss.

Doch er winkt nur ab. »Lass mir doch die eine Sache, die ich aus meinem Elternhaus mitgenommen habe.«

Wir warten an einem winzigen Stehtisch und lachen über die Musikvideos, die über den Bildschirm an der Wand flimmern. Als die Pizza fertig ist, nehmen wir den Karton mit und setzen uns damit ins Auto.

»Dann bist du wohl nicht der Typ, bei dem Essen im Auto verboten ist?«, frage ich, als wir unsere Sitze zurückfahren und den Karton zwischen uns ausbreiten.

Lenny nimmt sich ein Stück und beißt herzhaft hinein.

»Mhh ... nein«, sagt er kauend. »Das Einzige, was ich echt nicht abkann, ist rauchen. Ich rauche nie in meinem Auto.«

»Gute Sache, das finde ich auch eklig.« Ich beiße ebenfalls in mein Stück.

Es schmeckt einfach köstlich. Weil wir direkt vor Ort essen, ist die Pizza noch richtig heiß und der Rand knusprig. Ich lehne mich in meinen Sitz zurück und kaue genüsslich.

»Beste Entscheidung, habe ich schon viel zu lange nicht mehr gemacht.« Lenny fährt seinen Sitz noch ein Stück nach hinten und lehnt sich ebenfalls zurück.

»Wusste ich es doch, dass du nicht nur wegen mir Pizza kaufen wolltest«, necke ich ihn und er zwinkert mir zu.

»Gut erkannt.«

Wir essen eine Weile schweigend, bevor ich das Gespräch wieder aufnehme. »Und, wie kommst du mit Lernen voran? Ihr trefft euch oft im Café.«

»Ja, denke schon. Ich bin echt nicht der Typ, der stundenlang büffelt. Aber mit der Lerngruppe ist es einigermaßen erträglich, in letzter Zeit auch mit Jess und Tom. Und mit Kaffee, viel Kaffee«, lacht er.

»Stets zu Diensten.«

Ich überlege, ob ich ihn nach Jess fragen soll, aber traue mich doch nicht. Eigentlich kann es mir auch egal sein, was zwischen den beiden ist, und Lenny ist schließlich für sich selbst verantwortlich.

Als wir fertig gegessen haben, machen wir uns auf den Rückweg.

»War eine gute Idee mit der Pizza«, sage ich.

»Na also. Und spätestens um elf sind wir wieder zurück«, erwidert Lenny.

»Perfekt. O Mann, ich bin dir echt dankbar.« Ich kuschle mich wieder in meinen Sitz. Am liebsten hätte ich jetzt eine Decke und würde wie Eliana einschlafen.

»Ich habe was gut bei dir«, sagt Lenny und grinst mich an.

»Na klar, was auch sonst. Und bist du bereit für die letzte Runde?«, frage ich und zücke mein Handy.

»Ja, gut, bringen wir es hinter uns.«

»What, if anything, is too serious to be joked about? Bin ich dran?«

Lenny nickt.

»Hm. Humor ist eine der wichtigsten Eigenschaften finde ich, also spontan ... ich weiß nicht. Vielleicht, wenn jemandem etwas Schlimmes passiert. Darüber würde ich keine Witze machen.«

Lenny nickt wieder. »Ja, stimmt. Ich finde, es kommt vor allem auf die Situation an. Ich denke, man kann über fast alles lachen, aber der Moment muss passen.«

»Richtig. Okay, nächste. If you were to die this evening with no opportunity to communicate with anyone, what would you most regret not having told someone?«, lese ich vor.

Lenny nimmt eine Hand vom Lenkrad und fährt sich durch die Haare. Dann legt er sie wieder zurück und trommelt mit den Fingern darauf.

»Schwere Frage. Wahrscheinlich kann ich mich nicht gut genug in die Situation reinversetzen. Ich würde bestimmt bereuen, nicht noch mal mit meiner Oma gesprochen zu haben ... Das Risiko, dass sie demnächst stirbt, ist vermutlich höher, als dass ich sterbe«, sagt er nachdenklich, und ich sehe ihm an, dass ihm dieser Gedanke gerade zum ersten Mal gekommen ist.

Ich lasse ihm ein paar Sekunden Zeit, bevor ich selbst das Wort ergreife. »Ich habe nicht das Gefühl, dass bei mir etwas unausgesprochen ist. Ich würde aber sehr bedauern, die ganzen Dinge nicht mehr zu erleben, die ich mir vorgenommen habe. Ich will noch so viel erleben, viele Menschen kennenlernen, irgendwelche Erfahrungen machen.«

»Wundert mich nicht, dass du keine offenen Baustellen hast«, sagt Lenny lächelnd.

»Na jaaa, ich weiß nicht, ob man das wirklich so sagen kann.« Aber alles in allem habe ich mein Leben ganz gut im Griff, ja.

»Okay, nächste Frage. Ich glaube, Set drei ist das Set ›Horrorszenarien‹. Your house, containing everything you own, catches fire. After saving your loved ones and pets, you have time to safely make a final dash, to save any one item. What would it be? Why?«

Ich denke darüber nach.

»Schnell, es brennt.« Er lacht.

Ich verdrehe die Augen, aber antworte sofort. »Mein Handy, total bescheuert, ich weiß. Aber es ist einfach zu viel Zeug drauf, unendlich viele Erinnerungen. Und ich bin dummerweise so ein Mensch, der regelmäßig vergisst, Back-ups zu machen.«

Lenny lacht wieder. »Same here. Was denkst du denn, ich würde auch das blöde Teil retten. Wir sind schon 'ne erbärmliche Generation, was?«

Ich spiele mit dem Handy in meiner Hand rum.

»Keine Ahnung, vielleicht würde ich es ja hinterher bereuen, aber so viele Dinge, die ich habe, könnte ich ersetzen. Die Erinnerungen, die ich dagegen auf meinem Handy speichere ...«

Lenny nickt. »Klare Sache. Also weiter geht's«, drängt er.

Wir fahren inzwischen wieder auf der Autobahn, er hat den Tempomat eingeschaltet und sich entspannt zurückgelehnt. Ich entsperre den Bildschirm und lese die nächste Frage.

»Of all the people in your family, whose death would you find most disturbing? Why?«

Lenny atmet laut aus. »Meine Cousine«, sagt er zu meiner Überraschung.

»Oh, okay, ich hätte gedacht, du nennst deine Oma«, sage ich vorsichtig.

»Hm, nein, ich weiß nicht. Klar, wäre auch schlimm. Aber Cassie ist noch so jung, ich finde die Vorstellung furchtbar, sie könnte ihr Leben gar nicht richtig kennenlernen.«

»Da haben wir wohl einen ähnlichen Gedanken. Bei mir wäre es ganz klar Eliana. Natürlich auch Tiffy, ich meine, sie ist ein Kleinkind. Aber Eliana, na ja, du hast sie ja selbst erlebt.« Da fällt mir mein Versprechen ein. »Oh, ich soll dir übrigens nochmals Grüße von ihr ausrichten.«

Lenny lächelt. »Ja, sie ist echt süß. Danke.«

»Hey, okay, wow. Wir haben es geschafft. Letzte Frage: Share a personal problem and ask your partner's advice on how he or she might handle it.« Ich blicke aus dem Fenster.

»Du fängst an«, sagt Lenny.

Ich denke über Eliana nach und wie sie sich über ihre Einschulung freut.

»Ich mache mir Sorgen wegen Eliana«, beginne ich.

»Tatsächlich? Wie meinst du das?« Lenny klingt interessiert und blickt fragend zu mir herüber.

»Sie ist noch so jung und naiv, sie glaubt einfach immer an das Gute ...«, fahre ich fort.

»Entschuldige mal, sie ist ... sechs? Sie ist ein Kind, sollte das nicht so sein?«

»Ja, warte, lass mich ausreden«, bitte ich ihn und sortiere meine Gedanken.

Er macht ein Zeichen, dass ich fortfahren soll.

»Sie freut sich unglaublich auf ihre Einschulung, und ja, bestimmt wird meine Mutter sich Mühe geben, sie wird ein kleines Geschenk vorbereiten, aber sicher wird es nicht so sein wie die Schultüten der anderen.«

Bevor Lenny einhaken kann, spreche ich schnell weiter.

»Weißt du, ich erinnere mich so gut an dieses Gefühl. Zum Schulbeginn gibt es dann eine riesige Liste mit Dingen, die du besorgen sollst, und dann gibt es diese Klassenkameraden, die in jedem neuen Schuljahr mit dem neusten Mäppchen ankommen, die teuersten Filzstifte haben, und so geht es immer weiter. Ich würde ihr diese Erfahrung so gerne ersparen«, erkläre ich mit einem Seufzen.

Ich habe nicht groß darüber nachgedacht, dass ich eine Erfahrung mit Lenny teile, die er persönlich wohl noch nie machen musste. Ich frage mich, ob es ihn beklemmt oder ob er die Aufgabe annimmt und mir einen Rat gibt. Zunächst stellt er eine Rückfrage.

»Nur damit ich alles richtig verstehe: Ist es nicht so, dass sich einiges geändert hat, seit … also seit deiner Schulzeit?«, will er wissen.

»Ja, natürlich. Aber nur weil Tiffys Vater arbeitet, heißt es nicht, dass wirklich viel anders ist. Sie beziehen immer noch Leistungen vom Jobcenter. Weißt du, wenn ich mich wenigstens darauf verlassen könnte, dass sie das mit dem Beantragen des Zuschusses für Schulsachen hinbekommt, aber ehrlich gesagt …« Ich vertraue ihr einfach nicht. Aber ich bin auch zu weit weg und möchte mich nicht dauernd mit ihren Problemen rumschlagen. Andererseits würde sie mich sowieso nicht um Hilfe bitten.

Die Gedanken schwirren mir durch den Kopf, aber ich teile sie nicht mit Lenny, der schweigend neben mir sitzt und langsam auf die Ausfahrt zurollt.

»Trotzdem hat sich vieles geändert, oder? Und Eliana hat dich, auch wenn du nicht immer da bist. Aber sie scheint mir ziemlich fröhlich zu sein. Vielleicht ist es ein schlechter Rat, aber ich könnte mir vorstellen, es würde helfen, wenn du dem Ganzen eine Chance gibst. Und vermutlich musst du dich auch selbst etwas aus der Verantwortung entlassen. Du wirst sie nicht vor allem Unheil der Welt schützen können … und das tut Geld übrigens auch nicht.«

Ich bin ehrlich überrascht über seine einfühlsamen Worte.

»Nein, es ist kein schlechter Rat. Ich weiß, dass Geld sie nicht schützt, aber in manchen Dingen hilft es eben doch.«

Lenny nickt und trommelt wieder auf dem Lenkrad herum. »Menschen, die weniger Geld haben, können sich häufig nicht vorstellen, dass das Leben auch mit Geld echt scheiße sein kann.«

»Ja, scheiße, aber trotzdem scheiße bequem«, erwidere ich.

Er seufzt.

»Ich weiß, Lenny, tut mir leid, ich wollte dir das überhaupt nicht absprechen. Ich meine nur, es ist halt scheiße, aber mit goldenem Klo und Echtfelljacken.« Ich ziehe eine Grimasse und auch er grinst.

»Ich hatte nie ein goldenes Klo«, schimpft er.

»Bitte entschuldige die Fehlinterpretation deines Lebensstandards.«

»Völlige Fehlinterpretation. Aber vergoldetes Toilettenpapier, vielleicht.«

Ich pruste los. »Na ja, danke jedenfalls. Ich werde darüber nachdenken und versuchen, die Verantwortung etwas von mir zu schieben.«

Er nickt.

»Gut, was ist mit deinem Problem?«, frage ich neugierig.

»Ich bin nicht so der Typ, der in persönlichen Fragen gerne Ratschläge annimmt.«

»Ha, das ist mir völlig klar. Viel zu kritikunfähig«, erkläre ich kühn.

Er setzt den Blinker und wirft einen raschen Blick in den Rückspiegel. »Ach ja? Na, vielleicht habe ich auch einfach keine persönlichen Probleme«, sagt er lachend und ich kneife skeptisch die Augen zusammen.

Ich wende mich ihm zu und sage herausfordernd: »So? Und der aufgelöste, tropfnasse Lenny, den ich bei mir beherbergt habe, der auch nicht?«

Ich grinse, als er zu mir rüberblickt und mir einen bösen Blick zuwirft.

»Ich konnte nichts dafür.«

»Ja, die Hölle, das sind die anderen«, sage ich poetisch und er lacht trocken.

»Du kommst mir mit Jean-Paul Sartre?«

»Du hast *Geschlossene Gesellschaft* gelesen?« Ich bin ebenso überrascht.

»Gezwungenermaßen. Oberstufe.«

»Hätte ich mir denken können.«

»Gut, also. Ein Problem«, gibt er schließlich nach.

Er setzt den Blinker und bremst. Überrascht blicke ich auf und sehe, dass wir in der Nähe der WG sind. Ich habe völlig verpasst, dass wir angekommen sind.

»Cara, das Mädchen aus meiner Lerngruppe, hat an besagtem Freitag eine Party geschmissen. Es war auch ein Typ da, mit dem sie gerade was hat. Jess ist mit diesem Typen in ein Zimmer verschwunden, frag mich nicht, was sie sich dabei gedacht hat. Jedenfalls ist Cara völlig ausgetickt und hat mich angeschrien, dass ich meine Freundin zurückpfeifen soll. Das Ganze ist irgendwie ziemlich aus dem Ruder gelaufen. Ich hatte keinen Bock auf den Stress, deshalb bin ich abgehauen. Aber das Problem bleibt. Ich habe das Gefühl, alle erwarten, dass ich ihr hinterherrenne, dass ich mich verantwortlich fühle. Jess erwartet das.« Er seufzt. »Ich weiß, dass ich mich manchmal nicht fair verhalten habe, und das hat sie mir zurecht vorgeworfen.«

Er spricht langsam und stockt zwischendrin und am Ende blickt er abwartend zu mir rüber.

»Du sagest, sie ist nicht deine Freundin«, hake ich nach, damit ich ihn richtig verstehe.

»Jaaa, aber das ist kompliziert. Wir hatten eben manchmal was miteinander, wir kennen uns lang und sind gut befreundet. Sie weiß genau, dass ich keine Beziehung will, dass ich mich nicht einengen lasse. Mit solchen Aktionen wie am Freitag fühle ich mich unter Druck gesetzt.«

Ich schlucke. Es überrascht mich nicht wirklich, dass zwischen ihm und Jess etwas läuft. Sie sieht super aus, studiert auch Jura und entspricht vermutlich genau Lennys Vorstellung von Spaß. Andererseits ...

»Unter Druck gesetzt? Wie meinst du das?«

Lenny fährt mit der Hand durch seine Haare und wendet sich mir zu. »Es stimmt schon, dass wir nach außen wohl manchmal wie ein Paar wirken, aber bisher war das kein Ding zwischen uns. Sie sagt zwar, dass es für sie klargeht, aber ich bin mir trotzdem unsicher, ob ich ihre Erwartungen erfüllen kann …« Er weicht meinem Blick aus und legt die Hände ans Lenkrad, als müsse er sich irgendwo festhalten.

»Aber eine Beziehung ist doch mehr als die ganzen Erwartungen. Ich bin mir nicht sicher, ob ich dich richtig verstehe. Sollte es nicht um Gefühle gehen?« Ich zögere einen Moment, doch dann stelle ich die Frage, die in meinem Kopf herumgeistert. »Liebst du sie?«

»Was? Wen?«, fragt er, als hätte ich ihn aus einem Gedanken gerissen.

»Na, Jess, hast du Gefühle für sie?«

»Was? Also keine Ahnung. Ich weiß nicht?« Er sieht kurz zu mir rüber, weicht dann aber meinem Blick wieder aus. »Ich schätze, darum ging es nie, und jetzt weiß ich nicht, wie ich mich in der Sache verhalten soll«, sagt er leise.

»Und sie? Ihr habt doch darüber gesprochen, oder?«

»Ich glaube nicht, dass es bei der Sache um Liebe geht. Zu jemandem gehören vielleicht. Aber Jess genießt auch die Aufmerksamkeit, also ist es vielleicht mehr Mittel zum Zweck«, sagt er nachdenklich und sieht mich endlich an.

Ich forsche in seinen grünen Augen nach der Unsicherheit, die ich in seiner Stimme höre, doch werde nicht fündig.

»Das ist eine sehr negative Sicht auf Beziehungen.«

»Sagte ich ja. Beziehungen sind … wohl einfach nicht mein Ding.«

Ich lächle. »Warum lässt du dich in der Sache so von den Erwartungen aller beeinflussen?«

Er legt den Kopf kurz schief und sieht mich skeptisch an.

Ich frage mich, ob er befürchtet, dass dieses Gespräch meine Meinung über ihn als supercoolen Typen ändern wird.

»Vielleicht habe ich bemerkt, dass es mir nicht ganz egal ist, was andere von mir halten«, überlegt er laut.

Ich nicke. »Das ist ja nicht das Schlechteste. Aber tut mir leid, wenn ich nachhake, vielleicht haben wir unterschiedliche Definitionen von Beziehungen. Sollte es aus deiner Sicht nicht Liebe sein, wenn man sich auf jemanden einlässt, also auf eine einzige Person?«

»Puh, keine Ahnung. Wenn man heiraten will und für immer zusammenbleiben will, vielleicht?«

»Ich bin mir nicht sicher, was die Frage war, auf die ich einen Rat geben soll«, erkläre ich vorsichtig.

»Hm. Ja.« Er blickt auf und sieht mich wieder mit seinem durchdringenden Blick an. »Das weiß ich, glaube ich, selbst nicht. Kann ich mir den Rat aufheben, bis ich ihn tatsächlich mal brauche?«, fragt er.

Ich lächle und zucke die Schultern. »Klar. Wann immer du willst.«

Er sieht mich weiter unverwandt an, bis ich nervös auf meinem Sitz hin und her rutsche.

»Was?«

Die wenigen Sekunden, in denen er nicht antwortet, fühlen sich an wie Minuten.

»Du bist wirklich anders als die Frauen, die ich sonst so kenne«, sagt er schließlich.

»Okay? Ist das gut oder schlecht?«, frage ich skeptisch.

»Ich denke, gut.« Er lächelt mich so offen an, dass mir ganz warm ums Herz wird.

Ich reiße mich von seinem Blick los und fasse an die Tür, ich muss dringend raus aus diesem Auto. Dieses Gefühl, das ich gerade bei seinem Blick hatte, sollte ich eindeutig nicht vertiefen, oder?

Bevor ich noch weiter darüber nachdenke, ziehe ich am Griff und steige aus dem Wagen. Vom Rücksitz schnappe ich mir den Kindersitz und klemme ihn mir unter den Arm. Auf der anderen Seite öffnet auch Lenny die Tür und steigt aus. Er läuft hinter dem Wagen herum und bleibt gegenüber von mir stehen.

»Tausend Dank fürs Fahren. Und für die Pizza ... und so«, sage ich verlegen.

Als ich aufblicke, hat er ein überhebliches Grinsen im Gesicht und wirkt wieder so verschlossen wie beim ersten Mal, als ich ihn getroffen habe.

»Man weiß nie, wofür es gut ist«, sagt er, die Hände in den Taschen vergraben.

Das ist vermutlich die Standardretoure, wenn er zu viel von sich preisgegeben hat.

Ich schlucke trocken. »Na ja, dann bis die Tage«, sage ich und wende mich ab, doch Lenny umfasst meinen Arm und hält mich sanft zurück.

»Hey, Emma«, sagt er schnell, korrigiert sich aber nicht, als ich mich zu ihm umdrehe.

»Das ... war nicht so gemeint. Ich hatte viel Spaß heute Abend.« Er streicht mir eine Haarsträhne, die sich gelöst hat, hinters Ohr. Die vertraute Geste lässt meine Haut brennen, dort, wo seine Finger mich berührt haben.

Ich atme scharf aus, doch er zieht die Hand gelassen zurück.

»O-okay«, stottere ich.

»Bis demnächst, ja?«, sagt er und lächelt, und ich versuche mich an einem Lächeln zurück. Ich bin mir nicht sicher, ob es gelingt.

Dann geht er erneut um den Wagen herum und steigt ein.

Ich merke, dass ich immer noch wie angewurzelt dastehe, und reiße mich aus der Position los. Ohne mich noch mal nach ihm umzudrehen, laufe ich in Richtung WG.

23

Lenny

Ich lasse meinen Kopf aufs Lenkrad sinken.

O Mann, was zur Hölle, Lenny. Ihr Blick, als meine Worte bei ihr ankamen. Sie hätte mir nie offen gezeigt, dass mein bescheuerter Spruch sie verletzt hat, aber ich habe es sofort erkannt. Sie kann ihre Gefühle nicht gerade gut verbergen.

Ich kann nicht mal sagen, warum es mich überhaupt interessiert, aber aus irgendeinem Grund will ich nicht, dass sie unglücklich ist. Schon gar nicht wegen etwas, das ich gesagt habe.

Ich hebe den Kopf und atme laut aus. Was soll's, ich bin es eben nicht gewohnt, mit Frauen wie Emma abzuhängen. Sie wirkt immer so tough, und man denkt, nichts könnte sie umhauen. Doch dann hat sie manchmal diese Verletzlichkeit an sich, sodass man sie einfach nur in den Arm nehmen möchte. Und ganz offensichtlich tut mir das nicht gut, denn ich sitze immer noch im Auto und starre in die Dunkelheit.

Ich starte den Motor und setze den Blinker.

In der WG angekommen ziehe ich mein Handy aus der Tasche. 23.14 Uhr. Den Rucksack mit den Unisachen stelle ich an die Garderobe und gehe in den Wohnbereich. Tom sitzt auf dem Sofa und ist dabei, irgendein Onlinegame zu zocken.

»Na, was geht? Ach, scheiße«, ruft er, bevor ich irgendwas sagen kann, und springt auf. Den Controller wirft er aufs Sofa.

Ich verdrehe nur die Augen und gehe in die Küche, um mir etwas zu trinken zu holen.

»Dachte, du pennst bei Jess?«

Ich nehme ein Bier aus dem Kühlschrank und geselle mich zu Tom.

»Nee, Mann, lange Geschichte«, brumme ich und gönne mir einen tiefen Schluck.

Ich bin hin und her gerissen, ob ich mit Tom darüber reden soll, was ich heute getrieben habe. Er ist echt korrekt, auf der anderen Seite hat er sich total auf diese Sache mit Jess eingeschossen.

»Was macht das Projekt? Jess meinte, du warst heute dort. Aber deshalb bist du nicht früher aus der Vorlesung raus, oder?«, fragt er.

Diese Petze hat mal wieder alles an Tom weitergelabert. Nur, dass er sich mit meiner lahmen Ausrede von wegen Vorbereitung nicht hat abspeisen lassen.

»Was habt ihr geredet?« Ich versuche, betont locker zu klingen.

»Sie hat mich angerufen, wegen der Übung in Strafrecht, und hat dann darüber gelästert, dass du zu den Strebern zum Projekt gehst. Aber wenn ich mich richtig erinnere, geht das nicht so früh los, dass du die Vorlesung verpasst, right?«

Ich verdrehe die Augen. Ja, Tom ist keiner, den man leicht verarschen kann. Und auf einmal habe ich das Bedürfnis mit meinem besten Freund zu reden.

»Ich war bei Emma.« Es klingt, als würde ich eine Bombe platzen lassen.

Bevor ich noch etwas hinzufügen kann, antwortet Tom. »Emma? Ich dachte, die heißt Emily, was denn jetzt?«

O Mann. Ich raufe mir die Haare und stütze meine Ellbogen auf die Knie.

»Ja, stimmt. Emily. Sie heißt Emily, ihre kleine Schwester nennt sie Emma.«

Tom merkt langsam, dass es eine längere Geschichte wird, und setzt sich auf. »Okay? Ich kapier noch gar nichts.« In seinem Gesicht steht ein riesiges Fragezeichen.

»Ich habe Emily in letzter Zeit etwas kennengelernt. Am Wochenende kam ihre kleine Schwester zu ihr, sie konnte sie dann heute Morgen wegen des Bahnchaos nicht wieder zurückbringen. Heute Abend war aber das Projekt. Ich hätte allein hinmüssen, weil es niemanden für die Kleine gab. Also haben wir getauscht. Ich habe auf die Kleine aufgepasst und Emma, ich meine Emily, ist zum Projekt. Und danach habe ich die beiden heimgefahren.«

Tom steht der Mund offen. »Weiß Jess davon?«, fragt er und lehnt sich zurück.

Ich schüttle den Kopf.

Tom rümpft die Nase. »Und läuft da was mit dieser Emily oder wie sie auch heißt?«, hakt er nach.

»Nein, Mann, da ist nichts, gar nichts. Ich habe sie einmal zufällig getroffen und wir haben geredet, und dann das heute, aber irgendwie hing das ja auch mit dem Projekt zusammen. Es hat sich eben so ergeben, es ist ja nicht verwerflich«, verteidige ich mich.

»Warum verheimlichst du es dann?«, fragt Tom messerscharf.

Ich schüttle den Kopf. »Tu ich ja gar nicht, ich wollte nur ... Nach Samstag wollte ich nicht gleich wieder Stress. Ich habe gesagt, die Sache ist harmlos, das kannst du mir ruhig mal glauben«, sage ich leicht genervt.

Er nickt. »Ja, ist gut, Bro. Dachte nur, nach der Aktion im Supermarkt ...«

Ich stöhne. »Die Scheiße hatte ich schon komplett vergessen. Ich war total voll, das weißt du ganz genau.« Lahmste Ausrede aller Zeiten, fuck. Ich nehme einen großen Schluck von meinem Bier und Tom läuft in die Küche, um sich auch noch eins zu holen.

»Darf ich dich mal was fragen?« Ich habe mir das vorher nicht überlegt, aber nachdem Emily im Auto so nachgehakt hat, komme ich immer wieder darauf zurück.

»Hau raus.« Tom lässt sich wieder auf das Sofa fallen, sodass sein Bier fast überläuft. Er setzt schnell an und trinkt.

»Warum findest du, dass Jess und ich eine Beziehung führen sollten?«

Tom verschluckt sich beinahe an seinem Bier und hustet. »Das finde ich überhaupt nicht. Ich habe nur gesagt, dass ihr beiden super zusammenpasst.« Er räuspert sich. »Ihr habt einfach nach außen diesen Eindruck erweckt. Ich könnte mir vorstellen, dass euch ein gewisser Rahmen ganz guttun würde nach den letzten Dramen. Aber hey, was weiß ich schon, meine letzte Freundin hat mich sitzen lassen und das ist jetzt ... zwei Jahre her, oder so?«

Ich höre ihm aufmerksam zu und versuche, seine Einschätzung mit meinen Gedanken in Einklang zu bringen.

»Du hast nicht das Gefühl, dass wir ... du weißt schon, zusammengehören, Liebe und so ...« Obwohl ich mir Mühe gebe, die Frage harmlos klingen zu lassen, sieht Tom mich an wie ein Auto.

Er kneift die Augen zusammen und zeigt mit dem Zeigefinger auf mich. »Und du bist sicher, dass es nichts mit dieser Emily zu tun hat?«

Unwillkürlich muss ich lachen, werde aber schnell ernst, weil er nicht nachlässt.

»Nein, Mann, jetzt hör doch mal auf mit ihr«, winke ich ab.

»Scheiße, nein, ich denke nicht, dass du Jess liebst«, platzt er dann heraus. »Keine Ahnung, bei Frauen weiß man nie so genau. Vielleicht passt ihr doch nicht so gut zusammen, wie ich dachte«, grummelt er dann.

»Weißt du was?« Ich leere das Bier in einem Zug. »Ist alles scheiße kompliziert«, schließe ich.

»Aha, und seit wann jagst du der großen Liebe nach?«

»Das tu ich gar nicht. Ich habe das Gefühl, es gibt da so ein Missverständnis. Jess und ungefähr jeder andere erwartet von mir, dass ich mich verhalte wie in einer normalen Beziehung mit allen Verpflichtungen, die wohl dazugehören. Aber warum alle Freiheiten aufgeben für eine Frau, mit der es ja doch nichts Ernstes ist?«, frage ich.

Tom macht große Augen. »Dann geht es dir doch um die Liebe«, ruft er und beugt sich wieder nach vorne. »Du willst entweder das ganz große Ding oder die absolute Freiheit.« Er lacht. »Oh, Lenny, du kannst doch alles haben, was du willst, entscheide dich einfach.« Er schüttelt immer noch lachend den Kopf.

Ich weiß nicht, was ich davon halten soll, und sage gar nichts.

»Aber hör auf, Spiele mit Jess zu spielen. Es ist unfair ihr gegenüber, sie ist echt okay.«

»Ja, ich weiß, Mann, sie ist meine beste Freundin. Keine Ahnung, wann das so kompliziert geworden ist.«

»Vielleicht seit du regelmäßig Gast in ihrem Bett bist, mein Lieber.« Tom gähnt. »Ich bin hundemüde, war's das mit der Beziehungsberatung?«

Ich schnappe die leere Bierdose und werfe sie nach ihm, doch er fängt sie ab.

»Komm, hau ab«, sage ich und er lacht.

Ich stehe auf und nehme die Kippenschachtel vom Couchtisch, dann öffne ich die Balkontür. Es ist kühl, aber die Luft fühlt sich nach dem Regen angenehm frisch an. Ich zünde die Zigarette an und inhaliere tief. Vielleicht haben Jess und ich es uns zu einfach gemacht. Vielleicht hat Tom recht und wir sollten uns unsere Sexpartner wieder außerhalb unserer Freundschaft suchen.

Als ich fertig geraucht habe, stopfe ich den Zigarettenstummel in den Aschenbecher und gehe ins Zimmer, wo ich noch lange wach liege.

Mein Wecker klingelt um sieben. Nachdem ich geduscht und ein schnelles Müsli gegessen habe, machen Tom und ich uns auf den Weg zur Vorlesung.

An der Uni treffen wir Jess, die uns mit Küsschen auf die Wange begrüßt.

»Am Freitag ist eine Studierendenparty im *Cheers*, das soll richtig geil werden, seid ihr dabei?«, fragt sie aufgeregt und berichtet auf dem Weg in den Vorlesungssaal, wer auflegen wird und wer alles bereits zugesagt hat.

»Klar, wir sind dabei, oder Tom?«, sage ich und Tom nickt.

Gestern Abend im Bett habe ich darüber nachgedacht, mit Jess zu sprechen. Sie hat bei unserem Spaziergang klar gemacht, dass sie keinen Bock mehr auf das Hin und Her hat, und ich habe das ja auch nicht. Möglich, dass sich unsere Schlussfolgerungen hieraus unterscheiden, aber ich muss das klären.

»Hallo, Lenny, jemand zu Hause?« Jess wedelt mit ihrer Hand vor meinem Gesicht herum. Tom ist vorausgelaufen und unterhält sich mit einem Kommilitonen.

»Sorry, ich habe gerade ... Treffen wir uns nach den Vorlesungen?«, frage ich.

Sie lächelt mich an. »Sicher.«

Ich nicke.

Danach zieht sich der Tag furchtbar in die Länge und ich kann mich nicht auf die komplizierten Gesetzestexte konzentrieren. Ich denke über das Gespräch mit Emily nach. Ich habe das Gefühl, als hätte ich mein ganzes Leben vor ihr ausgebreitet, aber vermutlich kommt es mir nur so vor, weil ich noch nie so intensiv über mich nachgedacht habe. Andererseits habe ich auch verdammt lange nicht mehr so viel an irgendeine Frau gedacht. Vielleicht auch noch nie. Nach meiner blöden Reaktion bei der Verabschiedung habe ich den restlichen Abend damit gerungen, ihr noch zu schreiben. Es stimmt schon, was ich Tom gesagt habe. Da läuft nichts zwischen uns. Aber je mehr ich darüber nachdenke, desto mehr frage ich mich, ob das Ganze tatsächlich so harmlos ist, wie ich behauptet habe. Und das verunsichert niemanden mehr als mich selbst. Ich sollte diesen Psychologen und seinen komischen Fragenkatalog später unbedingt mal googlen.

Als der Tag überstanden ist, wartet Jess bereits vor dem Bistro auf mich. Das Wetter ist nicht wirklich besser geworden, es hat merklich abgekühlt und die Sonne ist hinter grauen Wolken verschwunden.

»Hey.« Sie stößt sich von einem der Tische ab. »Und, hast du irgendwas vor?«, fragt sie mich, als ich näher gekommen bin.

»Nein. Also doch, ich wollte noch mal an das Gespräch anknüpfen, das wir im Park geführt haben«, komme ich gleich zur Sache.

Sie runzelt die Stirn. »Okay. Hier?«

»Nee, lass uns zu dir gehen«, schlage ich vor und sie ist einverstanden.

Da Jess ganz in der Nähe der Uni wohnt, laufen wir den Weg und unterhalten uns dabei über die Vorlesungen und die Party am Freitag.

An der Wohnung angekommen, zückt sie ihren Schlüsselbund. »Niemand da, ist abgeschlossen.«

Wir legen unsere Jacken an der Garderobe ab und ich folge ihr in ihr Zimmer. Es ist groß und sie hat den Raum mithilfe eines Regals geteilt. Vor der Fensterfront steht ein helles Sofa mit einem kleinen Tisch davor, auf dem einige Zeitschriften liegen.

Während ich mich setze, geht Jess nach nebenan und holt uns etwas zu trinken.

»Also, was wolltest du besprechen?« Sie setzt sich mit ihrem Glas neben mich auf die Couch, die Beine überschlagen.

»Ich habe noch mal darüber nachgedacht, was du gesagt hast, im Park«, beginne ich und sie nickt auffordernd, damit ich weiterspreche. »Ich habe das Gefühl, dass dieses Hin und Her für uns beide nichts ist. Ich finde, wir sollten damit aufhören.«

Sie blickt mich weiter abwartend an.

»Ich schätze dich als Freundin und will das nicht kaputtmachen mit den Dramen aus der letzten Zeit. Dieses ganze Beziehungszeug ist nichts für mich und ich denke, wir sollten nicht mehr miteinander ...« Jess' starrer Blick lässt mich kurz zögern, ich muss schlucken. »Schlafen.« Gut, das war jetzt etwas weniger bestimmt, als ich geplant hatte, aber es ist raus.

Jess wendet den Blick ab und stellt ihr Glas auf den Tisch. Dann sieht sie mich wieder an. Ich kann nicht deuten, was in ihr vorgeht.

»Wow, Lenny.« Sie lacht, aber es klingt nicht fröhlich.

Ich fühle mich mies, dabei war ich endlich einfach nur ehrlich.

»Jetzt plötzlich der Sinneswandel?«, fragt sie bitter.

»Jess, bitte, das hat doch nichts mit dir zu tun.« Ich seufze. »Du kennst mich, du weißt, dass ich kein Beziehungsmensch bin. Ich will dich nicht verletzen oder ausnutzen, verstehst du?«, versuche ich mich zu erklären.

»Tja, du kannst dir vielleicht vorstellen, dass es sich trotzdem scheiße anfühlt.« Jess steht auf und geht ans Fenster.

»Es tut mir leid.«

Ich warte, dass sie etwas sagt. Als sie das nicht tut, stehe ich auf und trete neben sie.

Sie dreht den Kopf zu mir und sieht zu mir auf. »Was ist los mit dir? Du bist echt schräg drauf in letzter Zeit ... und jetzt das?« Sie wirkt nicht so richtig traurig, eher wütend, aber das ist nicht unerwartet.

»Es ist nichts, Jess. Ich ... Es ist so, wie ich gesagt habe. Du bist meine beste Freundin, und ich will, dass das so bleibt.«

Sie zuckt die Achseln, nickt aber. »Was soll ich jetzt sagen? Wenn du denkst, dass es so besser ist.«

Ich merke ihr deutlich an, dass ihr die Abfuhr gar nicht passt. Jess ist kein Mädchen, das sich abservieren lässt, nicht mal von mir. Aber sie wird letztendlich damit klarkommen, daran habe ich keinen Zweifel.

Schließlich dreht sie sich ganz zu mir um. »Du wirst schon merken, was du an mir hattest, wenn du auf den Partys wieder den Röcken hinterherrennen musst, um rangelassen zu werden«, sagt sie schnippisch, aber grinst halbherzig zu mir rüber.

»Ich könnte dich als Referenz angeben«, ärgere ich sie zurück.

Immerhin scheint sie nicht wirklich verletzt zu sein. Wenn, dann hat ihr Ego einen kleinen Dämpfer bekommen, aber so, wie ich sie kenne, holt sie sich ihre Aufmerksamkeit eben woanders.

»Dein Selbstbewusstsein ist mir in letzter Zeit sowieso zu sehr gewachsen, du kannst dir ruhig mal ein paar Dämpfer abholen.«

Ich lache auf, weil wir den gleichen Gedankengang hatten. »Damit komme ich klar.«

Sie hat zwar die Arme vor der Brust verschränkt, sieht aber nicht mehr ganz so grimmig aus.

»Aber Freitag feiern gehen steht, ja?«, hakt sie schließlich nach.

»Klar, ein Grund mehr, oder nicht?« Ich zwinkere ihr zu.

»Gut, dann raus jetzt«, sagt sie streng und zeigt auf die Tür.

»Was, wie bitte?«

Sie zuckt nicht mit der Wimper und geht wieder zur Couch.

»Du glaubst doch nicht, du kannst mich abservieren und dir hier ’nen schönen Abend machen. Schmeiß wegen mir

Tinder an oder was du sonst so treibst, wir sehen uns am Freitag.«

Mir steht der Mund offen, als sie mich überheblich angrinst.

»Was, du wirfst mich hier einfach so raus?« Ich hebe die Arme, aber sie packt mich am Handgelenk und zerrt mich zur Tür.

»Baby, das hast du dir ganz allein zuzuschreiben. Wir sehen uns.« Sie lehnt sich in den Türrahmen, als hätte sie Sorge, ich könnte zurück ins Zimmer wollen.

Ich schüttle lachend den Kopf. »Freunde?«, frage ich und sie nickt.

»Keine Sorge, Großer, so schnell wirst du mich nicht los.«

Vor der Tür stehe ich erst mal da und weiß nicht, wohin. Also ich weiß natürlich schon, wohin, nämlich nach Hause, aber wow. Das war ... unerwartet. Und irgendwie komisch. Aber allzu schlecht ist es nicht gelaufen, von daher sollte ich wohl einfach zufrieden sein.

Als ich in der WG ankomme, steht Tom gerade in der Küche und rührt in einem Topf.

»Lenny, was machst du hier? Du wolltest doch zu Jess?«

Ich gehe ebenfalls in die Küche und sehe, dass er eine Tomatensoße gekocht hat.

»Hau mir ein paar Nudeln mit rein, bitte.«

Er nimmt die Packung und lässt die Spaghetti ins Wasser gleiten.

»Um deine Frage zu beantworten, ja. Ich war dort, aber sie hat mich wieder rausgeschmissen«, sage ich und lache bei der Erinnerung.

»Sie hat was? Ich dachte, ihr hattet am Wochenende ein klärendes Gespräch?«, fragt er überrascht und rührt im Nudeltopf.

Ich lehne mich mit dem Rücken gegen die Küchenplatte. »Ja, hatten wir. Und gestern Abend hatte ich ein für mich klärendes Gespräch mit dir.« *Und lag die halbe Nacht wach.*

»Was zur ... Alter, Lenny, ich komm nicht mehr mit bei dir«, sagt Tom kopfschüttelnd.

»Ich habe das mit Jess besprochen. Wir suchen uns unsere Bettgeschichten zukünftig außerhalb unserer Freundschaft, so wie du gesagt hast«, erkläre ich ihm. Dabei ist mein Kopf gerade mit ganz anderen Dingen als Bettgeschichten beschäftigt.

»Halt mal, jetzt bin ich schuld daran?« Er tippt sich gegen die Stirn.

»Was, nein, du hattest einfach nur recht und ich habe mit ihr darüber gesprochen.«

»Tja, und dann hat sie dich rausgeschmissen.« Er lacht und hält mir die Hand hin. Ich schlage ein.

»Heißt, wir lassen es krachen am Freitag?«, fragt er und grinst.

Ich weiß nicht, warum ausgerechnet jetzt der Gedanke an Emily aufflackert, aber ich schiebe ihn schnell zur Seite und grinse zurück. »Aber hallo.«

Am nächsten Morgen fahre ich zuerst zur *Cafébar*. Ich muss warten, da ich scheinbar nicht der einzige Studierende bin, der sich vor der Vorlesung noch schnell einen Kaffee holt.

Automatisch halte ich Ausschau nach Emily, aber kann sie nirgends entdecken. Hinter der Theke steht ein Mädchen, das ich nicht kenne, die Tische sind größtenteils noch nicht besetzt.

Als ich an der Reihe bin, bestelle ich einen Cappuccino, bereue es aber direkt. Die Barista scheint neu zu sein. Sie hantiert eine Weile an der Maschine herum, doch es tut sich nichts. Sie löst den Siebträger von der Maschine und setzt ihn erneut ein. Als sie den Knopf betätigt, quillt der Espresso rechts und links heraus und sie flucht. Energisch drückt sie ein zweites Mal auf den Knopf und steht einen Moment ratlos vor der Maschine. Es sieht nicht danach aus, als wüsste sie wirklich, was sie tut.

Ich fahre mir durch die Haare. Wenigstens ist es jetzt ruhiger, es wartet nur noch eine weitere junge Frau mit mir.

»Hey, also ich nehme auch einen normalen Kaffee«, setze ich leicht genervt an.

Sie dreht sich zu mir um. »Eine Sekunde, wirklich, ich ...«

Sie wendet sich wieder der Maschine zu, wirkt aber zunehmend verzweifelt. Ich frage mich, ob sie tatsächlich allein ist oder nur zu eitel, um Hilfe zu holen.

Etwas unschlüssig drehe ich mich zu der Frau hinter mir um, zucke entschuldigend die Achseln. Sie verdreht die Augen.

Plötzlich höre ich eine gedämpfte Stimme hinter der Theke.

»Was machst du denn da? Der ist viel zu voll. Du musst hier nur einmal draufdrücken ...«

In meinem Rücken rauscht die Kaffeemühle und die Frau hinter mir zeigt mir an, dass sich jetzt etwas tut an der Cappuccino-Front.

»Entschuldigung, was hatten Sie bestellt?«

Ich drehe mich zur Theke und stehe Emily gegenüber. Beinahe wirkt sie erschrocken, dann lächelt sie.

Mein Magen macht einen Salto. Vielleicht sollte ich gleich noch etwas zu essen bestellen. »Äh, hi. Einen Cappuccino. Aber wenn das ein Problem ist, nehme ich einfach einen Kaffee«, sage ich und lächle zurück.

»Nein, ist kein Problem.«

Emily wirft ihrer Barista-Kollegin einen unbestimmten Blick zu. Diese zieht sich unauffällig zurück und macht sich am Kaffeesatzbehälter zu schaffen.

Nur wenige Augenblicke später stellt Emily mir meinen Becher auf die Theke.

»Danke. Und ich nehme noch einen Blaubeermuffin«, sage ich und schiebe ihr das Geld rüber.

Sie reicht mir das Gebäck und mein Wechselgeld.

»Wir sehen uns morgen bei Gericht.« Ich wende mich Richtung Ausgang.

Hinter mir höre ich, wie Emily freundlich nach der Bestellung der Frau fragt. Diese scheint keine der geduldigen Sorte zu sein, denn noch bevor sie ihre Bestellung nennt, macht sie ihrem Ärger Luft. Ich bleibe an der Türe stehen und sehe mich um, doch Emily braucht weiß Gott keine Unterstützung.

Als ich mich gerade ein zweites Mal abwenden will, sieht sie noch mal kurz auf, und ich verdrehe die Augen. Auch wenn sie sonst keine Miene verzieht, sehe ich, wie sie ihre Unterlippe zwischen die Zähne zieht, um nicht zu lachen.

Grinsend lasse ich die Tür hinter mir zufallen und gehe los in Richtung Uni.

24

Emily

Ich stehe vor dem Gerichtsgebäude und verlagere das Gewicht auf das andere Bein. Ich hätte wissen müssen, dass Lenny nicht pünktlich ist. Inzwischen bin ich so nervös, dass ich mir nicht mehr sicher bin, ob ich ihm überhaupt die Uhrzeit genannt habe, was Quatsch ist, weil ich ihn seit Montagabend bestimmt fünfmal an die Gerichtsverhandlung erinnert habe.

Wo zur Hölle steckst du?! 13:53

Zwei Minuten, bleib cool 13:53

Ich schnaube und blicke an dem riesigen Gebäude in meinem Rücken hoch. Die anderen sind bereits reingegangen, denn immerhin müssen wir in den elften Stock hoch. Wenn Lenny nicht jeden Moment kommt, war's das mit meiner Solidarität und ich gehe ebenfalls rein.

Als ich mich umdrehe, steht er plötzlich hinter mir und ich mache beinahe einen Satz rückwärts.

»Na, bereit für die große Show?« Lenny grinst mich an und seine raue Stimme verursacht ein irres Gefühl in meinem Bauch.

Er trägt eine graue Anzughose, in die er ein weißes Hemd gesteckt hat, und sieht verdammt attraktiv darin aus.

»Du kostest mich noch den letzten Nerv«, stoße ich aus und insgeheim meine ich nicht nur sein Auftauchen auf den letzten Drücker.

Besänftigend legt er seine Hand zwischen meine Schulterblätter und schiebt mich durch die Eingangstür.

Mit dem Aufzug fahren wir in den elften Stock und ich versuche, ihn nicht anzustarren, was mir nicht so leichtfällt, wie man meinen könnte. Seine schlanke Gestalt wird von dem taillierten Hemd betont und das Grau seiner Hose wirkt alles andere als langweilig an ihm.

Wir kommen gerade rechtzeitig, als die Tür zum Gerichtssaal aufgeht und wir eintreten dürfen. Die gegnerischen Parteien haben schon Platz genommen und uns werden die Stühle am Rand zugewiesen. Kaum dass wir sitzen, beginnt die Richterin zu diktieren.

»Sitzungsprotokoll Aktenzeichen 12 F 528 aus 22. Zur nicht öffentlichen Sitzung des Amtsgerichts Köln vom 30. Juni 2022 in Sachen Miriam Roth erschienen bei Aufruf die Kindsmutter Frau Roth mit Rechtsanwalt Stauffer, für das Bezirksjugendamt Frau Martins und Frau Seybold und als Verfahrensbeiständin Frau Kaspar. Zugelassen sind die Teilnehmer und Teilnehmerinnen des Forschungsprojekts *Familien stärken* der Universität Köln sowie der Technischen Hochschule Köln.«

Sie klickt zweimal mit dem Diktiergerät, dann spricht sie weiter. »Absatz. Verhandelt wird der Antrag nach §1666 BGB, das Jugendamt beantragt den Entzug der elterlichen Sorge und die Übertragung auf einen Ergänzungspfleger. Dem tritt entgegen die Kindsmutter.«

Lenny sitzt neben mir ganz außen, rechts von mir haben die anderen aus unserem Projekt und Professorin Staufenberg Platz genommen. Ich ziehe einen Block und einen Stift aus meiner Tasche und lege beides vor mir auf den Tisch. Dann beobachte ich die Kindsmutter, während die Mitarbeiterin des Jugendamts das Fallgeschehen erläutert.

Sie hält den Kopf gesenkt, ihre Wangen sind eingefallen und ihre beige Bluse ist total verknittert. Den Unterlagen nach, die wir im Vorhinein zugeschickt bekommen haben, ist sie alleinerziehend und seit zwei Jahren stark abhängig von Medikamenten. Sie hat mehrere Therapien abgebrochen und verweigerte zuletzt die Zusammenarbeit mit dem Jugendamt, was der Grund für den heutigen Termin ist.

»Wir sehen klare Gefährdungspunkte für Miriam. Frau Roth kann unter diesen Umständen nicht für Miriam sorgen. Das Betreuungskonzept, das wir auf den Weg gebracht haben, damit Miriam im Haushalt der Mutter bleiben kann, reicht nicht aus, um den Bedarf zu decken.« Die Jugendamtsmitarbeiterin Frau Seybold hat ihre Stimme erhoben und lässt sich von den plötzlichen Tränen der Kindsmutter nicht beeindrucken.

»Bitte erläutern Sie uns doch die Gefährdungspunkte, Frau Seybold.« Die Richterin wirft der Kindsmutter einen kurzen Blick zu.

Die Anwältin reicht derweil ihrer Mandantin ein Taschentuch. Neben mir greift Lenny nach meinem Stift und kritzelt etwas aufs Papier. Dann stößt er mich leicht an.

War klar, dass sie heult.

Ich werfe ihm einen missbilligenden Blick zu. Dann nehme ich meinerseits den Stift.

Sei nicht so empathielos, du kennst sie doch gar nicht!

Lenny zieht müde einen Mundwinkel hoch und nimmt mir den Stift wieder ab.

»Die Kindsmutter konsumiert weiterhin starke Beruhigungsmittel, die sie in ihrem Handeln einschränken. Sie kann unter diesen Umständen den Bedürfnissen von Miriam nicht gerecht werden. Die Kindsmutter hat ihre Therapie abgebrochen, die Teil der Schutzvereinbarung war. Außerdem zeigt sie sich absolut uneinsichtig und ist nicht kooperationsbereit.«

Siehst du. Wenn mir jemand leidtut, dann das arme Mädchen ...

»Wie ist die Einschätzung der Verfahrensbeiständin Frau Kaspar?«

»In meinem Bericht habe ich die Zustände beim letzten Hausbesuch geschildert. Die Wohnung war unordentlich, vor allem die Küche. Frau Roth ist offensichtlich gerade nicht in der Verfassung, sich um den Haushalt, sich selbst und insbesondere um Miriam zu kümmern. Nach dem Therapiebeginn machte es auf mich zunächst den Eindruck, Frau Roth würde ihrer Verantwortung gerecht und ihr Leben ändern.«

Sie macht eine kurze Pause und für einen Moment hört man nur das Rascheln des Papiers, als die Richterin die Stellungnahme durchblättert.

»Leider war nach dem Therapieabbruch keine Kooperation mehr möglich, sodass Frau Roth den Hausbesuch nach wenigen Minuten für beendet erklärte. Aus Sicht des Kindes stellt die jetzige Situation eine erhebliche Belastung dar, die –«

»Sie haben doch keine Ahnung ...«, setzt die Mutter mit lauter Stimme an und ein leises Raunen geht durch unsere Reihe. Lenny wirft mir einen skeptischen Blick zu und ich spüre, wie sich in meinem Nacken ein leichtes Kribbeln ausbreitet.

»Frau Roth, lassen Sie bitte Frau Kaspar aussprechen, Sie sind gleich an der Reihe«, mahnt die Richterin streng.

»Miriam erlebt zu Hause keine Zuverlässigkeit und keine Stabilität. Sie kann sich nicht darauf verlassen, dass ihre Mutter für sie da ist, wenn sie sie braucht. Das stellt für ein sechsjähriges Mädchen eine erhebliche Belastung im Alltag dar. Zudem fühlt Miriam sich verantwortlich für ihre Mutter, was sie in einen Loyalitätskonflikt stürzt.«

Meine Finger zittern, als ich den Stift ansetze, aber ich halte ihn fest und versuche, mich auf die Fakten zu konzentrieren.

Klare Gefährdungspunkte für ein Mädchen in dem Alter, schreibe ich.

Lenny schnappt sich den Kuli und weil er den Stift so stark drückt, bohren sich die Wörter, die er schreibt, mit blauer Tinte ins Papier.

Sie kann unmöglich die Verantwortung für das Mädchen behalten. Die Verfahrensbeiständin ist gut, sie hat den Blick auf dem Kind.

Ich bin überrascht und nicke Lenny anerkennend zu. Kaum zu glauben, aber er scheint plötzlich ein gewisses Interesse an dem Verfahren zu hegen.

»Mein Mädchen braucht mich, Sie dürfen mir mein Mädchen nicht wegnehmen«, heult die Kindsmutter auf und ich zucke leicht zusammen.

»Frau Roth, es geht hier nicht um Sie. Sie müssen endlich begreifen, dass Sie Verantwortung haben für ein kleines Kind, das auf Sie angewiesen ist. Sie können die Verantwortung nicht immer auf alle anderen abschieben«, sagt Frau Martins vom Jugendamt und spricht die Kindsmutter direkt an.

Atemlos verfolge ich den Schlagabtausch, als sich die Anwältin einschaltet.

»Meine Mandantin hat sich bisher auf alle Hilfen eingelassen und alle Ihre Anforderungen erfüllt. Die Therapie war aufgrund der Fahrtstrecke eine Zumutung, das muss Ihnen doch klar sein.« Die Anwältin tippt mit ihrem Stift auf die Unterlagen, die sie vor sich ausgebreitet hat. Die Atmosphäre im Gerichtssaal hat sich verändert, die Anspannung der Beteiligten ist beinahe mit Händen zu greifen.

»Wenn die Entfernung zur Therapieeinrichtung ein Grund für einen Abbruch ist, dann frage ich mich, wie aufgeschlossen Frau Roth der ganzen Maßnahme überhaupt gegenüberstand«, wirft Frau Martins ein und die Verfahrensbeiständin nickt.

»Okay, bringen wir bitte wieder etwas Struktur in die Sache. Rechtsanwältin Steffens, hat Ihre Mandantin geplant, eine alternative Einrichtung aufzusuchen?«

Mein Blick ruht auf der Mutter, deren braune Augen glasig sind. Tiefe Ringe liegen unter ihren Augen und ihr Blick irrt suchend zwischen den Beteiligten hin und her. Auf einmal spüre ich ein beklemmendes Gefühl in der Brust und das Kribbeln ist zurück. Ich sehe kurz zu Lenny rüber; er hat die Arme verschränkt, sein abschätziger Blick ruht auf der Kindsmutter. Er schüttelt kaum wahrnehmbar den Kopf und hat die Lippen zu einer schmalen Linie zusammengepresst, eine Reaktion auf die Antwort der Anwältin. In meinen Ohren rauscht es, sodass ich kaum noch etwas verstehe.

Ich stütze meinen Kopf in den Händen ab und versuche, ruhig zu atmen.

»Emma?« Lennys Stimme ist nur ein leises Raunen.

Ich hebe langsam den Kopf. Er sieht mich mit großen Augen an, aber das erkenne ich nur, weil er direkt neben mir sitzt und sich noch dazu zu mir rübergebeugt hat. Mein Blick ist verschwommen und am Rande meines Sichtfelds flackert es auf einmal dunkel. Ich versuche, meine Atmung zu beruhigen, doch ich merke, wie mich die Panik erfasst, an mir zerrt und mich mitreißen will.

»Emily!« Ein fester Griff um meinen Oberarm reißt mich aus der Konzentration. Ich habe keine Ahnung, ob die Anhörung noch weiterläuft oder nicht, schließe aber aus Lennys gedämpften Tonfall, dass das der Fall ist.

Ich richte meine Konzentration komplett auf die Hand, die mich festhält, und atme, bis Lennys Arm sich wenige Augenblicke später um meine Hüfte legt und mich hochzieht.

»Es gibt eine Unterbrechung. Los, raus hier.«

Ich folge ihm blindlings.

Lenny nickt nur knapp, als Professorin Staufenberg sich erkundigt, ob alles in Ordnung ist, und zieht mich mit. Im Aufzug schließe ich die Augen und lehne den Kopf gegen die kühle Wand. Als wir aus dem Gebäude stolpern, fühlt sich die frische Luft in meinem Körper an, als würde ich aus tiefem Wasser auftauchen und meine Lungen wieder mit Sauerstoff füllen.

Ich lasse mich auf eine Steinbank fallen und Lenny zieht eine Flasche aus seiner Tasche. Nachdem ich drei große Schlucke von dem Wasser genommen habe, lässt das Rauschen in meinen Ohren langsam nach.

Als ich aufblicke, begegne ich Lennys besorgtem Blick.

»Geht's wieder?«

Ich schaue über die Schulter zu den anderen aus der Gruppe, doch sie scheinen uns nicht zu beachten. Die meisten stehen um den Aschenbecher herum und unterhalten sich.

Weil ich meiner Stimme nicht ganz traue, räuspere ich mich, bevor ich nicke. »Ja, es war nur ...« Keine Ahnung, was eigentlich los war.

»Du warst plötzlich kalkweiß und es sah aus, als würdest du gleich umkippen. Gut, dass die Anwältin um Unterbrechung gebeten hat. Hattest du so was schon öfter?«

Ich schüttle langsam den Kopf.

»Du darfst das nicht an dich ranlassen«, sagt er leise. Es schwingt kein Vorwurf in seiner Stimme mit, höchstens so etwas wie Sorge.

»Diese Kleine ... Miriam. Sie ist so alt wie Eliana.«

Lenny nickt. »Ich weiß.« Er legt seine Hand sanft auf meinen Rücken und streicht zweimal darüber. »Aber bei ihr wird es anders laufen. Und wir haben die Möglichkeit, etwas für diese Kinder zu verändern. Genau deshalb unterstützt du doch dieses Projekt mit so viel Engagement.« Er sieht mich aufmunternd an.

»Ja, du hast recht. Ich glaube, es geht wieder.« Ich blicke auf und sehe, dass unsere Teammitglieder zurück ins Gebäude gehen.

»Sicher?« Lennys Blick ist skeptisch, aber ich stehe auf und nicke in Richtung Eingangstür, sodass er sich ebenfalls aufrichtet und mir folgt.

In der weiteren Anhörung rufe ich mir immer wieder Lennys Worte ins Gedächtnis. Sie sind wie ein Mantra und helfen mir, mich darauf zu konzentrieren, dass sowohl die Juristinnen als auch die Sozialarbeiterinnen hier sind, um den Kinderschutz sicherzustellen. Auch wenn die unterschiedlichen Professionen manchmal hart miteinander ringen, sie alle haben ein großes Ziel: dass es Kindern in Deutschland gut geht. Am besten innerhalb ihrer eigenen Familie und manchmal auch außerhalb. Es gelingt mir nur noch bedingt, mich auf die Anhörung zu konzentrieren, aber jedes Mal, wenn ich zu Lenny rüberblicke, ruht sein Blick auf mir.

Nach der Anhörung stehen wir noch kurz zusammen, bis die Verfahrensbeiständin zu uns stößt.

»Es freut mich, dass es geklappt hat, dass Sie an der Anhörung teilnehmen konnten«, sagt sie in unsere Runde.

Man merkt deutlich, dass Frau Kaspar auch bei den anderen einen positiven Eindruck hinterlassen hat. Sie ist souverän aufgetreten und hat die Interessen des Kindes begründet und nachvollziehbar vertreten.

»Wir treffen uns dann alle übernächste Woche am Montag. Bis dahin halten Sie bitte Ihre Eindrücke aus dem heutigen Verfahren fest.«

Lennys Blick trifft auf meinen und ich habe das erste Mal das Gefühl, dass er nicht ausschließlich genervt vom Projekt ist. Ganz vielleicht hat der heutige Termin sein Interesse gesteigert. Ich lächle ihn kurz an und wider Erwarten grinst er zurück.

Es hätte mich durchaus schlechter treffen können.

25

Lenny

Am Freitagabend machen Tom und ich uns auf den Weg in die *Cafébar* – inzwischen ein beliebter Ort, um unsere Abende zu starten. Wir treffen auf unsere Gruppe, die bereits einen der begehrten Terrassenplätze ergattert hat. Jess hat ein paar ihrer Freundinnen mitgebracht, sie haben sich die Stühle zusammengezogen und sitzend rauchend vor ihren Weingläsern.

Tom und ich setzen uns zu Luca und Pete.

»Was geht?« Pete nimmt einen tiefen Zug von seiner Zigarette.

Wir begrüßen die beiden mit einem Handschlag. Ich sehe mich nach den Kellnern um.

Die Terrasse der *Cafébar* ist überschaubar, aber dafür gemütlich hergerichtet. Die Lichterketten an der Abgrenzung zur Straße sorgen für eine schöne Atmosphäre. Die Luft ist abgekühlt, aber der Klang der vielen Stimmen erzeugt automatisch eine sommerliche Stimmung.

Als ich den Kellner entdecke, gebe ich ihm ein Zeichen. Wir bestellen einen Wein und bekommen kurze Zeit später eine Flasche mit Gläsern gebracht.

Jess hat uns inzwischen entdeckt und kommt zu uns rüber. Sie setzt sich auf die Armlehne meines Stuhls und hebt ihr Weinglas.

»Auf einen geilen Abend, Jungs«, ruft sie und ich stoße mein Glas leicht gegen ihres.

»Seid ihr schon lange da?«, will Tom wissen.

Jess schüttelt den Kopf. »Viel zu kalt heute, ich will hier auch nicht festwachsen. Ein, zwei Gläser, dann geht es weiter, würde ich sagen.«

»Mehr anziehen würde helfen«, sage ich und blicke vielsagend auf ihr kurzes Paillettenkleid.

Sie streckt mir die Zunge raus und steht auf. »Nur kein Neid.« Sie wirft dramatisch ihre Haare zurück und zieht wieder ab.

Ich schüttle den Kopf, aber Tom lacht nur. »Das kann ja was werden«, kommentiert er ihren Auftritt.

Gelächter aus der *Cafébar* lässt mich aufblicken. Hinter dem großen Fenster sitzt eine Gruppe, ähnlich groß wie unsere. Ich entdecke Emily sofort. Ihr Stuhl steht nahe am Fenster, ihre Haare sind offen und sie lächelt. Vor ihr sitzt ein Typ, der mir nicht bekannt vorkommt, sodass ich sie nur sehe, wenn er sich wie jetzt gerade zurücklehnt. Neben ihr sitzt Linda, ihre Mitbewohnerin. Anscheinend ist auch bei ihnen heute Party angesagt.

Nach der ersten Flasche bestellen wir eine zweite und als wir aufbrechen, sind wir alle schon gut dabei. Wenigstens steigt die Party heute in einem Club im belgischen Viertel, sodass wir keine lange Fahrt mit der Bahn vor uns haben. Nach wenigen Stationen sind wir da. Vor dem *Cheers* ist nur eine kurze Schlange, was bedeutet, dass wir früh dran sind, aber was soll's.

Wir begrüßen den Türsteher, der uns inzwischen alle persönlich kennt.

»Das habe ich mir doch gedacht, dass ich euch heut hier sehe«, dröhnt er mit seiner tiefen Stimme und haut mir auf die Schulter.

»Haben wir uns schon mal eine gute Party entgehen lassen?«, frage ich zurück und er lacht.

»Wie ich sehe, bringt ihr auch wieder ein paar bezaubernde Mädels mit, ganz wie es sich gehört«, sagt er charmant und winkt die Gruppe um Jess durch. Er zwinkert uns zu. »Viel Spaß.«

Wir bedanken uns und gehen ins Gebäude.

Im Eingangsbereich geben wir unsere Jacken ab. Ausnahmsweise trage ich ein schwarzes Hemd, denn ich habe keine Lust, in dem Schwarzlicht im Club zu leuchten wie ein Komet. Tom ist wie immer leger gekleidet.

Als wir reinkommen, ist es voller als erwartet, auch wenn die Tanzfläche noch eher verwaist ist. An der Bar holen wir uns neue Drinks, während sich in unserem Rücken der Raum weiter füllt.

Tom lehnt sich an die Theke und lässt den Blick schweifen. Dann stößt er mich an und nickt in Richtung einer Gruppe junger Frauen, die den Club vor wenigen Augenblicken betreten hat.

»Könnte ein erfolgreicher Abend werden.« Er grinst breit.

Ich nicke bloß und nehme einen Schluck von meinem Drink.

Die Musik wird lauter und die ersten Tanzwütigen bevölkern die Tanzfläche, sodass die Gruppe aus unserem Blickfeld gerät.

»Hier habt ihr euch versteckt«, ruft Jess und legt von hinten die Arme auf meine Schultern.

Ich wende mich ihr zu. »Und du? Nicht die Erste auf der Tanzfläche?«

»Los, seid nicht solche Langweiler und kommt mit«, fordert sie uns heraus.

Tom kippt seinen Drink und stellt ihn hinter sich auf die Bartheke. Ich folge den beiden mit meinem Glas in der Hand. Ich war nie der große Tänzer, aber für Clubs mit lauter Betrunkenen reicht es allemal.

»Lenny, geil, dich zu sehen.« Alex aus dem Fitness taucht neben mir auf. Außerhalb des Studios haben wir normalerweise nichts miteinander zu tun. Wir begrüßen uns mit Handshake.

»Was geht, Mann?« Er beugt sich zu mir, um die Musik zu übertönen.

»Nicht viel, bin hier mit Leuten aus der Uni«, sage ich und deute rüber zu Jess, die sich schon irgendeinen Typen klargemacht hat, jedenfalls tanzen die beiden mit deutlichem Körperkontakt.

Tom tanzt mit einer von Jess' Freundinnen und zeigt kurz auf, als er mich mit Alex sieht.

»Cool«, sagt dieser, »hau rein.«

Ich nicke. »Du auch.« Dann wende ich mich wieder meiner Gruppe zu.

Tom und Jess' Freundin gesellen sich zu mir, obwohl wir aufgrund der Lautstärke relativ schnell aufgeben, miteinander zu sprechen. Irgendwann stößt Tom mich erneut an.

»Alter, Lenny, ist das nicht diese Kleine, mit der du abhängst?«, fragt er und deutet in Richtung Treppe, die in den zweiten Stock des Clubs und zu den Toiletten führt.

Ich folge seinem Blick und sehe zwei Mädels die Stufen herunterkommen. Weil sie das Gesicht abgewandt hat, hätte ich sie beinahe nicht erkannt, obwohl ich sie heute Abend schon einmal gesehen habe.

»Sie ist doch nicht so unscheinbar, wie ich dachte«, ruft Tom direkt an meinem Ohr und ich zucke leicht zusammen.

Emily trägt hohe Sandaletten und ein knielanges, enges schwarzes Kleid. Die offenen Haare sind mir vorhin schon aufgefallen; meistens sehe ich sie nur mit Zopf, abgesehen von dem Morgen, als ich neben ihr aufgewacht bin.

Ich schüttle den Gedanken ab und beobachte, wie sie mit ihrer Freundin die letzten Stufen hinter sich lässt. Im Gegensatz zu Tom hätte ich sie zwar nicht als unscheinbar beschrieben, doch er hat recht. Sie kleidet sich normalerweise eher unauffällig, aber nicht heute. Ich hätte ihr niemals zugetraut, dass sie in solchen Schuhen überhaupt laufen kann.

Tom wendet sich wieder den anderen zu, während ich mit meinem Blick Emily folge. Ihre Freundin geht voraus und steuert in unsere Richtung. Ich wende mich kurz ab und leere meinen Drink, dann stelle ich ihn in der Nähe auf einem kleinen Tisch ab.

Als ich mich wieder umdrehe, drängen sich die beiden Frauen gerade hinter mir vorbei in Richtung der Lounge. Dort gibt es einige Sitzmöglichkeiten und die Gruppe aus der *Cafébar* scheint ein paar Plätze ergattert zu haben.

Emily nimmt keine Notiz von mir, obwohl ich praktisch nur die Hand ausstrecken müsste, um sie zu berühren. Ohne groß darüber nachzudenken, tue ich es.

»Emma.« Irgendwie gefällt mir diese Abkürzung.

Sie blickt überrascht zuerst auf meinen Arm, dann in mein Gesicht und lächelt. »Hey, Lenny«, ruft sie über die Musik hinweg und kommt einen Schritt näher.

In diesem Moment wird sie von einem Typen angerempelt, der sie um mindestens einen Kopf überragt, und fällt beinahe in meine Arme.

»Ich hatte mich schon gewundert, wie du in diesen Schuhen laufen kannst«, sage ich in ihr Ohr, und sie befreit sich aus meinem Griff, mit dem ich sie aufgefangen habe, um mir einen bösen Blick zuzuwerfen. »Gern geschehen.« Ich kann mir ein Lachen nicht verkneifen.

»Jaja, mach dich nur lustig.«

Sie sieht sich nach ihrer Freundin um, die gerade am Tisch der Clique ankommt, da sie anscheinend nicht bemerkt hat, dass Emily stehen geblieben ist.

»Nein, mache ich nicht«, sage ich besänftigend und ziehe sie wieder etwas näher, um nicht so schreien zu müssen. »Du siehst fantastisch aus.« Ich lasse meinen Blick über das enge Kleid schweifen.

Sie bedankt sich, aber blickt verlegen zur Seite.

»Was machst du hier?«, frage ich und sie zuckt die Schultern, als wäre es offensichtlich.

»Tanzen«, erklärt sie dann und ich lache.

»Davon habe ich noch nichts gesehen.«

Ich hebe unsere beiden Hände und sie dreht sich widerwillig einmal unten durch. Als sie sich mir wieder zuwendet, lächelt sie. Immerhin.

»Ich bin nicht betrunken genug, glaube ich. Meine Freunde haben mich genötigt mitzukommen«, beschwert sie sich und streicht sich mit der freien Hand eine Strähne hinters Ohr.

»Das können wir ändern«, schlage ich vor und grinse sie an, doch sie winkt ab.

»Ich denke, ich sollte wieder zurück zu meinen Leuten, sonst wundern sie sich noch, wo ich bin.« Durch die vielen Menschen versucht sie einen Blick auf ihre Freunde zu erhaschen. Trotz der hohen Schuhe bin ich noch einen knappen Kopf größer als sie.

»Ich glaube, das ist kein Problem«, sage ich mit einem Blick zu Emilys Freundin, die uns beide entdeckt hat und etwas skeptisch in unsere Richtung sieht. Bevor Emily entscheiden kann, mich stehen zu lassen, ergreife ich die Initiative. »Außerdem habe ich doch noch was gut bei dir. Trink etwas mit mir und ich entlasse dich aus deiner Schuld.«

Sie lacht und blickt zur Seite.

»Ach, komm, sei keine Spielverderberin«, ermuntere ich sie und sie nickt.

»Na gut, ein Drink.«

Sie folgt mir auf die andere Seite der Tanzfläche zur Bar. Wir rufen dem Barkeeper unsere Wünsche zu und ich zahle.

»Ich dachte, du entlässt mich aus meiner Schuld«, ruft Emily mir zu, als wir mit unseren Getränken vor der Bar stehen.

»Es ging ja nur ums Trinken, nicht ums Zahlen«, sage ich und stoße mein Glas an ihres.

Sie schüttelt den Kopf, aber lächelt mich an, bevor sie den ersten Schluck nimmt.

Wenn ich in diesem Rhythmus weitertrinke, dauert es nicht mehr lange und ich bin mal wieder komplett raus. Ich nehme mir vor, nach diesem Drink eine Pause zu machen.

Jetzt, wo Emily da ist, erscheint es mir gar nicht mehr so erstrebenswert, mich abzuschießen.

Emily schwenkt lässig ihr Getränk und lehnt sich dabei links an die Theke. »Mit wem bist du hier?«, fragt sie mich.

»Mit der ganzen Truppe, Tom, Jess und ein paar Freunden. Hätte nicht erwartet, dich hier zu treffen.«

»Ja, wie gesagt, war auch nicht meine Idee.«

Sie will weitersprechen, doch in diesem Moment drängt sich ein Typ an mir vorbei und Emily wird zum zweiten Mal angerempelt. Sie erschrickt und balanciert automatisch das Glas in ihrer Hand aus. Man merkt, dass sie das vom Kellnern gewohnt ist.

»Alles in Ordnung?«, frage ich, und sie reibt ihre Hand an ihrem Kleid ab, das etwas von ihrem Getränk abgekommen hat.

»Soll ich den verprügeln gehen?« Ich lege einen Arm auf ihre Schulter.

Sie schmunzelt. »Nein danke, alles okay.« Sie nimmt einen großen Schluck.

Ich will mich noch nach diesem Typen umsehen, als ich in der Bewegung erstarre, weil mich jemand von hinten am Oberarm packt. Diesmal verschütte ich beinahe mein Getränk und drehe mich wütend um.

Hinter mir steht ein breit gebauter Typ, der aussieht, als würde er regelmäßig ins Fitnessstudio gehen, und hält immer noch meinen Oberarm fest.

»Du schon wieder«, knurrt er.

Ich reiße mich los und will ihn schon von mir stoßen, als Emily sich an mir vorbeidrängt. Erst jetzt registriere ich, dass ihre Freundin hinter ihm steht, und wo ich genauer hinsehe, kommt mir der Typ vage bekannt vor. Ich kann ihn nur nicht zuordnen und wegen des Alkohols fällt es mir schwer, einen klaren Gedanken zu fassen.

»Alles gut, David«, ruft Emily mit lauter Stimme und legt ihm beschwichtigend ihre Hand auf den Arm. Ihre Freundin beugt sich an David vorbei und sagt etwas, das ich wegen der Musik nicht verstehe. David hört auch zu, behält mich aber weiter im Blick.

Jetzt weiß ich auch wieder, woher ich den Typen kenne. Er war mit Emily im Supermarkt und ist einer ihrer Mitbewohner.

Was zur Hölle soll das denn? Hat Emily was mit ihm? Nachdem sie in unseren Gesprächen nichts darüber erwähnt hat, halte ich das für unwahrscheinlich, aber was weiß ich schon.

Emily redet auf ihre beiden Freunde ein. Ich wende mich ab und nehme einen weiteren Schluck. Dann lasse ich meinen Blick über die tanzenden Körper schweifen und versuche jemanden aus meiner Gruppe ausfindig zu machen. Ich schaue mich noch einmal nach Emily um, aber sie ist weiterhin in das Gespräch mit den beiden vertieft.

Zuerst stehe ich einfach nur da, doch dann werde ich zweimal so angerempelt, dass mein Drink überschwappt. Bevor ich mich noch mehr mit dem Zeug einsaue, trinke ich ihn leer. Ich sehe mich gerade nach einem Tisch um, auf dem ich das Glas loswerden kann, und bin inzwischen ziemlich genervt, als mir plötzlich ein Mädchen in den Weg tritt.

»Lenny? O mein Gott, du bist es«, kreischt sie und fällt mir um den Hals.

Ich durchforste meinen Kopf nach ihrem Namen, aber komme nicht drauf, dafür weiß ich umso besser, wann ich sie das letzte Mal gesehen habe. Sie war es, die mich mit Jessy aus dem Unigebäude geschleppt hat, sodass ich meiner Professorin vor die Füße kotzen konnte. Hätte ich mich an diesem Abend nicht so abgeschossen, wäre es zwischen uns sicher weiter gegangen als die harmlose Knutscherei. Und auch dieses Mal bin ich ziemlich betrunken.

»Weißt du nicht mehr, wer ich bin?«, ruft die Kleine direkt an meinem Ohr und schüttelt ihre dunkle Lockenmähne.

»Von dem Abend ist außer dem Debakel vor dem Gebäude nicht viel hängen geblieben«, entschuldige ich mich.

Sie legt ihre Hand an meine Hüfte und beginnt, sich zur Musik zu bewegen. »Das ist zu schade. Wir könnten das nachholen«, sagt sie und streift mit ihren Lippen meine Wange.

»Eigentlich habe ich gerade …«, setze ich an und zeige Richtung Emily.

»Sie sieht nicht so aus, als hätte sie noch Interesse. Komm mit.«

Sie schnappt meine Hand und zieht mich durch die Menge weg von der Bar. Ich werfe Emily einen letzten Blick über die Schulter zu, doch die beachtet mich gar nicht, also stolpere ich hinter dem Mädchen her.

»Aileen«, erinnert sie mich und jubelt, als der nächste Song angespielt wird, dann bleibt sie dicht vor mir stehen und legt ihre Hände um meinen Nacken.

Sie geht ganz schön ran, andererseits ist das genau das, was Tom und ich uns für den heutigen Abend vorgenommen hatten … bevor ich Emily begegnet bin. Jetzt ist es mir gerade recht, dass der Alkohol meine Gedanken benebelt, und meine schlechte Laune von eben ist wie weggeblasen.

Als wir eine Weile so getanzt haben, sehe ich Tom auf mich zukommen, der auf Aileen zeigt und breit grinst.

»Haha, Lenny, du hast was gutzumachen«, ruft er, als er an mir vorbeigeht und lacht, aber ich grinse nur vielsagend.

Ich spüre Aileens Lippen an meinem Hals und sie schiebt ihre Hüfte eng gegen meine. Inzwischen ist es so voll im Club, dass wir umzingelt sind von zahlreichen anderen Pärchen und Gruppen, die sich auf der Tanzfläche bewegen, trotzdem fühlt es sich anonym an, und ohne weiter darüber nachzudenken, lege ich meine Hand an Aileens Kinn.

Sie löst sich von meiner Schulter und sieht mit ihren großen braunen Augen unschuldig zu mir auf. Dann schlingt sie die Arme um meinen Hals und zieht mich zu sich herunter. Sie drückt ihre Lippen auf meine und küsst mich.

Sie schmeckt süß, nach irgendeinem Mischgetränk, das sich mit dem Geschmack meines Drinks verbindet, als ich mit der Zunge vorsichtig ihre Oberlippe entlangfahre. O ja, ich erinnere mich an sie. Gleichzeitig schiebt sich Emilys Bild in meine Gedanken und auf einmal bin ich abgelenkt. Ich löse mich von Aileen, aber wir bewegen uns weiter zur Musik. Sie lässt ihre Hand in meinem Nacken und führt die Lippen an mein Ohr, sodass ich sie über den Bass hinweg hören kann.

»Willst du mehr davon?«

Na, so was. Jess hat mir eingeredet, dass die Kleine wohl stinksauer auf mich ist, nachdem ich sie stehen gelassen und auf den Boden gekotzt habe. Da hat sie sich offensichtlich getäuscht ... oder sie hat mich getäuscht. Ich habe eher den Eindruck, dass Aileen nur hierauf gewartet hat. Aber will ich mehr davon? Und warum hängt diese Frage in einer Weise mit Emily zusammen, die ich nicht erfassen kann? Scheiße. Dieses Mädchen macht mich noch völlig verrückt.

In diesem Moment wird mir klar, dass Aileen immer noch vor mir steht, und ich versuche, meinen Fokus wieder auf sie zu richten. Der letzte Drink haut ziemlich rein.

»Komm«, sagt sie, aber ich lese es mehr an ihren Lippen ab.

Sie zieht mich einmal quer durch den Club in Richtung Treppe. Davor hält sie sich rechts, dort wird es dunkler und es gibt zwei Gänge. Ich kenne den Club zwar gut, war aber noch nie hier.

Sie dreht sich lachend zu mir um und ich halte sie auf.

»Wo gehen wir hin?«

»Vertrau mir, ich kenn mich hier aus«, sagt sie und ich folge ihr durch die linke Tür, die in einen unbeleuchteten Gang führt. Ihre Absätze klicken leise auf dem Boden, die Musik klingt schon nach wenigen Metern dumpfer. Aileen dreht sich im Laufen zu mir um und hält ihren Finger vor die Lippen, mit der anderen Hand zieht sie mich hinter sich her.

Rechts von uns gibt es verschiedene Türen, die geschlossen sind. Nach ein paar Schritten bleibt sie stehen und legt ihr Ohr an eine von ihnen.

Ich sehe sie fragend an und sie nickt mir zu. Dann drückt sie die Türklinke herunter und verschwindet in dem Raum. Ich gehe ihr nach und schließe die Tür hinter mir.

Hier ist die Musik kaum noch zu hören, deshalb höre ich meinen Atem in meinen Ohren wummern. Ich bleibe am Türrahmen stehen, bis meine Augen sich langsam an die Dunkelheit gewöhnt haben, und sehe mich um. In meinem Rücken dreht Aileen den Schlüssel im Schloss.

»Was ist das hier?«

Sie stellt sich direkt vor mich. »Der Backstagebereich. Wenn Auftritte stattfinden, haben die Künstler hier ihr Zeug und werden bewirtet. Ich habe mal im Service gearbeitet.« Sie kichert leise.

»Aha. Also, bist du öfter hier?«

Sie macht einen Schritt auf mich zu. »Natürlich nicht, was denkst du?«

Keine Ahnung, was ich denken soll, wenn ein ziemlich heißes Mädel mich mit in den Backstagebereich eines Clubs nimmt. Wahrscheinlich sollten meine Gedanken nicht bei einer anderen sein, die mir mit sechsunddreißig Fragen und einem schlichten schwarzen Kleid den Kopf verdreht hat.

Aileen kommt noch näher und beugt sich nach vorne, um mich zu küssen. Ich schließe die Augen, nur um sie eine Sekunde später wieder aufzureißen. Verdammt. Ich kann das nicht. Ich mache einen Schritt zurück und Aileen sieht mich irritiert an.

»Tut mir leid, ich …«, setze ich an, aber dann spare ich mir die Erklärung und wiederhole nur erneut eine Entschuldigung. Ich schließe die Tür in meinem Rücken auf, lasse Aileen ohne ein weiteres Wort zurück und mache mich auf die Suche nach Emily.

26

Lenny

Nach einer halben Stunde gebe ich die Suche auf und verlasse den Club, um an der frischen Luft eine zu rauchen. Tom, der mir auf dem Weg nach draußen in die Arme gelaufen ist, kommt mit einem Drink und einer Coke aus dem Club und gesellt sich zu mir.

»Wo zur Hölle hast du gesteckt?«, fragt er und zündet sich ebenfalls eine Zigarette an. Er nimmt mir das Glas wieder ab, das ich für ihn gehalten habe. »Und seit wann trinkst du Cola?«

»Seit ich einen klaren Kopf brauche. Ich war im Backstagebereich«, antworte ich. Dann ziehe ich erneut an der Zigarette und lasse den Rauch durch Mund und Nase entweichen. Die kühle Luft vor dem Club ist angenehm und sorgt dafür, dass ich mich beinahe wieder nüchtern fühle.

»Als ob, erzähl keinen Scheiß.« Tom reißt die Augen auf. »Mit dem Mädel von der Uniparty?«

»Ja …«

Tom nickt anerkennend.

»Aber ich hab's nicht durchgezogen.« Ich lehne mich an die Wand hinter mir und nehme einen großen Schluck von der Coke. Ich bin zwar wieder nüchterner, dafür merke ich hier draußen langsam, dass ich müde werde.

»Was soll das heißen?« Tom sieht mich entgeistert an.

Ich schmeiße die Kippe auf den Boden und fahre mir durch die Haare. Fuck, ich bin echt verloren. »Emily …«, sage ich leise.

Tom reißt die Augen auf und dann formt sich sein Mund zu einem fetten Grinsen. »Alter, Lenny! Willst du mir gerade sagen, dass es ein Mädchen durch den steinernen Panzer bis in dein Herz geschafft hat?« Er lacht.

»Halt die Klappe, du dämlicher Idiot«, fahre ich ihn an, weil ich viel zu große Angst habe, über eine ehrliche Antwort nachzudenken.

»Hm. Ich habe sie übrigens gesehen, vielleicht fünf Minuten, bevor du mir in die Arme gelaufen bist. Ich glaube, die war ganz schön voll.« Er tritt seine Zigarette aus.

Überrascht sehe ich ihn an. Emily soll betrunken sein? Irgendwie will dieses Bild nicht in meinen Kopf. Es ist höchstens eine Stunde her, dass ich sie gesehen habe. Kurz blitzt so etwas wie ein schlechtes Gewissen in mir auf, weil ich einfach gegangen bin. Andererseits hat sie sich auch nicht gerade dafür interessiert, was ich mache, während sie mit ihrem persönlichen Aufpasser diskutiert hat. So eine Scheiße.

»Und Jess und die anderen, sind die schon weg?«, wechsle ich das Thema.

»Nein, nicht dass ich wüsste. Als du zurückkamst, waren noch alle da. Aber die kommen ja alle heim.«

Ich nicke und gähne. Ob Emily gar nicht mehr auf der Party ist?

Wir leeren unsere Getränke und machen uns wieder auf den Weg nach drinnen. Auf der Tanzfläche halten wir nach Jess Ausschau, gleichzeitig versuche ich weiter, Emilys hellbraune Haarmähne irgendwo zu entdecken. Jess und ihre Mädels finden wir schnell. Sie umarmt mich, als hätten wir uns tagelang nicht gesehen.

»Hey«, sage ich in ihr Haar.

»Ist dieser Abend nicht absolut geil?« Sie schwenkt ihren Drink, während sie sich weiter zur Musik bewegt.

Ich lache, auch wenn mir nicht so richtig danach zumute ist. »Wir gehen, bleibt ihr noch?«

Jess sieht mich mit großen Augen an. »Keine Ahnung, wo alle sind. Nimmst du mich mit?«

Ich verdrehe die Augen. »Nein, das mache ich nicht.«

Wir haben dieses Gespräch schon unendlich oft geführt, und bis vor unserer Aussprache neulich hat es immer häufiger damit geendet, dass wir im Bett gelandet sind, meist nicht nur nebeneinander.

»Du bist streng«, mault sie, aber ich lache nur.

»Süße, wenn ich jedes Mal Ja sage, wenn du betrunken bist und bei mir schlafen willst, war unser nettes Gespräch umsonst.«

Sie schmollt, aber das ist mir gerade egal. Vermutlich weiß sie morgen sowieso nur noch die Hälfte des heutigen Abends. Ich sehe mich nach Tom um.

»Bist du so weit?«, rufe ich ihm zu, auch wenn ich mir sicher bin, dass er mich über die Musik hinweg nicht verstehen kann.

Er winkt und ich fasse es als Zeichen auf, dass wir losgehen können. Ich wende mich wieder Jess zu und nehme sie in den Arm.

»Pass auf beim Heimfahren«, sage ich, und sie küsst mich auf die Wange.

»Tu ich immer.« Sie drückt meinen Arm.

Dann mache ich mich mit Tom auf den Weg zurück in die WG.

Als wir in der Bahn sitzen, ziehe ich mein Handy aus der Tasche. Ich habe eine ungelesene Nachricht von Emily und klicke auf *Anzeigen.*

Nur ein wahrer Gentleman lässt eine Frau allein mit ihrem Drink an der Bar stehen. 01:59

Oha, da klingt aber jemand angepisst. Ich blicke kurz auf. Tom hat sich zurückgelehnt und die Augen geschlossen. Auch wenn Emily vielleicht schon schläft, das werde ich nicht auf mir sitzen lassen. Abgesehen davon, war sie nicht allein, als ich gegangen bin.

Hätte ich gewusst, dass man es für einen Drink mit dir mit Goliath aufnehmen muss, hätte ich es gelassen 03:17

Meinen Witz bezüglich David finde ich überragend, auch wenn ich so eine Ahnung habe, dass Emily das so nicht stehen lassen wird. Aber gut, darüber mache ich mir morgen Gedanken. Oder nie. Soll sie doch denken, was sie will.

Ich blicke aus dem Fenster und schüttle den Kopf über mein Spiegelbild. Wem mache ich hier was vor?

Das Handy in meiner Hand leuchtet auf. Aha, also doch noch wach.

Und wer nicht kämpft, hat sowieso verloren 03:18

Sie ist vielleicht poetisch heute Nacht. Was soll ich darauf sagen? Ich wusste nicht, dass es was zu gewinnen gab. Genau das schreibe ich ihr auch. Und weil mir der poetische Scheiß auf die Nerven geht, schicke ich hinterher:

Erwartest du echt, dass ich warte, bis du die Erlaubnis hast, mit mir zu reden? Danke, das kann ich einfacher haben. 03:20

Sie treibt mich zur Weißglut. Warum ist sie nur so streitsüchtig? Ich kann mich nicht daran erinnern, mich mit einem Mädchen schon mal auf diese Art gezofft zu haben. Sie antwortet nicht, was mich erst recht anpisst.

Bis auf einmal mein Handy klingelt. Es ist Emily. Nicht ihr Ernst, dass sie das mitten in der Nacht ausdiskutieren will.

Trotzdem nehme ich den Anruf an, in dem Moment, in dem Tom sich aufrichtet und die Augen öffnet.

»Ja?«

»Hallo?!« Eine Stimme, die definitiv nicht Emily gehört.

»Hallo, wer ist da?«, frage ich zurück.

»Kennen Sie die Frau, mit deren Handy ich Sie anrufe? Ihr Kontakt war auf dem Display geöffnet.«

Mir wird schlecht.

»Ja, was ist mit ihr?«

»Sie heißt Emily Kehl«, sagt irgendjemand, vermutlich zu der Frau am anderen Ende der Leitung. Ich will schon antworten, als sie wieder das Wort ergreift.

»Wir sind in der Bahn am Barbarossaplatz. Sie und ihr Begleiter sind einfach zusammengeklappt.« Sie klingt bestürzt. Im Hintergrund höre ich weitere aufgeregte Stimmen.

»Haben Sie den Krankenwagen gerufen?«, frage ich drängend und Tom blickt mich erschrocken an.

»Ja, sie sind unterwegs. Wir sind an der Haltestelle, die Bahn ist stehen geblieben. Ich wollte nur jemanden informieren«, erklärt die Frau.

Scheiße. War Emily doch so betrunken, wie Tom sagt?

»Vielen Dank, ich komme, so schnell ich kann«, erkläre ich und blicke auf.

Noch zwei Stationen bis zum Barbarossaplatz, aber da die Bahn vor uns vermutlich die Einfahrt blockiert, werden wir nicht viel weiterkommen.

»Was ist passiert?«, fragt Tom.

»Eine Frau hat von Emilys Nummer angerufen. Sie und jemand, mit dem sie unterwegs war, sind zusammengebrochen. Sie hat mir kurz vorher geschrieben«, fasse ich die Ereignisse knapp zusammen.

»O mein Gott. Und was hast du jetzt vor?«

Bevor ich antworten kann, ertönt eine Lautsprecherdurchsage.

»Aufgrund eines medizinischen Notfalls in einer anderen Bahn endet unsere Fahrt am Zülpicher Platz. Sie können von dort die Busse in Richtung …« Ich höre nicht weiter zu.

»Zu Fuß bin ich schneller.«

»Du willst hin?«, fragt Tom überrascht.

»Ich weiß auch nicht. Anscheinend bin ich der Einzige, der Bescheid weiß. Vielleicht kann ich helfen«, versuche ich mich selbst zu beruhigen.

Ich spüre eindeutig, wie die Angst Besitz von mir ergreift und mir alle möglichen Horrorszenarien durch den Kopf geistern.

»Okay, ich komme mit«, sagt Tom und wir stehen auf.

Am Zülpicher Platz steigen wir aus und joggen in Richtung Barbarossaplatz. Tagsüber dauert der Weg aufgrund des Verkehrs und der Fußgängerampeln wesentlich länger, doch jetzt sind kaum Fahrzeuge unterwegs.

Nach weniger als fünf Minuten kommen wir am Bahnsteig an. Die Bahn steht nach wie vor am Gleis, die Sanitäter sind vor Ort und zwei Polizisten sind gerade dabei, ein paar Schaulustige zu vertreiben. Wir laufen bis zur provisorischen Absperrung und bleiben dahinter stehen. Eine Frau um die fünfzig kommt auf mich zu.

»Sie können dort nicht entlang, die Bahn fährt nicht«, erklärt sie bestimmt. Dann sehe ich, dass sie Emmas Handy in der Hand hält.

»Wir haben telefoniert«, rufe ich und zeige auf das Handy.

Sie blickt überrascht darauf. »Dann sind Sie Lenny?« Sie winkt mich näher.

Ich nicke.

»Entschuldigen Sie«, spricht sie einen der Sanitäter in der Nähe an. »Der junge Mann hier kennt die beiden.«

Der Sanitäter kommt zu uns. »Hallo. Stimmt das?«

»Emily Kehl? Wir waren heute Nacht im selben Club, wir haben ein gemeinsames Studienprojekt«, erkläre ich dem Sanitäter.

Er nickt. »Der Mann heißt David Jahn, kennen Sie ihn auch?«

»Er ist ihr Mitbewohner, er war auch im Club«, bestätige ich.

»Okay, können Sie mir sagen, was passiert ist?«

Der Sanitäter winkt mich etwas zur Seite, weg von der Frau und von Tom. Ich blicke rüber zu Emily, die gerade von den anderen Sanitätern auf eine Trage gelegt wird. Sie hat eine Atemmaske im Gesicht und einer der Helfer hält eine Infusion hoch.

»Ich ... ich weiß nicht«, stottere ich. »Sie war zuerst in der *Cafébar* in der Südstadt. Danach im *Cheers*. Ich weiß nicht, was sie getrunken hat, außer ein Getränk, das ich ihr gekauft habe. Es war ein Caipi, sie hat ihn direkt vom Barkeeper entgegengenommen«, erkläre ich.

»Konsumiert sie irgendwelche Drogen?«

»Nein, nein. Sicher nicht«, erkläre ich aus voller Überzeugung. »Sie raucht nicht mal.«

»Verstehe.« Der Sanitäter winkt einen der Polizisten dazu. »Der junge Mann hat einen Teil des Abends mit den beiden verbracht. Sieht nach BTM aus.«

Der Polizist kommt näher und stellt Fragen, dann macht er sich einige Notizen.

Während David und Emily vom Gleis wegtransportiert werden, nimmt der Polizist noch meine Personalien auf.

Einer der Sanitäter wendet sich mir zu. »Wir nehmen die beiden mit. Solange sie noch bewusstlos sind, können Sie nichts machen. Wenn sie von der Notaufnahme ins Zimmer verlegt werden, können sie Besuch empfangen.«

Er nennt mir die Adresse des Krankenhauses. Ich nicke und fahre mir nervös durch die Haare.

Ich bin geschockt und weiß nicht, was ich tun soll. Ich habe nicht mal gefragt, wie der Zustand der beiden ist. Aber sie hätten es mir doch gesagt, wenn es schlimm um sie stünde, oder? Ich habe keine Ahnung, schließlich bin ich kein

Angehöriger der beiden, sie haben nur mit mir gesprochen, weil sie sich Informationen über den Konsum erhofft haben. Schließlich gehe ich zurück zu Tom.

»Was ist passiert? Geht's dir gut? Du siehst echt scheiße aus.«

Ich fahre mir noch mal durch die Haare. Vorhin war ich noch müde, jetzt bin ich voller Adrenalin, aber fühle mich gleichzeitig komplett ausgelaugt.

»Keine Ahnung, Mann, das ist so ein Horror. Sie lag da einfach mit so 'ner Maske im Gesicht …« Ich breche ab.

»Wie konnte das passieren?«, fragt Tom entsetzt.

»Ich weiß es nicht.« Ich lasse den Kopf sinken. »Jemand muss ihnen was ins Getränk getan haben, sonst wäre es nicht David auch passiert. Scheiße, was ist mit ihren Freundinnen? Linda, ihre Mitbewohnerin, war bei der Gruppe, und eine andere Freundin, die ich nicht kenne.« Was ist, wenn auch sie etwas im Getränk hatten?

»Hast du eine Nummer von ihnen?«, fragt mich Tom eindringlich.

Ich schüttle den Kopf.

Er zieht Emilys Handy aus der Hosentasche. »Die Frau hat es mir gegeben. Die Bildschirmsperre ging rein, nachdem sie dich angerufen hat. Du weißt nicht zufällig ihren Code?«

Ich stutze. Als ich das erste Mal bei ihr war, habe ich ihr meinen gesagt. Ich weiß noch, wie überrascht sie geschaut hat, als wäre es irgendwie was Besonderes. Sie hat mir ihren nicht gesagt, aber ich erinnere mich, dass sie irgendwas in die Richtung erwähnt hat.

»Ihr Geburtsdatum?«

»Und das wäre?«

Ich überlege. »13. Dezember, ein Jahr jünger als ich, 2000. Also probier mal 131200?«, schlage ich vor.

Er dreht das Display zu mir. Falsche Eingabe.

Ich zermartere mir das Hirn. Tom geht ein paar Schritte auf die Treppe zu und setzt sich, während ich hin und her tigere.

»Irgendein Datum, das ihr was bedeutet?«, fragt er.

Mir kommt Eliana in den Sinn.

»Ihre kleine Schwester. Sie hat erzählt, sie ist im Sommer geboren, Emily war vierzehn«, erzähle ich hastig.

Tom sieht mich verwundert an. »Wie kannst du dir so 'nen Scheiß nur merken?«

Bei meinem Gesichtsausdruck zuckt er schuldbewusst zusammen.

»Und was soll ich jetzt eingeben?«

Ich rechne im Kopf und überlege, wann Eliana geboren sein müsste. Plötzlich fällt mir etwas ein.

»Eins, drei«, rufe ich und bleibe aufgeregt stehen.

Tom sieht mich verständnislos an.

»Probier mal 130614«, sage ich und Tom tippt die Zahlen ein.

Dann schüttelt er den Kopf. »Sicher, dass es sechs Ziffern sind?«

Ich schlage mir gegen den Kopf. »Nein, nicht unbedingt, das habe ich nur angenommen, weil es bei mir sechs sind. Probier mal 1306.«

Er gibt es ein und reicht mir mit triumphierendem Lächeln das Gerät.

Ich habe keine Zeit, erleichtert zu sein, sondern suche sofort in den Kontakten nach Lindas Nummer. Das Freizeichen ertönt, doch zuerst geht niemand ran. Ich versuche es noch mal und sie nimmt beim dritten Klingeln ab.

»Emily?«, fragt sie und klingt alarmiert.

»Nein, Lenny.«

»Was?«

Sie wirkt keineswegs erleichtert, aber vermutlich höre ich mich auch nicht gerade beruhigend an.

»Geht's dir gut?«, frage ich direkt.

»Was? Du rufst mich mit Emilys Handy mitten in der Nacht an, um mich zu fragen, ob es mir gut geht? Gib mir Emily«, verlangt sie und klingt wütend.

»Tut mir leid, ich bin ziemlich durch den Wind. Emily und euer Mitbewohner sind in der Bahn zusammengebrochen. Ich rufe dich an, weil ich Sorge hatte, dass dir und eurer Freundin auch etwas passiert sein könnte«, versuche ich, möglichst ruhig zu erklären.

»Was? O mein Gott!« Sie klingt sofort panisch.

»Linda, beruhig dich, sie sind im Krankenhaus, es wird alles gut. Geht's dir gut?«, frage ich nochmals eindringlich.

»Ja, ich ... ich glaube schon«, piepst sie.

»Die andere Freundin von euch, wer ist sie? Kannst du sie erreichen? Du solltest am besten alle anrufen und sichergehen, dass ihnen nichts passiert ist«, versuche ich ihr klarzumachen.

Ihre Atemfrequenz erhöht sich, aber sie sagt nichts.

»Linda? Hast du mich verstanden?«

»Ja, ich ...« Die Überforderung ist ihr deutlich anzuhören.

Tom sieht mich aufmerksam an und wartet auf meine Reaktion.

»Wo bist du?«

»Zu Hause, ich bin schon früher gegangen. Emily wollte ja mit David kommen«, erklärt sie.

»Okay, wir sind gleich da«, sage ich und Tom springt auf.

Wir nehmen das nächstbeste Taxi und lassen uns zur WG fahren. Als wir nach einem kleinen Sprint im vierten Stock ankommen, öffnet uns eine verheulte Linda die Tür. Instinktiv nehme ich sie kurz in den Arm. Aaron steht hinter ihr im Flur und winkt uns in die Küche.

Wir schildern in Kurzfassung, was genau vorgefallen ist, und entscheiden, dass wir schnellstmöglich allen Bescheid geben, die betroffen sein könnten. Linda hat bereits eine Freundin angerufen. Wir informieren den Rest der Gruppe und erreichen zum Glück alle. Außer David und Emily scheint es allen gut zu gehen, doch der Schreck ist groß.

»Wie konnte so was passieren?«, ergreift Aaron das Wort, als wir gemeinsam am Tisch in der Küche sitzen. Linda ist nach wie vor ein Nervenbündel.

»Ich weiß es nicht, wir waren nicht die ganze Zeit beieinander. Sie war mit Kimberly und David zusammen und irgendwas war mit einem Typen, aber –«, erklärt sie und ich unterbreche sie.

»Der Typ war ich, und wenn du nicht wirklich denkst, dass ich ihr was in ihren Drink getan habe, dann hilft uns das nicht weiter.«

Sie sieht mich überrascht an. »Ich habe nur mitbekommen, dass Kim David geholt hat, wegen ihr. Aber das ist vermutlich auch schon zu lange her gewesen.«

»Vor allem ergibt es keinen Sinn. Was war danach?«, frage ich.

»Ich bin gegen halb zwei gegangen. Soweit ich weiß, war sie immer mit jemandem aus der Gruppe zusammen«, erklärt Linda.

»Hatten alle ihre Getränke im Blick?«, schaltet sich Tom ins Gespräch ein.

»Kann ich nicht sagen, ich schon. Vielleicht war auch nicht die ganze Zeit jemand am Platz und sie hatten ihre Drinks dort?«, fragt sie.

»Sicher herausfinden können wir es jetzt vermutlich nicht. Vielleicht können Emily und David was berichten, wenn sie wieder wach sind«, sagt Aaron.

»Du hast doch mit Emily geschrieben, hat sie erwähnt, dass es ihr irgendwie schlecht ging? Ich hatte zumindest den Eindruck, dass sie ziemlich betrunken war«, fragt Tom plötzlich.

»Glaubst du, das hätte ich nicht gesagt? Sie war außerdem nicht gerade gut auf mich zu sprechen, vermutlich hätte sie mir das auch nicht geschrieben«, gebe ich zu. »Ich gehe nachher hin, ich muss sowieso mit ihr reden«, füge ich hinzu und ernte dafür überraschte Blicke.

Nur Aaron scheint das völlig entspannt zu sehen und nickt.

»Am besten nimmst du ihr und David was zum Anziehen und vielleicht wenigstens eine Zahnbürste mit. Die beiden dürfen morgen früh bestimmt nicht einfach rausspazieren.«

Linda steht auf. »Ich suche ein paar von Emilys Sachen zusammen.«

Aaron bietet uns Wasser an und wir nehmen dankend an. Dann geht er in Davids Zimmer, um auch für ihn einige Dinge zu organisieren.

Ich stütze den Kopf in die Hände. Was für eine Nacht, ich fühle mich völlig ausgelaugt. Gleichzeitig mache ich mir riesige Sorgen und das schlechte Gewissen nagt an mir.

Was wäre passiert, wenn ich nicht einfach abgehauen wäre? Während ich mit Aileen getanzt habe und im Backstagebereich war, hat irgendjemand Emily etwas ins Getränk getan.

»Mach dich nicht verrückt, sie wird schon wieder«, sagt Tom.

»Mann, Scheiße, ich habe sie einfach stehen lassen«, sage ich leise und schüttle den Kopf in meinen Händen.

»Alter, Lenny, jetzt komm mal runter. Es ist doch nicht deine Schuld, außerdem hast du selbst gesagt, dass dieser David bei ihr war, sie war also nicht allein.«

»Tja, nur hat er sie vor dem Falschen beschützt«, sage ich bitter.

Tom zuckt die Achseln. »Ja, das stimmt wohl leider. Wir wissen sicher bald mehr.«

Mit einigen Sachen von Emily und David verabschieden wir uns schließlich von der WG mit dem Versprechen, sofort Bescheid zu geben, wenn es Neuigkeiten geben sollte.

Vor dem Haus rauchen wir zuerst noch eine Zigarette auf den Schock.

»Soll ich ins Krankenhaus mitkommen?«, fragt Tom mich.

»Nein, musst du nicht. Wer weiß, ob die beiden überhaupt schon auf der Station sind.«

Kurz überlege ich, ob ich mit Tom zur WG fahre, um das Auto zu holen, aber mein Promillebereich befindet sich ganz sicher noch nicht im erlaubten Limit, also verwerfe ich den Gedanken wieder und rufe mir ein Taxi.

Im Krankenhaus angekommen, gehe ich zur Anmeldung. Dort verweist man mich auf den Wartebereich. Anscheinend sind die beiden noch in der Notaufnahme. Ich stelle die Taschen auf einen Beistelltisch und lasse mich in einen der Stühle sinken. Dann öffne ich die letzte Nachricht an Emily und frage mich, ob sie sie noch gesehen hat. Wenn ich sie jetzt lese, kommt sie mir ätzend vor, und ich ärgere mich, sie überhaupt abgeschickt zu haben.

Ich lehne meinen Kopf an die Wand hinter mir und schließe die Augen.

27

Lenny

Ich wache auf, weil mich jemand sanft an der Schulter berührt.

»Herr Hayne?«

Ich fahre mir mit der Hand übers Gesicht.

»Frau Kehl ist jetzt auf der Station. Wenn Sie möchten, können Sie ihr die Sachen bringen«, sagt die Krankenpflegerin zu mir.

Ich hebe die Tasche für David hoch. »Ich habe auch etwas für Herrn … ähm, also für David.«

Sie nickt. »Wenn sie möchten, kann ich Herrn Jahn die Sachen bringen. Wir haben bereits seine Mutter informiert«, erklärt sie.

»Dann ist er wach? Und Emily?«, frage ich.

»Nein, sie war noch nicht wach, als ich zuletzt im Zimmer war. Aber ich denke, sie wird bald aufwachen. Sie ist stabil«, sagt sie und lächelt mich beruhigend an. Dann zeigt sie mir, welchen Gang ich nehmen muss.

Vor dem Zimmer bleibe ich stehen und fahre mir nervös durch die Haare. Wie sie wohl reagieren wird, wenn sie wach ist? Womöglich ist sie noch sauer, und es wäre sicher nicht sinnvoll, wenn sie sich in ihrem Zustand aufregen würde.

Ich nehme meinen Mut zusammen und klopfe leise an die Tür. Von innen kann ich nichts hören, also drücke ich vorsichtig die Türklinke herunter.

Emily liegt im Bett und sieht völlig anders aus als noch vor wenigen Stunden. Sie hat ein dünnes Krankenhaushemd an und ist bis zur Brust mit einem weißen Laken zugedeckt. Ihre Haare liegen aufgefächert auf dem Kopfkissen, doch ihre Gesichtsfarbe hat nahezu die des Lakens. Um ihren Arm ist ein Blutdruckmessgerät gewickelt, an ihrem Finger wird permanent die Sauerstoffsättigung bestimmt.

Ich versuche, keine Geräusche zu machen, als ich weiter in den Raum hineingehe. Es ist ein kleines Zimmer mit zwei Betten, das neben Emmas ist leer. Gegenüber von ihrem Bett vor dem Fenster steht ein Tisch mit zwei Stühlen. Ich stelle die Tasche mit ihren Sachen auf einen von ihnen und trete unschlüssig ans Fenster. Am Himmel zeichnen sich die ersten Streifen Tageslicht ab; es sieht aus, als würde es ein schöner Tag werden.

Ich höre ein Geräusch hinter mir, das ich zunächst nicht zuordnen kann, und drehe mich um. Emily liegt nach wie vor in dem Bett, doch sie hat die Augen aufgeschlagen, genauer gesagt, aufgerissen, und sieht mich angstvoll an. Ich will einen Schritt auf sie zu machen, doch sie fährt zusammen und wird regelrecht panisch. Ihr Blick zuckt hin und her, sie bemerkt die Kabel an ihrem Körper, behält mich aber im Auge.

»Emily«, sage ich leise, vorsichtig, und hebe beide Hände, um ihr zu zeigen, dass alles in Ordnung ist.

Aber ich habe das Gefühl, dass sie mich überhaupt nicht wahrnimmt. Sie ist wie in einer anderen Welt, ihre Panik nimmt überhaupt nicht ab.

»Ich hole einen Arzt«, sage ich bestimmt und versuche, mich so schnell wie möglich zur Tür zu schieben, ohne sie völlig zu verängstigen. Auf dem Gang renne ich vor bis zur Theke.

»Sie müssen kommen, Emily Kehl, Zimmer 207 ist aufgewacht, sie ist völlig panisch«, rufe ich der Schwester zu, die dort sitzt.

Sie verschwindet nach hinten in einen angrenzenden Raum, und kurz darauf kommt eine Kollegin heraus und läuft eilig zum Zimmer. Ich bleibe sicherheitshalber vor der angelehnten Tür stehen. Durch sie hindurch höre ich die Pflegerin leise mit Emily sprechen. Als ich bereits eine Weile dort stehe, kommt auch eine Ärztin. Sie nickt mir kurz zu und geht in den Raum.

Ich beginne, nervös auf und ab zu laufen. Vielleicht sollte ich einfach gehen. Aber ich kann nicht, ich muss einfach mit ihr sprechen.

Die Tür öffnet sich wieder und die Ärztin kommt heraus. »Sie sind der Freund von Frau Kehl?«

Ich nicke. »Leonard Hayne.«

Sie schüttelt kurz meine Hand. »Es ist völlig normal, dass Verwirrung, Übelkeit oder ähnliche Symptome nach einer hoch dosierten Einnahme von Betäubungsmitteln eintreten. Sie hat eine Infusion bekommen, damit sollte es ihr bald besser gehen. Geben Sie ihr ein bisschen Zeit, sie wird wieder.« Sie berührt meine Schulter und nickt mir zu, dann geht sie den Gang entlang.

Die Pflegerin kommt an die Tür. »Herr Hayne?«

Ich trete näher und sie winkt mich rein. Dann geht sie voraus zu Emily.

»Sehen Sie, meine Liebe. Leonard hat Ihnen Ihre Sachen gebracht.«

Emily blickt an ihr vorbei. Sie sieht so erschöpft aus, dass sie mir einfach nur leidtut.

»Lenny«, korrigiere ich automatisch.

»Ich gehe wieder. Wenn etwas sein sollte, drücken Sie nur die Klingel, ja?«, erklärt sie Emily und legt ihr besagte Klingel neben den Arm.

Emily nickt. Die Pflegerin lächelt mir zu und verlässt den Raum.

»Emma«, sage ich, bleibe aber an der Tür stehen.

»Hi«, antwortet sie matt.

»Wie geht's dir?«

»Mir ist übel.«

»Brauchst du was?«, frage ich besorgt und sehe mich in dem Raum um. Ich öffne die Tür in das angrenzende Badezimmer. Aus dem Hygienespender ziehe ich eine Tüte und gehe zurück zu Emily. »Hier.« Ich reiche ihr die Tüte.

Sie zeigt auf die Infusion. »Ich habe schon was bekommen.«

Ich gehe ein paar Schritte zu dem Tisch rüber und ziehe mir den freien Stuhl heran. »Ich habe dir ein paar Sachen mitgebracht. Und ich soll dir viele Grüße sagen von der WG.«

Sie nickt, den Kopf aufs Kissen gelegt, und schließt die Lider. Ich behalte sie im Blick, sage aber nichts.

Ein leises Wimmern entfährt ihren Lippen.

»Hey, Emma«, sage ich und richte mich auf.

Sie reißt die Augen auf und klammert sich ans Laken. Da ich nicht sicher bin, wie ich ihr Verhalten einordnen soll, bleibe ich ganz still sitzen.

»Ich bin es, Lenny.«

Ich bin verunsichert, ob sie mich zuordnen kann, was völlig verrückt ist, aber wer weiß, was diese Drogen ausgelöst haben.

Sie nickt erneut schwach und legt den Kopf zur Seite. Wenn ich mich nicht täusche, sehe ich eine Träne auf ihrer Wange.

»Ich habe Angst«, sagt sie so leise, dass ich es beinahe nicht verstehe.

Mir bricht es fast das Herz, sie so zu sehen, und eine unbändige Wut auf dieses Arschloch, das ihr so etwas angetan hat, erfasst mich.

Ich versuche mich zu beruhigen, indem ich bewusst atme, und stehe jetzt doch auf. Ich bewege mich langsam auf das Bett zu, um sie nicht zu erschrecken, und sie scheint es zuzulassen. Dort gehe ich in die Knie und bringe mein Gesicht auf ihre Höhe.

»Sag mir, was ich tun kann.« Meine Stimme ist leise. »Möchtest du, dass ich gehe? Soll ich bleiben?«

Sie schüttelt erst den Kopf und nickt dann.

Weitere Tränen schießen ihr in die Augen und ein Zittern erfasst ihren Körper, sodass ich nicht anders kann, als meine Hand auszustrecken, um ihre zu berühren. Sie zuckt nicht weg, und ich umfasse ihre Hand, die eiskalt ist.

»Mir ist schlecht«, sagt sie wieder.

Ich nicke. »Ich weiß, Emma, es wird bald besser«, versuche ich sie aufzumuntern, und sie schließt wieder die Augen.

Sie hat ihre Finger mit meinen verschränkt und umklammert meine Hand. Ich verharre einige Minuten so, doch so langsam spüre ich meine Muskeln brennen. In dieser Hocke kann ich nicht länger bleiben, also richte ich mich auf. Um den Stuhl zu holen, löse ich vorsichtig meine Hand aus ihrer. Ihre Lider flattern zwar, aber sie liegt weiter still in dem Krankenhausbett.

Mit dem Stuhl in der Hand gehe ich die wenigen Schritte zurück und stelle ihn dicht an ihrem Bett ab. Dieses Mal zuckt sie zusammen und schlägt wieder die Augen auf. Ihr Blick geht von rechts nach links, als würde sie versuchen, sich zu orientieren.

»Was ... was?«, beginnt sie, doch dann bricht sie ab und versucht sich aufzurichten. Sie würgt und ich reagiere schnell, in dem ich aufspringe und ihr die Tüte, die ich ihr noch vor wenigen Minuten aufs Bett gelegt habe, in die Hände gebe. Sie lehnt sich zur Seite und würgt erneut.

Ich wende mich ab und gehe ins angrenzende Bad zurück, um ihr etwas Wasser in einem Becher zu bringen. Von dort aus höre ich, dass sie sich erbricht, aber bin mir ziemlich sicher, dass es ihr lieber ist, wenn ich dabei nicht hinter ihr stehe.

Als ich ins Zimmer zurückkomme, liegt ein stechender Geruch in der Luft, Emily hat sich zurückgelegt, die Tüte in ihrer Hand geschlossen. Ich gehe zuerst zum Fenster und öffne es, dann schiebe ich den Beistelltisch an ihr Bett und reiche ihr den Becher mit Wasser. Ich nehme ihr die Tüte aus ihrer Hand und bringe sie ins Bad.

»Soll ich die Schwester rufen?«, frage ich, als ich wieder bei ihr am Bett stehe. Sie nimmt einen Schluck Wasser und schüttelt den Kopf.

Ich nehme ihr auch den Becher ab und beuge mich über sie, um ihn auf der anderen Seite auf den Tisch zu stellen. Als ich mich zurücklehne, greift sie nach meiner Hand. Ich setze mich wieder und lege den Kopf auf meinem Arm ab, der auf ihrem Bett liegt.

»Möchtest du, dass ich jemandem Bescheid sage? Deiner Mutter?«

Emily dreht den Kopf zu mir. »Nein.« Und nach kurzem Zögern fügt sie hinzu: »Bleibst du noch?«

Ich hebe den Kopf, nicke. »Solange du willst. Ich mache das Fenster wieder zu, ja?«

Als ich an der Scheibe stehe, klopft es, und eine Pflegerin kommt mit einem Tablett rein.

»Guten Morgen, Frau Kehl. Ich bringe Ihnen etwas zu essen und einen Tee. Es wäre gut, wenn Sie etwas zu sich nehmen, das hilft sicher, dass Sie wieder auf die Beine kommen.« Sie stellt das Tablett auf dem Tisch ab. »Wie geht es Ihnen aktuell?«

Emily zuckt mit den Achseln, sagt aber nichts.

»Sie hat sich vorhin übergeben.«

Die Pflegerin nickt verständnisvoll. »Na ja, vielleicht zumindest etwas Tee. Sie sind der Partner?«, fragt sie mich.

»Ein Freund, Leonard Hayne.«

Sie nickt wieder. »Wenn Sie möchten, kann ich Ihnen das Besucherzimmer zeigen, Sie können sich dort gerne einen Kaffee oder Tee holen«, bietet sie an.

Kaffee klingt nach einer guten Idee.

»Ich bin gleich zurück«, sage ich zu Emily. Sie scheint mir immer noch nicht so richtig anwesend zu sein.

Ich folge der Pflegerin zum Besucherraum. Er ist leer, auf dem Tisch in der Mitte des Raumes stehen verschiedene Kannen. Ich nehme mir einen Becher und gieße Kaffee ein. Mit dem Becher in der Hand laufe ich anschließend auf die Balkontür zu.

Raucherbereich steht in roten Buchstaben auf dem Glas. Ich ziehe meine Schachtel aus der Tasche und prüfe den Inhalt. Noch fünf Stück. Dann trete ich auf den Balkon und zünde mir eine Zigarette an. Ich merke selbst, dass ich ein klassischer Stressraucher bin, aber wann, wenn nicht heute. Was für eine Nacht.

Ich stelle den Becher auf dem breiten Geländer ab und ziehe mein Handy aus der Hosentasche. Keine neuen Nachrichten. Ich nehme an, dass Linda, Tom und der Rest inzwischen schlafen, schließlich haben wir die Nacht alle mehr oder weniger durchgemacht. Es ist kurz vor acht und inzwischen ist die Sonne aufgegangen, der Morgen ist trotzdem angenehm kühl.

Aaron hat mich darum gebeten, mich zu melden, also tippe ich ihm wie versprochen eine kurze Nachricht, dass Emily und David wach und so weit stabil sind. Da er ab halb zehn in der *Cafébar* arbeitet, könnte er wach sein.

Bis ich fertig geraucht habe, ist mir kalt, also schnappe ich mir den Becher und gehe schnell wieder nach drinnen. Der Kaffee tut gut und ich merke, dass ich trotz des Schlafmangels fitter werde.

Als ich zurück ins Zimmer komme, hat Emily das Essen noch nicht angerührt. Sie liegt wieder mit geschlossenen Augen im Bett, schlägt sie aber auf, als ich eintrete.

»Hey«, sage ich.

»Hey.« Sie lächelt, wenn auch nur leicht.

Ich gehe auf die Seite am Fenster und öffne die Abdeckhaube auf dem Tablett. Darunter kommen zwei Scheiben Brot zum Vorschein sowie je ein Päckchen Butter und Marmelade. Neben dem Tablett stehen ein Joghurt und eine Tasse Tee. Ich tippe auf Kamille, jedenfalls riecht es so.

»Was möchtest du?«, frage ich Emily.

Sie versucht sich etwas aufzurichten, was ihr nur mäßig gut gelingt.

»Warte.« Ich greife über sie hinweg und nehme das Gerät, mit dem man das Bett steuern kann.

Sie verzieht das Gesicht.

»Was?« Ich fahre die Lehne etwas hoch, sodass sie besser sitzen kann.

»Hast du geraucht?«

Ich rieche an meinem Hemd. Möglich, dass es den Geruch aufgenommen hat.

»Wenn du sonst keine Sorgen hast«, sage ich grinsend und schiebe den Tisch so, dass er über das Bett ragt, damit sie nach der Tasse greifen kann.

Sie trinkt ein paar Schlucke und schiebt den Tisch dann wieder zurück.

»Moment mal, gar nichts essen?«, hake ich skeptisch nach.

Sie zieht eine Grimasse.

»Wenigstens eine Kleinigkeit. Die Pflegerin meinte doch, es hilft, um fit zu werden.«

Sie nickt. Ich helfe ihr mit dem Brot und sie isst eine halbe Scheibe, immerhin.

»Geht's dir besser?«

»Ich glaube ja.«

»Du hast auch wieder ein bisschen Farbe im Gesicht.« Erleichterung flutet meinen Körper und drängt die Sorge in den Hintergrund. Bei der Erinnerung, wie sie mit der Atemmaske am Bahngleis lag, schüttle ich leicht den Kopf. Ich leere meinen Kaffee und schiebe den Tisch zur Seite, um mich an das Bettende zu setzen.

Emily sieht mich an, ihre Augen sind jetzt wacher.

»Was ist passiert?«, fragt sie vorsichtig, als hätte sie Angst vor der Antwort.

Ich knete die Decke zwischen meinen Händen, die Anspannung ist sofort zurück.

»Wenn ich das wüsste.« Meine Stimme kippt am Ende, sodass ich mich räuspere. »An was erinnerst du dich?«

Sie schließt kurz die Augen, legt den Kopf zurück aufs Kissen.

»Ich bin mit David und Linda in die *Cafébar* gefahren, wir haben uns da mit ein paar Freunden getroffen.« Sie sieht mich mit großen Augen an. »Was ist mit Linda? Und Kim? Sind sie okay?« Sie drückt sich hoch, doch ich halte sie zurück.

»Langsam, Emily, die Mädels sind in Sicherheit, alles okay«, versuche ich, sie zu beruhigen, halte ihrem durchdringenden Blick aber nicht stand.

»Lenny, sag mir alles, ich muss alles wissen.«

Ich habe Angst, dass sie wieder panisch wird, und nehme ihre Hände in meine. »Bitte versprich mir, dass du dich beruhigst, ich erzähle dir alles, was ich weiß«, sage ich und blicke dieses Mal direkt in ihre Augen.

Sie nickt zweimal.

»David ist auch hier, er war mit dir in der Bahn.«

Ich sehe den Schock in ihrem Gesicht. »Was, aber ... Warum, Lenny?« Ihre Augen füllen sich mit Tränen und sie senkt den Kopf zur Brust.

Scheiße, ich bin echt nicht der Richtige für so was. Ich sehe ihr an, dass sie sich in ihre Angst reinsteigert, ihre Hände in meinen zittern.

»Hey, hey«, sage ich sanft.

Ich will sie in den Arm nehmen, doch so wie sie in diesem Krankenhausbett liegt, kann ich es nicht. Als ich aufstehe und ihre Hände loslasse, wird sie aktiv und richtet sich erneut auf.

»Wo gehst du hin?«

Sicher will sie bestimmt klingen, aber ihre Stimme hört sich eher mitleiderregend an.

»Rutsch rüber, komm schon.« Ich setze mich neben sie. Dann schiebe ich sie ein bisschen zur Seite, und sobald ich meinen Oberkörper an die immer noch erhöhte Bettoberseite gelehnt habe, klammert sie sich wieder an mich. Ich streiche ihr vorsichtig über die Haare und ziehe ihren Kopf auf meine Brust. »Beruhig dich erst mal. Wir haben noch genug Zeit zu reden«, sage ich leise an ihrem Kopf.

Ich spüre ihr Zittern immer noch und wundere mich gleichzeitig über mich selbst. Ich habe das Gefühl, dass ich seit dem Anruf dieser Frau nur noch instinktiv gehandelt habe. Sehr untypisch für mich.

Emma vergräbt ihr Gesicht an meinem Hals und verschränkt ihre Finger mit meinen. Jedenfalls scheint es zu funktionieren, denn das Zittern hört auf und sie atmet wieder ruhiger.

»Diese Drogen sind die reinste Hölle, es tut mir so leid, was passiert ist«, sage ich.

»Was ist mit David?«, fragt sie.

Sie liegt jetzt ganz still neben mir, den Kopf auf meiner Brust, die linke Hand mit meiner rechten verschränkt. Meine linke Hand liegt an ihrem Kopf und ich streiche über ihr Haar, als ich antworte.

»Du und David, ihr wart auf dem Heimweg, erinnerst du dich?«

Sie schüttelt den Kopf.

»Ihr seid zusammen zurückgefahren, ihr wart in der Bahn. Linda war schon früher gegangen, weißt du das noch?«

Sie zögert, doch schüttelt dann erneut den Kopf.

»Ihr beide, David und du, seid in der Bahn zusammengebrochen. Passanten haben die Bahn angehalten und den Notarzt verständigt.« Ich spreche leise, aber meiner Stimme ist die Anspannung deutlich anzuhören. Ich warte darauf, dass sie nachhakt, was ich hier mache, schließlich hämmert die Frage seit Stunden in meinem eigenen Kopf.

»Was ist das Letzte, woran du dich erinnerst?«

Emily richtet sich auf und sieht mir in die Augen, sie ist nur wenige Zentimeter von meinem Gesicht entfernt.

»Warst du auch im Club?«, will sie plötzlich wissen.

Ich nicke.

»Ich erinnere mich an etwas, aber alles ist so verschwommen. Ich weiß nicht, was echt ist und was nicht. Mein Kopf tut furchtbar weh.« Sie legt sich wieder zurück und schließt die Augen.

»Wir können später darüber reden, wann anders«, sage ich beruhigend, doch sie schüttelt den Kopf.

»Nein, nein. Ich habe dich gesucht, Lenny. Oder? Stimmt das?«

Ihre Worte sind wie ein Schlag in die Magengrube.

Stimmt das?, fragt sie mich, aber woher soll ich es wissen? Hat sie mich gesucht? Allein? Mir wird schlecht.

Emily öffnet wieder die Augen und rutscht ein Stück von mir weg. Sie legt den Kopf auf dem Kissen ab, sodass sie mich ansehen kann. Meine Hand hält sie weiter fest und ich drehe mich in ihre Richtung. Sanft streiche ich mit dem Daumen über ihren Handrücken.

»Ich weiß es nicht«, sage ich ehrlich. »Du hast mich jedenfalls nicht gefunden.« Ich schlucke schwer.

»Hatte ich dich denn verloren?«

Bei ihrer Frage kommt mir unser Chatverlauf in den Sinn.

»Ich habe dich eingeladen, auf ein Getränk. Weißt du das noch?«, frage ich sie.

Emily runzelt die Stirn. »Caipi, richtig?« Sie verzieht das Gesicht, als würde sie die saure Limette auf der Zunge schmecken.

»Ja. David ist beinahe auf mich losgegangen, weil er dachte, ich wäre irgendein Typ, der sich an dich ranschmeißt.«

Sie lächelt leicht. Mir ist überhaupt nicht nach Lächeln zu Mute.

»Ihr habt geredet, diskutiert oder so. Ich bin gegangen.« Ich kann nicht in diese Augen sehen, sie macht mich völlig fertig. »Es tut mir leid«, schiebe ich hinterher und drücke leicht ihre Hand.

Sie erschrickt. »Was war mit dem Getränk?«

»Nichts, es kann nicht der Caipi gewesen sein. Ich stand direkt daneben, wir haben unsere Drinks vom Barkeeper bekommen.«

Sie nickt.

»Hast du danach noch etwas getrunken? Vielleicht mit David zusammen?«, hake ich nach.

Sie überlegt, aber scheint sich nicht erinnern zu können. »Ich habe dich gesucht«, bekräftigt sie ihre Erinnerung und raubt mir damit fast den Atem.

»Warum sagst du das?«

Ich möchte aufstehen, gehen und nie wieder zurückkommen. Aber scheiße, ich weiß genau, ich habe mich verstrickt und kann nicht mehr zurück.

28

Emily

»Warum sagst du das?«, fragt er fast tonlos und ich sehe den Schmerz über sein Gesicht huschen.

»Ich weiß es nicht«, gestehe ich ehrlich.

Ich erinnere mich an sein Gesicht vor mir, an die Säure der Limette in meinem Mund und an Kim, wie sie mich besorgt ansieht.

»Kim«, rufe ich so plötzlich, dass Lenny erschrocken zusammenzuckt. »Kim war bei mir, sie muss doch wissen, was passiert ist.«

Lenny nickt. »Ja, wir sollten mit ihr sprechen, sobald es dir besser geht.« Er richtet sich auf und löst seine Hand aus meiner. Das angenehme und beruhigende Gefühl verschwindet sofort. »Ich sollte jetzt gehen.«

Ich versuche, mir meine Enttäuschung nicht anmerken zu lassen, denn natürlich hat er recht. Die Ringe unter seinen Augen machen deutlich, dass er ziemlich übermüdet sein muss. Seine Haare sind zerzaust und sein Hemd verknittert.

Lenny steht auf. »Soll ich dir noch irgendetwas besorgen? Oder jemanden informieren?«

Ich schüttle den Kopf. Ich will auf keinen Fall, dass er meiner Mutter Bescheid gibt. Wahrscheinlich ist es wirklich das Beste, wenn ich schlafe.

Lenny stellt den Rucksack, den er mir mitgebracht hat, in meine Nähe, sodass ich ihn erreichen kann, und legt mir mein Handy auf den Beistelltisch. Dann verabschiedet er sich. Als er an der Tür ist, halte ich ihn noch mal auf.

»Lenny.«

Er wendet sich langsam um, sieht mich aufmerksam an.

»Danke«, sage ich und lächle ihn an.

Er lächelt zurück, doch es erreicht nicht seine Augen.

Als er die Tür hinter sich zuzieht, frage ich mich, wo der schlagfertige, überhebliche und von sich selbst überzeugte Lenny nur hin ist.

Mir fällt wieder ein, was er zu der Pflegerin gesagt. Leonard Hayne. Ich habe diesen Namen heute zum ersten Mal gehört und bin mir ziemlich sicher, dass ich ihn richtig verstanden habe, auch wenn ich mich noch nicht ganz auf mein Gedächtnis verlassen kann.

Dann erst fällt mir ein, dass ich überhaupt keine Ahnung habe, wie er zu mir kam. Er hat nichts davon gesagt, dass er bei dem Unfall dabei war. Ich bin einfach noch völlig unstrukturiert und kann keinen klaren Gedanken fassen. Am liebsten würde ich sofort aktiv werden und meine vielen offenen Fragen loswerden. Doch ich merke, dass die Erschöpfung stärker ist.

Deshalb fahre ich das Bett wieder in die Liegeposition und bin wenige Minuten später eingeschlafen.

»Frau Kehl?«

Ich schlage die Augen auf und muss mich kurz orientieren. Das Krankenhaus. Die Pflegerin, die mir das Essen gebracht hat. Und ein Arzt, der mir nicht bekannt vorkommt.

»Guten Tag, Frau Kehl, tut mir leid, dass wir sie wecken mussten. Ich bin hier der Stationsarzt, Dr. Michalski. Wie fühlen Sie sich?«

Ich richte mich etwas auf und streiche mir die Haare hinters Ohr. Mein Kopf pocht, aber die Schmerzen sind wesentlich besser.

»Wie viel Uhr ist es?«

Der Arzt wirft einen Blick auf seine Armbanduhr. »Kurz vor eins«, antwortet er. »Gut, haben Sie Schmerzen?«

Ich schüttle den Kopf und berühre meine Stirn. »Mein Kopf«, sage ich dann.

Er nickt und notiert etwas in seinen Unterlagen. Nach einigen weiteren Fragen und Tests teilt mir der Arzt mit, dass ich bis morgen zur Beobachtung bleiben soll. Auch wenn ich am liebsten sofort gehen würde, bin ich einverstanden. Etwas Ruhe kann ich nach der ganzen Aufregung mehr als gebrauchen.

Es dauert bis zum nächsten Mittag, bis ich entlassen werde. Ich habe mitbekommen, dass David schon gestern Nachmittag gehen konnte, nachdem seine Werte stabil waren und er sich fit fühlte.

Linda holt mich ab und wir fahren gemeinsam mit der Bahn zurück zur WG.

»Ich kann einfach nicht fassen, was passiert ist«, sagt sie und wirft mir diesen Blick zu. Sie hat ihn drauf, seit sie in dieses verdammte Krankenhaus kam, und er geht mir jetzt schon tierisch auf die Nerven.

»Wir wissen eigentlich nicht so richtig, was passiert ist«, stelle ich mürrisch fest. »Wo war ich, als du gegangen bist?«

»Hm, als ich so starke Kopfschmerzen bekommen habe, habe ich entschieden zu gehen, deshalb habe ich nach euch geschaut. Ich habe nur Kim in der Lounge angetroffen, die meinte, dass du irgendeinen Typen suchst und David deswegen angepisst ist«, erklärt sie.

Ich runzle die Stirn. »Also war ich mit David allein«, fasse ich zusammen.

»Keine Ahnung, frag besser mal Kim, sie hat mit dir und ihm gesprochen. Mir war nicht klar, dass David auf dich steht, dabei wohnen wir alle zusammen«, sagt sie.

Ich schmunzle. Manchmal ist sie einfach süß.

»Nie im Leben«, widerspreche ich. »Er nimmt es nur ultrawichtig, auf uns aufzupassen. Du weißt, wie er ist. Wenn er da gewesen wäre, hätte er sicher auch total den Terz gemacht, dass du allein heimfährst.«

»Na ja, ich habe sowieso ein Taxi genommen«, antwortet sie und zuckt die Achseln.

»Ich glaube, David vertraut Lenny einfach nicht. Wir haben ihn kürzlich abends im Supermarkt getroffen, wo er komplett voll war, und ich glaube, David hat da was missverstanden.«

Linda dreht sich zu mir und sagt: »Tja, vielleicht sind wir alle gerade nicht so auf dem Laufenden.« Sie zieht eine Augenbraue hoch und sieht mich abwartend an. Als ich nicht darauf reagiere, hakt sie nach: »Was ist das mit ihm? Zuerst bist du genervt, mit dem arroganten Typen das Projekt machen zu müssen, dann geh ich eine Woche zu meinen Eltern und plötzlich steht er allein in unserer Wohnung. Jetzt ist er auch noch irgendwie in diese Sache verwickelt. Bringst du mich auf den aktuellen Stand?«

Sie sagt es herausfordernd und überrascht mich damit, denn eigentlich ist das nicht ihre Art. Sie scheint tatsächlich gekränkt zu sein. Dabei habe ich ihr nichts verschwiegen. Ich weiß selbst überhaupt nicht, was abgeht.

»Denkst du, Lenny könnte ...?«, frage ich, aber bringe es nicht übers Herz, den Satz auszusprechen.

»Was? Dir etwas in den Drink getan haben? Keine Ahnung, Süße, ich kenn' den Typen kaum. Schätze nicht, dass er so was nötig hätte, aber man weiß nie, was in den kranken Köpfen der Männer abgeht.«

Je mehr ich darüber nachdenke, desto absurder kommt mir der Gedanke vor. »Nein, es kann auch nicht sein, wir haben die Drinks vom Barkeeper bekommen und danach ist er weggegangen. Deshalb habe ich ihn ja gesucht.«

»Und ist es möglich, dass du ihn gefunden hast?«, fragt sie und sieht mich unverwandt an.

Ich schüttle nach kurzem Zögern den Kopf, denn mir fällt auf, dass ich mir diese Frage bisher nicht gestellt habe. Und auch sonst niemandem.

Am nächsten Tag gehe ich in die Vorlesungen, auch wenn ich mich kaum auf etwas konzentrieren kann. Zum Mittag werde ich mich mit Kim treffen, mit der ich mich vor der *Cafébar* verabredet habe.

Eine halbe Stunde vor Vorlesungsende werde ich nervös. Mein Block ist voller wirrer Zeichnungen, die ich abwesend darauf gekritzelt habe. Ich ziehe das Handy aus der Hosentasche. Keine Mitteilung. Dann öffne ich den Chat mit Lenny und lese wieder einmal die letzten Nachrichten.

... lässt eine Frau an der Bar stehen, habe ich geschrieben. Inzwischen bin ich mir sicher, dass ich Lenny nicht gefunden habe. Die Frage ist aber, wer hat mich gefunden? Und will ich das überhaupt wissen?

Als die Vorlesung zu Ende ist, schnappe ich mir meine Tasche, verlasse eilig das Gebäude und fahre auf direktem Weg zur *Cafébar*. Kim ist noch nicht da, deshalb suche ich uns einen Platz auf der Terrasse und bestelle schon mal etwas zu trinken.

Wenige Minuten später wirft sie ihre Tasche neben mich und lässt sich in den Stuhl mir gegenüber fallen.

»Emily, du hast mir den Schreck meines Lebens eingejagt«, sagt sie vorwurfsvoll. »Besser gesagt, dein wahnsinnig heißer Freund. Meine Güte, ich habe sein Insta gestalkt, wieso hast du ihn noch nie erwähnt?«

Sie zündet sich eine Zigarette an. Ich wedle mit der Hand, damit der Rauch nicht in meine Richtung zieht, und verdrehe die Augen.

»Kim, echt jetzt. Erzähl mir lieber, was passiert ist«, dränge ich sie.

»Ich wünschte, ich wüsste es. Also. Wir wollten zurück zur Lounge, du bist bei ... Lenny stehen geblieben. Das habe ich erst später gemerkt, und nachdem er dich zur Bar geschleppt hat, habe ich mir Sorgen gemacht und David angesprochen. Daraufhin ist er mit mir hin und anscheinend hat er ihn gekannt und war nicht sehr begeistert.« Sie lacht und merkt nicht, dass mir überhaupt nicht nach Lachen zumute ist.

»Und?«

»Scheiße, David hat die Sache ein bisschen zu ernst genommen. Ich habe dort gleich geblickt, dass alles okay ist. Anscheinend ist dein Lenny abgezogen, während wir gesprochen haben. Und dann warst du ziemlich sauer und hast gesagt, David soll chillen, du gehst Lenny suchen.« Sie zwinkert mir zu. »Komm, Emily, zieh nicht so ein Gesicht. Es ist ja zum Glück nichts passiert.« Sie lehnt sich in ihrem Stuhl zurück und streckt das Gesicht in die Sonne.

Ich spüre Wut in mir aufflammen.

»Nichts passiert? David und ich sind in der Bahn zusammengebrochen und waren im Krankenhaus. Stell dir mal vor, was da sonst noch hätte passieren können. Das reicht mir völlig«, sage ich heftig und sie zuckt zusammen.

»Ja, sorry, sei nicht böse.« Sie klingt plötzlich kleinlaut.

Sie winkt dem Kellner, einer der Neueinsteiger, mit dem ich noch nicht gearbeitet habe, und wir geben unsere Bestellung auf.

»Sagst du mir jetzt, wann du mich das letzte Mal gesehen hast?«, frage ich.

»Ich schätze, so eine knappe Stunde habe ich weder dich noch David gesehen, und dann seid ihr auf einmal zu zweit aufgekreuzt. Nadine und ich wollten gerade aufbrechen, deshalb haben wir nicht mehr viel gesprochen. Ihr wolltet heim, ich hatte den Eindruck, dass ihr beide gut betrunken seid, wäre aber nicht auf die Idee gekommen, dass irgendwas nicht stimmt.«

Sie bläst den Rauch zur Seite und stopft den Zigarettenstummel in den Aschenbecher auf dem Tisch. »Und ein paar Stunden später reißt Linda mich mit ihrem Anruf aus dem

Schlaf. Irgendwas ist passiert zwischen dem Stress an der Bar und eurem Abgang, aber mehr weiß ich auch nicht«, sagt sie bedauernd.

Ich nicke nachdenklich. »Ja, schon gut, ich habe nicht erwartet, dass wir das alles rekonstruieren können. Es ist nur so … beängstigend.«

»Stimmt schon.«

Als unser Essen kommt, wechseln wir das Thema und kommen auch nicht mehr darauf zurück.

Die Woche schleppt sich unendlich träge dahin. Von Lenny höre ich nichts und mit jedem Tag, der vorbeigeht, frage ich mich, was das im Krankenhaus eigentlich war. Am Dienstag habe ich ihm geschrieben, doch er hat die Nachricht nicht einmal geöffnet. Als ich die Prüfung am Donnerstag hinter mir habe, bin ich heilfroh, auch wenn ich mir nicht sicher bin, ob ich bestanden habe.

Am Freitag halte ich es nicht mehr aus und beschließe, nach der Vorlesung bei Lennys WG vorbeizufahren. In meinen Projektunterlagen habe ich mir seine Adresse notiert und checke am Smartphone, wie ich am besten hinkomme.

Ich steige an der Hochschule in die Bahn und kann direkt durchfahren. Als ich angekommen bin, klingle ich einmal und nach kurzem Warten erneut. Es ist halb fünf, von daher könnte Lenny eigentlich da sein. Gerade als ich mich abwenden will, geht die Tür auf und ein abgehetzter Tom steht vor mir.

»Emily«, sagt er überrascht und tritt einen Schritt zur Seite, um mich reinzulassen. »Wie geht's dir?«

»Hey«, sage ich und nicke auf seine Frage hin. »Ich will zu Lenny«, erkläre ich mein unangekündigtes Aufkreuzen.

Er streicht sich über die raspelkurzen Haare. Sieht aus, als wäre er erst kürzlich beim Friseur gewesen. »Der ist nicht da.« Er verlagert das Gewicht und ich habe den Eindruck, dass er nervös ist.

»Hat er was gesagt? Ich versuche ihn schon länger zu erreichen.«

Tom zögert, doch dann gibt er sich einen Ruck. »Komm rein. Kann ich dir was zu trinken anbieten?«

Ich folge ihm in die Wohnung und bleibe an der Küchentheke stehen, während er mir ein Wasser einschenkt. Ich trinke einen Schluck und stelle das Glas ab. Tom hat sich derweil an den Tisch gesetzt.

»Lenny ist ziemlich überstürzt gegangen. Er kam vom Krankenhaus, hat nicht viel geredet, sondern ist direkt ins Bett. Am Nachmittag kam er mit gepackter Tasche raus und meinte, er fahre ein paar Tage zu seinen Eltern.«

Ich bin baff. »Zu seinen Eltern?«

»Keine Ahnung, hat mich auch gewundert. Er hat was von ›in Ruhe lernen‹ gelabert und ich habe nicht viel aus ihm rausgekriegt. Aber jetzt sag mal, wie geht es dir? Hast uns ’nen riesigen Schrecken eingejagt.«

»Ja, alles okay. Ich versuche zu verstehen, was passiert ist, ich hoffe einfach, Lenny kann sich an irgendetwas erinnern.«

»Hm, ich bezweifle, dass er viel beitragen kann. Soweit ich weiß, ist er im Club mit jemand anderem unterwegs gewesen«, sagt er langsam.

»Jemand anderem?«, frage ich irritiert.

»Keine Ahnung.« Er winkt ab.

»Okay. Aber ich muss trotzdem mit ihm sprechen und er geht nicht an sein Handy.« Ich sehe ihn eindringlich an.

»Er wird sich schon melden, meinst du nicht?« Tom weicht meinem Blick aus.

»Sagst du mir, wo ich ihn finde?« Ich will nicht betteln, aber meine Stimme hat einen flehenden Ton angenommen und ich höre es selbst.

Tom zögert. Vermutlich wundert er sich genauso wie ich, was das Verhalten von Lenny eigentlich soll.

»Ich weiß auch nicht, und dann? Fährst du einfach da hin und zwingst ihn, mit dir zu reden?«, hakt er skeptisch nach.

Ich sehe ihm in die Augen. »Tom, ich will ihn doch nur ein paar Dinge fragen. Gib mir wenigstens eine Chance.«

Er seufzt. »Ist gut, ich gebe dir die Adresse, aber sag nicht, ich hätte dich nicht gewarnt.« Mit einem kurzen Blick auf mein Outfit fügt er hinzu: »Und zieh dir besser was anderes an, falls du seiner Mum begegnest.«

Ich sehe an mir herunter. Helle abgeschnittene Jeans und ein lockeres weißes T-Shirt. Ich zucke die Achseln.

»Ich sag's ja nur, ich war einmal dort und die Frau schläft, glaube ich, in ihren High Heels.«

Na dann.

Er gibt mir einen Zettel, auf den er die Adresse gekritzelt hat. »Mit dem Auto so fünfundzwanzig Minuten«, sagt er.

Ich nicke und bedanke mich.

Auf dem Rückweg rufe ich David an, dessen Gedächtnislücke sich auf einen ähnlichen Zeitraum beschränkt wie meine. Er wird am Wochenende von seinen Eltern zurückkommen.

»Hey, Emily, wie geht's dir?«

»Danke, bei mir ist alles gut. Ich bin noch etwas am Rätselraten, aber sonst alles okay. Und dir?«, gebe ich zurück.

»Ja, geht mir ähnlich. Hätte nicht gedacht, dass mich was so umhauen kann. Und ich frage mich verständlicherweise, ob es mich überhaupt treffen sollte.«

Ich stimme ihm zu, der Gedanke ist mir auch schon gekommen.

»Ich vermute, dass es nur dein Drink war. Kannst du dich erinnern, ob du ihn mir gegeben hast?«

Ich bin überrascht. »Ehrlich gesagt nicht. Vielleicht habe ich ihn dir gegeben, als ich nach Lenny gesucht habe?«

»Das würde jedenfalls erklären, warum es uns beide erwischt hat. Aber dann hätte er ...?« Er lässt den Satz offen.

»Nein«, widerspreche ich sofort. »Ich weiß nicht, das kommt mir falsch vor. Na ja, was anderes: Ich wollte dich fragen, ob ich heute Abend dein Auto ausleihen könnte? Es wird später werden und ich würde nicht so gerne Bahn fahren.«

Das ist zwar nur die halbe Wahrheit, aber ich bin mir sicher, dass er unter diesen Umständen auf jeden Fall zustimmen wird.

Wie erwartet ist er einverstanden. »Die Schüssel müssten auf meinem Schreibtisch liegen«, erklärt er und ich bedanke mich nochmals, bevor wir auflegen.

Zurück in der WG denke ich über Toms Worte hinsichtlich meines Aufzugs nach. Dass ich Lennys Eltern über den Weg laufen könnte, wenn ich an ihrer Haustür klingle, ist schließlich nicht ganz unwahrscheinlich.

Ich sehe meinen Schrank durch und ziehe ein anthrazitfarbenes Etuikleid heraus, dass ich mir mal für irgendeinen besonderen Anlass gekauft und es am Ende doch nicht getragen habe. Es hat schwarze Zierknöpfe, ist ansonsten schlicht, aber auf jeden Fall eleganter als alles, was ich sonst so im Schrank habe. Dazu entscheide ich mich für Schnürschuhe mit einem flachen Absatz, denn die Sandaletten sind mir zu hoch, um damit Auto zu fahren.

Gerade als ich umgezogen bin, klopft es an der Tür. Es ist Aaron.

»Wow, Emily, du siehst aber schick aus«, sagt er staunend.

Ich lache verlegen. »Danke.«

»Gehst du aus?«

Ich überlege, was ich sagen soll, denn eigentlich will ich seine Meinung in der Sache nicht hören. Trotzdem hat sich Aaron in letzter Zeit zu einer echten Vertrauensperson für mich entwickelt.

»Ich fahre zu Lenny«, sage ich zögerlich.

Er lässt es sich nicht anmerken, falls er überrascht ist, sondern fragt stattdessen: »Okay, was habt ihr vor?«

»Also ehrlich gesagt, weiß er nicht, dass ich komme«, gebe ich zu.

»Aha.« Er sieht jetzt doch interessiert aus. »Dann willst du ihn überraschen? Mit deinem Besuch und deinem Outfit?« Er grinst mich an und ich lache.

»Nein, Aaron, nein. Ich habe dir schon mal gesagt, dass da nichts ist. Ich erzähl dir das irgendwann mal, okay? Ich muss jetzt los.«

Er fährt sich durch die Locken und nickt. »Na gut, pass auf dich auf.«

Er will sich schon abwenden, doch ich halte ihn zurück.

»Aaron. Könntest du bitte Linda nichts davon sagen? Ich rede selbst mit ihr, okay?«

»Klar, von mir erfährt niemand was.«

Und ich bin mir sicher, dass ich ihm vertrauen kann.

29

Emily

Während der Fahrt höre ich eine Playlist mit ruhigen Songs, die ich extra für Momente erstellt habe, in denen ich runterkommen will. Trotzdem trommle ich nervös auf dem Lenkrad herum. Die Sonne steht tief und blendet, aber die Temperaturen sind angenehm, sodass mir mit den halblangen Ärmeln weder zu heiß noch zu kühl ist.

Schon als ich in die Nähe meines Zielorts komme, erkenne ich, dass die Grundstücke größer, die Häuser prächtiger und die Mauern höher werden. Das hier scheint ein richtiges Bonzenviertel zu sein, und ich frage mich ernsthaft, was für eine verrückte Idee es war, einfach hierherzufahren.

Schließlich habe ich das Ziel erreicht und werfe einen Blick durch die schwarzen Eisenstäbe, die eine hellbraune niedrige Steinmauer säumen. Rund um das Grundstück parken zahlreiche schicke Autos, was mich etwas wundert. Ich hätte erwartet, dass hier jeder einen extra Anbau für seine teuren Fahrzeuge hat.

Als ich eine freie Lücke gefunden habe, stelle ich den Motor ab und blicke aus dem Fenster. Ein Kiesweg führt seitlich am Haus vorbei, vermutlich befinden sich dort eine oder mehrere Garagen. Links führt der Weg zu einem herrschaftlichen Haus, das sicher alt ist, aber in wunderbarem Zustand.

Ich staune und lasse das Ganze aus dem Auto auf mich wirken. Bevor mich der Mut verlassen kann, nehme ich schließlich meine Handtasche und steige aus. Das große Tor steht offen, also gehe ich hindurch und laufe über den Kiesweg auf das Haus zu. Links und rechts ist der Garten wunderschön angelegt. Sicher gibt es hier einen Gärtner. Wenn ich so darüber nachdenke, ist das Grundstück wahrscheinlich so groß wie der ganze Wohnblock, in dem meine Mutter mit meinen kleinen Schwestern lebt.

An der Tür prangt ein silbernes Schild: *Rechtsanwälte Hayne & Lauterbach.* Darunter ein altmodischer Klingelknopf. Was, wenn Lenny gar nicht da ist? Ich bin versucht, gleich wieder umzudrehen und zurück nach Hause zu fahren.

Was habe ich mir nur dabei gedacht? Na ja, zur Not behaupte ich einfach, ich habe mich geirrt und suche ein anderes Haus.

Ich atme hörbar aus und drücke den Knopf. Jetzt, wo ich darauf achte, höre ich aus dem Haus Stimmen.

Bevor ich mir darüber Gedanken machen kann, geht die Tür auf und offenbart eine Frau mit hellblondem, perfekt frisiertem Haar und kräftigem Lippenstift. Sie trägt einen hellblauen Hosenanzug und dazu passende High Heels mit dünnem Absatz.

»Guten Abend«, begrüßt sie mich freundlich. Der fragende Unterton ist kaum rauszuhören.

»Guten Abend. Entschuldigen Sie bitte, ich ...«, beginne ich und schlucke. Meine Kehle ist plötzlich total ausgetrocknet.

Hinter der Dame erstreckt sich ein großes Entree, auf der linken Seite führt eine ausladende Treppe nach oben und nach hinten führt eine geschwungene Holztür in einen weiteren Raum, aus dem ich jetzt deutlich zahlreiche Stimmen höre. Oh, oh, die vielen Autos ...

»Sind Sie eine Freundin von Leonard?«, unterbricht mich die Frau und das Lächeln auf ihren Lippen verrutscht kein bisschen.

Ich nicke. »Ja, ich heiße Emily. Bitte entschuldigen Sie –«, setze ich an, doch sie nimmt meine Hand und zieht mich durch die Tür.

»Na also, das ist ja unerhört. Der Junge hat kein Sterbenswörtchen davon gesagt, dass er eine Freundin eingeladen hat. Und das, obwohl wir ihn wirklich ermuntern, mal eine junge Dame mitzubringen.« Sie lacht und wirft den Kopf dabei in den Nacken.

Ich weiß überhaupt nicht, was ich sagen soll, während Lennys Mutter mich über den Gang hinter sich herzieht.

Dann bleibt sie abrupt stehen.

»Emily, also wir haben ein paar Gäste eingeladen, aber das hat Leonard sicher bereits erzählt. Es ist auch wirklich nichts Großes.« Sie lacht erneut und winkt ab. »Dann kennen Sie meinen Sohn aus dem Studium?«

Ich nicke wieder.

»Sie müssen nicht schüchtern sein, keine Angst, das sind alles ganz nette Leute. Wir werden gleich sehen, wo Leonard steckt.« Sie drückt die Flügeltür auf.

Dahinter erstreckt sich ein Raum, der größer ist, als ich mir je hätte vorstellen können. Die Decken sind mindestens drei Meter hoch.

In der Mitte des Raumes ist ein Buffet mit zahlreichen Häppchen aufgebaut und es haben sich sicher dreißig Gäste an kleinen Tischen verteilt. An der linken Fensterseite stehen einige Sessel, die in Richtung eines dekorativen Kamins ausgerichtet sind. Ich bin geschockt und habe gleichzeitig das Gefühl, dass wirklich jeder in diesem Raum meine Ankunft mit Frau Hayne genau beobachtet.

Ich frage mich fieberhaft, wie ich dieser furchtbaren Situation entfliehen kann. Mein Blick flattert dabei von links nach rechts. Die meisten scheinen von unserer Ankunft nur kurz Notiz zu nehmen und das, obwohl ich mit meinem schlichten Kleid unter den ganzen edel gekleideten Menschen sicher heraussteche.

Und dann sehe ich Lenny. Seine blonden Haare sind perfekt frisiert, er trägt ein Sakko in kräftigem Blau mit passender Hose, und obwohl ich ihn schon so oft in Hemden gesehen habe, raubt mir sein Anblick einen Moment den Atem. Er ist im Gespräch mit einem Mann im Alter seiner Mutter, der aufmerkt, als wir den Raum betreten. Durch die Notiz seines Gegenübers sieht auch Lenny zurück, wendet sich uns zu und erstarrt. Unsere Blicke verhaken sich ineinander, ich habe das Gefühl, er durchbohrt mich, und stehe wie angewurzelt in der Tür.

»Da ist er ja«, sagt Lennys Mutter und lächelt ihrem Sohn strahlend zu. Sie scheint seine Starre nicht zu bemerken.

»Frau Hayne, ich –«, stottere ich, doch wieder einmal unterbricht sie mich. Anscheinend bringe ich in Anwesenheit dieser Frau keinen einzigen geraden Satz zusammen.

»Bitte, ich heiße Carola. Kommen Sie.«

Sie geht voraus und ich folge ihr. Lenny verfolgt jeden meiner Schritte und auch sein Gesprächspartner beobachtet interessiert, wie ich hinter Carola durch den Raum gehe.

Sie tritt zu dem Mann und legt ihm einen Arm auf die Schulter.

»Schatz, es sieht ganz danach aus, als ob Leonard uns etwas vorenthalten hat. Jemanden«, korrigiert sie sich.

Jetzt stehe ich ihm gegenüber, inmitten all dieser fremden Menschen und seiner beiden Eltern. Ich möchte im Erdboden versinken.

»Emily«, bringt Lenny hervor und das Lächeln, das er aufsetzt, ist so angestrengt, dass ich ein eigenes erst gar nicht versuche.

»Hallo«, sage ich leise.

Es entsteht ein unbehagliches Schweigen, das zwar von den vielen Gesprächen im Raum übertönt wird, aber deshalb nicht weniger unangenehm ist.

Lenny räuspert sich. »Entschuldigt bitte, Mutter, Vater. Das ist Emily, wir studieren zusammen«, sagt er.

Lennys Vater hat ein freundliches Gesicht, und um seine Augen, die genauso intensiv grün sind wie Lennys, entstehen viele kleine Fältchen, als er mich jetzt anlächelt und mir seine Hand entgegenstreckt.

»Hallo, Emily, freut mich, dich kennenzulernen, ich bin Georg Lauterbach, der Vater von Leonard.«

Ich ergreife seine Hand und das Lächeln, das ich ihm schenke, fällt mir schon etwas leichter.

»Eine schöne Überraschung«, sagt Lennys Mutter laut und lacht wieder. »Bitte entschuldigt mich, ich muss mich jetzt wieder um meine anderen Gäste kümmern. Emily, bitte bedienen Sie sich.« Sie zeigt auf das üppige Buffet und ich bedanke mich leise.

Lennys Vater beobachtet die Szene schmunzelnd. »Dann lasse ich euch zwei mal kurz allein.« Er lächelt mir noch mal freundlich zu, geht dann Richtung Kamin und begrüßt einen älteren Herrn, der dort an einem Sessel lehnt.

»Lenny, es tut mir leid, dass ich –«, beginne ich doch auch dieses Mal werde ich unterbrochen.

»Komm mit«, sagt er ausdruckslos und umfasst mein Handgelenk.

Ich folge ihm durch eine Seitentür in ein Wohnzimmer, das wesentlich gemütlicher eingerichtet ist. Ein großes Sofa, viele Bücherregale, Teppiche und eine große Stehlampe. Jetzt ist der Raum dunkel, nur durch ein hohes Fenster fallen letzte Lichtstrahlen des beginnenden Sonnenuntergangs.

Lenny bedeutet mir stehen zu bleiben, was ich auch tue. Er geht in einen angrenzenden Raum, den ich als WC oder Badezimmer identifiziere, und kommt kurz danach mit einer Schachtel Zigaretten zurück.

»Sie schmeißt sie weg, wenn ich sie nicht verstecke«, sagt er mit rauer Stimme und lacht trocken. Dann schiebt er einen der schweren Vorhänge zurück und öffnet eine Tür, die auf eine ausladende Terrasse führt. Mehrere Stufen führen hinunter zu einem Loungemöbel mit Himmel.

Lenny lehnt sich an eine kleine Steinmauer, welche die Terrasse von einem perfekten Rasen abgrenzt, und zündet die Zigarette an. Er inhaliert zweimal, während ich unruhig ungefähr drei Meter entfernt von ihm stehe und an meinem Kleid zupfe.

»Was machst du hier?«, fragt er schließlich.

Es klingt nicht wütend, was mich erleichtert. Es klingt aber auch nicht erfreut. Seinen Gesichtsausdruck kann ich eigentlich nur als fassungslos beschreiben. Gleichzeitig haut es mich einfach um, ihn so zu sehen. Er sieht wirklich unglaublich gut aus, seine grünen Augen bilden einen Wahnsinnskontrast zu dem weißen Hemd und die dunkle enge Hose bringt seine schlanke Statur zur Geltung. Trotz dieser völlig verrückten Situation lehnt er entspannt an der Mauer, die Zigarette lässig zwischen zwei Finger geklemmt, und wartet auf meine Erklärung.

»Ich weiß nicht, wo ich anfangen soll«, bringe ich schließlich hervor, um überhaupt etwas zu sagen.

»Tut mir leid, Emily, aber ich bin, um ehrlich zu sein, sehr ... irritiert dich hier zu sehen.« Er schnipst etwas Asche hinter sich ins Gras und fixiert mich dann wieder mit seinem durchdringenden Blick.

»Du hast nicht auf meine Nachrichten reagiert und ich musste mit dir sprechen. Ich wusste das nicht«, sage ich und deute zurück in Richtung Haus.

Er lacht spöttisch und schüttelt den Kopf. »Das dachte ich mir schon. Man könnte wohl nicht mehr fehl am Platz wirken als du, als du diesen Raum betreten hast.« Er lacht wieder und zieht erneut an der Zigarette.

Seine Worte fühlen sich an wie eine Ohrfeige, obwohl mir das Gesagte selbst nur zu genau bewusst ist. Aber das habe ich anscheinend gebraucht.

Auf einmal finde ich ihn gar nicht mehr so attraktiv, wie er da lehnt und mich mit seiner grenzenlosen Überheblichkeit lächerlich macht. Es war eine dumme Idee herzukommen, es war eine dumme Idee zu glauben, er könnte mir noch irgendetwas erzählen.

Es war dumm zu glauben, wir könnten so etwas wie Freunde sein, nur weil wir uns ein paar private Dinge anvertraut haben und er im Krankenhaus war. Schließlich ist er gegangen und nicht wiedergekommen. Nicht nur das, er hat sich auch nicht mehr gemeldet.

Ich habe keine Worte mehr und deshalb wende ich mich einfach ab und gehe auf das Haus zu. Wenn ich links daran vorbeilaufe, komme ich sicher auf den breiten Kiesweg.

»Emma«, sagt er hinter mir und jetzt schießen mir doch Tränen in die Augen.

»Du nicht, Lenny!«, fauche ich und wirble herum.

Er steht hinter mir und hat beide Arme erhoben.

30

Lenny

Als sie sich ohne ein weiteres Wort umdreht und in Richtung Haus zurückgeht, bereue ich meine Wortwahl schon. Mit wenigen großen Schritten habe ich sie eingeholt.

»Emma«, sage ich und erwarte, dass sie stehen bleibt.

Sie dreht sich auf dem Absatz um und faucht mich an. »Du nicht, Lenny!«

Und ich weiß genau, was sie meint. Ich bin ein gottverdammtes Arschloch, aber manchmal kann ich einfach nicht aus meiner Haut.

Ich sehe die Tränen in ihren Augen, obwohl sie schnell wieder wegblickt, und hebe beide Arme, um zu signalisieren, dass ich nicht näher komme.

Die Sonne ist inzwischen verschwunden, doch im Halblicht des Abends leuchten ihre Haare honigfarben auf dem dunklen Kleid, das sie anhat. Ich habe sie noch nie so gesehen und vermute, dass sie sich tatsächlich so gekleidet hat, um hierherzukommen. Und ich habe nichts Besseres zu tun, als sie lächerlich zu machen, dabei sieht sie wunderschön aus.

Natürlich ist ihr Auftreten schlicht im Vergleich zu den ganzen Angebern da drinnen im Haus, doch seit wann habe ich darauf irgendwas gegeben? Emily scheint wirklich meine schlechtesten Seiten hervorzubringen.

»Emily«, sage ich mit Nachdruck und warte, bis sie mir ihr Gesicht zuwendet.

Sie schluckt zweimal schwer, schafft es aber, die Tränen zurückzudrängen. Sie ist unglaublich, sie würde sich nie die Blöße geben, ihre Demütigung einzugestehen.

»Es tut mir leid, Emily, ich habe das nicht so gemeint. Ich bin einfach nur sehr überrascht, dich hier zu sehen, noch dazu am Geburtstag meiner Mutter«, versuche ich mich zu erklären.

Sie reißt die Augen auf. »Deine Mutter hat heute Geburtstag?«

Ich nicke.

Sie schlägt sich beide Hände vors Gesicht und lässt den Kopf hängen. »Bitte, lass mich einfach gehen und uns nie wieder darüber sprechen«, sagt sie durch ihre Finger hindurch

Beinahe muss ich lachen. Was ist das für ein Auftritt? Ich werde einfach nicht schlau aus ihr, aber ich kann nicht leugnen, dass sie mich jedes Mal wieder beeindruckt.

Unwillkürlich trete ich einen Schritt auf sie zu. Dann nehme ich ihre beiden Hände in meine und ziehe sie von ihrem Gesicht weg.

»Bitte, lass es mich noch mal versuchen. Was machst du hier?«

Unsere Gesichter sind nur wenige Zentimeter voneinander entfernt, und ich kann die feuchten Wimpern erkennen, die sie zu verbergen versucht hat.

»Ich habe mit den anderen darüber gesprochen, was am Wochenende passiert ist. Ich hatte gehofft, du würdest dir noch ein letztes Mal Zeit dafür nehmen. Verstehst du nicht, dass ich einfach wissen will, was passiert ist?« Sie klingt traurig.

»Doch«, flüstere ich. »Ich verstehe das.«

Ich kann die Spannung zwischen uns beinahe mit den Händen greifen und drehe das Gesicht zur Seite; unsere Finger sind immer noch miteinander verschränkt. Es fühlt sich an, als würde es so gehören.

»Ich musste … mir einfach über ein paar Dinge klar werden«, sage ich und sehe sie wieder an. »Das am Wochenende … das war alles ziemlich viel.«

Sie nickt, aber ihr Blick ist nicht verständnisvoll. »Ja, Lenny, dann kannst du dir vielleicht vorstellen, wie es mir ging. Ich weiß überhaupt nicht, was dein Problem ist«, sagt sie verächtlich und entzieht mir ihre Hände.

»Nein.« Ich strecke stattdessen den Arm aus, um ihr das Haar hinters Ohr zu streichen. »Nein, und du hast vollkommen recht. Es ist furchtbar, was passiert ist, und ich kann mir nicht vorstellen, wie es für dich sein muss.«

Sie steht ganz still da und lässt meine Berührung zu, und ich höre, wie ihr Atem schneller wird. Ohne weiter darüber nachzudenken, lege ich meine Hand sanft in ihren Nacken und ziehe sie vorsichtig näher.

Als sie sich nicht dagegen wehrt, überwinde ich die kurze Distanz zwischen uns und lege meine Lippen sachte auf ihre. Ich spüre, wie sie kurz nach Luft schnappt, und warte einen Herzschlag lang, ob sie zurückweicht. Doch als sie das nicht tut, schließe ich die Augen und küsse sie.

Die vorsichtige, zurückhaltende Art, mit der sie die Lippen bewegt, bringt mich fast um den Verstand. Ich fühle mich in den Moment zurückversetzt, als ich zum ersten Mal ein Mädchen geküsst habe. Die schwitzigen Hände, das Kribbeln im ganzen Körper. Wie von selbst schleicht sich ein Lächeln auf meine Lippen. Das veranlasst Emily dazu, sich sofort zurückzuziehen.

Erschrocken legt sie die Finger an ihre Lippen. Ich löse meine Hand aus ihrem Haar und trete einen kleinen Schritt zurück. Bevor ich auch nur irgendwas sagen kann, dreht sie sich um und läuft weg.

»Fuck«, fluche ich halblaut und fahre mir durch die Haare, was ich direkt danach bereue.

Wo will sie denn hin? Dieses Mädchen macht mich völlig fertig. Ich kicke gegen einen Kiesel, der wegspringt und gegen die Mauer knallt. Was soll nur der Mist, dieses Wegrennen, sobald irgendwas anders läuft als erwartet? Dann wird mir klar, dass sie mir genau wegen dieser Reaktion bis hierher folgen musste, und ich setze mich in Bewegung. Ich laufe die Stufen hoch und gehe ins Haus zurück.

Als ich in den Saal zurückkomme, laufe ich geradewegs meiner Mutter in die Arme.

»Leonard, wo ist deine Freundin?«

Ich schiebe sie zur Seite und dränge mich an ihr vorbei, was mir einen giftigen Blick einbringt, aber es ist mir egal. Ich durchquere den Flur im Laufschritt und reiße die Haustür auf. Da ist sie, geht geradewegs auf das Tor zu.

Wenn meine Mutter wüsste, dass ich mit diesen Lederschuhen über den Kies sprinte, würde sie vollkommen die Beherrschung verlieren, aber das ist mir egal. Ich trage diesen ganzen Aufzug sowieso nur ihr zuliebe.

Als ich am Auto ankomme, sitzt Emily schon drin, macht aber keine Anstalten, den Motor zu starten. Ich klopfe gegen die Scheibe und sie zuckt zusammen. Sie sitzt einfach da und macht nichts. Ich ziehe am Griff und öffne die Tür ein Stück weit.

»Emily«, sage ich und es klingt wie ein Seufzen. »Warum rennst du weg? Du bist bis hierhergekommen, du bist mir hinterhergefahren, du haust mich um mit deinem plötzlichen Auftauchen und dann lässt du dich von einem Scheißspruch beeindrucken?« Ich schüttle den Kopf, denn es ist mein voller Ernst. Ich habe viel von ihr erwartet, aber nicht, dass sie einfach aufgibt und abhaut, obwohl sie den ganzen Weg herkam, um ihr Ziel zu erreichen.

»Von einem Spruch ...«, wiederholt sie. »Und einem Kuss.«

»Trotzdem, du, Emily?«

»Das stimmt auch, aber kaum stehe ich dir gegenüber ...«

Sie nimmt die Hände vom Lenkrad und drückt die Autotür vollends auf. Ich trete ein Stück zurück, damit sie aussteigen kann. Dann schlägt sie die Tür zu und lehnt sich gegen das Auto. Es macht den Eindruck, als hätte sie sich wieder gefangen, deshalb warte ich ab, was sie zu sagen hat.

»Ich war mit dieser Situation mindestens genauso überfordert wie du und ich habe es auch so nicht erwartet«, sagt sie und knetet ihre Hände. »Dann steht da dieser Leonard, der mir vorkommt wie ein Fremder, obwohl ich doch dachte, bereits einiges zu wissen. Und dann ist es nicht einmal der Name, den ich kenne. Du stehst da mit diesem perfekten Look inmitten dieser perfekten Menschen und erzählst mir, dass ich ja so fehl am Platz sei, als würde ich es nicht mit jeder Faser meines Körpers spüren.«

Sie hat sich richtig in Rage geredet, aber das ist die Emily, die ich erwartet habe, damit kann ich umgehen. Ich warte, bis sie weiterspricht.

»Du lässt mich also deutlich spüren, dass ich hier nichts zu suchen habe, nutzt meine Unsicherheit, um mich zu beschämen, und läufst mir dann hinterher und küsst mich? Wow«, sagt sie und ihre Augen funkeln mich an.

Ich beiße mir auf die Unterlippe, um nicht zu lächeln, denn ich will mich wirklich nicht lustig machen, aber sie ist hinreißend, wenn sie so wütend ist. Ich habe das Gefühl, dass etwas völlig Verrücktes abgeht.

Sie sieht zur Seite, schüttelt den Kopf. Ich trete einen Schritt näher, lege eine Hand an ihre Wange. Sie bleibt stur und sieht mich nicht an.

»Ich mache dir einen Vorschlag. Komm mit mir rein. Wir essen eine Kleinigkeit. Und später nehme ich mir Zeit für deine Fragen. Ich muss mich da drin aber noch ein bisschen blicken lassen.« Ich sage es sanft und schenke ihr ein vorsichtiges Lächeln.

Sie hält nicht lange durch, hier draußen wird es auch langsam kühl, denn die Sonne ist inzwischen komplett verschwunden.

»Bitte, sag Ja.« Ich hebe ihr Kinn an.

Ihr Blick ist intensiv, aber sie schenkt mir ein schmales Lächeln. »Ja.«

»Dann los.« Gemeinsam gehen wir über den Kiesweg zurück zum Haus.

»... und dann begründen sie das damit, dass der Gesetzgeber keinen Wirklichkeitsmaßstab wählen muss.«

»Jetzt reg dich nicht auf, Ludwig, du hast doch nicht wirklich was anderes erwartet.« Mein Vater klopft seinem Freund auf die Schulter.

Ich tausche einen Blick mit Emily und zwinkere ihr zu. Sie ist wirklich großartig. Ich bin mir sicher, dass sie von dem ganzen Gelabere nicht mal die Hälfte versteht, nicht weil sie nicht intelligent genug dafür wäre, sondern weil sie damit einfach noch nie etwas zu tun hatte. Doch sie lässt sich nichts anmerken, lächelt freundlich und macht sich wunderbar inmitten der spießigen Gesellschaft.

»Du hast ja recht. Leonard, was macht das Studium?« Ludwig richtet seine Aufmerksamkeit auf mich und ich wende meinen Blick von Emily ab.

»Danke, es läuft gut. In ein paar Wochen sind Prüfungen.«

Er nickt und wirft Emily einen Blick zu. »Na, dann lass dich mal nicht vom Lernen ablenken.«

Ich verbeiße mir jeden Kommentar, als Ludwig sich umdreht und auf ein Grüppchen zugeht, das in der Nähe steht.

»Tja, mein Junge. Ludwig versucht sicher nur, dich vor seinen eigenen Fehlern zu bewahren.« Mein Vater zwinkert Emily zu. »Er war der größte Frauenheld, aber hat es mit Ach und Krach durchs Examen geschafft. Man kann eben nicht alles haben.«

Emily lächelt und ich bin dankbar für die Worte, die mein Vater gefunden hat. Eins muss man ihm lassen, er hat ein Gespür für Stimmungen und kann die Menschen mit seiner herzlichen Art schnell für sich gewinnen. Man möchte ihn aber nicht gegen sich haben, das habe ich bei so manchem

Telefonat mit Mandanten beobachten können. Ganz im Gegensatz zu meiner Mutter, die mit ihrer aufgesetzten Freundlichkeit immer maßlos übertreibt.

Mein Vater greift zur Weinflasche auf dem Beistelltisch und gießt sich nach. »Noch jemand?«

Ich verneine, doch Emily schiebt ihm ihr Glas rüber und bedankt sich. Dann nippt sie an dem Wein und behält das Glas in der Hand.

»Nun, Emily, was tust du sonst neben dem Studium? Hoffentlich schleppt mein Junge dich nicht nur auf diese schlechten Studierendenpartys.« Er lacht dröhnend und ich verdrehe die Augen.

»Ich schleppe sie auf überhaupt keine Partys, Vater«, protestiere ich.

»Nein, aber wenn, dann ist er ein Gentleman und bezahlt meine Drinks«, antwortet Emily, ohne mit der Wimper zu zucken, und ich muss mich konzentrieren, um meinen Mund zuzuklappen.

Ich sehe meinem Vater an, dass ihn die schlagfertige Antwort beeindruckt, und für einen kurzen Moment bin ich stolz. Genau so lange, bis mir wieder einfällt, dass sie ja nicht wirklich mein Mädchen ist und wir hier nur irgendein verrücktes Theater für meine Eltern spielen, das sich keiner von uns beiden je hätte ausdenken können. Ich muss dringend mit ihr sprechen.

»Wenigstens gut erzogen haben wir ihn«, sagt mein Vater lachend und legt seine Hand auf meine Schulter.

»Mhm«, brumme ich, um auch irgendwas beizutragen.

»Na ja, um Ihre Frage zu beantworten, Herr Lauterbach, ich arbeite in einem Café. Das und studieren, da bleibt nicht mehr ganz so viel Zeit für andere Dinge«, erklärt Emily.

»Das klingt interessant, dann kennst du dich also mit Heißgetränken aus«, schlussfolgert er und Emily lächelt ihm zu.

»So kann man es sagen. Lenn... Leonard ist ein treuer Kunde.«

Der Name kommt ihr so was von holprig über die Lippen, dass ich beinahe lospruste.

»Und ich gebe das beste Trinkgeld von allen«, sage ich, was Emily zum Lachen bringt.

»Na, das wird sie dir wohl nicht unter die Nase reiben. In so einem Café macht man bestimmt viele Bekanntschaften.« Mein Vater knufft mich in die Seite und grinst.

»Oh, na ja. Meistens ist der Laden so voll, dass für ausführliche Gespräche wenig Zeit bleibt. Aber es macht mir wirklich Spaß«, erklärt Emily und nimmt einen Schluck Wein.

»Amüsiert ihr euch auch gut?« Meine Mutter steht auf einmal hinter uns, und mein Vater rückt ein Stück zur Seite, damit sie sich neben ihn stellen kann.

»O ja«, bekundet er und legt den Arm um ihre Taille.

»Möchtest du nicht noch zu den Rogers gehen, ich glaube, Edward wollte noch etwas mit dir besprechen«, sagt meine Mum lächelnd, aber mit diesem Unterton, der kein Nein gelten lässt.

Mein Vater zuckt die Schultern und entschuldigt sich.

»Was hast du mit deinen Haaren gemacht, Leonard?«, richtet sie ihre Aufmerksamkeit jetzt auf mich und sieht mich kritisch an.

Ich streiche vorsichtig zweimal über die Strähnen. Das Gel ist eben kein Wundermittel und meine bescheuerte Angewohnheit, mir ständig durch die Haare zu fahren, rächt sich.

»Emily, haben Sie auch etwas gegessen?«

Bevor sie uns noch mehr auf die Nerven geht, schreite ich lieber mal ein. »Danke, Mutter, wir kommen schon klar. Ich denke, wir würden sowieso demnächst abhauen.«

Meine Mutter wirft mir einen strengen Blick zu und ich weiß genau, dass meine Ausdrucksweise sie stört, aber ich korrigiere mich nicht.

Emily verlagert ihr Gewicht auf das andere Bein und trinkt noch einen Schluck Wein. Sie wirkt nervös.

»Marion Staufenberg dürfte in den nächsten Minuten kommen. Ich denke, ihr solltet wenigstens noch so lange dableiben.«

Na klasse. Ich will schon einen bissigen Kommentar loslassen, als Emily zu husten beginnt; sie scheint sich verschluckt zu haben. Ich klopfe ihr leicht auf den Rücken.

»Geht's wieder?«

Sie nickt und wird rot. »Tut mir leid. Staufenberg, meinen Sie die Professorin?«, fragt sie meine Mutter höflich.

»Ja, die meint sie«, sage ich und gebe mir keine Mühe, meine Genervtheit zu verbergen. Nicht nur, dass die Alte mir dieses bescheuerte Projekt aufgehalst hat, meine Mutter zwingt mich auch noch dazu, in meinem eigenen Zuhause mit ihr zu sprechen.

Das Lächeln meiner Mutter verrutscht nur kurz, aber sie gibt bissig zurück: »Du solltest dir besser Mühe geben, dein Verhalten wiedergutzumachen.« Dann dreht sie sich um und lässt uns stehen.

Emily neben mir atmet hörbar aus.

»Keine Sorge, das war noch nett.« Ich nehme ihr das Weinglas aus der Hand, proste ihr zu und kippe den Rest hinunter.

»Also bitte«, sagt sie mahnend und sieht sich um, als hätte sie Angst, dass es jemand beobachtet haben könnte. Ist vermutlich auch so.

Ich lache und reiche ihr das Glas zurück. Dann nehme ich die Flasche vom Tisch und fülle es wieder auf.

»Komm mit«, sage ich und ziehe sie in Richtung seitliche Fensterfront. Ein Sitzmöbel am Kamin ist gerade frei geworden und dort sind wir vielleicht zumindest kurzzeitig vor weiteren neugierigen Gesprächspartnern sicher.

Wir setzen uns nebeneinander und Emily schlägt adrett die Beine übereinander. Ich muss lächeln und wende mich ihr etwas zu.

»Du bewegst dich doch schon, als würdest du hierhergehören«, lobe ich sie und sie verzieht kurz das Gesicht.

»Der Wein hilft ein wenig«, sagt sie und prostet mir zu.

Eine Zigarette wäre gut, bevor ich dieser Professorin gegenübertrete. Aber weder meine Mutter noch Emily würden das wohl für eine gute Idee halten, also verschiebe ich das besser auf später.

»Was macht die Professorin auf der Geburtstagsfeier deiner Mutter?«, fragt Emily mich mit gesenkter Stimme.

»Die beiden sind alte Bekannte. Habe ich das nicht erwähnt, als ich von dem Debakel erzählt habe?«

Sie zuckt mit den Schultern und schüttelt den Kopf.

»Na ja, sie kennen sich leider. Nur deshalb wusste sie damals auch sofort, wer ich bin. Du glaubst ja nicht, dass die Professoren sich die ganzen Gesichter merken können, und ich wäre sicher selbst in dem Zustand nicht so bescheuert gewesen, ihr meinen Namen zu verraten. Der Horror.«

Ich schüttle den Kopf und Emily lacht über mein Gesicht.

»Jaja, mach dich nur lustig«, brumme ich missmutig.

»Leonard Hayne und Emily Kehl, ja, was für eine Freude, Sie zusammen zu sehen«, tönt es plötzlich von der Seite und Emily dreht sich erschrocken in Richtung der Stimme. Wenn man vom Teufel spricht.

Ich erhebe mich und Emily tut es mir gleich.

»Guten Abend, Professorin«, begrüße ich sie und schüttle ihre Hand. Sie reicht auch Emily die Hand.

»Wir haben Sie beim letzten Treffen vermisst, Leonard«, wendet Professorin Staufenberg sich wieder mir zu.

»Ja, entschuldigen Sie, es war nicht meine Absicht zu fehlen. Es war ein familiärer Notfall.«

Professorin Staufenberg zieht eine Augenbraue hoch. »Ach, tatsächlich?«

Sie wirft einen skeptischen Blick in Richtung meiner Eltern. War klar, dass sie das hinterfragen würde.

»In meiner Familie, Professorin. Aber zukünftig wird unser Team wieder voll besetzt sein«, schaltet Emily sich ein und lächelt.

»Ich bin überzeugt, Sie werden gute Arbeit leisten.« Professorin Staufenberg nickt uns beiden zu und geht wieder rüber zu meinen Eltern.

Ich beschließe, nicht länger zu warten.

»Los, lass uns gehen.« Ich nehme Emilys Hand.

»Der Wein«, sagt sie überrascht und lässt sich von mir mitziehen.

»Nimm ihn mit hoch.«

31

Lenny

Wir schlängeln uns an den Grüppchen vorbei, die in ihre Gespräche vertieft sind und uns keine Aufmerksamkeit schenken. Ich öffne die Holztür in den Eingangsbereich und ziehe sie hinter uns zu. Es ist dunkel hier draußen.

»Die Treppe hoch.« Ich gehe voraus und Emily folgt mir.

Kaum sind wir oben angekommen, fühle ich mich sofort wohler. Der Eingangsbereich ist der einer alten, herrschaftlichen Villa und präsentiert genau das, was meine Eltern nach außen zeigen wollen. Im unteren Bereich sind noch zwei edle Büros eingerichtet, da meine Eltern sowohl hier als auch in der Kanzlei in der Stadt arbeiten. Im ersten Stock ist alles etwas normaler.

Die Holzdielen verleihen den Räumen automatisch eine gewisse Gemütlichkeit, die Einrichtung ist wesentlich persönlicher, und auch wenn die Räume groß sind, hat es nichts von der protzigen Größe im Erdgeschoss. Das erste Zimmer rechts gehört mir. Ich öffne die Tür und bitte Emily einzutreten. Hinter mir ziehe ich die Tür wieder zu und streife das Sakko ab. Schon seit meiner Jugend bin ich diesen Kleidungsstil gewohnt, aber in meinen eigenen vier Wänden sitze ich sicher nicht im Anzug.

Emily sieht sich neugierig um, während ich die große Stehlampe neben der Couch einschalte. Das Zimmer hat eine L-Form, da auf der linken Seite ein Badezimmer anschließt. Rechts steht mein Bett und dahinter, an der Fensterfront in

Richtung Garten, ist eine gemütliche Sitzecke eingerichtet. Die Fenster sind tief, sodass man im Sitzen noch ohne Probleme rausschauen kann, was Emily jetzt tut.

»Von hier oben sieht es mindestens genauso groß aus«, sagt sie nachdenklich.

»Ja, es ist riesig«, bestätige ich und fahre mir durch die Haare. Ist jetzt auch vollends egal.

Emily sitzt aufrecht da und hat die Hände im Schoß liegen.

»Du kannst es dir bequem machen, hier beobachtet dich niemand mehr.«

Ich setze mich an den Rand der Couch, um meine Schuhe aufzuschnüren.

»Du bist da«, sagt Emily, aber beugt sich ebenfalls zu ihren Schuhen herunter und schnürt sie auf.

»Dieses Mal keine zehn Zentimeter?«, frage ich und lache.

»Das war mir zu riskant für heute«, gibt sie zurück. »Außerdem musste ich Auto fahren, da reichen mir fünf Zentimeter schon.«

Sie zieht die Beine aufs Sofa hoch und stützt sich mit dem Arm auf der Lehne ab. Ich rutsche zu ihr rüber und lehne mich mit dem Rücken zum Fenster in die Kissen. Emily wirkt wesentlich entspannter, und auch ich habe mich daran gewöhnt, dass sie völlig unerwartet hier ist und in meinem Zimmer sitzt.

»Okay. Sag mir, was dich so sehr bedrückt, dass du mir bis hierher gefolgt bist.« Ich lächle sie an.

Emily sieht weiter zum Fenster hinaus, in dem wir uns spiegeln und das gleichzeitig einen Blick auf die vielen kleinen Solarlichter im Garten meiner Eltern zulässt.

»Kim sagt, David habe dich ziemlich angemacht und deshalb seist du gegangen. Ich erinnere mich nicht mehr wirklich, nur dass ich mit David diskutiert habe, weiß ich noch. Und was ich im Krankenhaus gesagt habe, dass ich dich suchen wollte. Kim hat das auch gesagt. Sie hat David und mich ungefähr eine Stunde nicht gesehen, dann haben wir uns verabschiedet und sind zur Bahn. Tom meinte, du seist mit jemand anderem unterwegs gewesen. Was ist passiert, nachdem du mir den Drink ausgegeben hast?« Nach dem Redeschwall sieht sie mich fragend an. Kurz wirkt es, als wäre sie in der Erinnerung versunken, aber sie wartet offensichtlich auf meine Antwort.

Ich streiche mir nervös die Haare aus der Stirn. Es war eigentlich nicht geplant, Emily von meinem Abend zu berichten, aber ich kann auch schlecht nichts sagen.

»Den Nachrichtenverlauf hast du gesehen, nehme ich an«, sage ich widerwillig.

Sie nickt. »Aber so richtig schlau wurde ich auch nicht daraus.«

»Tja, wir waren wohl beide etwas poetisch.« Ich verdrehe die Augen.

»Ich war auf Drogen, das entschuldigt ja wohl alles«, gibt sie zurück und ich muss lachen.

»Punkt für dich. Dein Mitbewohner hat sich als dein persönlicher Bodyguard aufgespielt und du hast mit ihm und Kim rumdiskutiert. Ich war angepisst, weil er so 'nen Aufstand gemacht hat.«

Emily grübelt. »Ja, und irgendwann war ich wohl fertig mit Diskutieren und du weg. Also habe ich nach dir gesucht.«

Ich verziehe das Gesicht. »Aber du hast mich nicht gefunden«, beantworte ich die Frage, die im Raum steht.

Sie schweigt und blickt wieder zum Fenster. »Wo bist du hin?«

Ihr ist natürlich genauso klar wie mir, dass der Club nicht riesig ist.

»Ich habe jemanden getroffen«, gebe ich zu, aber habe keine Lust, ihr Details auf die zu Nase binden, wenn es nicht notwendig ist.

»Du hast jemanden getroffen?«

Ich stütze den Kopf in die Hände.

»Du warst eine Minute vorher mit mir zusammen, wie konntest du da jemanden treffen?«, fragt sie naiv.

»Es war Zufall«, sage ich angespannt.

»Aha. Und dann? Ich verstehe einfach nicht, was in dieser Stunde passiert ist.«

»Glaub mir einfach, wenn ich dir sage, dass ich dich, nachdem ich dir den Drink ausgegeben habe, nicht mehr gesehen habe. Ihr müsst dann kurz vor uns gegangen sein, ich habe mit Tom noch eine Zigarette vor dem Club geraucht und hätte euch sicher gesehen, wenn ihr rausgegangen wärt.«

Sie sieht verloren aus, und es tut mir leid, dass ich sie so hängen lasse. Aber ihre Hoffnung, Klarheit in die Sache zu bringen, kann ich ihr nicht erfüllen, denn ich weiß nicht, was passiert ist.

»David denkt, dass ich ihm meinen Drink gegeben habe, bevor ich dich suchen gegangen bin. Und es hat uns beide erwischt. Dein Drink war offensichtlich in Ordnung«, sagt sie ohne Vorwurf in der Stimme, doch die Fragezeichen, die mitschwingen, machen mich fertig.

Ich beuge mich leicht zu ihr vor und sehe ihr direkt in die Augen. »Du kannst über mich sagen, was du willst, Emily, ich bin vielleicht ein Arschloch. Aber wenn ich was mit dir anfangen will, dann küsse ich dich einfach, vielleicht im Garten meiner Eltern, aber niemals, nie im Leben, würde ich dir irgendwas in deinen verdammten Drink tun. Geht's eigentlich noch?«

Ich merke, dass ich stinksauer bin, lehne mich zurück und atme tief durch.

Emily sieht mich erschrocken an. »Ich weiß, ich wollte nicht ... Ich weiß, dass du es nicht warst, Lenny«, sagt sie leise und berührt meinen Arm, den ich auf die Knie gestützt habe.

Ich fühle mich furchtbar. Genau das war der Grund, warum ich zu meinen Eltern geflüchtet bin.

»Emily, dass es der Drink war, den ich dir ausgegeben habe ... Der Gedanke bringt mich um, und natürlich ist mir klar, dass es naheliegend ist. Aber es kann jeder gewesen sein. Ich würde sagen, du warst durch das Gespräch mit David und Kim abgelenkt. Vielleicht sogar durch das Gespräch mit mir. Als du im Krankenhaus gesagt hast, dass du mich gesucht hast ...« Ich atme hörbar aus. »Glaub mir, es fühlt sich beschissen an. Ich rede mir ein, wenn ich nicht weggegangen oder nicht im Backstagebereich gewesen wäre, und du mich wiedergefunden hättest ...«

Sie fährt mit ihren Fingern meinen Arm entlang und schiebt ihre schmale Hand in meine.

»Nein, das kannst du nicht wissen«, sagt sie leise. »Du warst backstage? Ich wusste nicht mal, dass es in diesem Club so etwas gibt.«

»Da war dieses Mädchen, das ich von dem Abend an der Uni kannte ...«

Sie löst ihre Hand aus meiner und zieht spöttisch die Augenbrauen zusammen. »Ach, und weil ich dich zwei Minuten nicht beachtet habe, verschwindest du mit irgendeinem Mädchen?«

Ich schüttle den Kopf und versuche, meine Gedanken zu sortieren, die wild durcheinanderwirbeln.

»Eins verstehe ich nicht, Lenny. Was sollte der Kuss? Hattest du was nachzuholen von dem Abend?«, fragt sie herausfordernd und ist jetzt gar nicht mehr zurückhaltend.

»Was, nein!«, widerspreche ich empört.

Ich verteidige mich automatisch, aber ihre Frage ist vermutlich berechtigt. Bevor ich etwas dazu sagen kann, spricht sie weiter.

»Heute küsst du mich, letztes Wochenende eine andere, tut mir leid, das ist nicht so mein Ding.« Sie zuckt die Schultern.

»Ich weiß, o Mann, das letzte Woche hatte doch überhaupt nichts zu bedeuten«, verteidige ich mich und stutze kurz über die Schlussfolgerung, die sich aus meinen Worten ergibt. Aber was ich sage, stimmt. Das im Club hat nichts bedeutet, ganz im Gegensatz zu der Nacht im Krankenhaus und dem Kuss vorhin im Garten.

»Emily, da lief nichts, ich konnte es nicht.« Ich nehme ihre Hände in meine und ziehe sie ein Stück näher. »Ich habe dich gesucht, aber du warst schon weg. Erst in der Bahn habe ich erfahren, was passiert ist, und bin sofort zu dir …«

Sie schluckt und sieht mir direkt in die Augen.

»Ich weiß nicht, was hier gerade passiert, Emma«, sage ich leise. »Ich kann dir nicht sagen, warum ich dich geküsst habe, aber ich will es wieder tun. Und wieder und …«

Sie lehnt sich nach vorne, überbrückt die restliche Distanz und legt ihre Lippen auf meine. Mit einem Schlag kehrt das Kribbeln von vorhin in meinen Bauch zurück, und ich habe das Gefühl, mein Herz schlägt plötzlich doppelt so schnell. Sie küsst mich nicht zögerlich, sondern so, als hätte sie darauf gewartet, dass ich ihr endlich sage, was Sache ist.

Ich lege die Hände an ihre Hüften und zupfe an ihrem Kleid. Mein Herz macht einen Satz, als sie schließlich vorsichtig auf meinen Schoß klettert. Beinahe schüttle ich ungläubig den Kopf und löse mich einen Moment von ihren Lippen. Das Kleid ist ein Stück hochgerutscht, die durchsichtige schwarze Strumpfhose sieht heiß an ihren schlanken Beinen aus. Mit den Händen an ihrer Hüfte ziehe ich sie noch näher.

»Du machst mich verrückt, Emma«, flüstere ich an ihrem Hals, bevor sie ihre Lippen wieder auf meine senkt.

Ich bin erleichtert, weil sie mir offensichtlich so weit vertraut, dass sie nicht ernsthaft denkt, ich könnte etwas mit dem Vorfall am Wochenende zu tun gehabt haben. Ich versuche, meinen Kopf auszuschalten, was mir normalerweise in solchen Situationen ohne Probleme gelingt, doch nicht jetzt, nicht mit ihr.

Ich habe meine rechte Hand in ihrem Haar und ziehe sie leicht zurück, um sie ansehen zu können.

»Was?«, fragt sie atemlos. Ihre Wangen sind gerötet und ihre Augen reflektieren das Licht der Stehlampe.

»Du siehst umwerfend aus.«

Sie lächelt mich an. »Und du siehst aus wie ein echter Jurist.« Ihr Lächeln verwandelt sich in ein freches Grinsen.

Ich schnaube empört, lege meine Arme fest um sie und stehe schwungvoll auf. Sie quietscht überrascht auf, aber klammert schnell die Beine um meine Hüfte. Ich trage sie zum Bett und lege sie vorsichtig ab. Dann lege ich mich seitlich neben sie und stütze meinen Kopf auf dem Arm ab.

»Und, läuft der Abend nach Plan?«, frage ich frech.

Emma stöhnt auf und wird rot. »Ich habe das Gefühl, dass in meinem Leben gerade gar nichts mehr nach Plan läuft. Zuerst das Chaos mit Eliana, dann der Clubabend, jetzt das hier.« Sie richtet sich auf die Ellbogen auf.

»Ist 'ne ziemliche Achterbahn mit dir«, bestätige ich.

Sie legt den Kopf leicht schräg und lächelt mich zaghaft an. Unter ihrem intensiven Blick breitet sich das Kribbeln von meinem Bauch in meinem ganzen Körper aus.

32

Emily

Als Lenny sich über mich beugt und mich küsst, kehrt die Hitze mit einem Schlag in meinen Körper zurück. Meine Gedanken wirbeln durcheinander wie ein Karussell. Vorhin, nach dem Kuss im Garten, wollte ich nur weg von hier. Und jetzt lasse ich mich zurück in die Kissen gleiten und ziehe ihn mit mir, damit sich seine Lippen bloß nicht von meinen lösen.

Einen Arm hat er immer noch aufgestützt, mit der anderen Hand fährt er langsam meinen Oberschenkel hoch und wieder herunter. Seine zarte Berührung lässt mich erschaudern und ich bekomme eine Gänsehaut. Es fühlt sich an, als würde ich Lenny küssen und gleichzeitig staunend dabei zusehen, was hier eigentlich gerade passiert. Er sagt, ich mache ihn verrückt, dabei ist er es doch, der alles durcheinanderwirbelt. Es wundert mich nicht, dass die Frauen auf ihn abfahren, so wie er aussieht, wie er riecht und schmeckt. Der Gedanke an eine andere, die ihn küsst, löst Ernüchterung in mir aus.

Lenny scheint es zu merken und zieht sich etwas zurück. Ich öffne die Augen und schaue geradewegs in seine. Aus der Nähe ist das Grün so intensiv, dass ich fast nicht glauben kann, dass es seine natürliche Augenfarbe ist. Doch die ist es, denn sein Vater hat exakt dieselbe.

»Emma«, sagt Lenny so leise, dass ich es beinahe nicht verstehe, und ich muss lächeln. Er scheint die Koseform zu mögen und obwohl es mir vorhin so verhasst war, sie aus seinem Mund zu hören, fühlt es sich doch vertraut an.

»Lenny«, erwidere ich, und es klingt viel schöner als das steife Leonard, das seine Eltern verwenden.

»Was ist los?«

Ich zögere. Eigentlich will ich die Stimmung nicht versauen, andererseits denke ich daran, was er mir neulich im Auto erzählt hat, über Jess und sich.

»Was ist mit Jess?«, frage ich ohne Vorwarnung und er richtet sich ein Stück auf.

»Ich habe das beendet, in der Woche vor dem Abend im *Cheers*. Wir wollen beide nichts Ernstes voneinander und auf Dauer hätte es auf jeden Fall unsere Freundschaft belastet.«

Ich atme erleichtert auf und schüttle leicht den Kopf. »Ziemlich viel für einen Abend.«

»Danke, dass du hier raus gefahren bist.« Er beugt sich nach vorne und küsst mich sanft.

»Mhm«, mache ich, weil ich von seinen Lippen abgelenkt bin und kaum glauben kann, dass ich ausgerechnet mit Lenny im Bett liege.

»Hast du geplant, die Nacht hier zu verbringen?« Er grinst schelmisch. Frech.

Ich gebe ihm einen Stoß und er rollt sich lachend neben mich. »Wie viel Uhr ist es?«, frage ich statt einer Antwort.

Lenny schiebt seinen Hemdsärmel zurück und antwortet: »Kurz vor zehn.«

Ich bin überrascht. Die Zeit ist unfassbar schnell vergangen. Ich richte mich etwas auf und ziehe mein Kleid wieder über die Oberschenkel, was Lenny mit einem gespielt beleidigten Blick quittiert.

Ich verdrehe die Augen. »Ich muss gehen, es ist später, als ich dachte.«

»Sicher, dass du um diese Uhrzeit noch zurückfahren kannst? Und was sagt dein Alkoholpegel?«, fragt er und sieht mich skeptisch an.

Hm, an den Wein habe ich bisher gar nicht gedacht, aber mein Glas steht noch auf dem Fensterbrett. Seit Lenny mir nachgeschenkt hat, habe ich nicht mehr viel getrunken.

»Mir geht's super. Wenn überhaupt, gibt es hier gerade ein hormonelles Problem«, antworte ich und er lacht.

»Oh, ich würde das nicht unbedingt als Problem bezeichnen. Aber ganz wie du willst, ich begleite dich gerne zum Auto«, sagt er und lächelt.

Als ich mich fünf Minuten später auf dem Fahrersitz niederlasse und Lenny die Tür hinter mir zuschlägt, wird mir erst bewusst, was an diesem Abend alles passiert ist. Ich kann es einfach nicht fassen.

Während ich zurück zur WG fahre, versuche ich, meine Gedanken zu ordnen. Ich bin hingefahren mit der leisen Idee, dass Lenny irgendwie Licht ins Dunkel bringen könnte, egal wie. Schließlich sind wir zu dem Schluss gekommen, dass es der Drink von ihm sein muss, der zu dem Ereignis geführt hat. Vielmehr habe ich nicht erfahren, aber inzwischen bin ich mir sicher, dass ich ihm vertrauen kann. Er weiß nicht, was passiert ist, und er hat selbst nicht das Geringste damit zu tun.

Dann hat Lenny mich geküsst. Schon der erste Kuss hat mich überwältigt. Ich habe mein Gehirn ausgeschaltet und mich nur auf dieses Gefühl eingelassen. Als wir uns voneinander gelöst haben, ist plötzlich alles zurückgekommen und ich wollte nur noch weg. Aber so einfach hat Lenny es mir nicht gemacht, und wenn ich ehrlich bin, dann bin ich froh darüber. Auch wenn ich keine Ahnung habe, was das jetzt alles zu bedeuten hat.

Lenny ist ein Frauenheld. Wenn ich etwas weiß, dann das. Er weiß genau, wie er bei den Frauen ankommt, und natürlich stelle ich mir die Frage, was er jetzt von mir will. Nicht, dass ich nicht hübsch genug wäre, um ihm zu gefallen. Trotzdem passe ich nicht in dieses Leben, und auch wenn er immer mal wieder Momente hat, in denen er sich normal verhält und einfühlsam ist, gibt es genügend Situationen, in denen er sich absolut danebenbenimmt.

Ich werde einfach nicht schlau aus ihm.

Ich bin schneller zurück als gedacht und laufe die wenigen Meter zur Wohnung. Als ich ankomme, ist es halb elf, und ich fühle mich ziemlich erschöpft. Die Woche war anstrengend und nervenaufreibend, ganz zu schweigen vom heutigen Abend. Ich drehe den Schlüssel leise im Schloss. Es ist dunkel in der WG, aber unter den Türen brennt Licht. Ich überlege, direkt in mein Zimmer zu gehen, entscheide mich dann aber dagegen. Stattdessen ziehe ich mein Handy aus der Tasche, das eine neue Nachricht von Lenny anzeigt.

Gut angekommen? 22:31

Ja, gerade eben.
Gute Nacht ☺ 22:39

Er sieht die Nachricht sofort und tippt zurück. Ich stehe im dunklen Flur und warte auf seine Antwort.

Schlaf gut, Hübsche 22:39

Ein Lächeln stiehlt sich auf meine Lippen. Eigentlich sollte ich mit Linda reden, aber jetzt ist nicht der richtige Zeitpunkt. Ich sehe unter Aarons Tür einen Lichtschimmer und klopfe leise.

Er öffnet mir die Tür und lässt mich rein. »Hey, na, alles gut? Wie hat er reagiert?«

Er setzt sich aufs Bett und ich ziehe mir den Schreibtischstuhl heran. Ich versuche, meine Gedanken zu sortieren.

»Hm, es war ein verrückter Abend«, sage ich.

»Bist du fit genug, um morgen zu arbeiten?«, fragt er besorgt.

Ich nicke. »Na klar, mir geht's gut. Leider konnte Lenny mir auch nicht wirklich weiterhelfen. Ich bin mir inzwischen trotzdem ziemlich sicher, dass es der Caipi gewesen sein muss.« Ich zucke die Achseln.

»Na ja, ich denke, wir müssen das Positive sehen. Es ist sehr gut, dass nicht mehr passiert ist und in der Bahn direkt Menschen waren, die euch geholfen haben. Hat sich eigentlich die Polizei noch mal gemeldet?«

»Bisher nicht, die wollten, glaube ich, noch mit dem Clubbesitzer sprechen, aber ich mache mir da ehrlich gesagt keine großen Hoffnungen.«

Er nickt. »Ich bin froh, dass es dir wieder gut geht«, sagt er und lächelt mich an.

»Danke.« Ich stehe auf.

»Also, morgen Spätschicht, das heißt, wir können ein bisschen länger schlafen«, sagt Aaron.

»Darüber bin ich echt nicht böse, die Woche war anstrengend«, erkläre ich.

»Verständlich.«

Ich wünsche ihm eine gute Nacht und gehe zurück in mein Zimmer.

Am nächsten Morgen sitze ich mit Linda in der Küche; wir haben uns Obst geschnitten und ein Müsli zubereitet.

»Es tut mir leid, dass ich in letzter Zeit so wenig erzählt habe«, beginne ich.

Sie lächelt. »Ich weiß ja, dass du viele Dinge erst mal mit dir ausmachst. Aber ich bin schon sehr gespannt, was du zu berichten hast.«

Ich esse zwei Löffel, bevor ich ansetze.

»Ich weiß gar nicht, wo ich anfangen soll. Seit du weg warst, ist so viel passiert. Du hast ja mitbekommen, dass Professorin Staufenberg mich informiert hatte, dass ich mit Lenny zusammenarbeiten werde.«

Linda nickt. »Ja, du warst nicht sehr begeistert, als ich von ihm berichtet habe, aber wir kannten ihn nicht wirklich, außer vom Café, wo er immer ziemlich eingebildet rüberkam«, sagt sie und schiebt sich einen Löffel in den Mund.

»Ja. An dem Dienstag, als das Treffen stattfand, konnte ich ja nicht, und danach hat Lenny mich angeschrieben. Und ich muss zugeben, es war echt witzig mit ihm, aber das, was du meintest, stimmt. Er ist manchmal total überheblich und bringt echt Sachen, die für mich gar nicht gehen. Aber er kann auch anders, wenn er will.«

Linda nickt und bedeutet mir fortzufahren.

»Wir hatten dann ein bisschen Kontakt und ich habe ihn danach noch mal im Café gesehen. An dem Freitag, an dem du gegangen bist, bin ich doch mit Kim, Leonie und einer Freundin von ihr feiern gegangen. Auf dem Rückweg habe ich Lenny getroffen. Er war allein, klatschnass und ziemlich fertig. Wir haben uns auf der Heimfahrt unterhalten und er ist noch mit in die WG gekommen.«

Linda zieht überrascht die Augenbrauen hoch und schiebt ihre leere Schüssel zur Seite.

»Wir haben fast die ganze Nacht durchgeredet und ich habe ihn echt von einer anderen Seite kennengelernt. Es war ziemlich verrückt. Und an dem Tag, an dem du heimgekommen bist, da hat er mich praktisch angefleht, nicht zum Projekt zu müssen.«

Linda hat den Kopf in die Hand gestützt und folgt meiner Erzählung aufmerksam. »Wenn ich ehrlich sein darf, ihr habt auf mich vertraut gewirkt, das hat mich überrascht«, erklärt sie. »Als er nachts hier ankam, nach dem Abend im Club. Ich hatte das Gefühl, er hat sich richtig Sorgen gemacht. Er hat sofort beschlossen, ins Krankenhaus zu gehen.«

Ich nicke. »Ja, er war wirklich für mich da«, murmle ich nachdenklich. »Ich war gestern Abend bei ihm.«

Damit sorge ich erneut für einen Überraschungsmoment.

»Was hast du da gemacht? Hast du nicht gesagt, du hast nichts von ihm gehört seit dem Krankenhaus?«

Ich rutsche etwas verlegen auf dem Stuhl herum. »Ich wollte einfach noch mal mit ihm über den Abend reden.« Dass ich nicht in der WG, sondern bei ihm zu Hause war, erwähne ich besser nicht.

»Na gut, jetzt mal zur Sache. Du und Lenny? Das ist doch mehr als diese Projektsache«, schlussfolgert sie und sieht mich durchdringend an.

Verlegen blicke ich zur Seite und schüttle den Kopf. »Nein, in der Hinsicht täuscht der erste Eindruck über ihn nicht, und du weißt, dass ich nicht eine von vielen sein will«, sage ich und räuspere mich. Plötzlich ist mein Hals trocken.

»Du siehst so ...«, beginnt sie, doch wird unterbrochen, weil ihr Handy neben ihr auf dem Tisch klingelt. Sie wirft einen Blick darauf und sieht irritiert zu mir. »Kim«, informiert sie mich, bevor sie dran geht.

»Ja, wir sitzen in der Küche. ... Nein. ... Was? Warte, ich gebe dir Emily«, sagt sie.

Aus dem kurzen Dialog, von dem ich nur die Hälfte verstanden habe, werde ich nicht schlau, doch Lindas Blick lässt mich misstrauisch werden. Sie reicht mir das Telefon.

»Ja?«

»Hey, du gehst nicht an dein Handy, habe es zweimal versucht«, sagt Kim vorwurfsvoll.

Ich fürchte, ich habe die Vibration noch nicht angeschaltet.

»Sorry. Was ist denn los?«

»Okay, also ich habe gerade etwas Krasses erfahren und ich muss einfach sofort mit euch darüber sprechen. Kann ich vorbeikommen?«, fragt sie.

»Was, Kim, jetzt rück doch erst mal raus mit der Sprache«, sage ich etwas perplex.

»Nein, Süße, glaub mir. Lass uns persönlich sprechen. Ich bin in fünfzehn Minuten da.«

Ich nicke, bis sie fragt, ob ich sie verstanden habe.

»Ja, okay, bis gleich.«

Linda sieht mich fragend an.

»Kim kommt vorbei, sie hat irgendwas erfahren, dass sie mit uns teilen muss«, gebe ich das Gespräch wieder und reiche Linda das Handy zurück.

»Okay?«

»Keine Ahnung.«

Während wir auf Kim warten, gehe ich kurz ins Bad und putze mir die Zähne, die Haare binde ich zu einem lockeren Zopf zusammen.

Ungefähr zwanzig Minuten später geht die Tür auf und wir hören zwei verschiedene Stimmen im Flur. Ich springe auf und gehe zur Küchentür. Im Gang steht David und hinter ihm taucht Kim auf.

»David!«, rufe ich und umarme ihn.

Er lächelt mich an. »Schön, dich zu sehen.«

Das Lächeln hält nur kurz, dann drängt sich Kim an ihm vorbei und begrüßt mich. Die beiden wirken plötzlich nervös und ich spüre ein flaues Gefühl in der Magengegend.

Wir gehen gemeinsam in die Küche und setzen uns an den Tisch. Linda und ich warten ab, dass Kim das Wort ergreift, doch es ist David, der zuerst spricht.

»Ich erinnere mich wieder an ein paar Dinge. Ich habe das Gefühl, der Nebel in meinem Kopf ist etwas weniger dicht.«

»Das ist super«, sagt Linda erfreut, und David nickt, doch er sieht nicht glücklich aus.

»Aber Kim sollte vielleicht zuerst erzählen.« Er wendet sich ihr zu.

Ich blicke irritiert zwischen den beiden hin und her.

Sie atmet tief durch und sagt dann: »Aileen hat sich bei mir gemeldet, sie war am Samstag auch im Club.«

»Tatsächlich?«, frage ich.

»Ja, wir hatten eigentlich noch geschrieben, aber sie meinte erst, sie gehe nicht, und hat sich dann spontan doch dazu entschieden, um sich mit ein paar alten Kollegen zu treffen«, berichtet Kim.

»Okay, und?«, fragt Linda. Sie scheint genauso wenig zu verstehen wie ich, was Kim uns sagen will.

Kim versucht sich zu sortieren. »Also, zuerst hat sie von irgendeinem Typen angefangen. Dann hat sie damit rausgerückt, dass sie dich mit ihm gesehen hat und einen Kollegen auf dich ... angesetzt hat, weil sie mit dem Typen noch eine Rechnung offen hatte.«

In meinem Kopf überschlagen sich die Gedanken.

»Hä?«, sagt Linda.

»Ich habe erst nicht geblickt, dass sie von Lenny spricht, aber irgendwann habe ich es auch kapiert. Jedenfalls hatten die beiden wohl mal was miteinander und sie wollte daran anknüpfen. Also hat sie einen Kollegen gebeten, mit dir zu flirten, damit du ihr nicht im Weg bist. Das war aber gar nicht nötig, weil dann David und ich dazwischengegrätscht sind und Lenny ihr praktisch in die Arme gelaufen ist.«

»Und dich hat sie nicht gesehen?«, frage ich, weil mir nichts anderes einfällt.

»Anscheinend nicht, keine Ahnung. Ich habe sie ja auch nicht gesehen«, sagt Kim und zuckt die Schultern.

»Und dann?« Mir ist schlecht.

David schaltet sich ein. »Ich erinnere mich an den Typen.«

»Aileen war komplett geschockt, als sie erfahren hat, was passiert ist«, erklärt Kim mit ernster Miene.

»Dann hat sie das alles geplant?« In meinem Kopf dreht sich alles. Ich habe das Gefühl, gleich ohnmächtig zu werden.

»Emily? Atmen«, sagt David und legt eine Hand an meine Schulter.

Ich versuche, seinem Rat zu folgen, und atme zweimal tief ein und aus.

»Nein, Emily, sie wusste es nicht. Ich sagte doch gerade, sie ist aus allen Wolken gefallen«, bekräftigt Kim.

»Aber sie hat diesen Typen auf Emily gehetzt, um sich an Lenny ranzuschmeißen«, fasst Linda entsetzt zusammen.

Kim nickt, David hat den Kopf in die Hand gestützt.

»Ja, verdammt«, sagt er düster. »Er kam uns entgegen, hat dich angerempelt.«

»Wir hatten leider den falschen im Fokus«, bestätigt Kim.

»O mein Gott«, flüstert Linda. »Aber war Emily mit ihm allein?«, fragt sie, als wäre ich nicht da. Obwohl ich mir meiner Anwesenheit tatsächlich nicht ganz sicher bin, denn ich habe das Gefühl, ich betrachte das alles nur noch von außen.

David streicht mir leicht über den Rücken, bevor er spricht. »Ich bin mir ziemlich sicher, dass der Typ keinen Erfolg hatte. Ich erinnere mich, dass ich in den oberen Stock gelaufen bin und Emily vor den Toiletten wiedergefunden habe.«

Ich blicke auf. »Ja?«, frage ich schwach.

»Ja.« Er nickt. »Ich glaube sogar, dass du mir da deinen Drink gegeben hast, weil du ihn nicht mehr wolltest. Aber ich bin mir nicht sicher ...«

»Das würde jedenfalls deinen späteren Blackout erklären«, sagt Kim.

Ich stehe auf und werfe dabei beinahe den Stuhl um. David reagiert schnell und fängt ihn auf, bevor er kippen kann.

»Ich ... ich muss kurz ...«, beginne ich, doch ich weiß selbst nicht recht, was ich sagen soll. Ich drehe mich um und gehe in mein Zimmer. Dort setze ich mich aufs Bett.

Alles fühlt sich taub an. Ich denke an Lenny. Wie er tropfnass am Bahnsteig steht und mich hinter sich herzieht. Wie er in Jogginghose und T-Shirt in meinem Bett liegt. Das Grinsen in seinem Gesicht, als er mich im Supermarkt entdeckt hat. Wie er am Auto gelehnt hat, als ich Eliana in die Wohnung gebracht habe.

Bevor ich es verhindern kann, laufen mir Tränen über die Wangen. Ich erinnere mich an Lenny, wie er mich auf der

Tanzfläche angesehen und gesagt hat, dass ich fantastisch aussehe. Und an seine weichen Lippen, als er mich das erste Mal im Garten seiner Eltern geküsst hat.

Das alles wird plötzlich überschattet von dem furchtbaren Gefühl, dass sich in meiner Brust breitgemacht hat. Also war Lenny doch der Grund für den Angriff, auch wenn er nichts davon geahnt hat.

Ich schluchze auf. Das leise Klopfen an der Tür ignoriere ich, bis sie nach wenigen Sekunden vorsichtig aufgeht. Ich habe das Gesicht in den Händen vergraben und blicke nicht auf. Es ist mir egal, wer dort steht.

»Emily«, höre ich Aarons Stimme.

Er kommt zu mir rüber und geht vor mir in die Hocke. Sanft umfasst er meine Handgelenke und zieht mich in eine Umarmung. Ich vergrabe das Gesicht an seiner Schulter und muss nur noch mehr weinen. Aaron sagt gar nichts, sondern streicht mir nur vorsichtig über den Rücken, bis meine Schluchzer langsam weniger werden.

»Die anderen haben mir erzählt, was passiert ist«, sagt er leise.

Ich nicke, löse mich aber nicht aus der Umarmung.

»Ich verstehe, dass es jetzt erst mal schlimm ist zu wissen, was passiert ist. Aber ich denke, später wird es besser und du kannst damit abschließen, weißt du?«

Ich löse mich von ihm und wische mir mit dem Ärmel meines Oberteils übers Gesicht. Aarons T-Shirt ist nass an der Stelle, an der er mich im Arm gehalten hat. Das scheint ihn aber nicht zu interessieren, stattdessen steht er auf und setzt sich neben mich auf das Bett.

»Wir haben uns geküsst«, stoße ich leise aus und muss mich zusammenreißen, damit nicht gleich wieder die Tränen kommen.

»Was, wann?«, fragt Aaron überrascht. »Im Club?«

»Nein, gestern.«

Unglaublich, dass es erst gestern war. Die wenigen Stunden fühlen sich nach den neusten Ereignissen an wie Tage.

»Oh. Okay. Und jetzt?«

Ich schüttle den Kopf. »Ich weiß nicht. Ich weiß auch nicht, was ich mir dabei gedacht habe. Aber wenn ich daran denke, dass jemand mich betäubt hat, damit eine andere sich an Lenny ranmachen kann …« Ich breche den Satz ab und atme tief ein.

»Das hat sie sicher nicht gewollt, aber klar, das hilft dir wenig, ich weiß. Du solltest es Lenny erzählen, oder?«

Ich blicke zu ihm auf. »Nein. Ich … ich kann nicht. Ich kann das nicht.«

Aaron hebt beschwichtigend eine Hand. »Okay, ist ja gut. Es muss ja nicht heute sein. Vielleicht kann jemand anderes mit ihm reden.«

Ich nicke.

»Emily, ich weiß, der Zeitpunkt ist nicht optimal, aber wir müssen bald los. Möchtest du dich noch frisch machen?«

Ich erschrecke. Beinahe hätte ich vergessen, dass ich heute arbeite. Im ersten Moment will ich mich am liebsten im Bett verkriechen und krankmachen. Aber vermutlich ist es besser so, die Ablenkung wird mir guttun.

Ich schaue auf die Uhr. Es ist Viertel nach eins, also habe ich noch ein bisschen Zeit.

»Okay. Danke, Aaron.« Ich versuche ein Lächeln.

»Kein Problem, dafür nicht«, sagt er und streckt mir die Hand entgegen, um mich hochzuziehen.

Nach einer Blitzdusche föhne ich meine Haare kurz an, damit sie nicht so nass sind, und ziehe mir meine Arbeitskleidung an. Dann gehe ich in die Küche, wo Linda und Kim noch am Tisch sitzen.

Als ich reinkomme, steht Linda auf und nimmt mich in den Arm. »Es tut mir so leid«, sagt sie.

Ich nicke tapfer und lächle sie an.

»Glaub mir, Süße, den Kerl machen wir fertig. Wenigstens wissen wir jetzt, wer es ist«, wirft Kim ein. Sie ist schon wieder ganz die Alte und schmiedet Rachepläne, während Linda noch etwas blass ist.

»Willst du ihn verprügeln gehen, oder was?«, fragt Linda skeptisch und Kim lacht. Dann wird sie wieder ernst.

»Kommt drauf an. Zuerst müssen wir das der Polizei melden. Deshalb bin ich ja eigentlich auch gekommen, Emily, das wirst du doch machen, oder?« Sie sieht mich streng an.

»Ja, ich denke schon. Aber jetzt gehe ich erst mal arbeiten«, sage ich.

Aaron tritt in die Tür. »Fertig?«

Ich nicke. »Danke, Kim, wir sehen uns dann, okay?« Ich winke meinen beiden Freundinnen.

Während der Fahrt hängen Aaron und ich unseren Gedanken nach. Das Wetter ist ganz gut, deshalb ist auch einiges los, als wir in der *Cafébar* ankommen. Der Schichtwechsel verläuft reibungslos und schon nach wenigen Minuten habe ich die viele Gedanken an den Clubabend vorerst aus meinem Kopf verbannt.

33

Lenny

Beim Frühstück unterhalten sich meine Eltern über die Kanzlei, sodass meiner Beteiligung mit einem regelmäßigen interessierten Nicken Genüge getan ist. Gerade als ich denke, ich stehe es durch, ohne dass meine Mutter mich auf Emily anspricht, wechselt sie das Thema.

»Leonard, Evelyn Rogers hat gestern erzählt, dass Anna-Lena das Examen bestanden hat, einfach großartig. Wie wäre es, wenn du dich bei ihr meldest, um ihr zu gratulieren?«

Ich weiß genau, dass es eine rhetorische Frage ist, doch das ist mir egal.

»Sicher nicht, weißt du, wann ich die das letzte Mal gesehen habe?« Ich lehne mich in meinem Stuhl zurück und verschränke die Arme.

»Sei nicht kindisch.« Sie tupft sich den Mund mit ihrer Serviette ab, bevor sie fortfährt. »Ein paar solcher Kontakte würden dir guttun. Du weißt, was wir besprochen haben.« Ihr Ton lässt keine Widerrede zu, was mich nur umso wütender macht.

Edward Rogers hat vor Jahren mit meinem Vater in einer Kanzlei für Familienrecht gearbeitet, bis mein Vater einen anderen Weg eingeschlagen hat. Aber die Familie Rogers ist ganz sicher nicht das, was ich mir unter angenehmen Kontakten vorstelle.

»Wir haben gar nichts besprochen, wenn, dann warst das du. Und ich habe dir schon mal gesagt, dass ich mir von dir nicht vorschreiben lasse, mit wem ich meine Zeit verbringe, Mutter«, gebe ich zurück.

Mein Vater hat den Schlagabtausch bisher ruhig verfolgt, doch nun ergreift er das Wort, bevor es meine Mutter tun kann.

»Jetzt beruhigen wir uns mal alle wieder. Leonard hat doch gestern eine nette Juristin mitgebracht, damit kannst du doch zufrieden sein, Carola«, sagt er beschwichtigend.

Meine Mutter wirft meinem Vater einen vernichtenden Blick zu. »Kein Wort hat er erwähnt, unser Sohn. Ich hätte doch erwartet, dass du solchen Besuch vorher ankündigst und vielleicht eine etwas andere Gelegenheit wählst.« Ihr Ton ist weiter vorwurfsvoll.

»Ich habe überhaupt keine Gelegenheit gewählt, sie kam zufällig vorbei und wusste nichts von deiner Feier.« Ich schüttle verächtlich den Kopf. »Und eine Juristin ist sie auch nicht«, schiebe ich hinterher, nur weil ich weiß, dass es sie ärgern wird.

Tatsächlich bringt sie das aus dem Konzept.

»Nein? Ich bin mir sicher, dass sie gesagt hat, dass sie dich aus dem Studium kennt«, sagt sie, und in ihrer Stimme schwingt wieder der Vorwurf mit.

Bevor sie weitersprechen kann, erhebe ich mich.

»Das stimmt ja auch«, sage ich deutlich. »Ich kenne sie aus dem Projekt deiner tollen Freundin. Sie ist *Sozialarbeiterin.*«

Meine Mutter schnappt nach Luft, aber ich habe genug. Ich verlasse das Esszimmer und gehe in mein Zimmer. Da ich sowieso lange genug zu Hause war, packe ich meine Tasche, die Lernsachen stopfe ich in meinen Rucksack. Es dauert nicht lange, bis es an der Tür klopft. Zum Glück ist es nur mein Vater.

»Du gehst?«, fragt er und wirft einen Blick auf meine Siebensachen.

»Ja, am Montag ist Vorlesung, ich habe nur mal eine Auszeit gebraucht, musste mich aufs Lernen konzentrieren«, sage ich und schiebe die Hände in die Hosentasche der Stoffhose.

Das ist nicht gelogen, ich habe die Woche genutzt und mich auf die anstehenden Prüfungen vorbereitet.

»Leonard, das geht so nicht ewig weiter. Immer dieser Krieg zwischen dir und deiner Mutter. Kannst du uns nicht auch ein bisschen verstehen? Wir machen uns eben Sorgen um dich, Junge.«

»Warum? Weil ich euch keine Juristin anschleppe? Ernsthaft?« Mich kotzt dieses ganze Gehabe so an.

»Nein, natürlich nicht. Deine Mutter will doch nur, dass du ein bisschen mehr darauf achtest, mit wem du deine Zeit verbringst. Du weißt, die Kanzlei …«

»Ja, Dad, die Kanzlei, das ist das Einzige, was ihr im Kopf habt. Ihr kennt Emily doch nicht mal, und dann kommst du zu mir und willst mir erzählen, dass ich mich mit besseren Leuten abgeben soll?«

»Niemand hat was gegen dein Sozialarbeiter-Mädchen.« Er tritt einen Schritt zurück und versucht ruhig zu bleiben, was mich nur noch mehr aufregt, deshalb lege ich nach.

»Und noch was. Dass ich in die Kanzlei mit einsteige, kannst du komplett vergessen. Wenn ich in den letzten Wochen was gelernt habe, dann, dass man Menschen nicht nach Schema F beurteilen kann. Und bevor du fragst, ja, das habe ich ›meinem Sozialarbeiter-Mädchen‹ zu verdanken.«

Mein Vater zieht wütend die Augenbrauen zusammen. Als er spricht, klingt seine Stimme streng. »Es reicht, Leonard. Du weißt genau, was wir meinen, und jetzt ist Schluss mit der Diskussion.«

Als er die Tür schließt, schlage ich mit der flachen Hand gegen den Schrank, um meine Wut rauszulassen. Was ist nur mit diesen Leuten los? Emily kam hier an, in einem Outfit, das sie extra für den Besuch angezogen hat, und hat sich größte Mühe gegeben, sich anzupassen. Sie war freundlich und höflich, und der Dank ist, dass meine Eltern mir hinterher sagen, ich solle darauf achten, mit wem ich mich abgebe. Mein Einwand zur Kanzlei hat ihn nicht einmal interessiert. Ich bin fassungslos über so viel Ignoranz.

Ich schnappe mir die Tasche und schultere den Rucksack. Obwohl Samstag ist, sind meine Eltern natürlich beide im Büro. Am liebsten würde ich gehen, ohne mich zu verabschieden, aber das ist nicht meine Art. Also lasse ich die Tasche im Hauseingang fallen und trete in die angrenzenden Arbeitsräume.

»Ich bin weg«, sage ich an der Tür.

Meine Mutter blickt vom Schreibtisch auf und zieht ihre Brille ab. Dann steht sie auf und macht ein paar Schritte auf mich zu. »Schön, dass du mal wieder da warst, Leonard.«

Ich bin beinahe überrascht über die freundlichen Worte, die sie an mich richtet, aber vermutlich hat ihr mein Vater direkt wieder brühwarm von der Diskussion gerade erzählt.

Er tritt aus dem Nachbarbüro und bleibt im Türrahmen stehen. »Wann kommst du wieder?«, fragt er mich.

»Keine Ahnung, weiß ich noch nicht. Nach den Prüfungen vielleicht.«

Meine Mutter nimmt mich, wenn auch etwas steif, in den Arm. Danach zupft sie an ihrem Kostüm, als hätte die kurze Berührung irgendetwas an der Ordnung zerstört.

»Komm gut heim«, sagt mein Vater.

Ich nicke nur.

Auf der Rückfahrt höre ich Josh und denke an Emily. Gestern habe ich offensichtlich meinen Kopf ausgeschaltet. Meine Eltern haben zwar die falschen Gründe, aber recht haben sie trotzdem. Ich arbeite mit Emily zusammen am Projekt, da ist es denkbar ungünstig, das Ganze zu verkomplizieren. Andererseits muss es nicht zwingend kompliziert werden. Bisher haben Emily und ich uns gut verstanden. Okay, bis auf ein paar Differenzen. Emily ist anders als die Mädchen, die ich sonst so kenne. Sie ist undurchschaubar und gleichzeitig sensibel. Das zeigt allein, wie oft ich sie schon verletzt habe, seit wir uns kennen.

Sie hat mir mal gesagt, sie glaube nicht an das Gute im Menschen, aber das nehme ich ihr keine Sekunde ab. Vielmehr habe ich das Gefühl, sie gibt wirklich jedem eine Chance und lässt sich mit offenem Herzen auf die Menschen ein. Was außergewöhnlich ist, wenn man ihre Vergangenheit bedenkt. Ich bilde mir ein, sie zu kennen, nur weil sie mir ein paar Fragen eines blöden Spiels beantwortet hat. Was sie wohl von der ganzen Sache hält? Bevor ich mir unnötig den Kopf zerbreche, kann ich es genauso gut auf mich zukommen lassen. Wenn ich angekommen bin, werde ich ihr schreiben, und spätestens am Montag sehen wir uns beim Treffen.

Als ich in der WG eintreffe, ist Tom gerade dabei, unsere Pfandflaschen in einen großen Karton zu packen.

»Lenny, mit dir habe ich ja nicht mehr gerechnet«, sagt er und begrüßt mich mit Handschlag.

Ich lasse die Taschen fallen.

»Ja, tut mir leid, dass ich so schnell los bin. Habe ein bisschen Ruhe gebraucht nach der ganzen Aufregung.« In letzter Zeit muss ich mich auffallend oft entschuldigen.

Er nickt und fährt sich über die kurz geschorenen Haare. »Ähm, Emily war gestern hier. Hat sie dich gefunden?«, fragt er zerknirscht.

Ich grinse ihn an. »Schon gut, ja, hat sie. Zuerst war's ein bisschen holprig, aber na ja, denke, wir haben alles geklärt.«

»Gut, freut mich zu hören. Kommst du mit einkaufen? Unser Kühlschrank ist ziemlich leer.« Tom hebt die Einkaufstaschen in die Höhe.

Ich bin einverstanden und wir machen uns auf den Weg.

Auf dem Rückweg tippe ich eine Nachricht an Emily.

Hey, alles gut bei dir? Bin wieder im Lande … 12:47

Weil ich nichts anderes zu tun habe, setze ich mich nach dem Einkaufen wieder an den Schreibtisch und lerne für die Prüfungen. Meine Konzentration lässt zu wünschen übrig und immer wieder werfe ich einen Blick aufs Handy, doch von Emily höre ich nichts.

Gegen halb vier gebe ich auf und gehe aus dem Zimmer, doch Tom ist ebenfalls in seinem Zimmer und lernt. Ich überlege hin und her und entschließe mich dann doch, in der *Cafébar* vorbeizugehen. Vielleicht habe ich Glück und treffe Emily und falls nicht, kann ich mir wenigstens einen guten Kaffee holen.

Im Lokal herrscht der übliche Samstagmittagtrubel. Schon durch das große Fenster sehe ich Emily hinter der Theke und für einen kurzen Moment habe ich das Gefühl, sie hat mich ebenfalls gesehen. Doch dann wendet sie sich ab und reicht einer Kundin einen Becher über den Tresen.

Ich gehe zur Tür und weiche der Frau aus, die mir mit ihrem Becher entgegenkommt. Als sie an mir vorbei ist, trete ich ein und sehe mich kurz um. Hier drinnen sind wesentlich weniger Tische belegt, die Leute wollen die Sonnenstrahlen genießen. Vor mir warten noch zwei Studentinnen, die mir vom Sehen bekannt vorkommen. Sie lächeln mich an und ich grüße freundlich. Da erst fällt mir auf, dass hinter der Theke niemand mehr steht. Ich sehe mich erneut um, doch Emily kann ich nirgends entdecken.

Stattdessen tritt jetzt Aaron aus der Küche und nickt mir kurz zu. In geübter Routine bereitet er den Mädels vor mir ihre Getränke zu und kassiert ab. Die beiden bedanken sich und steuern einen Tisch neben dem Eingang direkt an dem großen Fenster an.

»Hey, Lenny«, grüßt Aaron mich. »Was darf's sein?«

»Hi. Ist Emily da?«, frage ich, obwohl ich die Antwort natürlich kenne.

Aaron zögert kurz, was mich stutzig macht. »Ja, sie ist da. Möchtest du auch was trinken?«

Ich nicke. »Ja, einen Latte bitte«, beantworte ich seine Frage. »Wo ist sie?«, frage ich erneut.

»Lenny, pass auf. Es geht ihr nicht so gut, wir haben heute Morgen etwas erfahren, das sie ziemlich aus der Bahn geworfen habt. Ihr solltet einfach die Tage mal reden, gib ihr ein bisschen Zeit.« Er sagt es völlig unaufgeregt, während er die Kaffeemaschine bedient.

»Was? Ich verstehe nur Bahnhof.«

Was ist denn jetzt schon wieder los? Habe ich nicht heute Morgen im Auto noch gedacht, es muss nicht kompliziert werden? Alles, was Emily angeht, ist kompliziert.

»Ich finde, Emily sollte selbst mit dir reden, ich will mich da nicht einmischen«, sagt er freundlich, und auch wenn ich am liebsten in diese Küche rennen und Emily zur Rede stellen würde, kann ich ihm nicht böse sein. Ich weiß, dass Emily ihn wirklich gerne mag, und er war auch mir gegenüber immer korrekt.

»Geht es um gestern Abend? Hat sie mit dir darüber gesprochen?«, frage ich überrascht.

»Nein, also ja, hat sie, aber damit hat es nichts zu tun. Es geht um den Clubabend.«

Er stellt den Latte vor mich und ich fahre mir nervös durch die Haare. Hatten wir nicht alles besprochen, was diesen furchtbaren Abend angeht? Aileens Versuch, erneut Kontakt aufzubauen, habe ich diese Woche erfolgreich abgewehrt, indem ich irgendwann nicht mehr auf ihre Nachrichten geantwortet habe. Nicht, dass ich sie nicht nett finde, aber ich habe immer mehr den Eindruck gewonnen, dass sie sich definitiv mehr erhofft, und ich habe überhaupt keinen Kopf für irgendein Mädchen. Außer vielleicht für Emily, aber das ist wohl was anderes.

Weil in meinem Rücken das Klingeln der Tür neue Kundschaft ankündigt, ziehe ich schnell den Geldbeutel aus der Hosentasche und lege Aaron das Geld hin.

»Okay«, sage ich dann. »Richte ihr Grüße aus.« Dann verlasse ich die *Cafébar*.

Während ich mit meinem Becher durch die Stadt laufe, grüble ich darüber nach, was heute Morgen wohl passiert sein könnte. Sie hätte mir doch gesagt, wenn es irgendwelche Neuigkeiten zu dem Täter gegeben hätte, oder? Und egal wie ich es drehe und wende, mir erschließt sich nicht, warum sie ausgerechnet mir aus dem Weg geht.

Vielmehr drängt sich mir der Eindruck auf, dass das Ganze nur vorgeschoben ist und sie den gestrigen Abend bereut. Vermutlich ist das der Grund, warum sie Aaron vorgeschickt hat, als sie mich auf der Straße entdeckt hat, denn inzwischen bin ich überzeugt, dass sie mich auch gesehen hat. Ich schnalze frustriert mit der Zunge.

Weil ich nicht weiß, was ich sonst tun soll, fahre ich zurück in die WG und setze mich wieder an den Schreibtisch.

Um halb sieben klopft Tom an die Tür.

»Abendessen?«, fragt er.

Ich ziehe den Stift aus dem Mund, auf dem ich rumgekaut habe. Eine furchtbare Angewohnheit. »Gerne.« Das MacBook vor mir klappe ich schwungvoll zu und stehe auf.

Wir entscheiden uns für eine Gemüsepfanne und beginnen, die Zutaten vorzubereiten. Nach ein paar Minuten lege ich das Messer zur Seite.

»Anscheinend haben wir doch nicht alles geklärt«, fange ich an und merke erst durch Toms verwirrten Blick, dass ich einfach meine Gedanken laut ausgesprochen habe und er überhaupt nicht weiß, wovon ich rede.

»Sorry, ich meine Emily. Ich dachte eigentlich, es wäre alles geklärt. Ich war vorhin in der *Cafébar* und sie ist mir aus dem Weg gegangen. Aaron meinte, sie hätten irgendwas Neues wegen des Clubwochenendes erfahren.«

Tom hört mir interessiert zu und schneidet nebenher weiter das Gemüse. »Hm, vielleicht hat die Polizei was rausgefunden«, vermutet er. »Glaubst du, die melden sich samstags wegen so was?«

Ich zucke die Schultern.

»Du magst sie wirklich, was?«, schlussfolgert er scharfsinnig.

Ich will schon abwinken, aber er deutet mit dem Finger auf mich. »Ich kenne dich nicht erst seit gestern und so habe ich dich noch nie erlebt. Heute Morgen noch hatte ich den Eindruck, du hast übertrieben gute Laune, und jetzt grübelst du wieder. Dieses Mädchen hat dich ganz schön um den Finger gewickelt«, sagt er, und es klingt wie eine Tatsache.

Ich seufze. »Ich weiß selbst nicht, sie ist irgendwie anders.«

»Anders gut«, stellt Tom fest, während er Öl in die Pfanne gießt. Dann gibt er Zwiebeln und Knoblauch dazu. »Wird das noch was mit der Paprika?« Er deutet auf das Brett, das vor mir auf der Theke steht.

Ich nehme das Messer wieder auf und schneide auch das restliche Stück.

»Ja, anders gut«, fahre ich dann fort. »Ich habe sie gestern Abend geküsst.«

Ich schiebe Tom das Brett mit dem Gemüse rüber.

Er blickt überrascht auf. »Okay. Na ja, du hast schon viele geküsst, oder?«

Ich schnaube und er grinst.

»Ja, danke für die Erinnerung. Was weiß ich«, sage ich ratlos und fahre mir durch die Haare.

Tom gibt das Gemüse in die Pfanne und rührt den Topf mit dem Reis. Dann wendet er sich wieder mir zu.

»Kann es sein, dass du dich verknallt hast?« Er lacht. »Hättest du echt einfacher haben können.«

Ich stöhne. »Du bist so ’ne krasse Hilfe«, gebe ich ironisch zurück, aber er grinst nur weiter vor sich hin.

»Tja, hatte Jess wohl recht, jetzt musst du dich eben mal anstrengen.«

Ich erinnere mich, dass sie so was Ähnliches auch zu mir gesagt hat.

Während das Essen kocht, beschließe ich, Emily nochmals zu schreiben.

Was auch immer passiert ist, ich bin dafür, dass wir darüber sprechen, okay? Melde dich bitte … 18:56

Aber Emily meldet sich nicht. Nicht an diesem Abend und auch nicht am Sonntag.

Am Montagmorgen fällt mir wieder ein, dass heute das nächste Projekttreffen stattfindet. Emily hat sich nicht gemeldet, aber ich kann mir nicht vorstellen, dass sie das Treffen einfach ausfallen lässt.

In der Vorlesung beginnt mein Handy zu vibrieren. Es ist eine mir unbekannte Kölner Nummer. Weil es mir komisch vorkommt, beschließe ich, das Gespräch entgegenzunehmen und verlasse schnell den Vorlesungssaal.

»Kriminalpolizei Köln, Becker, guten Tag«

»Ja, hallo, was kann ich für Sie tun?«, frage ich.

Mir ist sofort klar, dass der Anruf etwas mit dem Vorfall im Club zu tun haben muss, schließlich habe ich der Polizei meine Kontaktdaten als Zeuge gegeben.

»Sie müssten bitte in die Dienststelle kommen und Ihre Aussage zu Protokoll geben. Es gibt neue Erkenntnisse, deshalb müssen wir Sie erneut befragen.«

»Okay, und wann?«

»Wann wäre es bei Ihnen möglich? Ich kann Ihnen heute um 14 Uhr anbieten oder morgen um 16 Uhr«, erklärt der Polizist.

Ich werfe einen Blick auf die Uhr. Meine Vorlesung geht bis 13.15 Uhr, dann reicht es mir, noch kurz etwas zu essen, und ich sollte es trotzdem pünktlich zum Projekt schaffen.

»Okay, ich komme um 14.00 Uhr. Haben Sie mir bitte noch die Adresse?«

Der Polizist nennt sie mir und wir legen auf. Wer weiß, vielleicht erfahre ich ja bald mehr.

Nach der Vorlesung fängt mich Jess ab.

»Alles gut bei dir?«, fragt sie und wirft sich ihre langen Haare über die Schulter.

»Ja, alles okay«, antworte ich knapp und laufe in Richtung Ausgang.

Jess folgt mir. »Ich glaube dir zwar kein Wort, aber gut. Gehen wir was essen?« Sie wirft mir von der Seite einen Blick zu.

»Geht nicht, ich habe nur kurz Zeit, muss zur Polizei.«

Jess reißt die Augen auf. »Was willst du denn da?«

»Ich muss 'ne Zeugenaussage machen. Wegen diesem Vorfall im Club.«

Als wir vor dem Unigebäude stehen, nimmt Jess die Sonnenbrille vom Kopf und setzt sie auf.

»Ach ja, wegen diesem einen Mädchen, das betäubt wurde, Tom hat was gesagt. Und du kennst die?«, fragt sie neugierig.

»Meine Projektpartnerin von *Familien stärken*, du weißt schon«, gebe ich widerwillig zurück.

»Krass, das wusste ich nicht. Und was will die Polizei jetzt von dir? Du warst doch gar nicht mit ihr dort?«

Vom Eingang nähert sich Cara, und weil ich keine Lust habe, das Thema noch länger auszudiskutieren, sage ich nur: »Keine Ahnung, ich werde es erfahren.«

»Hey, Leute«, sagt Cara. »Geht ihr was essen?«

»Lenny nicht, er ist zu wichtig. Komm, wir gehen zum Metzger, die haben heute Salat mit Hühnchen.«

Cara zieht eine Augenbraue hoch, aber ich winke nur ab.

»Viel Spaß, Mädels.« Anscheinend haben die zwei sich wieder vertragen. Immerhin.

Unterwegs kaufe ich mir beim Bäcker ein schnelles Mittagessen und fahre dann mit der Bahn zur WG, um das Auto zu holen.

34

Lenny

Ich komme pünktlich auf dem Revier an und melde mich am Empfang. Nachdem ich kurz gewartet habe, holt mich ein Mann mittleren Alters ab und führt mich in einen Raum. Dort sitzt bereits eine jüngere Kollegin.

»Bitte, nehmen Sie Platz, Herr Hayne, das ist meine Kollegin Frau Akgül.« Herr Becker schlägt die Akte auf, die vor ihm auf dem Tisch liegt. »Also, Herr Hayne, Sie wissen, um was es geht. Wir sprechen über den Abend vom ersten auf den zweiten Juli.«

Ich nicke.

»Sie kennen Frau Kehl?«, fragt die Polizistin.

»Ja, wir arbeiten zusammen an einem Uniprojekt.«

»Gut, dann fangen Sie doch mal von vorne an. Bitte berichten Sie einfach, wie Sie den Abend erlebt haben.« Herr Becker sieht mich über den Rand seiner Brille hinweg abwartend an.

»Ich habe Frau Kehl in der *Cafébar* das erste Mal an dem Abend gesehen. Sie war dort mit ihrer Gruppe und ich mit meiner. Wir haben uns nicht gesprochen.«

»Um wie viel Uhr war das etwa?«, fragt Frau Akgül.

»Wir sind so gegen 21 Uhr dort gewesen, bis kurz vor elf, schätze ich.«

Sie notiert sich etwas.

»Wir sind dann gegen elf im Club angekommen und danach, fürchte ich, wird es schwierig mit den Zeiten«, gebe ich zu.

»Vielleicht können wir uns daran orientieren, was passiert ist. Im Club haben Sie Frau Kehl wiedergesehen?«

»Also so nach einer Stunde habe ich sie gesehen und sie angesprochen. Wir standen zuerst auf der Tanzfläche und dann habe ich sie auf ein Getränk eingeladen.«

Die Polizistin sieht mich intensiv an und hakt dann nach: »Haben Sie ihr das Getränk gegeben oder hat sie das Getränk vom Barkeeper entgegengenommen?«

Ich denke darüber nach. »Ich ... bin mir nicht sicher«, sage ich wahrheitsgemäß.

»Okay, sie standen also nebeneinander an der Bar und dann hat Frau Kehl das Getränk entweder vom Barkeeper oder von Ihnen entgegengenommen, verstehe«, fasst Herr Becker zusammen.

Ich nicke, etwas verunsichert.

»Was ist dann passiert?«

»Wir haben uns unterhalten. Wir standen direkt an der Bar, es war ziemlich voll.« Ich versuche mich zu erinnern.

»Ist Ihnen irgendetwas aufgefallen bei dem Gespräch? Oder kurz danach?«, fragt die Polizistin wieder.

»Nein ... oder ... Sie wurde von einem Typen angerempelt, ich erinnere mich daran, weil sie ihr Glas ausbalanciert hat. Sie meinte dann, es sei alles in Ordnung.«

»Hätte ihr dabei jemand etwas in den Drink tun können?«, hakt sie nach und lehnt sich etwas nach vorne.

Ich hebe die Schultern und fahre mir mit der rechten Hand durch die Haare. »Keine Ahnung, tut mir leid. Vielleicht, ja?«

»Haben Sie den Mann gesehen, der sie angerempelt hat? Würden Sie ihn erkennen?«, fragt Herr Becker.

»Nur kurz, ich habe sie noch gefragt, ob ich den Typen verprügeln soll.«

Die Polizistin wirft mir einen komischen Blick zu.

»Das war ein Witz«, sage ich und Herr Becker grinst seine Kollegin an. Dann wird er wieder ernst und zieht ein Foto aus den Unterlagen.

»Kennen Sie diesen Mann?«, fragt er mich. Er schiebt das Bild über den Tisch. Ein Typ, ungefähr in meinem Alter, vielleicht etwas älter, kurz geschorene Haare, eine große Tätowierung über der Schulter. Er hat ausgeprägte Wangenknochen und graue Augen.

»Könnte er gewesen sein, aber ich würde nicht drauf schwören«, sage ich und schiebe das Bild wieder zurück.

»Müssen Sie auch nicht«, antwortet Herr Becker. »Kennen Sie diese Frau?« Er legt mir ein weiteres Foto vor und mir klappt die Kinnlade herunter.

»Das heißt dann wohl Ja«, kommentiert Frau Akgül und lehnt sich wieder in ihren Stuhl zurück.

»Sie heißt Aileen, mehr weiß ich nicht. Ich habe sie zweimal in meinem Leben gesehen.«

»Die Frau heißt Aileen Bajo. Sie hat heute Morgen ausgesagt, dass sie im Club Zeit mit Ihnen verbracht hat, im Backstagebereich. Bestätigen Sie diese Aussage?«, fragt die Polizistin mich direkt.

Ich bin ehrlich gesagt geschockt und muss mich kurz sammeln. »Was hat das eine mit dem anderen zu tun?« Ich kann mir keinen Reim auf die Sache machen und habe plötzlich ein komisches Gefühl.

»Das versuchen wir hier gerade rauszufinden, Herr Hayne«, sagt Herr Becker und streicht sich über den Bart.

»Verdächtigen Sie mich jetzt?« Ich verschränke die Arme vor dem Körper. Der Jurist in mir kommt durch. Ich habe das Gefühl, dass ich hier plötzlich vom Zeugen zum Angeklagten werde.

»Können Sie das Alibi von Frau Bajo bestätigen oder nicht?«, fragt die Polizistin wieder.

»Ja, also jedenfalls für ungefähr eine halbe Stunde. Sie stand plötzlich vor mir, wir haben uns kurz unterhalten, getanzt, sie hat mich mitgenommen in den Backstagebereich, ich bin allein wieder raus. War's das?«

Meine Nervosität ist wie weggeblasen, ich bin in Verteidigungshaltung.

»Nicht ganz. Das heißt, wenn ich Sie richtig verstanden habe, Sie haben Frau Bajo nicht in der Nähe von Frau Kehl gesehen. Oder ihrem Getränk?«

»Nein, natürlich nicht«, sage ich und frage mich, was hier eigentlich gespielt wird. Warum verdächtigen die Aileen, Emily betäubt zu haben?

»Aileen Bajo hat ausgesagt, sie habe den Mann auf dem Foto«, Herr Becker zeigt auf das Bild, »gebeten, mit Frau Kehl zu flirten, damit sie Zeit mit Ihnen verbringen könne. Sie gibt an, von den K.-o.-Tropfen nichts gewusst zu haben.«

Erneut steht mir der Mund offen. War es das, was Emily am Samstag erfahren hat?

»Der Mann wiederum sagt aus, er habe nur Frau Bajo und Sie in der Nähe von Frau Kehl gesehen, er habe mit der Sache nichts zu tun gehabt.«

Ich schüttle den Kopf. »Ich kann das einfach nicht glauben«, sage ich und verschränke die Hände auf dem Tisch. »Soll das ein Witz sein?«

»Sehen wir aus, als würden wir Witze machen? Bitte erhellen Sie uns mit Ihrer Version der Geschichte«, sagt Frau Akgül.

Am liebsten würde ich einen bissigen Kommentar zurückgeben, aber ich reiße mich zusammen.

»Ich kenne diesen Typen nicht und ich bin bis gerade eben davon ausgegangen, dass ich Frau Bajo an dem Abend zufällig getroffen habe. Emily Kehl dagegen ist eine Freundin von mir, und wenn Sie ernsthaft glauben, dass ich was mit dem Vorfall zu tun haben könnte, beenden wir das hier und ich komme beim nächsten Mal mit meinem Anwalt.«

Der Polizist hebt beschwichtigend die Hand und nimmt die Brille ab.

»Das wird sicher nicht nötig sein. Herr Hayne, wir ziehen durchaus in Betracht, dass Sie unwissentlich Teil dieser Sache geworden sind. Ihre Aussage zu Frau Bajo hat uns weitergeholfen. Es kommt jetzt noch darauf an, was Herr Jahn und Frau Kehl aussagen.«

Ich nicke.

»Wenn Ihnen noch etwas einfällt, melden Sie sich bitte.« Herr Becker schiebt mir eine Karte über den Tisch, die ich in die Brusttasche meines Hemdes stecke. Ich stehe auf und die beiden Polizisten erheben sich ebenfalls. Wir verabschieden uns und ich verlasse das Gebäude.

Draußen atme ich erst mal tief durch. Dann erschrecke ich und ziehe das Handy aus der Tasche. In zwanzig Minuten muss ich beim Projekttreffen sein. Schnell steige ins Auto, das ich nur wenige Meter von der Wache entfernt geparkt habe.

Während der Fahrt grüble ich darüber, was ich erfahren habe. Ich muss unbedingt mit Emma sprechen.

Als ich beim Besprechungsraum des Jugendamts ankomme, wo heute das Treffen stattfindet, ist Emily nicht da. Ich bin stinksauer auf Aileen, weil sie es nicht für nötig erachtet hat, mich wegen der Vernehmung vorzuwarnen. Gleichzeitig mache ich mir immer größere Sorgen um Emily. Sie hat sich nicht gemeldet, und ich weiß nicht, was diese Nachricht mit ihr gemacht hat.

Gerade als ich denke, sie taucht nicht mehr auf, kommt sie durch die Türe. Emily schüttelt den beiden Verfahrensbeiständen die Hand und nickt mir und den anderen kurz zu. Sie trägt eine schwarze enge Hose und eine dunkelgraue Bluse. Die düstere Kleidung lässt sie blass erscheinen. Sie sieht erschöpft aus, und auf einmal ist es mir egal, was die Polizei von mir will oder ob Aileen mich hat auflaufen lassen. Emily ist hier und ich muss später unbedingt mit ihr reden. Vorerst richte ich meine Konzentration auf die anderen Anwesenden.

Frau Kaspar kenne ich bereits aus der Anhörung, der andere Verfahrensbeistand ist ein Mann etwa Ende vierzig. Sie stellen sich noch mal für alle vor. Interessanterweise sind sie wie wir ein gemischtes Team: die Frau ist Juristin, der Mann berichtet, er sei Diplomsozialpädagoge. Beide arbeiten seit einigen Jahren hier im Bezirk am Familiengericht.

»Was für einen Eindruck haben Sie von der Anhörung gewonnen? Welche Rolle würden Sie der Verfahrensbeistandschaft im Verfahren zuordnen?«, eröffnet Frau Kaspar das Treffen.

Kati, die ebenfalls in unserer Gruppe ist, meldet sich zu Wort. »Die Verfahrensbeistände lenken den Blick aufs Kind. Das ist etwas, das allen anderen Beteiligten manchmal schwerfällt.«

Ich sehe zu Emily rüber, doch sie hat den Blick auf ihre Hände gerichtet. Ich räuspere mich und Frau Kaspar wendet sich mir zu.

»Man hat eine große Verantwortung. Ich stimme Kati zu, alle anderen haben ihren Fokus bei sich oder den Kindseltern. Die Perspektive des Kindes einzunehmen, die Bedürfnisse des Kindes hochzuhalten und sich dafür stark zu machen ... vielleicht sogar gegen das Interesse aller anderen, das ist eine verantwortungsvolle Aufgabe.«

Die anderen nicken anerkennend. Ein Gefühl der Enttäuschung breitet sich in mir aus, als ich sehe, dass Emily kaum reagiert.

Während wir die Aufgaben der Verfahrensbeistandschaft auf einem Flipchart sammeln, beteiligt sie sich immerhin etwas, doch es ist ihr deutlich anzumerken, dass sie mit ihren Gedanken woanders ist.

»Welche Voraussetzungen gibt es überhaupt für die Tätigkeit als Verfahrensbeistand?«, meldet sich Moritz zu Wort und steckt sich einen der Marker hinters Ohr.

»Ah, das ist eine interessante Frage«, schaltet sich Herr Lang ein. »Wir haben ja eingangs erwähnt, Frau Kaspar ist Juristin, ich bin Sozialpädagoge. Tatsächlich ist aber keine der beiden Qualifikationen verpflichtend. Einfach gesagt, kann jeder diesen Job machen, man muss nur eine Weiterbildung im Umfang von etwa dreihundert Stunden machen.«

Ich reiße überrascht die Augen auf. »Was?«

Emily, die mir gegenübersitzt, zuckt leicht zusammen und begegnet für eine Sekunde meinem Blick. Ich meine, so etwas wie Interesse in ihren Augen aufflackern zu sehen, doch der Moment ist so schnell vorbei, wie er gekommen ist.

»Ja, das stimmt. Wobei die Eignung durchs Gericht überprüft werden muss. Aber überwiegend sind es Juristen und Sozialpädagogen, die den Job machen, und das ist meiner persönlichen Meinung nach auch gut so«, schaltet sich Frau Kaspar ein.

Ich nicke.

»Als letzten Schritt ziehen wir noch eine Abgrenzung der Aufgaben zu denen des Sozialen Dienst des Jugendamts. Schließlich haben auch die Kollegen den Blick fürs Kind und sind noch dazu qua Amt für den Kinderschutz verantwortlich.« Herr Lang stößt sich von der Tischkante ab, an der er gelehnt hat, und verteilt einen Stapel Papier unter uns.

»Hierzu bekommen Sie einen Beispielfall aus Paderborn, bei dem leider ein Kind zu Schaden kam. Es ist ein realer Fall, der anonymisiert wurde. Auch die anderen Gruppen werden sich mit diesem Fall beschäftigen. Die Ergebnisse werden wir dann am Mittwoch im Plenum zusammentragen, um zu erarbeiten, was man bei der Kooperation hätte verbessern können.«

Nach dem Termin ist mein Kopf voll von dem vielen Input, aber ich muss zugeben, dass die beiden Verfahrensbeistände Eindruck hinterlassen haben. Ich weiß nicht, ob ich die Bürde der Verantwortung tragen wollen würde, aber sicherlich ist der Job sehr interessant.

Emily ist bereits losgelaufen, sodass ich mich schnell verabschiede, meine Jacke schnappe und den Gang entlanglaufe. Auf der Treppe nach unten hole ich sie ein.

»Emily«, flehe ich, doch sie zieht die Tür auf und tritt aus dem Gebäude.

»Bleib stehen«, sage ich und halte sie am Arm zurück.

Sie dreht sich um und sieht mich an, ihr Blick ist wieder ausdruckslos. Nachdem sie während der letzten zwei Stunden kaum was rausgebracht hat, kam ich tatsächlich in die Verlegenheit, mich aktiv für unser Team zu beteiligen. Wenigstens dafür ist sie mir eine Erklärung schuldig.

»Emily, wir müssen reden«, sage ich bestimmt.

Sie lehnt sich an das Geländer der wenigen Stufen vor dem Eingang und ich trete einen Schritt zurück.

»Es geht nicht immer nur nach dir, Lenny. Du solltest wissen, wie es ist, wenn man Zeit für sich braucht«, sagt sie, und plötzlich habe ich den Eindruck, dass etwas von ihrer Energie zurückkehrt.

»Ja, das weiß ich«, antworte ich so einfühlsam wie möglich, »aber ich weiß auch, dass abhauen nicht der richtige Weg ist. Und das hast *du* mir klargemacht.«

Sie sieht zur Seite und streicht sich die Haare aus dem Gesicht, die ein leichter Windhauch dorthin geweht hat.

»Ich wurde heute zur Kriminalpolizei zitiert und Überraschung – plötzlich verdächtigen sie mich. Findest du nicht, dass wir darüber reden sollten, bevor du entscheidest, mich aus deinem Leben zu streichen?«

Ihr Blick flackert kurz zu mir.

»Lass mich doch für dich da sein, Emily«, rede ich weiter, nachdem sie schweigt. Sie sieht mich an und ihr Blick ist klar.

»Lenny, bitte lass es gut sein, es macht jetzt gerade keinen Sinn. Ich brauch einfach Abstand von der ganzen Sache. Und von dir«, fügt sie hinzu. Den Ausdruck, der über ihr Gesicht huscht, kann ich nicht deuten.

Es fühlt sich an, als hätte sie mir einen Stoß versetzt. Weil ich nichts sage, wendet sie sich ab. Bevor sie die Stufen runtergeht, sagt sie noch »Mach's gut, Lenny.«

Ich schlage mit der flachen Hand aufs Geländer und unterdrücke einen Fluch. Weil ich mir eher das Handgelenk breche, als die Metallstange zu zerstören, ziehe ich das Handy aus der Tasche und suche den Kontakt von Aileen heraus. Es dauert eine Weile, doch dann geht sie ran.

»Ja, hallo?« Sie klingt leicht atemlos.

»Lenny hier. Ich komm vorbei, schick mir deine Adresse«, sage ich.

»W-was?«, fragt sie zurück und klingt ziemlich kleinlaut.

»Du sollst mir deine Adresse schicken, wir haben was zu besprechen«, wiederhole ich und mein Tonfall lässt keine Widerrede zu. Wohl doch eine Sache, die ich von meiner Mutter geerbt habe.

Nach kurzem Zögern willigt Aileen ein und sendet mir einen Standort ungefähr fünfzehn Minuten von hier. Ich setze mich ins Auto und fahre los.

Es handelt sich um ein großes Mehrfamilienhaus, in dem mindestens zehn Parteien wohnen. Ich suche das Klingelschild mit der Aufschrift *Bajo*. Es dauert, bis sich etwas tut, doch nach etwa einer Minute geht das Licht im Treppenhaus an und ich sehe durch die Glasfront, dass Aileen die Stufen herunterkommt.

»Hey«, begrüßt sie mich und zieht die Stoffjacke enger um sich, die sie sich übergezogen hat. »Drinnen sind meine Eltern, wir sollten besser hier reden.«

Ich nicke und wir gehen ein paar Schritte ins Wohngebiet.

»Ich nehme an, du weißt, um was es geht. Ich war heute bei der Kripo, um dein Scheißalibi zu bestätigen. Ich will sofort wissen, was da abging, und zwar alles.«

Wir sind an einer kleinen Steinmauer stehen geblieben, die einen Spielplatz von der Straße abgrenzt. Ich verschränke die Arme und Aileen lehnt sich leicht mit dem Rücken an die Mauer. Sie zieht die Schultern hoch und antwortet mit leiser Stimme.

»Es tut mir so leid, was passiert ist.«

»Was hast du gemacht?«, zische ich.

Sie hebt die Arme, als müsste sie mich abwehren, dabei stehe ich mindestens zwei Meter von ihr entfernt.

»Ich war mit alten Kollegen im Club, wir haben früher zusammen in der Garderobe und im Backstagebereich gearbeitet. Ein Kollege hat signalisiert, dass er auf Brautschau ist …«

Ich schnaube bei dem Begriff.

»Ich habe ihn auf dieses Mädchen, Emily, aufmerksam gemacht. Ich kenne sie flüchtig, wir waren einmal mit Freundinnen was trinken.«

»Was ist dann passiert?«

»Ich habe gedacht, wenn er sich mit ihr beschäftigt, kann ich …« Sie bricht ab.

»Kannst du was?«, frage ich gnadenlos.

»Zeit mit dir verbringen.«

Sie sieht mich nicht an, aber ich sehe Tränen in ihren Augen schimmern. Bei ihren Worten wird mir übel.

»Und dafür setzt du einen Typen mit Drogen auf Emily an? Bist du nicht ganz dicht?«, blaffe ich und scheiße auf ihre Tränen.

»Nein«, widerspricht sie mit belegter Stimme. »Ich wusste das doch nicht, Scheiße, Mann. Ich dachte, er würde einfach mit ihr tanzen. Die verdächtigen mich, Lenny, die denken, ich habe was damit zu tun.« Jetzt weint sie.

»Wunderst du dich darüber?«, frage ich und versuche, meine Wut zu zügeln. »Ich fass es nicht.«

»Ich schwöre, ich wusste nichts davon. Was hast du denen gesagt?«, fragt sie leise und wischt sich mit dem Handrücken die Tränen von der Wange.

»Ja, was wohl? Blieb mir ja nichts übrig, als die Wahrheit zu sagen. Ich habe mich von Emily abgewandt und wir sind zusammen nach hinten gegangen.« Ich könnte kotzen bei der Erinnerung.

»Danke«, sagt sie leise.

»Das habe ich nicht für dich gemacht«, zische ich.

Sie nickt und zieht die Nase hoch.

»Wer ist der Typ?«, frage ich ruhiger.

»Der Kollege? André Ahrens, er ist achtundzwanzig. Ich wusste nicht, dass er was mit Drogen zu tun hat.«

Ich nicke. »Wo finde ich diesen Typen?«

Sie reißt erschrocken die Augen auf. »Was hast du vor, Lenny?«

»Kann dir scheißegal sein. Sag mir einfach, wo ich den Typen finde«, knurre ich.

»Lenny, überlass das der Polizei. Wenn du meine Aussagen bestätigt hast, haben die bestimmt genug in der Hand, um seine Wohnung zu durchsuchen oder ihn in Untersuchungshaft zu stecken.«

Am liebsten würde ich sie zwar anbrüllen, aber sie hat recht. Ich nicke grimmig.

»Halt dich in Zukunft fern von mir«, stoße ich nur noch aus und wende mich dann ab.

35

Emily

Am Mittwochmorgen fahren David und ich gemeinsam auf die Wache. Der Mann, der uns begrüßt, stellt sich als Kriminalkommissar Becker vor. Vor Aufregung habe ich kaum etwas gefrühstückt, dafür habe ich jetzt Magenschmerzen.

»Frau Kehl, kommen Sie bitte als Erstes rein. Herr Jahn, Sie dürfen hier noch Platz nehmen.«

David nickt und lächelt mir aufmunternd zu.

In dem Raum sitzt die junge Polizistin Akgül vom letzten Mal, die sich erhebt, als ich reinkomme, und mir die Hand schüttelt.

»Danke, dass Sie noch mal gekommen sind, Frau Kehl. Wie geht es Ihnen? Haben Sie neue Erinnerungen an den Abend?«, fragt sie.

»Nur Fetzen, ehrlich gesagt keine zusammenhängenden Bilder«, sage ich leise.

Sie macht ein mitfühlendes Gesicht.

»Frau Kehl, können Sie sich an diesen Mann erinnern?«, fragt der Polizist und schiebt ein Foto über den Tisch.

Ich betrachte das Bild und durchforste meine lückenhafte Erinnerung an den Abend. »Er hat mich angerempelt, mein Getränk ist überschwappt.«

»Sind Sie sicher, dass es dieser Mann war, der sie angerempelt hat?«, hakt die Polizistin nach.

Ich nicke. »Ja, Lenny ... ich meine, Herr Hayne wollte ihn noch dafür verprügeln.« Ich muss beinahe lächeln bei der

Erinnerung, mehr weil ich mich darüber freue, mich überhaupt zu erinnern, als weil die Situation lustig ist.

Herr Becker nickt wissend. »Wir haben gestern Abend die Wohnung von Herrn Ahrens durchsucht und sind dabei auf Betäubungsmittel gestoßen. Wir gehen jetzt also mit großer Sicherheit davon aus, dass es sich bei ihm um den Täter handelt. Bisher gibt es noch kein Geständnis, aber da lagen auch noch nicht alle Tatsachen auf dem Tisch. Die Darstellung von Frau Bajo wurde von Herrn Hayne so weit bestätigt. Wir gehen davon aus, dass sie nichts von den Betäubungsmitteln wusste.«

Ich nicke.

Während ich nach meiner Befragung auf David warte, versuche ich, meine Gedanken zu sortieren. Aileen wusste also nichts von dem Vorhaben ihres Kollegen. Sie hat ihn zwar auf mich angesetzt, aber schon Kim gegenüber hat sie beteuert, dass sie davon ausging, er würde einfach mit mir tanzen.

So furchtbar ihre Beweggründe auch sind, ich weiß, dass ich sie nicht für das verurteilen kann, was ein anderer getan hat. Genauso ist es mit Lenny. Er ist wie ich ein Opfer, wenn auch auf andere Weise, das haben Aaron und Linda auch gesagt, als ich von dem Gespräch nach dem Projekttreffen erzählt habe.

Ich weiß nicht, was ich tun soll, und stütze den Kopf in die Hände. Die Vorstellung, dass mich jemand betäubt hat, damit Aileen mit Lenny allein sein konnte, ist unerträglich. Ich wünschte, wir könnten die Zeit zurückdrehen und alles anders machen.

Ich denke zurück an den Abend am Bahngleis. Der zurückhaltende, liebenswerte Lenny, den ich vor Wut beinahe wieder aus der WG geschmissen hätte. Es war so vertraut mit ihm. Keinem habe ich so schnell so viele private Dinge anvertraut, und das, obwohl er genau das Gegenteil von dem verkörpert, was ich von einem Freund erwarte. Die meisten meiner Mitbewohner und Freunde wissen bis heute nichts von meiner Vergangenheit.

Aber die Freundschaft mit Lenny hat mich auch hierhergebracht, wo ich jetzt bin, in einen ungemütlichen Flur auf der Polizeiwache. Und am Freitag habe ich deutlich zu spüren bekommen, dass wir aus unterschiedlichen Welten kommen.

Trotzdem spüre ich mein Herz schneller schlagen, wenn ich daran denke, wie er gestern meinen Namen gerufen und wie seine Hand meinen Arm umfasst hat. Ihn einfach stehen zu lassen, hat mir sicher mindestens genauso wehgetan wie ihm, aber ich musste einfach diesen Tag heute hinter mich bringen. Vielleicht sollten wir beide wieder unseres Weges gehen, schließlich lief es für keinen von uns besonders gut, seit wir angefangen haben, mehr Zeit miteinander zu verbringen.

Vor mir geht die Tür auf und David kommt raus.

»Können wir gehen?«, frage ich.

Er nickt.

Als wir im Auto sitzen, dreht er sich zu mir. »Hast du den Typen erkannt?«

»Ja, er war auf jeden Fall im Club, er hat mich angerempelt.«

Er nickt wieder. »Ich habe ihn auch gesehen, er kam uns entgegen. Aileen dagegen habe ich nicht gesehen, genauso wenig wie Kim, und die hätte sie definitiv erkannt.«

»Ja, das stimmt. Deine Erinnerung ist überwiegend zurück, oder?«, frage ich.

»Ja. Es tut mir leid, dass der Abend so verlaufen ist, das wollte ich dir die ganze Zeit schon sagen. Es war dumm von mir gleich Stress zu machen. Ich denke, ich habe Lenny falsch eingeschätzt. Er hat sich wirklich riesige Sorgen gemacht, als wir im Krankenhaus waren«, sagt David und sieht mich offen an.

»Ist schon gut, David, du kannst ja nichts dafür. Es hätte auch nichts geändert, und wer weiß. Wenn du nicht aufgepasst hättest, wäre ich vielleicht irgendwo allein zusammengebrochen.« Ich schaudere bei der Vorstellung.

»Ich bin einfach froh, dass sie diesen Typen haben«, sagt David und startet den Motor.

»Der Polizist meinte, sie haben bei ihm in der Wohnung schon gestern Abend etwas gefunden. Aber scheinbar mussten sie ihn wieder gehen lassen, oder?«

»Ich denke ja, aber mit unseren Aussagen sieht die Sache sicher wieder anders aus. Ich gehe davon aus, dass sie ihn jetzt erneut befragen. Hoffen wir einfach, dass die Indizien für eine Verhaftung reichen«, sagt David.

Wir parken in der Nähe der WG und laufen nach Hause. Wenn wir dort sind, muss ich mich für die Vorlesung fertig machen, und anschließend haben wir das nächste Projekttreffen. Vielleicht habe ich danach die Gelegenheit, mit Lenny zu sprechen. Ich fürchte, nach Montag bin ich ihm dieses Gespräch mehr als schuldig.

Als wir gerade im Treppenhaus sind, klingelt mein Handy. Ich bin überrascht, als ich auf dem Display sehe, dass es Lenny ist. Ich habe mit viel gerechnet, aber nicht mit ihm.

»Ja?«, frage ich, während ich langsam die Treppen weiter hinaufgehe.

»Emily. Ich habe Scheiße gebaut. Ich habe nicht viel Zeit, ich wollte nur, dass du es von mir und niemandem sonst erfährst«, sagt er.

»Was?« Sofort spüre ich meinen nervösen Magen wieder. »Was ist passiert?«

David dreht sich zu mir um und ich bleibe stehen.

»Ich wurde verhaftet, ich bin auf der Wache.«

»Was?!«, rufe ich erneut, diesmal energischer. Ich bin geschockt und gleichzeitig habe ich tausend Fragen im Kopf. »Warum?«, ist die erste, die ich ausspreche.

»Ich war bei diesem Typen, der dir das Zeug in den Drink hat. Ich musste ihn mir einfach aus der Nähe ansehen. Ich habe das falsch eingeschätzt. Es war nicht meine Schuld. Die Polizei kam, um ihn zu verhaften.«

»Was, o Gott, Lenny! Ich verstehe kein Wort ... Wo bist du, was passiert jetzt?«, frage ich panisch.

»Bitte beruhige dich. Dieser Kriminalkommissar Becker ist korrekt, er war einverstanden, dass ich mich bei dir melde. Ich rufe jetzt als Nächstes meinen Dad an. Er wird mich umbringen, aber gut. Ich krieg das schon hin. Bitte sei nicht sauer.«

Er redet schnell, aber klar, als hätte er sich das alles genau überlegt.

Ich schüttle fassungslos den Kopf, David steht regungslos im Treppenhaus und beobachtet mich aufmerksam.

»Ich ... ich bin nicht sauer. Ruf mich bitte an, wenn ... alles geklärt ist«, sage ich.

»Mach ich«, verspricht er, und ich bilde mir ein, dass er lächelt.

Ich nehme das Telefon langsam vom Ohr.

»Lenny wurde verhaftet«, stammle ich und dann breche ich in Tränen aus.

David kommt erschrocken die zwei Stufen zu mir runter und nimmt mich in den Arm.

»Hey, hey, beruhige dich. Lass uns erst mal reingehen, dann erklärst du mir alles, okay?« Er streicht mir beruhigend über den Rücken.

Ich nicke und schniefe.

Oben angekommen, gehen wir direkt in die Küche. Aaron ist gerade dabei, Kaffee zuzubereiten.

»Hey, Leute«, begrüßt er uns, als wir reinkommen, und erschrickt, als er mich sieht. »Emily, was ist passiert?«

Ich ziehe ein Taschentuch aus meiner Tasche und wische mir vorsichtig übers Gesicht.

»Wir brauchen Kaffee.« David lässt sich auf einen Stuhl fallen.

»Kommt sofort.« Aaron gibt zusätzliches Pulver in den Filter.

Als wir alle mit unseren dampfenden Tassen am Tisch sitzen, berichte ich von Lennys Verhaftung.

Aaron ist der Erste, der etwas sagt. Er lächelt. »Lenny scheint wirklich was an dir zu liegen.«

Ich schüttle den Kopf. »Das ist definitiv die falsche Art, mir das zu zeigen«, stoße ich aus. »O Gott, was passiert jetzt?«

Ich stehe auf und hole mir einen Müsliriegel, weil ich das Gefühl habe, gleich umzukippen, wenn ich nicht sofort etwas esse.

»Mach dir keinen Kopf, er hat ihm bestimmt nur eine verpasst, und das hätten wir schließlich alle getan, wenn wir die Gelegenheit gehabt hätten«, sagt David grimmig.

»Es wird schon nicht so schlimm sein«, beschwichtigt auch Aaron mich.

An Vorlesung ist für mich nicht zu denken, deshalb gehe ich in mein Zimmer, als Aaron und David sich auf den Weg in die Uni machen. Ich würde lernen, aber kann mich kaum konzentrieren. Das Projekt schwirrt durch meinen Kopf und ich werde total nervös, wenn ich daran denke, dass ich vermutlich ohne Lenny dort auftauchen muss. Er hat sich am Montag super eingebracht, und zum ersten Mal habe ich das Gefühl, dass ich seine Unterstützung brauche und nicht andersherum. Ständig starre ich auf mein Handy und laufe unruhig in meinem Zimmer auf und ab.

Irgendwann beschließe ich zu duschen, weil ich das sowieso machen muss und damit wenigstens etwas Zeit vergeht. Ich trödle extra und schminke mich anschließend, um ein bisschen Farbe im Gesicht zu haben. Meine Haare binde ich nach dem Föhnen zu einem hohen Zopf zusammen.

Ohne etwas von Lenny gehört zu haben, verlasse ich schließlich das Haus und mache mich auf den Weg zum Projekttreffen. Bis zur letzten Sekunde bleibe ich vor dem Raum stehen, in dem das Treffen stattfindet, in der Hoffnung, dass Lenny noch auftaucht. Doch das ist nicht der Fall.

Drinnen steht Professorin Staufenberg und begrüßt die Anwesenden. In der Mitte des Raumes sind mehrere Tische zu einer großen Arbeitsfläche zusammengeschoben, um die sich die Projektteilnehmer gemeinsam mit unseren Praxispartnern versammelt haben. Heute führen wir die Ergebnisse aus den Kleingruppen zusammen, um ein möglichst genaues Bild der unterschiedlichen Beteiligten im Beispielfall zu bekommen.

Wir haben uns alle mit dem Paderborner Fall beschäftigt, bei dem der vierjährige Leon schwere Verletzungen erlitt, diese aber zum Glück überlebte. Die Familie war dem Jugendamt bereits bekannt und es gab einen Beratungsprozess wegen partnerschaftlicher Gewalt. Als die Eltern schließlich die Zusammenarbeit verweigerten, stellte das Jugendamt einen Antrag nach §8a und teilte mit, es könne aufgrund mangelnder Mitwirkung keine Gefährdungspunkte überprüfen. Aus heutiger Sicht gab es im Verfahren verschiedene Versäumnisse und die Zusammenarbeit der unterschiedlichen Beteiligten lief mehr als holprig.

Gerade als Professorin Staufenberg die Jugendamtsgruppe bittet zu beginnen, geht die Tür in ihrem Rücken auf. Es fühlt sich an, als würde ein ganzer Felsbrocken von meinem Herzen fallen, als Lenny durch die Türe tritt. Seine Haare sind etwas zerzaust, doch er trägt ein hellblaues Hemd und eine schicke braune Stoffhose.

»Bitte entschuldigen Sie die Verspätung, Professorin«, sagt er und durchquert schnell den Raum, bis er an dem Platz neben mir angekommen ist.

Professorin Staufenberg wirft ihm nur einen kurzen Blick zu, dann fährt sie fort und übergibt das Wort an Simon, der mit den Sozialpädagogen gearbeitet hat.

Ich drehe mich zu Lenny um und begegne seinem Blick.

Alles okay?, forme ich mit den Lippen und er lächelt leicht und nickt.

Später, antwortet er, und seine entspannte Körperhaltung führt dazu, dass ich mich auch etwas beruhige.

Danach läuft alles wie geplant. Moritz beginnt mit der Vorstellung des Verfahrensbeistands als Anwalt des Kindes und erklärt den Anwesenden, wann die Bestellung eines solchen erforderlich ist. Als er zu Ende gesprochen hat, nickt er Lenny zu, und der lässt den Blick über die Zuhörer schweifen, bevor er ansetzt. Simon sieht überrascht aus. Er hat wohl nicht damit gerechnet, dass Lenny einen aktiven Part übernimmt.

»Im vorliegenden Fall kam es erst recht spät zur Bestellung eines Verfahrensbeistands. Es fand ein Telefonat mit dem Kindsvater statt, der berichtete, dass die Kindsmutter mit Leon zu ihren Eltern nach Bielefeld gezogen sei. So begründete er auch das Fehlen im Kindergarten. Der Kindsvater erklärte seine Bereitschaft zur Zusammenarbeit, was der Verfahrensbeistand ans Jugendamt zurückmeldete.« Er nickt Kati zu, die übernimmt.

»Durch den Umzug kam es zum Zuständigkeitswechsel. Da laut Angaben des Kindsvaters der Umzug schon vor Antragstellung durch das Jugendamt stattfand, erklärte sich das Gericht für unzuständig. Außerdem teilte das Jugendamt mit, dass es den Fall nach Bielefeld abgeben wolle, was den Fallverlauf weiter in die Länge gezogen hat.«

Die Gruppe, die mit den Sozialpädagogen zusammengearbeitet hat, übernimmt wieder und stellt dar, welche Prozesse im Jugendamt vorherrschend waren. Wir erfahren von Überlastung aufgrund schlechter Personalstruktur, außerdem entstand zwischen den beiden Jugendämtern Paderborn und Bielefeld ein Zuständigkeitsstreit. Danach berichtet die Gruppe des Familiengerichts vom Zuständigkeitswechsel und Verfahrensfehlern.

Am Ende sind mehrere Flipcharts vollgeschrieben und ich habe das Gefühl, dass wir alle besser nachvollziehen können, wie es dazu kommen konnte, dass der kleine Leon ein solches Schicksal erleiden musste. Nach den Semesterferien werden sich die Projektgruppen damit befassen, wie so etwas in der Zukunft verhindert werden kann und was die einzelnen Beteiligten dazu beitragen können.

Als ich bei den Schlussworten von Professorin Staufenberg, die sich herzlich für das Engagement bedankt, zu Lenny sehe, habe ich den Eindruck, dass er die gleiche Vorfreude verspürt, in diesen zweiten Teil des Projekts einzusteigen.

Als sich die Veranstaltung aufgelöst hat, gehe ich zu Lenny, der bei Simon und Kati steht, während des Gesprächs aber immer wieder meinen Blick aufgefangen hat.

»Hey«, sage ich leise und lächle ihn an.

»Hallo. Sorry fürs Zuspätkommen.«

Ich zucke nur die Achseln. Bevor ich noch etwas sagen kann, verabschieden sich Kati und Simon. Lenny signalisiert mir, dass er lieber rausgehen möchte, und ich folge ihm vor das Gebäude.

»Wie konntest du mich so erschrecken?«, platze ich heraus und spüre plötzlich wieder die ganze Anspannung von vorhin, als ich darauf gewartet habe, von ihm zu hören.

Er fasst sich verlegen an den Hinterkopf, doch dann tritt er zwei Schritte auf mich zu und legt vorsichtig die Arme um mich. »Es tut mir leid«, sagt er in mein Haar.

Als wir uns wieder lösen, lächelt er mich an und unwillkürlich erwidere ich es.

»Was ist passiert?«, frage ich drängend.

Lenny sieht auf seine Armbanduhr und blickt dann über den Parkplatz. Erst da fällt mir der schicke schwarze Mercedes auf.

»Mein Vater. Ich muss mir noch eine Standpauke abholen ... Du könntest mitkommen, vielleicht wird es dann nicht ganz so schlimm?«, schlägt er vor.

Ich muss lachen, obwohl ich gleichzeitig wieder nervös werde. »Wenn du mir danach alles erzählst?«

Lenny nickt und streicht mit den Händen sein Hemd glatt.

Georg Lauterbach blickt kaum auf, als Lenny die Beifahrertür öffnet.

»Können wir Emily mitnehmen? Sie wartet bei mir, während wir sprechen«, sagt er und öffnet mir die Tür, als sein Vater zustimmt. Ich kann nicht erkennen, was er von der Bitte hält, und rutsche schnell auf den Rücksitz.

»Hallo, Herr Lauterbach«, grüße ich ihn höflich.

Er dreht sich zu mir um und nickt mir zu, sein Gesicht ist ernst. »Hallo, Emily.«

In der WG angekommen, schiebt Lenny mich in Richtung seines Zimmers. »Geh schon mal vor, ich komme gleich«, bittet er mich.

Ich ziehe die Tür hinter mir zu und schaue mich neugierig um. Zwar kenne ich bereits das Zimmer, das Lenny bei seinen Eltern hat, doch hier sieht es ganz anders aus. Er hat ein großes Bett mit grauem Laken, das zerwühlt ist, und einen Schreibtisch, der übers Eck geht. Darauf liegen zahlreiche Unterlagen, dicke Gesetzbücher und sein MacBook. Vor dem Fenster hängt ein grauer Vorhang, den ich ein Stück zur Seite schiebe, um einen Blick auf die Straße zu werfen.

Nebenan höre ich Herrn Lauterbach sprechen, sie unterhalten sich aber nicht laut genug, dass ich irgendwas verstehen kann. Ich setze mich auf das Bett und warte.

Als mir nach einer Weile langweilig wird, wende ich mich dem Schreibtisch zu. An der Wand darüber hängt eine Collage und ich erkenne sofort, dass sie aus Lennys Zeit in London ist. Es sind verschiedene Sehenswürdigkeiten abgebildet, außerdem der Schnappschuss vom Flughafen, den ich bereits kenne, und in der Mitte ein Bild von Lenny mit einem strahlenden kleinen Mädchen auf dem Schoß. Darunter ist mit einem roten Filzstift geschrieben *We'll miss you, Lenny.* Ich lächle.

In meinem Rücken geht die Tür auf und Lenny kommt ins Zimmer. Er stellt sich hinter mich und legt seine Hände an meine Schultern.

»Von meiner Cousine Cassie«, sagt er und deutet auf das Bild.

Ich drehe mich zu ihm um und sehe ihm in die Augen. »Ist alles okay?«, frage ich besorgt.

Er lächelt mich an. »Ja. Ich habe noch nichts gegessen. Ich würde mir kurz was machen, dann haben wir Zeit zu reden, okay?«

Ich nicke und folge ihm in die Küche.

Herr Lauterbach hat seine Aktentasche auf dem Tisch geöffnet und schließt sie gerade, als wir zurückkommen.

»Gut, ich fahre jetzt zurück. Deine Mutter muss davon nichts erfahren«, sagt er bestimmt.

Lenny bedankt sich und gibt seinem Vater die Hand.

»Du solltest dem Jungen vielleicht eine Leine anlegen«, wendet er sich an mich und ich lache überrascht auf.

»Ich denke darüber nach«, antworte ich und er schüttelt mir die Hand.

»Ich hoffe, wir sehen uns wieder.« Dann nickt er seinem Sohn kurz zu und verlässt die Wohnung. Ich sehe Lenny staunend an, aber er zuckt nur die Schultern.

»Willst du auch was?«, fragt er und nimmt ein Glas Pesto aus dem Kühlschrank.

»Ja, das wäre vielleicht nicht schlecht. Außer einem Müsliriegel ist mein Bauch leer.«

»Also gut.« Er setzt einen Topf auf und schenkt mir ein Glas Wasser ein. Als er es mir rüber reicht, hält er es einen Moment länger als nötig fest und sagt: »Ich bin froh, dass du mitgekommen bist.«

Ich nicke. »Ich will wissen, was passiert ist«, antworte ich bestimmt.

»Ist mir klar.« Er zieht eine Grimasse.

Dann schiebt er sich einen Barhocker an die Theke und setzt sich neben mich. »Ich bin am Montag nach dem Projekt zu Aileen gefahren.«

Ich runzle die Stirn, aber er lächelt mich an.

»Sie wusste nichts von den Drogen. Nachdem ich ihr Alibi bestätigt habe, war sie wohl raus aus der Sache. Sie hat mir gesagt, wer der Typ ist, und meinte, er komme bestimmt in U-Haft. Aber es hat mir eben keine Ruhe gelassen und dank Social Media war es kein Problem herauszufinden, wo der Typ wohnt. So dumm.«

Ich schüttle den Kopf und lege ihn in übertriebener Geste auf der Theke ab. Lenny lacht leise und berührt meine Hand. Ich schaue auf und als er weitererzählt, verschränkt er seine Finger mit meinen. Die Geste bringt meine Haut zum Glühen.

»Heute Morgen bin ich hingefahren. Der Typ ist quasi in mich reingerannt, ich konnte gar nichts machen, und er hat mich sofort erkannt und gegen die Scheißhauswand gedrückt.« Sein Blick wird grimmig, als er sich erinnert. »Er hat mich angestresst, dass das alles meine Schuld sei, und ist auf mich losgegangen. Aber er hat wohl nicht damit gerechnet, dass der Typ im schnöseligen Hemd auch zuschlagen kann.«

Er zeigt mir seine rechte Hand, an der zwei Knöchel aufgeplatzt sind, und ich reiße erschrocken die Augen auf.

»Du bist jetzt aber hoffentlich nicht stolz darauf«, murre ich.

»Na ja, verdient war es allemal«, sagt er locker und zwinkert mir zu.

Auf dem Herd beginnt das Wasser zu kochen, woraufhin Lenny seine Hand aus meiner löst und in die Küche geht, um die Nudeln in den Topf zu geben. Sofort vermisse ich seine Berührung.

»Was ist dann passiert?«, frage ich atemlos.

»Die Polizei kam und hat leider nur gesehen, wie ich ihm eine verpasst habe, deshalb haben sie uns beide mitgenommen.« Er lacht.

»Das ist doch nicht lustig«, rufe ich empört.

Er zuckt die Schultern. »Ich gebe zu, in dem Moment war es das echt nicht. Und mein Vater war ... puh, not amused. Aber hey, ich bin auf freiem Fuß und den Rest regelt der Anwalt.« Er grinst.

Ich stöhne. »Sei froh, dass dein Vater da genau der Richtige ist. Warum hast du das gemacht?« Ich folge ihm mit den Augen, als er wieder zu mir an die Theke kommt.

Er weicht meinem Blick nicht aus. »Ich hatte das Gefühl, ich musste was wiedergutmachen.« Bevor ich etwas entgegen kann, spricht er schnell weiter. »Ich weiß, dass es nichts ungeschehen macht. Es tut mir leid, dass ich nicht für dich da war«, sagt er, und ich bin überzeugt, dass er es genauso meint, wie er es ausdrückt.

»Wir wissen nicht, was passiert wäre, wenn du nicht gegangen wärst, also ist es egal. Danke, dass du ihm wenigstens die Nase gebrochen hast.« Ich lächle ihn vorsichtig an.

»Hätte ich doch gleich im Club machen sollen«, gibt er zurück.

»Mir tut es auch leid, dass ich nicht mit dir geredet, sondern mich erst mal zurückgezogen habe.«

Er nickt. Dann steht er auf und richtet unsere Teller.

Wir essen an der Theke und jeder hängt seinen Gedanken nach. Als wir fertig sind, spülen wir gemeinsam das Geschirr ab.

»Nimm's mir nicht übel, aber ich würde jetzt echt gern eine rauchen«, sagt Lenny und nimmt eine Schachtel Zigaretten aus dem Schrank.

»Tu dir keinen Zwang an.« Ich verdrehe die Augen, aber folge ihm auf den Balkon. Während Lenny sich die Zigarette anzündet, setze ich mich auf die Matratze, die auf dem Boden liegt. Der Balkon ist total süß. Irgendwie erinnert mich die Art und Weise, wie Lenny und sein Mitbewohner ihn hergerichtet haben, an italienischen Großstadtflair. Unten fahren die Autos vorbei, von oben strahlt die Sonne, fehlt nur noch ein Glas Wein zur Zigarette. Ich schmunzle bei der Vorstellung.

»Was gibt's zu lachen?«, fragt Lenny und lässt sich neben mich fallen.

Er rutscht ein Stück zur Seite und bläst den Rauch von mir weg, was ich ihm hoch anrechne.

»Nichts. Ich wünschte, wir wären in Italien auf einem Balkon wie diesem mit dem Geruch von Meerwasser in der Nase und dem Summen der Stadt unter uns.«

Lenny sieht zur mir rüber und lächelt. »Fühlt sich doch beinahe so an hier.«

Ich nicke. Nach ein paar weiteren Zügen drückt er die Zigarette im Aschenbecher aus und rutscht ein Stück näher zu mir.

Wir sitzen mit dem Rücken an der Wand, die von der Sonne angenehm warm ist. Ich lehne meinen Kopf an seine Schulter und Lenny legt seinen Arm um mich.

»Emma«, sagt er nach ein paar Augenblicken des Schweigens. Er rückt ein Stück von mir weg, um mich ansehen zu können. »Ich will nicht, dass wir uns immer aus dem Weg gehen, wenn es Probleme gibt.«

Ich nicke stumm und blicke fasziniert in seine grünen Augen.

»Ich weiß nicht, wie du das gemacht hast, Barista-Mädchen, aber du hast bei mir einiges durcheinandergewirbelt.« Seine Stimme klingt sanft und er spielt mit einer Strähne aus meinem Zopf.

Ich lächle wegen des Kosenamens, den er mir verpasst hat, bevor wir uns kannten. Dann senke ich den Blick, verlegen über seine Offenheit.

»Ich würde dich gerne noch besser kennenlernen«, sagt er und hebt mein Kinn leicht an, damit ich ihn wieder ansehe.

Das Lächeln stiehlt sich zurück in mein Gesicht.

»Ich dich auch«, antworte ich.

In diesem Moment fällt mir unser Spiel wieder ein.

»Was?«, fragt Lenny, dem sofort auffällt, dass ich abgelenkt bin.

»Ich habe mich gerade an die Fragen erinnert, du weißt schon, von diesem Psychologen. Ich wollte das schon länger nachlesen«, sage ich.

»Lustig, dass du das jetzt erwähnst. Irgendwann habe ich mir auch vorgenommen, es zu googlen, aber habe es wieder vergessen.« Er zuckt die Schultern und zieht sein Handy aus der Tasche.

»Als ich im Auto danach gesucht habe, habe ich das Fragenset unter dem Titel *36 Questions to Fall in Love* gefunden.«

Die Überraschung in Lennys Gesicht ist echt. Er scrollt gleichzeitig durch die Google-Ergebnisse.

»Ach du liebe Zeit. Davon stand in dem Instagramposting aber nichts! Das ist wohl der Beweis, dass man einen Juristen nicht an psychologische Studien lassen sollte«, sagt er und lacht.

»Was meinst du?«, frage ich neugierig und beuge mich über das Handy.

Er zeigt mir einen Artikel über das Fragenset. Er handelt von einem Liebesexperiment. Mittels der sechsunddreißig Fragen und anschließendem intensivem Augenkontakt soll Intimität zwischen zwei fremden Menschen hergestellt werden.

»Wir haben nur die vier Minuten Augenkontakt weggelassen«, stellt Lenny fest.

»Hätte nicht gedacht, dass du es nötig hast, mich mit einem Liebesexperiment von dir zu überzeugen«, sage ich und kichere.

Er verdreht die Augen. »Wie du inzwischen weißt, bin ich, was das Thema angeht, nicht besonders erfahren. Aber hat es geklappt?«, fragt er und grinst mich an.

»Wir haben es nicht richtig gemacht …«

Noch während ich das sage, fängt er meinen Blick auf und ich verstumme. Das Grün seiner Augen ist hier draußen im Sonnenlicht noch intensiver als drinnen und es fällt mir leicht, mich davon gefangen nehmen zu lassen. Niemals hätte ich es für möglich gehalten, dass ich mich mit jemandem wie Lenny in der kurzen Zeit so wohlfühlen würde. Doch genau das ist es.

Er greift nach meiner Hand, ohne den Blick abzuwenden, und fährt mit seinem Daumen sanft über meinen Handrücken. Seit ich ihn kenne, ist es ein Auf und Ab mit ihm, und trotzdem will ich jetzt nirgends anders sein als hier.

Ich lächle und wie ein Spiegel erwidert er es.

»Dieses Spiel ist nicht fair«, sage ich und meine Stimme klingt rau.

»Nein«, antwortet er. Und dann beugt er sich nach vorne und küsst mich.

Epilog

Lenny

Ich sehe mich auf dem überfüllten Platz vor der Aula um. Um mich herum stehen unzählige Familien, Kinder springen über den Hof und die Sonne gibt heute wieder alles. Ich gehe an den Leuten vorbei und entdecke schließlich Emily.

Sie steht etwas abseits und beugt sich über einen Kinderwagen. Ich bleibe kurz stehen, um sie zu beobachten. Sie trägt eine helle Jeans und ein beiges T-Shirt, die Haare hat sie wie meistens in einem Zopf zusammengebunden. Plötzlich blickt sie von dem Kinderwagen auf und entdeckt mich. Sie winkt mir und ich schiebe mich lächelnd an den Familien vorbei auf sie zu.

»Hey.« Sie strahlt mich an und ich nehme sie in den Arm. Ihre Haare riechen nach dem Kokosöl, das sie in ihre Spitzen macht, weil sie dann angeblich weniger austrocknen.

»Hey.« Ich beuge mich zum Kinderwagen herunter, in dem Emilys kleine Halbschwester Tiffany eingeschlafen ist. Sie hat braune Haare, dunkler als Emilys, und kleine Korkenzieherlocken. Sie sieht süß aus.

»Wie lief die Prüfung?«, fragt Emily mich.

Doch bevor ich antworten kann, höre ich Eliana.

»Lenny«, quietscht sie und rennt auf uns zu.

»Hey, Kleine«, sage ich und wuschle ihr durch die Haare, was sie mit einem weiteren Quieken quittiert.

»Mein großes Schulmädchen.« Emily drückt Eliana an sich.

Dann tritt eine Frau zu uns und ich erkenne sie sofort als Emilys Mutter. Nicht, weil sie sich so furchtbar ähnlich sehen. Genau genommen sieht man ihr an, dass sie es in der Vergangenheit nicht einfach hatte. Aber sie hat die gleichen dunkelbraunen Augen, mit denen sie mich jetzt intensiv mustert.

»Schau, Mama, Lenny ist zu meiner Einschulung gekommen«, jubelt Eliana, bevor irgendjemand anders reagieren kann.

»Freut mich, Sie kennenzulernen.« Ich strecke Emilys Mutter meine Hand entgegen und sie ergreift sie mit einem zurückhaltenden Lächeln auf den Lippen.

Emily wirft mir einen Blick zu und streicht gedankenverloren über Elianas Haar.

»Jörg wartet schon am Auto, wollen wir?«, fragt Emilys Mutter und löst die Bremse des Kinderwagens.

»Alles klar. Wir treffen uns dann dort«, sagt Emily. Die kleine Familie setzt sich in Bewegung und wir machen uns auf dem Weg zu meinem Auto, dass ich in der Nähe geparkt habe.

»Wie fühlt es sich an, endlich Semesterferien zu haben?« Emily greift nach meiner Hand und verschränkt ihre Finger mit meinen.

»Vorlesungsfrei. Das ist ein wesentlicher Unterschied.«

»Von mir aus auch das.« Sie verdreht die Augen.

»Hast du was vor?«, frage ich sie, weil wir noch gar nicht über unsere Sommerpläne gesprochen haben.

»Ich schiebe ein paar Zusatzschichten in der *Cafébar*, aber ich habe mir auch fest vorgenommen, meine Schwestern wieder öfter zu sehen.« Sie lächelt. »Und du?«

»Noch mehr in der *Cafébar* rumhängen als eh schon«, erwidere ich grinsend. »Dich bei der Arbeit nerven und danach mit nach Hause nehmen.«

Emilys Wangen färben sich rot, dann bleibt sie abrupt stehen. »Oh, hast du nicht bald Geburtstag?«

»In drei Wochen, ja. Ich muss mich irgendwann in der Zeit auch mal bei meinen Eltern blicken lassen, aber wenn du Lust hast … Ich würde den Tag gerne mit dir verbringen.«

»Nicht lieber mit Alkohol und Party?«, fragt sie und sieht skeptisch zu mir auf.

Ich ziehe sie einen Schritt näher und gebe ihr einen Kuss. »Nein. Mit dir. Was sagst du?«

Ein Lächeln breitet sich auf ihrem Gesicht aus. Sie stellt sich auf die Zehenspitzen, legt die Arme um meinen Nacken und küsst mich einen Moment innig. Das heißt dann wohl Ja.

Danksagung

Danke, dass du Emilys und Lennys Geschichte gelesen hast. Ich weiß nicht, wo sie herkam, ich weiß nur, dass sie plötzlich da war und ich sie erzählen musste.

Damit dies möglich war, brauchte es viele Menschen, die mich auf dem Weg vom ersten Wort bis zur Veröffentlichung unterstützt haben.

Ich bedanke mich zuallererst bei meiner Agentin Susanne Zeyse, die wenige Stunden nach meiner Anfrage mein Manuskript angefordert hat und mich mit der litmedia.agency seither begleitet. Ohne dich hätte dieses Buch vielleicht nie das Licht der Welt erblickt.

Danke an das gesamte Team von Piper Digital für das Vertrauen und dass ihr mich so herzlich aufgenommen habt.

Vielen Dank an meine Lektorin Larissa Bendl. Es war großartig, mit dir zu arbeiten, und deine Anmerkungen und Tipps haben die Geschichte zu dem gemacht, was sie jetzt ist.

Liebe Emily Bähr, danke für das wundervolle Cover.

Danke an Laura und Max, die ich jederzeit mit meinen juristischen Fragen behelligen konnte. Max, mein erster und bis dato einziger männlicher Leser. Ich bin immer noch sprachlos über deine Begeisterung und unendlich dankbar für deinen Support. Wenn du noch ein paarmal fragst, rück ich die Handynummer von Jess vielleicht noch raus. ;)

Lisa, danke für die Unterstützung bei den Testleseexemplaren, auf dich kann ich einfach immer zählen.

Danke an Richter W., dass ich mir Ihr Aktenzeichen ausleihen durfte.

Danke Marvin, dass du mir immer wieder den Rücken stärkst, damit ich ihn in stundenlangen Worksessions aufs Neue ruinieren kann. Du bist ein hervorragender Physio.

Danke an alle Testleser*innen und Schreibkolleg*innen, die mir Feedback gegeben und immer ein offenes Ohr für mich haben, besonders Miriam Sperling und Josi Copper (die selbst ganz wunderbare Romane schreiben). Ach, und Nina, mit dir am Rheinufer in Köln zu quatschen, lässt das Ganze so richtig lebendig werden. Danke für deine Begeisterung.

Danke an meine wundervolle Großfamilie, für eure Unterstützung, eure Liebe und euren Zusammenhalt.

Lieber Nicolas. Du hast mir versprochen, das Buch zu lesen, wenn es je in einer Buchhandlung zu kaufen sein sollte… there you go. :)

Danke Y. Dass du mich zwingst, den Laptop auch mal auszuschalten oder, falls es dir nicht gelingt, mich mit Pasta, Espresso und Zitronencookies am Leben hältst. Du bist wundervoll (meistens).

Zuletzt ein Shout-Out an all die großartigen Kolleg*innen (ganz besonders meine) in den Jugendämtern, Wohngruppen und der weiten Jugendhilfelandschaft. Ihr macht einen unendlich wichtigen Job und hört das viel zu selten.

Ich hoffe, wir lesen uns bald wieder.

Und falls du auf dem Laufenden bleiben willst: Unter @julia.schuck.autorin findest du mich auf Instagram.